DEAR HEART I HATE YOU

ELIAH GREENWOOD

DEAR HEART I HATE YOU

Aus dem Englischen von Friedrich Pflüger

CARLSEN

Für alle, die andere retten.

Hoffentlich vergesst ihr nicht, euch selbst zu retten.

VORBEMERKUNG

Liebe Leserin, lieber Leser,

dieser Roman enthält potenziell triggernde Inhalte. Aus diesem Grund befindet sich hier eine Triggerwarnung. Am Romanende findest du eine Themenübersicht, die Spoiler enthält.

Entscheide bitte für dich selbst, ob du diese Warnung liest. Gehe während des Lesens achtsam mit dir um. Falls du auf Probleme stößt und/oder betroffen bist, bleibe damit nicht allein. Wende dich an deine Familie und an Freunde oder suche dir professionelle Hilfe.

Wir wünschen dir alles Gute und das bestmögliche Erlebnis beim Lesen dieser besonderen Geschichte.

Eliah und das Carlsen-Team

PLAYLIST

PRETTY POISON – NESSA BARRETT

DARK SIDE – BISHOP BRIGGS

AS THE WORLD CAVES IN – SARAH COTHRANS VERSION

HABITS – PLESTED

I DON'T BELIEVE IN SATAN – ARON WRIGHT

PROLOG

FINN

ALTER: FÜNFZEHN

Liebe Mom,

ich brauche keine Therapie …

Ich wünschte, du könntest das Dad sagen.
Und der Dame mit dem Schnurrbart.

Wenn wir schon dabei sind: Sag ihr, dass sie wie alte Socken riecht, und frag, was sie in dieses verdammte Notizbuch schreibt – ich wette, sie malt Häschen und solchen Scheiß.

Gerade stecke ich in irgendeinem blöden Büro fest, auf irgendeiner blöden grünen Couch und schreibe dir blöde Briefe, die du nie bekommen wirst.

Ich habe versucht, Alte-Socke zu erklären, dass du tot bist, aber sie meint, das sei genau der Zweck der Übung.

So tun als ob.

Mit dir zu reden, als wärst du immer noch hier und würdest nicht mit den Fischen am Grund von Lake Belmont abhängen …

und da behaupten sie, ich hätte den Bezug zur Realität verloren.

Viel hast du nicht verpasst, falls du dich das gefragt hast. Dad hält mich immer noch für einen Irren und wünscht sich insgeheim, Xavier wäre sein Sohn, anstelle von mir.

Mein bester Freund ist offensichtlich ein »guter Junge«, weil er nicht, und ich zitiere, »herumstreift, dem Nachbarn das Auto stiehlt und es gegen einen Laternenmast krachen lässt«.
Verfickt. Große. Sache.

Dad schnallt es einfach nicht.
Xavier hat dich nicht verloren, Mom.
Wenn es so wäre, würde er genauso versuchen, die Welt in Brand zu stecken.

Alte-Socke sagt ständig, ich wäre auf dem Weg zur »Selbstzerstörung«, was auch immer zur Hölle das heißen soll. Hört sich nach Spaß an, wenn du mich fragst. Bin ich dabei.
Dass ich eigentlich schon im Jugendknast sitzen sollte, macht es auch nicht besser. Immerhin war die Sache mit dem Auto ja schon mein drittes Mal. Gut, dass Dad den Nachbarn bestochen hat, was? Mit Geld kann man sich wohl doch alles kaufen.

Warte, das nehme ich zurück.
Mit Geld kann man sich alles kaufen, außer dem, was wirklich zählt.

An jenem Tag hat es mir schließlich keine Superkräfte verschafft, oder?
Es hat nicht verhindert, dass deine Hand abrutscht.
Weil reiche Leute nicht automatisch oben treiben.
Nicht einmal Leute, deren Herzen so groß wie der Ozean sind.

»Nur ansehen, aber nicht anfassen«, hast du immer über schmerzhafte Dinge gesagt. Dass es nur wehtut, wenn man das zulässt. Die Flamme kann einen nur verbrennen, wenn man zu dicht dran ist.

Und ich verspreche dir, Mom …

Ich werde mich nie wieder verbrennen lassen.

– Finley

1. KAPITEL

DIAMOND

Einmal hatte ich ein Date mit einem Hund.

Jap, mit einem *Hund.*

Es gehört zu den Dingen, von denen du glaubst, sie würden dir nie passieren. Bis du vor der Tür deines Schwarms auftauchst und merkst, dass deine Verabredung ein Border Collie ist, der nicht einmal dein Bein von einem Kauknochen unterscheiden kann.

Ich weiß, was du denkst. Wie zum Teufel kann man ein Jobangebot mit einer Einladung zum Date verwechseln?

Also, eigentlich ist das ganz einfach.

Du musst nur eine schwachsinnige Idiotin sein.

An dem Tag, als Everest Cahill auf mich zukam, machten meine Gehirnzellen ins Bett – schlicht und ergreifend. Hottie Cahill wusste, dass wir denselben Planeten bewohnen! Ich war so schockiert, dass mir wahrscheinlich ein paar Sätze durch die Lappen gegangen sind.

Oder fünf.

Während unserer Unterhaltung war ich die meiste Zeit damit beschäftigt, unsere Hochzeit zu planen, bis er dann sagte: »Also sehen wir uns Samstag?« Noch mal nachzufragen war viel zu peinlich, weshalb ich davon ausging, dass ich den Jackpot geknackt hatte.

Junge, hatte ich mich geirrt.

Ich sehe noch immer seine Mom vor mir, wie sie mich verwirrt anlächelte, als ich aufgedonnert wie eine Millionenerbin auf ihrer Veranda auftauchte. Schnell sagte sie, dass ihr Sohn auswärts unterwegs und der Rest der Familie bereits auf dem Weg ins Wochenende sei.

Danach stellte sie mir ihren sechs Monate alten Hund Rio vor.

Ihr habts erraten – ich war nicht hier für ein Date mit Everest, sondern dafür, mich um seinen Hund zu kümmern.

Und das Verrückteste?

Ich willigte ein.

Es stellte sich heraus, dass Everests Eltern in der vorigen Woche bei meinem Dad im Restaurant waren und er ihnen bei der Gelegenheit erzählte, ich wäre auf der Suche nach einem Job. Ich konnte es nicht fassen. Mein eigener Vater war schuld am peinlichsten Moment meines Lebens.

Aber ich brauchte das Geld, schluckte also meinen Stolz hinunter, setzte ein Lächeln auf und spielte mit. Da ahnte ich noch nicht, dass diese Nummer mir mehr Jobangebote verschaffen würde, als ich mir wünschen konnte …

Denn es sprach sich herum, und eine Woche später interessierten sich immer mehr Leute mit pelzigen Hausbewohnern für meine Dienste. Bevor ich michs versah, war ich die *offizielle* Hundesitterin der Stadt – jep, die Leute bezahlen mich dafür, dass ich mit ihren Hunden herumhänge – und ich war begeistert. Einen eigenen Hund durfte ich nie haben, weil mein Vater so viele Allergien hat.

Um es kurz zu machen – meine Träume waren wahr geworden.

Bis … sie zerplatzten.

»Runter auf die verdammten Knie, Prom Queen«, reißt mich eine tiefe Stimme aus dem Schlaf.

Orientierungslos blinzele ich.

Einmal

Zweimal.

Wo habe ich diese Stimme schon mal gehört?

»Versprich mir, dass er es nicht erfahren wird«, krächzt eine weibliche Stimme draußen auf dem Flur, während ich mich im Bett aufsetze und mir die Decke gegen die Brust presse.

Ich träume das nicht.

Das passiert *wirklich.*

Da sind Leute im Haus.

Und sie sind direkt vor meinem Schlafzimmer.

»Ich habe dir doch schon gesagt, dass ich ihm einen Dreck erzählen werde«, schnaubt die männliche Stimme und ich kneife die Augen zu, bereite mich innerlich auf meinen kommenden Tod vor – warte, *was*? Nur weil die Leute, die um drei Uhr morgens bei meinem Boss einbrechen, wie ein altes Ehepaar zanken, bedeutet es noch lange nicht, dass sie keine Serienkiller sein könnten.

»Versprich es mir einfach, Finn«, lässt das Mädchen nicht locker.

Und da macht es bei mir Klick.

Zitternd lasse ich die Decke sinken.

Hat sie gerade *Finn* gesagt?

»Nö, mach ich nicht. Jetzt runter auf die Knie oder raus mit dir, verfickt noch mal«, schnauzt der geheimnisvolle Typ völlig ohne jede Emotion.

Jep, das ist Finn Richards, keine Frage.

Die gute Nachricht: Der Mysteriums-Typ ist kein Serienkiller.

Aber die schlechte Nachricht: Er ist ein arrogantes Arschloch.

»Du willst, dass ich gehe?« Das Mädchen klingt empört.

»Ich will, dass du dich *entscheidest*, Randall.«

Mir dreht sich der Magen um.

Randall?

Wie in … Cheerleader-Klischee *Brielle Randall*?

Bevor ich die Chance habe, diese Info zu verdauen, hört es sich im Flur so an, als würde jemand gegen die Wand gedrückt.

»Also, was ist nun, Prinzessin? Bleiben …«, kurz herrscht völlige Stille, die Spannung ist förmlich mit den Händen zu greifen, »… oder *verschwinden*?«

»Ich … ich fühle mich nur so schrecklich«, wimmert Brielle. »Glaubst du, er wird mir das jemals verz-«

Ich bin mir sicher, dass er ihr gerade seine Hand auf den Mund geklatscht hat, denn er knurrt verärgert: »Leise, verdammt noch mal. Mein Dad hat irgendeine Kuh angestellt, die über den Sommer auf das Haus aufpasst. Die pennt hier irgendwo.«

Verdammte Scheiße.

Er weiß Bescheid.

Finn wusste, dass heute mein Job anfängt, und trotzdem hat er seinen One-Night-Stand mitten in der Nacht mit nach Hause gebracht.

Siehst du? *Arrogantes Arschloch.*

»Warum sollte mich das kümmern?«, meint Brie spöttisch.

»Weil ich's mir nicht leisten kann, dass sie mich verpfeift, wo mein Dad wegen dem Basketball-Camp sowieso schon angepisst ist, deshalb. Also entscheide dich.« Finn kommt wieder auf den Punkt. »Rein oder raus?«

»Ich …« Brie zögert.

»Wie wärs mit einer Entscheidungshilfe.«

Das Geräusch eines Reißverschlusses ist der einzige Hinweis, den ich brauche.

»*Fuuuck.*« Aus Bries Kehle dringt ein Stöhnen, rasch gedämpft von Finns Hand, und ich erschaudere bis ins Mark.

»Hast du das gehört, Betrügerin?«, höhnt Finn mit tiefer, rauer Stimme. »Du bist so feucht, du bettelst doch förmlich darum.«

Meine Kehle schnürt sich zu.

Könnte jemand mit einem Mopp kommen? Ich jedenfalls werde das hinterher bestimmt nicht aufwischen.

»Ich … ich betrüge ihn ja nicht, wenn er nicht dahinterkommt«, quiekt Brielle, bevor sie aufstöhnt.

Fast muss ich lachen.

Das Mädchen geht jetzt seit mehr als einem Jahr mit Xavier Emery, dem Basketball-Star der Schule. Nicht nur, dass die beiden *das* It-Pärchen an der Easton High sind, jeder weiß, dass ihr Freund und Finn Richards praktisch wie Brüder füreinander sind.

Sie sind zusammen aufgewachsen.

Zum Teufel, bei ihnen ist alles gleich – die gleiche Basketballmannschaft, die gleichen Ziele, das gleiche unmenschlich gute Aussehen.

Das gleiche Mädchen …

Da will ich etwas Neues ausprobieren und das habe ich nun davon.

Ich hätte einfach dabei bleiben können, diesen Sommer an den Wochenenden auf Hunde aufzupassen, aber nein, ich *musste* ja auch noch bei der abgefucktesten Familie von Silver Springs als Housesitterin anheuern.

Zu meiner Verteidigung muss ich sagen, der Job hörte sich fast zu gut an, um wahr zu sein: ein Haufen Geld, Unterkunft und Verpflegung, und dafür musste ich nur zwei Monate in einer Villa wohnen. Außerdem stand in der Anzeige, dass keine Gäste im Haus seien, außer einem Golden Retriever namens Lexie. Mein Boss hatte mir versichert, sein älterer Sohn Brody sei schon ausgezogen und Finn, der jüngere, über den Sommer weg in einem Basketball-Camp.

Weg über den Sommer, am Arsch!

»Schlafzimmer. Jetzt«, drängt Brie.

Eine dunkle Vorahnung schlägt ihre Krallen in mich.

Mr Richards sagte mir, ich solle mir ruhig das größte Zimmer im Haus gönnen, während er weg ist, aber … da gibt es ein Problem.

Ich habe mir Finns Zimmer ausgesucht.

Scheeeiiiiißeeee.

Kurz erwäge ich, durchs offene Fenster zu verschwinden. Bis mir einfällt, dass ich mich im ersten Stock befinde, und ungefähr so geschickt im Schleichen bin wie meine stocktaube Oma, wenn sie versucht, die Bingo-Zahlen zu hören.

Ein Plan.

Ich brauche einen Plan.

Keine Sekunde später geht die Tür auf und ich entscheide mich für das Einzige, das mir einfällt: mich unter der Decke verstecken und so tun, als gebe es mich nicht.

Die beiden Fremdgeher kommen hereingestolpert und nehmen offensichtlich keine Notiz von mir, während sie sich gegenseitig ausziehen. Vielleicht klappt es wirklich, die ganze Nacht unentdeckt zu bleiben. Immerhin ist es im Zimmer stockfinster, und dieses Bett so groß, dass alle meine eingebildeten Liebhaber gleichzeitig hineinpassen würden.

Ich weiß nicht, was schlimmer ist: halb nackt im Bett des Sohns von meinem Boss erwischt zu werden … oder gezwungenermaßen den coolen Kids beim skandalösen Sex zuzuhören.

Meine Shorts hätte ich vorhin nicht ausziehen sollen, aber es war so heiß wie in den Feueröfen der Hölle. Man kann davon ausgehen, dass mein durchsichtiges Träger-Top und mein Spitzenhöschen nicht gerade einen berauschenden ersten Eindruck machen werden. Als zwei ineinander verschlungene Körper neben mir auf die Matratze sinken, fürchte ich, dass mein Herz gleich meine Brust zerreißt.

Nichts zu machen.

Ich werde live miterleben, wie eine Cheerleaderin eine Sportskanone tief in den Mund nimmt.

Schlimmster. Erster. Tag. Aller. Zeiten.

Brie bricht den Kuss ab und bringt ein ersticktes »D-das darf nicht noch mal passieren« hervor.

Als Antwort dringt Finn ein tiefes, spöttisches Lachen aus der Kehle. »Schon klar.«

»Ich meine das ernst, Arschloch.«

»Das hast du schon beim letzten Mal gesagt.«

Warte mal …

Das ist nicht das erste Mal, dass er sie abschleppt?

Mein Herz zieht sich zusammen.

Armer Xavier.

Für einen langen Augenblick herrscht Stille.

Normalerweise würde jetzt die Erkenntnis einsetzen.

Der heraufziehende Selbsthass darüber, dass man seinen ältesten und besten Freund betrügt. Wenn dieser Finn auch nur einen Funken Menschlichkeit besitzt, würde er es sich noch einmal anders überlegen, bevor er Xavier hintergeht.

Zum wiederholten Mal.

»Vergiss den Blowjob. Zieh den Rock hoch«, befiehlt Finn.

Nö, immer noch ein Soziopath.

»Gott, du bist so heiß. Ich liebe es, wenn ein Kerl weiß, was er w-«

»Muss ich verpasst haben«, schneidet Finn ihr das Wort ab.

»Was hast du verpasst?«, will sie wissen.

»Den Teil, wo ich dir sage, du sollst verfickt noch mal nicht reden.«

Heilige Scheiße …

Ich kann nicht anders, in Gedanken muss ich lachen.

»Was zum Teufel?«

Da begreife ich, was für eine Idiotin ich bin.

Von wegen in Gedanken.

Sofort geht das Licht an und kurz frage ich mich, ob ich damit durchkomme, wenn ich mich schlafend stelle. Aber im Schlaf reden ist die eine Sache, währenddessen *lachen* eine ganz andere.

In dem Augenblick, als sich meine Augen an die plötzliche Helligkeit gewöhnt haben, sehe ich, wie Finn reflexartig vom Bett zurückweicht, gefolgt von Brie, die wie vom Blitz getroffen aufspringt. Ihr dunkelrotes Haar ist völlig zerzaust.

Während der nächsten fünf Sekunden, die sich eher wie dreißig anfühlen, fällt kein Wort. Brie und Finn bewegen keinen einzigen Muskel, während sie mich anstarren, als wäre ich ein lauerndes wildes Tier. Brie trägt einen schwarzen Push-up-BH und einen kurzen Jeansrock, während Finn …

Finn ist einfach nur nervig.

Als ich ihn in der Schule das erste Mal sah, wusste ich sofort,

Finn Richards ist heiß. Mir war aber nicht klar, dass *oben ohne* Finn Richards so umwerfend ist, dass man ihm im Namen aller durchschnittlich aussehenden Männer ins Gesicht schlagen möchte.

Ich mustere ihn von Kopf bis Fuß. Angefangen mit der Silberkette, die er um den Hals trägt, weiter über die schwarzen Jeans, welche an seinen Hüften ein paar Zentimeter zu tief sitzen, zu dem tiefen V, das auf seinen, ähm, Untermieter zeigt.

Diese Bauchmuskeln …

Herr im Himmel, hab Erbarmen.

Ihm fallen braune Locken in die Stirn und verdecken beinahe seine haselnussbraunen Augen, in denen es finster brodelt. Tattoos schlängeln sich seine Arme hinauf, bis jeder Zentimeter seiner Bizeps mit Tinte verziert ist. Das Ganze garniert mit einem so scharfen Kinn, dass es blutende Wunden verursachen könnte, und komplett ist die schmutzige, grausame Versuchung mit Schleife.

Der alte Mann da oben hat definitiv das Wochenende durchgearbeitet, um diesen hier zu erschaffen.

»Wer zum Teufel ist das?« Brie funkelt mich wütend an und stößt Finn in die Rippen. Der starrt mich mit offenem Mund von oben bis unten an und bringt kein Wort heraus.

Jeder vernünftige Mensch würde sich in einer solchen Situation entschuldigen. Und jeder kluge Housesitter würde versuchen, sich beim Sohn seines Arbeitgebers einzuschleimen.

Ihr könnt euch also meine Überraschung vorstellen, als aus meinem Mund die Worte kommen: »Hi, ich bin Dia, die Kuh, die dein Dad für den Sommer eingestellt hat. *Schön dich kennenzulernen.*«

Finns Augenbrauen schießen bei meiner Begrüßung in die Höhe. Aber sofort weicht der Schock aus seinem Blick und wandelt sich in etwas so Kaltes, dass mir Schauer über den Rücken laufen.

In seinen Augen … sehe ich Hass.

Nicht irgendeine alltägliche Abneigung.

Echten, blanken Hass.

Von der Sorte, die du für jemanden aufhebst, der dich mit einer unheilbaren Geschlechtskrankheit angesteckt hat.

Aber warum richtet sich die Wut gegen mich? Sein Blick brennt auf meiner Haut, dass ich die Decke wieder bis zum Hals hinaufziehe, als müsse ich mich schützen. Gerade will er etwas sagen, als Brie ihm zuvorkommt.

»Du … ich … wie lange hat sie uns schon belauscht?«

Jemand macht sich wohl Sorgen, dass ihr Freund hiervon erfährt.

»Ich bin aufgewacht, als ihr ins Zimmer gekommen seid«, lüge ich.

»Verschwinde.« Finns barscher Ton raubt mir den Atem.

Ich blinzele ihn an.

»Raus hier, verdammt noch mal«, wiederholt er, diesmal lauter.

Brie muss kichern. »Du hörst, was er sagt, Kuh.«

»Ich habe dich gemeint«, sagt Finn zu ihrem Entsetzen.

»Du hast – was?«, keift sie.

»Verdammt, hau einfach ab, Randall. Ich kümmere mich schon um sie.«

Um mich kümmern?

Was hat er vor?

Meine Organe an den Meistbietenden verkaufen?

Brie schnappt sich ihr Top vom Bett, wirft es über und geht schnurstracks zur Tür. Kurz bevor sie das Zimmer verlässt, bleibt sie stehen und faucht: »Sorge dafür, dass sie ihren Scheißmund hält, sonst komme ich zurück und nagle deine Eier an die Wand, *ist das klar?*«

»Ich sagte, geh.« Finn würdigt sie keines Blickes, sondern bohrt weiter seinen Blick in meine Stirn.

Beleidigt knallt Brie die Tür hinter sich zu. Ihre Schritte verhallen auf dem Flur, bis völlige Stille eintritt.

Zum zweiten Mal begreife ich zu spät.

Ich bin allein.

Mitten in der Nacht.

Mit Easton Highs bekanntestem Delinquenten, ohne jegliche Zeugen, außer einem Golden Retriever, der unten im Erdgeschoss tief schlummert. Selbst seine eigenen Freunde haben ihn zu dem Der-am-ehesten-im-Knast-landen-wird gewählt.

»Was zum Teufel hast du in meinem Bett verloren?«, fragt Finn vorwurfsvoll, kaum dass Brie gegangen ist. Im selben Moment verfluche ich jede meiner Entscheidungen, die mich hierhergeführt haben.

»Schlafen. Dein Dad hat gesagt –«

»Mein Dad ist ein verdammter Vollidiot«, fährt er mir über den Mund, »dass er dich überhaupt eingestellt hat.«

Entgeistert starre ich ihn an, während er mich ansieht, als würde er auf etwas warten.

»Übersetzung: Du bist gefeuert. Verschwinde!« Sein Kopf zuckt in Richtung Tür.

»E-entschuldige bitte?« Mehr als ein Flüstern bringe ich nicht heraus, und ich hasse das Beben in meiner Stimme.

»Du. Bist. Gefeuert.« Er spricht es aus, als hätte ich einen dicken Wattebausch im Hirn. »Wir brauchen deine Dienste nicht mehr. Pack deinen Scheiß zusammen und hau ab.« Wie um seine Worte zu unterstreichen, versetzt er der Reisetasche, die ich am Fußende des Bettes abgestellt habe, einen abfälligen Tritt.

Wut kocht in mir hoch.

Wer glaubt dieser Typ, wer er ist?

»Du bist nicht derjenige, der mich bezahlt. Solange dein Dad mir das nicht sagt, gehe ich nirgendwohin.« Ich verwende meine gesamte Energie darauf, entschlossen zu klingen.

Für einen zu langen Moment denkt Finn über seine Antwort nach. »Wie du willst. Dann wird er deinen Arsch eben morgen vor die Tür setzen. Ist vielleicht sogar besser. *Dann kann ich zusehen.*«

Sprachlos über seine Grausamkeit, setze ich unser Blickduell fort.

»Ich bin mir ziemlich sicher, dass ich dir schon gesagt habe, du sollst dich aus meinem Bett verziehen«, setzt er nach, als ich mich nicht schnell genug in Bewegung setze. Gerade wollte ich die Decke von mir schieben, als mir einfällt …

Ich bin immer noch fast nackt.

»Tut mir leid, aber ich verlasse dieses Bett erst –«

Wenn du dich umdrehst, wollte ich sagen, doch er scheint die Schnauze voll zu haben. Ich schreie kurz auf, als er mit einer einzigen schnellen Bewegung die Decke wegreißt und mich am linken Handgelenk packt. Er zerrt mich bis an die Bettkante und ich frage mich, ob ich mir das Ganze gerade einbilde. Denn wie ich dort in meinem Höschen so hänge, wird mir etwas klar, auf das ich in keinster Weise vorbereitet bin.

Ich fürchte mich vor diesem Kerl.

Vielleicht liegt es an seiner Haltung. Dem Nichts, das ihm aus allen Poren trieft.

Da ist keine Wärme, keine Güte, keine Schwäche, bei der man einhaken könnte. Normalerweise ist Menschenkenntnis mein Ding, aber aus diesem Arschloch könnte ich nicht das Geringste herauslesen.

Ich setze die Füße aufs kalte Parkett und erschauere, als er sich über mich beugt, seine Arme seitlich an meinen Körper legt und mich ins Visier nimmt.

Er ist …

atemberaubend.

Und nicht auf gute Art.

»Du willst also dieses Bett nicht verlassen, was?« Sein Blick gleitet langsam über mich und bleibt auf meinen Brüsten schamlos hängen.

Ich kann mich nicht rühren.

Warum kann ich mich nicht rühren?

Als ich spüre, wie meine Nippel hart werden, denke ich, ich kann nicht mehr tiefer sinken.

Und das Schlimmste?

Er scheint es zu bemerken, denn er *lächelt*.

Der logische Teil von mir will verschwinden, nach Hause rennen und niemals mehr einen Fuß in dieses Haus setzen, aber der andere Teil … Der andere Teil fühlt ein Ziehen im Bauch. Ein Ziehen, das es definitiv nicht geben sollte.

»Was dann? Was ist der Plan, Housesitter-Mädchen? In meinem Bett bleiben, während ich mir einen runterhole?«

Mir klappt die Kinnlade herunter.

»Willst du mir dabei zusehen, was du auf *unanständige* Weise unterbrochen hast?«

Das sind doch alles leere Drohungen. Nur leider klingen sie gar nicht so leer.

Er beugt sich noch dichter heran und flüstert: »Weil genau das passieren wird, wenn du nicht in den nächsten fünf Sekunden deinen prallen kleinen Arsch aus meinem Bett beförderst.«

Man könnte meinen, dieser Bastard hortet jedes bisschen Sauerstoff in diesem Raum.

»Oder … wolltest du diesen Schmollmund zum Einsatz bringen?« Ganz auf meine Lippen konzentriert hält er inne. »Eine Erhöhung kann ich dir nicht versprechen, aber bei mir wirst du das ganz bestimmt hinkriegen.«

Sein Blick wandert zur Verdeutlichung hinunter zu seinem Schritt und meine Wangen beginnen zu brennen. Er zieht jetzt nur eine Show ab. Will mich loswerden. Mich mit allen Mitteln aus dem Job ekeln. Dumm nur, dass ich das Geld dringender brauche, als dieser Kerl eine Therapie.

Mein nächster Schritt ist so klar wie sein Überlegenheitskomplex: Ich erhebe mich vom Bett, führe die Hände an die breiten Schultern und schenke den peinigenden Fragezeichen in seinen Augen ein Lächeln. Seine Haut ist brennend heiß. Und weich.

Außerdem riecht er gut, aber ich würde lieber aus einer Kloschüssel trinken, als mir das einzugestehen.

Dann … ramme ich ihm mein Knie in die Eier.

Volle Kanne.

Sein schmerzerfülltes Stöhnen ist nicht annähernd so befriedigend wie sein Gesichtsausdruck, als ich ihn wegschiebe und die Beine in meine Schlaf-Shorts stecke. Er krümmt sich nach vorn, greift sich in den Schritt und starrt mir Löcher in den Schädel, während ich meine Tasche nehme.

»Damit das klar ist.« Ich schaue ihm geradewegs in die Augen. »Das Einzige, was dieser Mund jemals für dich tun wird, ist dir zu sagen: *Fick dich.*«

Ohne ein weiteres Wort schnappe ich mir mein Handy vom Nachttisch und schlendere in ein anderes der vielen Gästezimmer im Haus der Richards. Bis mir klar wird …

Ich habe das eben tatsächlich getan.

Ich habe dem Sohn meines Bosses am ersten Arbeitstag das Knie in die Eier gerammt. Mit zitternden Händen schließe ich mich drei Türen weiter in einem leeren Schlafzimmer ein und muss an seinen hasserfüllten Blick denken.

Kein Zweifel, dass ich meinen ruhigen Sommer am Pool jetzt in den Wind schießen kann.

Ich weiß, dass mir Finn Richards das doppelt heimzahlen wird, sobald ich in meiner Wachsamkeit nachlasse. Denn ich habe nicht einfach nur ein Arschloch in seine Schranken gewiesen.

Nein, was ich dort drin getan habe …

… war eine *Kriegserklärung.*

2. KAPITEL

FINN

Eine Housesitterin.

Eine. Verfickte. Housesitterin.

Mein alter Herr hat ja im Lauf der Zeit schon eine Menge schlechter Ideen gehabt, aber diese hier? Diese setzt dem Kuchen die Kirsche auf, bei Weitem. Kaum bin ich eine Woche weg, lässt er eine komplett Fremde ins Haus, um auf Lexie aufzupassen, während er nach Santa Monica abdüst und dort mit irgendeiner geldgeilen Schlampe Cocktails schlürft.

»Kumpel, jetzt zieh dir mal den Besenstiel aus dem Arsch!«, sagt Axel, mein schwachsinniger Freund, und nimmt einen tiefen Zug an dem Joint in seiner Hand. »Im allerschlimmsten Fall bleibt das Mädchen, und du hast ein nettes Spielzeug für den Sommer. Heul leise!«

»Darum gehts doch nicht, Arschgesicht.« Ich lehne mich auf dem Fahrersitz zurück und lege die Füße aufs Armaturenbrett. »Es geht darum, dass mein Dad ins Strandhaus abgehauen ist und Lexie mit der Nächstbesten, die er finden konnte, alleingelassen hat.«

»Bro, du musst dir echt mal helfen lassen, so besessen wie du von diesem Hund bist. So ist dieser Scheiß wirklich nicht gesund.« Axel schnaubt, schnippt den Joint aus dem offenen Fenster und zündet sich direkt mit dem Feuerzeug die Bong auf seinem Schoß an.

Mit dem Mund verschließt er die Öffnung und inhaliert den Rauch. Ich schlage ihm auf den Hinterkopf und er bekommt einen Hustenanfall. Ständig liegen mir die Jungs in den Ohren, ich würde zu sehr an meinem Hund hängen. Okay, vielleicht übertreibe ich es ja mit meiner Fürsorge für Lexie. *Na und?* Mom ist ja nicht mehr da, um sich um sie zu kümmern.

Ignorierend, dass Axel fast erstickt, lasse ich den Blick über den Parkplatz bei den Quellen der Stadt schweifen.

Er ist leer.

Keine Überraschung.

Silver Springs ist nicht gerade berühmt für seine Unterhaltungsmöglichkeiten, und *ja,* das ist nur eine nette Art, zu sagen, dass meine Heimatstadt stinklangweilig ist. Noch schlimmer ist, dass Xavier – das Arschloch, das ich meinen besten Freund nenne – über den Sommer im Basketball-Camp ist. Wo ich auch sein sollte ... zugegebenermaßen.

Zu blöd, dass sie mich rausgeschmissen haben.

Wie's aussieht, versteht man beim Camp unter »Teamgeist« etwas anderes, als den Mitspielern Hosenzieher zu verpassen.

Na ja, wahrscheinlich ist es besser so.

Wenn ich gewusst hätte, dass Lexie den ganzen Sommer bei mir zu Hause mit dieser Verrückten verbringen muss, hätte ich Ridge Garcia schon gleich zu Anfang die Unterhose langgezogen.

Ich lasse den Kopf an die Kopfstütze sinken, angle das Handy aus der Tasche und suche die Nummer meines Vaters. Je schneller er dieses Edelsteinmädchen – oder was auch immer ihr Name ist – auf die Straße setzt, desto besser.

Es klingelt fünfmal, bis er abnimmt.

»Hanks Telefon.«

Entweder hat Dad eine Stimmentransplantation vornehmen lassen, oder ich spreche mit der blonden Parasitin, die sich an ihm festgesaugt hat.

Also komme ich gleich zur Sache. »Ich muss mit meinem Dad reden.«

»Oh, hi, Xavier, nicht wahr? Ich bin Sonia. Dein Dad hat mir so viel von dir erzählt.«

Ich wünschte, ich wäre wenigstens ein winziges bisschen schockiert, bin es aber nicht. Mein Dad labert irgendeiner Tussi über meinen besten Freund das Ohr ab anstatt über seinen eigenen Sohn? *Klingt richtig.*

»Falsche Person.«

»Scheiße, dann bist du Brody?«, fragt sie nervös.

Langsam wirds wirklich lächerlich.

»Ich bin Finn. Brody ist mein großer Bruder.«

In der Leitung wird es für einen Moment ganz still.

»Finn! Natürlich. Dein Vater redet die ganze Zeit über di-«

»Selma, gib ihm einfach das Scheißtelefon, okay?«, falle ich ihr ins Wort.

»Ich bin Sonia«, korrigiert sie mich.

»Wie auch immer.«

Beleidigt schnauzt sie: »Eine Minute.«

In der Leitung schlurft und rumpelt es, dann mischen sich ferne Stimmen. Und dann höre ich ... Wasser ... Wellen ...

Das Meer?

Er ist auf einer Yacht unterwegs, oder?

Auf einem neuen Boot mit irgendeinem neuen Mädchen.

Was kommt als Nächstes?

Dass er Moms Boot umbenennt – nach einer seiner Huren?

»Hey, Kleiner. Tschuldige, ich war schwimmen«, sagt Dad am anderen Ende. »Zu Hause alles okay?«

»Du meinst, abgesehen von dem tobsüchtigen Miststück hier?«

Ein tiefer Seufzer zieht sich durch die Leitung. »Ich hatte dir doch von der Housesitterin erzählt.«

»Das hast du, und das war in Ordnung, solange ich nicht zu Hause war, aber jetzt bin ich zurück. Lass dich nicht abhalten, sie zu feuern.«

Für einen Moment herrscht Stille.

»Das wird nicht geschehen.«

Was hat er eben gesagt ...

»Wie bitte?«

»Ich werde sie nicht feuern, Finley.«

»Aber verdammt, du brauchst sie doch gar nicht. *Ich* kümmere mich um das Haus. Wie ich es immer getan habe.«

»Und ich soll zulassen, dass sich das, was letzten Sommer geschehen ist, wiederholt?«

Jetzt geht das wieder los.

»War doch nur eine einzige Party!«

Doch er lässt mich abblitzen: »Nicht einmal eine einzige Woche im Basketball-Camp, und schon hast du Scheiße gebaut. Was bleibt mir anderes übrig?«

Langsam steigt die Wut in mir hoch und ich murmle: »Schön. Was ist mit Brody?«

»Dein Bruder hat sich in Sommerkurse eingeschrieben.«

»Ach, und an den Wochenenden kann er nicht heimkommen? Bullshit.«

»Also soll Lexie fünf Tage die Woche alleine bleiben?«

»Sie ist nicht alleine. Ich bin doch hier«, wende ich ein.

»Schau mal, mein Sohn, nichts für ungut, aber du hast nicht gerade die beste Bilanz vorzuweisen. Vielleicht wenn du es besser wüsstest, wie Xavier, dann würde ich –«

Damit ist mein Knackpunkt erreicht. »Warum zum Teufel geht es jetzt plötzlich um Xavier?«

»Geht es nicht.« Wieder seufzt Dad. »Es geht darum, dass du noch nicht in der Lage bist, Verantwortung zu übernehmen.«

»Also vertraust du mir nicht«, wird mir klar.

»Das habe ich nicht gesagt.«

»Aber gemeint.«

Meine Vorwürfe beeindrucken ihn nicht. »Hör zu, die Mitchells sind gute Leute. Sie haben ihre Tochter anständig erzogen. Und du hast jemanden, der sich um alles kümmert, damit du mit deinen Kumpels losziehen kannst, ohne dich um Lexie sorgen zu müssen. Es ist eine Win-win-Situation.«

»Du hast dich also entschieden?«

»Das habe ich. Tut mir leid, Kumpel, aber sie wird nirgendwohin gehen. Es sei denn, sie kündigt.«

Seine Worte laufen bei mir in Endlosschleife, und mein Gehirn ist geradezu überfordert von den Tausenden von Möglichkeiten, wie ich ihr das Leben zur Hölle machen könnte.

»Also schön.«

Ich will gerade auflegen, als Dad mich stoppt. »Finn?«

»Was?«, schnauze ich.

»Hast du es dir schon einmal angesehen?«

Sofort weiß ich, was er meint.

»Meine Leute sagen, es wäre wieder wie neu«, fügt er an.

Ein Feuer versengt mein Inneres und verbrennt das bisschen Respekt, das ich für meinen Vater noch hatte, zu einem kleinen Häufchen Asche.

Manche Dinge ändern sich nie.

Selbst wenn sie das sollten.

Meine Fäuste balle ich so fest, bis ich kein Gefühl mehr in den Gelenken habe.

»Ich sagte dir doch, dass ich dieses verfickte Boot höchstens noch betrete, um es zu versenken.«

Dann lege ich auf.

Im Wagen macht sich Schweigen breit, und ich weiß das ferne Gurgeln der Quellen als Ablenkung zu schätzen. Alles, was den verletzten kleinen Jungen in meinem Kopf übertönt. Der sich an Dinge erinnert, die ich lieber vergessen würde. Wie die Zeiten, als sein eigener Vater nicht einem völlig fremden Menschen mehr vertraute als seinem eigenen Sohn …

Ich will etwas kaputt machen.

Vorzugsweise etwas, das der liebe Papi nicht kaputt sehen möchte.

Und ich glaube, ich weiß genau, womit ich anfange …

»Na, war ja ganz schön intensiv«, meldet sich Axel vom Beifahrersitz zu Wort.

»Raus aus dem Wagen.« Ich sehe ihn nicht einmal an.

»Redest du mit mir?«

»Bestimmt nicht mit deiner Mom, verdammte Scheiße.«

»Alter, und wie komme ich von hier weg?« Axel lacht nervös, als würde er darauf warten, dass ich auch zu lachen anfange.

»Dann ist es eben Scheiße, du zu sein. Raus mit dir. Ich habe was zu erledigen.«

Irritiert stößt Axel die Autotür auf und steigt aus.

»Den ganzen Mist hier nimmst du auch mit.« Ich werfe ihm die Bong und die Tüte mit dem Gras hinterher.

»Du willst mich hier ernsthaft stehen lassen? Mit einer Schwanz-Bong, mitten auf einem Parkplatz? Echt jetzt?«

Als Antwort lege ich den Rückwärtsgang ein, setze aus der Parklücke zurück und fahre mit Vollgas davon.

Seine letzten Worte bekomme ich noch durchs offene Fenster mit. »Was kann so wichtig sein, dass du jetzt sofort losmusst?«

Axel ist im Rückspiegel nur noch ein kleiner Umriss mit einer schwanzförmigen Bong in der Hand, als mir die Antwort einfällt. Dad will das Juwelen-Miststück nicht rausschmeißen?

Schön.

Ich kann aber trotzdem dafür sorgen, dass sie hinschmeißt.

* * *

DIAMOND

Aveena: Na, wie läufts am ersten Tag?

Schnell lese ich die Nachricht meiner besten Freundin, während ich mit Lexie den Gehweg entlangeile. Wenn ich noch eine Runde um diesen Straßenblock drehe, wird bei der Oma gegenüber eine Ader platzen.

Seit zwei Stunden stiert sie mich jetzt schon von ihrer Veranda aus böse an. *Zwei Stunden.* Sie gehört definitiv zu den Leuten, die glauben, Hunde existierten nur, um auf ihren Rasen zu pissen.

Okay, ich schweife ab.

Heute Morgen bin ich auf Zehenspitzen die Treppe hinuntergeschlichen aus Angst, dass mich mein Mitbewohner in der Küche erwartet.

Mit einer Axt.

Oder einem Goldbarren.

Oder was reiche Leute sonst so als Waffe benutzen.

Ich war froh, dass ich mich vorige Nacht verteidigt hatte, aber Tageslicht-Dia? Sie ist nicht annähernd so selbstsicher. Besonders nach meinem Telefonat mit Mr Richards heute Morgen.

Er entschuldigte sich dafür, mich wegen der Rückkehr seines Sohnes nicht vorgewarnt zu haben, und bot mir im Gegenzug noch mehr Geld an, damit ich weiter für ihn arbeite, ohne Fragen zu stellen. Wenn selbst dein *Boss* weiß, dass sein Sohn ein Albtraum ist, dann steht dir ein höllischer Sommer bevor.

Aber ich konnte nicht Nein sagen. Ich brauche ein Auto, bevor das letzte Schuljahr losgeht – hier eine besondere Erwähnung meines großen Bruders Jesse, der sturzbetrunken in mein altes reingefahren ist.

Außerdem habe ich schon den perfekten Wagen im Visier.

Brenda, die in Dads Restaurant als Kellnerin arbeitet, verkauft ihren Käfer und hat versprochen, ihn bis Ferienende für mich zu reservieren. Hoffentlich erhöht mir Mr Richards jedes Mal den Lohn, wenn er wegen seiner missratenen Brut ein schlechtes Gewissen hat.

Als mir einfällt, dass ich meiner besten Freundin nicht geantwortet habe, schicke ich Aveena eine Nachricht, während Lexie auf dem Gehsteig ihr Geschäft verrichtet.

Dia: Mal sehen. Ich habe noch niemandem in die Eier getreten, also … geht es wohl besser als gestern?

Eine Nanosekunde später meldet mein Handy ihre Nachricht.

Aveena: Das war aber ziemlich spezifisch.

Aveena: Ich bestehe auf einen vollständigen Bericht mit Einzelheiten und Rechnungen, besten Dank.

Ich schnaube vor Lachen.

Meine beste Freundin hat sich nie für Schuldramen interessiert. Aveena ist schüchtern und bleibt meist für sich. Nie würde sie sich dabei erwischen lassen, wie sie sich das Maul über irgendeine Cheerleaderin zerreißt, die mit dem besten Freund ihres Freundes schläft – du bist gemeint, Brielle Randall. Aber wenn es um *mein* Drama geht, wird Aveena Harper zur Detektivin.

Dia: Weißt du noch, als ich erzählt habe, dass ich den Sommer über mit dem Hund der Richards allein sein werde?

Sie begreift sofort.

Aveena: Du machst Witze.

Dia: Mache ich nicht.

Aveena: Jetzt sag bloß nicht, du wirst den Sommer mit Finn Richards verbringen.

Dia: Soll ich dich etwa anlügen?

Aveena: Süße, hau da ab! Für so einen Scheiß zahlen sie dir nicht genug!

Dia: Mein Boss hat mir tatsächlich
eben erst den Lohn erhöht ...

Aveena: Siehst du? Selbst er weiß,
dass sein Sohn verrückt ist.
Was haben deine Dads dazu gesagt?

Dia: Ich habe Mr Richards erzählt,
ich würde sie fragen, ob das okay ist,
aber das habe ich dann irgendwie ...
nicht gemacht.

Aveena: Glaubst du, sie würden
dich dort arbeiten lassen?

Dia: Und ihr kleines Mädchen zwei
Monate lang mit einem Kerl
allein lassen? Bist du bekifft?

Aveena: Scheiße, D, was wirst du
jetzt tun?

Dia: Keine Ahnung. Ihm zwei Monate
aus dem Weg gehen, denke ich?

Lexie drückt sich ganz eng an mein Bein, bevor Aveena mir zurückschreibt. Ich versuche, die Hündin am Kopf zu streicheln und muss lachen, als sie stattdessen meine Hand ableckt.

Schon jetzt vergöttere ich Lexie. Sie ist so freundlich, lieb und beschützend.

Ich war noch keinen Tag hier, als mir die neunjährige Golden-Retriever-Hündin schon überallhin folgte. Bei diesem Job ist sie bis jetzt der einzige Silberstreif am Horizont.

Ich mache hinter Lexie sauber und komme zu dem Schluss, dass ich Finn nicht ewig aus dem Weg gehen kann. Irgendwann muss ich zum Haus zurück. Vielleicht könnte ich sogar versuchen, Frieden mit ihm zu schließen, wenn er das zulässt.

Viel zu schnell bin ich bei der Villa der Richards wieder angekommen, denn jedes Mal, wenn ich langsamer wurde, zog Lexie erbarmungslos an der Leine.

Während ich die lange Auffahrt hinaufschlendere, bereite ich innerlich eine Rede vor und probe eine gespielte Entschuldigung, in der Hoffnung, zwischen Finn und mir wieder zu so etwas wie zivilen Umgangsformen zurückzukehren.

Bis ich oben ankomme …

Und mir klar wird, dass eine *Rückkehr zu zivilen Umgangsformen* nie eine Option war.

Als Erstes sehe ich meine Reisetasche mitten in der Auffahrt im Springbrunnen liegen.

Dann entdecke ich meine T-Shirts, Schuhe, Badeanzüge, Shorts – sogar meine verdammte Unterwäsche – alles liegt verstreut auf dem Rasen der Millionärsvilla. Überall fliegt das Zeug herum, jedes einzelne Kleidungsstück, das ich mitgebracht habe, einfach ausgekippt wie Müll.

Mein Make-up ist auf den Betonplatten verteilt. Nicht nur die Lippenstifte, die ich zum Geburtstag bekommen haben, auch die Neunzig-Dollar-Lidschattenpalette meiner Schwester verschmieren die Einfahrt.

Mein Handy-Ladegerät und der Kindle-E-Reader liegen tief im Becken des Springbrunnens, aber was wirklich die Wut in mir hochkochen lässt … ist der Anblick des einzigen Kleidungsstücks, das ich aus einem brennenden Haus retten würde.

Mein Radiohead-T-Shirt.

Finn hat es in einer Lache aus Foundation liegen lassen; die Flüssigkeit aus der Flasche ist auf den Stoff gelaufen. Ich war nie ein gewalttätiger Mensch, aber als ich Finn jetzt mit einem erhabenen Grinsen aus dem Haus kommen sehe, will ich eine Petition starten, um den ganzen Laden hier in Brand zu stecken.

Lexie hat keinen Blick für meine vernichteten Sachen am Boden. Die Verräterin stürmt schwanzwedelnd auf Finn zu und bellt sich die Seele aus dem Leib.

»Runter, Süße«, befiehlt Finn, und Lexie hört aufs Wort. »Sitz.« Die Hündin gehorcht, Finn geht in die Knie und streichelt sie. Sofort nutzt sie die Gelegenheit und fährt ihm mit der Zunge über die Wange.

Wie kann so ein süßer Hund … einen so *grausamen* Kerl lieben?

»Komm her.« Finn krault Lexie unterm Kinn und reibt ihr den Bauch, während sie sich auf den Rücken rollt.

Erst da begreife ich.

Er ist gar nicht grausam.

Wenigstens nicht *ihr* gegenüber.

Einen Augenblick bleibe ich stehen und beobachte das Wiedersehen, bis Finn die Haustür aufstößt und seine Hündin hineinlässt. Kaum ist sie im Haus, verschwindet auch augenblicklich meine Gelassenheit.

»Was zum Teufel?«, brülle ich beinah. »Bist du völlig übergeschnappt?«

Ich presche zu ihm hinüber.

Völlig ungerührt blickt Finn auf mich herab und verschränkt die Arme vor der Brust. »Ach, das?« Er grinst mich blöde an. »Hoffe, das macht dir nichts aus. Mein Dad hat behauptet, ich wäre verantwortungslos, und da dachte ich, ich beweise das Gegenteil und bringe den Müll raus.«

Meine Kinnlade kracht auf den Boden.

Dieser Wichser.

»Du hast die Grenze überschritten. Meilenweit!« Sein überhebliches Grinsen macht mich fast wahnsinnig.

»Ach, Schätzchen.« Zu meiner Überraschung kommt er näher

und hebt mein Kinn mit dem Zeigefinger an. »Auf dieser Grenze habe ich schon getanzt, bevor du überhaupt Titten bekommen hast. *Beiß mich doch.*«

Ich schlucke heftig und suche in seinen Augen nach einem Hauch von Menschlichkeit. Was den letzten Teil angeht, hat er recht. Jeder weiß, dass sich Finn Richards viel zu früh mit Erwachsenenangelegenheiten auseinandersetzen musste.

Er war acht, als er seine Mutter verlor.

Meine Familie hat an jenem Schicksalstag noch nicht einmal in Silver Springs gewohnt, aber wir waren kaum eine Woche hier, als wir schon alles darüber wussten, was am Lake Belmont geschehen war.

Genaue Einzelheiten über Mrs Richards' Tod lassen sich den Artikeln allerdings nicht entnehmen, die ich gelesen habe, bevor ich den Job annahm. Wenn man vorhat, für einen verwitweten Millionär zu arbeiten, dann erkundigt man sich schließlich ein bisschen.

Im Internet heißt es meistens, es wäre ein Bootsunfall gewesen, der letztendlich dazu führte, dass Finns Mutter im See ertrank. Aber darüber hinaus erfährt man nichts Genaues. Das Boot war wohl sogar nach ihr benannt, was alles nur noch schlimmer macht.

Taucher suchten eine halbe Ewigkeit nach ihrer Leiche, aber selbst nach Monaten wurde sie nicht gefunden.

Bis heute ist ihr Leichnam nicht aufgetaucht.

»Was sagst du, Edelstein?« Finn holt mich ins Hier und Jetzt zurück und blickt mich voller Verachtung an. »Schon bereit zu kündigen?«

Ich schlage seine Hand weg, stelle mich auf die Zehenspitzen und sehe neben ihm immer noch wie ein Zwerg aus.

Echt jetzt?

Wer hat ihm bloß erlaubt, *so* verdammt groß zu sein?

»Erstens, mein Name ist Diamond. Und zweitens … hast

du wirklich gedacht, meine Klamotten zu versauen würde ausreichen, um mich loszuwerden?« Spöttisch setze ich nach: »Echt peinlich, Süßer.«

Sein selbstsicheres Lächeln beginnt zu bröckeln.

»Glaubst du, ich hätte vor einem reichen Bürschchen wie dir Angst? Ich bin mit einem großen Bruder aufgewachsen, dessen größtes Ziel war, mir das Leben zur Hölle zu machen, also … das hier«, ich deute auf das Chaos, das er angerichtet hat, »ist ein verdammt normaler Dienstag für mich.«

Als Antwort kommt Finn noch näher und ragt mit seiner eindrucksvollen Gestalt über mir auf wie sonst was. Er hat so ein Pokerface aufgesetzt, dass ich kaum wahrnehme, wie sich seine Mundwinkel vor Wut verbiegen.

Ich bin mir sicher, dass mit meiner Lunge irgendwas nicht stimmt, als er den Kopf zur Seite neigt, die Augen zusammenkneift und bedrohlich knurrt: »Ist das eine Herausforderung?«

Einatmen, ausatmen.

»Das ist eine Warnung.« Auch ich schiebe mich dichter an ihn ran. Wenn dieses Arschloch meint, sein wie gemeißeltes Kinn, sein abartiger Körper und seine bodenlosen Haselnussaugen würden genügen, um mich aus der Bahn zu werfen, dann hat er …

Absolut recht.

Mission abbrechen.

Ich weiche ebenso schnell zurück, wie ich vorgerückt bin, räuspere mich und konzentriere mich auf das verdreckte Radiohead-T-Shirt vor meinen Füßen. »Du bezahlst die Reinigung«, bemerke ich bemüht beiläufig.

Höhnisch gibt er zurück: »Den Teufel werde ich tun.«

»Ach … wie gehts eigentlich Xavier?«, begebe ich mich auf sein Niveau herunter. »Ich habe gehört, er sei über den Sommer weg. Muss wirklich schwer sein für Brie. Da fragt man sich wirklich, wie sie die Zeit rumkriegt.«

Seine Gesichtszüge entgleisen.

Überraschung, Arschgesicht. Ich kann auch unfair.

Die Klamottengeschichte hätte bei vielen Mädchen bestimmt funktioniert, aber bei mir? Keine Chance. Ich bin halb Spanierin, halb Indonesierin. Meine ganze Kindheit lang hat man mich meine kohlrabenschwarzen Locken und dunklere Haut nicht einen Moment vergessen lassen. Auch Kinder können nämlich richtige Arschlöcher sein, wenn sie wollen.

Ganz zu schweigen von meinen *zwei* Dads und der Tatsache, dass alle meine Geschwister adoptiert sind – genau wie ich. Bis das alles durchgekaut ist, würde Finn vielleicht sogar eine Seele wachsen, aber dafür habe ich jetzt nicht die Zeit.

Wir starren einander noch für ein paar Sekunden in die Augen und sein Kiefer malmt, während er gegen den Druck der Wände ankämpft, die auf ihn einwirken. Jetzt habe ich ihn. Er steckt fest, und das weiß er auch.

»Du bist hartnäckig, was?«, räumt er ein.

»Höchste Zeit, dass du's merkst.«

An dem Zucken in seinem Gesicht erkenne ich, dass ihm seine eigene Medizin überhaupt nicht schmeckt.

»Morgen habe ich das Geld«, blafft er, beißt die Zähne zusammen und stürmt zurück ins Haus.

Eigentlich sollte ich glücklich sein.

Ich habe mich behauptet, obwohl ich eigentlich kollabieren wollte. Aber ich bin nicht so blöd zu glauben, dass der Teufel schon mit mir fertig ist.

Vielleicht habe ich diese Runde gewonnen …

Aber der Kampf geht erst richtig los.

3. KAPITEL

DIAMOND

»Noch sieben Wochen«, knurre ich vor mich hin, während ich die Treppe mit der Tasche hinuntertrabe, in die ich meine Klamotten gepackt habe – und mit »Klamotten« meine ich die paar Outfits, die ich nach Finns Vorstellung von letzter Woche retten konnte.

Mein dämonischer Hausgenosse hat Wort gehalten und für den verursachten Schaden bezahlt, aber ich musste trotzdem einkaufen gehen und all das ersetzen, was selbst eine teure Reinigung nicht retten konnte.

Ein Glück für Finns Weichteile – mein Radiohead-T-Shirt ist komplett wiederhergestellt. Der Bastard ahnt nicht einmal, wie nah ich daran war, in seiner Wäscheschublade Juckpulver zu verteilen.

Durchs Erdgeschoss hallt Hundegebell, als ich am Fuß der Treppe ankomme. Lexie kommt schwanzwedelnd herbeigerannt. Schon seit fünf Tagen begrüßt sie mich jetzt so.

Ich hatte vielleicht die schrägste erste Arbeitswoche aller Zeiten, aber dass die Hündin jeden Morgen aufs Neue angerannt kommt, wird mir bestimmt einmal fehlen.

»Dir auch einen guten Morgen«, kichere ich und streichle sie hinter den Ohren. »Na, wer ist ein gutes Mädchen?«

Als wolle sie etwas beweisen, setzt sie sich hin und streckt die Pfote vor. Schon die ganze Woche übe ich mit ihr Tricks und sie hat ziemlich schnell begriffen, dass Pfötchen geben Leckereien bedeutet.

»Netter Versuch.« Ich sehe sie mit zusammengekniffenen Augen an, aber sie lässt nicht locker und blickt mich mit diesen riesengroßen wunderschönen braunen Augen an.

Ich hasse es, den bösen Cop zu spielen, aber mir wäre es lieber,

Mr Richards wird bei seiner Heimkehr nicht feststellen, dass sein Hund dreißig Pfund zugenommen hat.

Bleib standhaft, Dia.

Standhalten.

Standhalten.

Standhal…

Stand…

Sta…

Jetzt stürm in die Küche und hol ihr einen Leckerbissen.

Im Nu bin ich auf den Beinen und eile Richtung Küche, um ihr einen Abschiedshappen zu holen. Mr Richards hat vorgeschlagen, ich solle mir den Rest des Sommers die Wochenenden freinehmen. Sein Sohn könne die Festung auch zwei Tage die Woche alleine halten, und ich bestimmt etwas Zeit ohne Finn vertragen.

Also schön, das Letzte hat er nicht gesagt, aber ich weiß zwischen den Zeilen zu lesen.

Ständig ruft er an und fragt, wie es hier läuft. Fast als würde er erwarten, dass ich mich bei ihm über seinen schrecklichen Sohn ausheule. Das Schlimmste ist, selbst wenn ich petzen wollte – ich kann nicht.

Mein Schweigen ist das Einzige, das mich vor Finns Grausamkeiten bewahrt. Er hat meine Drohung, ich könnte Xavier von seinem Treuebruch erzählen, deutlich verstanden.

Den Rest der Woche hat sich Finn ruhig verhalten, war die Nächte über unterwegs und hat abfällig gegrunzt, wann immer ich ins Zimmer kam. Er hat mich gemieden wie die Pest, aber neue Pläne, mir das Leben zu ruinieren, hat es auch nicht gegeben …

Noch nicht.

In der Küche angekommen setze ich Kaffee auf und hole Lexies Leckerbissen aus dem Fach über den Kühlschrank.

»Das ist aber das Letzte. Wirklich«, schimpfe ich im Scherz, und Lexie schnappt es mir sofort aus der Hand.

»Ein Stein als Haustier hätte mehr Autorität als du.«

Ich drehe den Kopf und sehe, dass der Stimmungskiller von Silver Springs in der Tür steht. Ohne Hemd, mit grauen Shorts, einen Basketball lässig gegen die Hüfte gedrückt.

Eine Sekunde zu lang sehen wir uns in die Augen, dann senke ich den Blick, konzentriere mich auf sein zerklüftetes Sixpack und seine langen Finger auf dem Basketball.

Er hat große Hände.

Dia, hör auf.

Er ist nicht mal die Kalorien wert, die du beim Abchecken verbrennst.

»Hey, Mitbewohner.« Ich lasse ein Lächeln aufblitzen, das zu meinem völligen Erstaunen nicht gezwungen ist. Das Wissen, dass ich ihn jetzt zwei volle Tage nicht sehen muss, macht gute Laune. Verwirrt zieht Finn eine Augenbraue hoch und versucht scheinbar, meine Freundlichkeit zu berechnen.

Am Verarbeiten, lese ich in seinen Augen.

Und dann: *Systemausfall, versuche es noch einmal.*

»Tu das nicht«, sagt er eiskalt.

»Tu nicht was?«, stelle ich mich dumm.

»Was zum Teufel *das* ist, es ist zum Kotzen.« Finn geht um mich herum, greift sich den Espresso, den ich mir gerade gemacht habe, und nimmt einen großen Schluck. »Scheiße, wolltest du den etwa trinken?«

An der Art, wie er mich anstarrt, erkenne ich, dass er sich nach einer Reaktion von mir sehnt. Er will, dass ich wütend werde, und sei es nur, um sein Ego zu füttern.

»Eigentlich schon.«

»Mein Fehler. Es macht dir aber doch nichts aus, wenn ich ihn austrinke, oder?« Bevor ich antworten kann, hat er ihn schon heruntergekippt.

So langsam mischt sich Ärger mit meinem Blut und pulsiert durch meine Adern.

Gib ihm nicht, was er haben will.

»Nein, natürlich nicht. Lass ihn dir schmecken.«

Er schaut mich an, als wäre mir gerade eine dritte Brust gewachsen. Ich muss mir auf die Innenseite der Wange beißen, um nicht zu lächeln, während ich mein Handy checke. Meine Familie erwartet mich zum Mittagessen.

Eine Sekunde später kommt Aveenas Textnachricht.

Aveena: Bin draußen.

Ich stopfe das Handy in meine Gesäßtasche und schlendere, die Tasche über der Schulter, Richtung Haustür. Finns Blick folgt mir durch den Raum.

»Schönes Wochenende«, wünsch ich ihm und ziehe die Tür auf. Bevor ich auch nur einen Schritt tun kann, zerschneidet seine Stimme die Luft.

»Warte.«

Ich halte inne und schaue über die Schulter zu ihm zurück.

Er hat den Espresso weggestellt und lässt jetzt den Ball auf dem Zeigefinger kreiseln. Mühelos.

Angeber.

»Bist du nächste Woche wieder da?«

Verblüfft starre ich ihn an. Warum sollte er mich so etwas fragen? *Will* er denn, dass ich zurückkomme? Begräbt er nun doch das Kriegsbeil und wir können wieder zivilisiert miteinander umgehen?

»Ja?«

Dann schießt er meine närrische Hoffnung mit einem Satz über den Haufen. »Dann werde ich kein schönes Wochenende haben.«

Arschloch.

* * *

»Eine ganze Woche? Hätte nicht gedacht, dass du so lange durchhältst. Verdammt, Schwesterherz«, bemerkt Jesse und stellt die Schüssel mit dem Kartoffelsalat auf den Küchentisch. Schön dumm von mir, dass ich dachte, ich könnte eine komplette Mahlzeit durchstehen, ohne mit Fragen bombardiert zu werden.

»Verdammt?«, wiederholt Charlie, mein dreijähriger Bruder, lässt das Wort auf seiner Zunge zergehen und entscheidet, dass es ihm schmeckt. »Verdammt, verdammt, verdammt.«

»Sag das nicht, Schatz. Das ist ein schlimmes Wort«, schilt ihn Gaten, mein Dad, und wirft Jesse einen mordlustigen Blick zu. Aveena kichert an ihrem Platz, neigt den Kopf nach vorne und versteckt sich hinter ihrem karamellfarbenen Haar.

»Liebling, wärst du so nett und reichst Charles die Milch?«, fragt Gaten meinen anderen Dad Dave – das ist immer ein bisschen verwirrend; deshalb nenne ich sie bei den Vornamen. Dave nickt, steht auf und schlängelt sich hinüber zum Kühlschrank.

»Keine Milch. *Saft!*«, protestiert Charlie.

Dave wirft einen Blick über die Schulter zu seinem Mann, um sich den Wunsch bestätigen zu lassen. So treffen die beiden mittlerweile ihre erzieherischen Entscheidungen.

Ich muss kaum älter als fünf gewesen sein, als ich begriff, dass Gaten mein »Ja«-Vater war, Dave dagegen mein »Zur Hölle, nein«-Vater. Meine älteren Geschwister Jesse und Catalina kapierten das sofort. Die Arschlöcher haben praktisch ihre ganze Highschool-Zeit damit zugebracht, meine Dads ständig mit Kleinigkeiten gegeneinander auszuspielen.

Wenn Ja-Dad irgendetwas erlaubt hatte, war man schon zur Tür hinaus und es war zu spät für Nein-Dad, das Ganze zu stoppen – uralter Trick, ihr wisst Bescheid.

»Noch mehr Zucker und wir können vergessen, ihn nachher zum Schlafen hinzulegen.« Dave schüttelt den Kopf und Gaten nickt zustimmend, greift sich die Milch und gießt in Charlies Schnabeltasse ein.

»Saft«, beschwert sich Charlie.

»Ich habe Nein gesagt, Charles«, erklärt Dave.

»*Verdammt*«, schimpft Charlie und recycelt sein neues Lieblingswort. Jesse beißt sich auf die Unterlippe, um nicht loszulachen.

»Jesse, ermutige ihn nicht«, tadelt Gaten.

»Er hat recht. Das ist nicht komisch«, meldet sich Dave zu Wort.

Jesse lacht in seine Faust. »Es ist schon ein bisschen lustig.«

Nun kann ich mich nicht mehr beherrschen und mein Prusten schallt durch den Raum.

»Diamond!«, schimpft Dave.

Es ist der letzte Dominostein einer langen Folge von unterdrücktem Kichern in der Küche, das kein Ende nehmen will. Kein Gesicht bleibt ernst, während meine Eltern versuchen, meinen kleinen Bruder wegen seines losen Mundwerks zu schelten.

»Wollte Catalina nicht auch kommen?«, wechsle ich das Thema, als sich alle beruhigt haben. Ich bin erleichtert, dass meine ältere Schwester nicht da ist. Alles andere wäre eine Lüge.

Das Meiste von dem Make-up, das Finn ruiniert hat, war ihres, und sie wird mich zweifellos bei lebendigem Leibe häuten, wenn sie das herausfindet. Finn hat mir zwar das Geld dafür überwiesen, aber ich bin noch nicht in die Mall gekommen, um die Sachen zu ersetzen.

»Sie konnte nicht. Irgendetwas mit ihrem Freund«, erklärt Dave.

»Welchem denn?«, ätzt Jesse so leise, dass es nur Aveena und ich mitbekommen.

Meine beste Freundin und ich wechseln einen wissenden Blick.

Das war nicht gelogen.

Catalina hat seit der Trennung von ihrem langjährigen Freund Malek auf vielen Hochzeiten getanzt. Malek war in *jeder Hinsicht* ihr Erster. Bis er praktisch über Nacht verschwand und, ohne eine

Spur zu hinterlassen, das Land verließ. Wenige Wochen, nachdem er ihr einen Heiratsantrag gemacht hatte.

Der Typ hat Ghosting auf ein ganz neues Level gebracht, alle seine sozialen Medien gelöscht und seinen Job gekündigt, ist aus seiner Wohnung ausgezogen und vom Erdboden verschwunden.

Und dass Schlimmste ist, Cat und Mal waren das Paar, auf das alle eifersüchtig waren. Das einen total nervt, weil es *so perfekt* ist.

Es hatte etwas mit der Art zu tun, wie er sie ansah. Als wäre Cat die einzige Frau, deren Sprache Mal verstand, und ihre Augen der einzige Ort, an dem er sich zu Hause fühlte.

Alle Spuren, denen Catalina nachging, entpuppten sich als Sackgassen. Die Polizei meinte, er habe wohl eine Kehrtwende gemacht und ein neues Leben begonnen. Monatelang war sie danach in Therapie. Dann fand sie Trost bei dem einzigen Menschen, der nach Mals Verschwinden ebenfalls verlassen worden war.

Seinem besten Freund River.

Mit ihm war sie die vergangenen Monate immer mal wieder zusammen. In Wirklichkeit ist sie aber noch nicht über Mal hinweg und ich habe das Gefühl, sie wird den Typen, mit dem sie eigentlich alt werden wollte, niemals völlig vergessen können.

»Wie war denn deine erste Arbeitswoche, Schatz?«, fragt Dave weiter.

Schon gut, das bekommst du hin.

Aber erzähl ihnen nicht, dass du mit einem Kerl zusammen wohnst.

»Es war …«

Furchtbar.

Die Hölle.

Keinesfalls empfehlenswert.

»*Interessant*«, umschiffe ich die Wahrheit. »Viel mehr Arbeit, als nur am Wochenende auf ein Tier aufzupassen. Aber wenigstens ist der Hund klasse.« Ich stecke mir einen großen Bissen in den Mund und bete, dass das Interview hier endet.

»Ist es nicht seltsam, dort so ganz allein?«, fragt Gaten, und ich kaue erst mal ausgiebig weiter.

»Als Kind hattest du immer Angst im Dunkeln. Allein in einer Villa, das hältst du doch im Leben nicht aus«, spottet Jesse.

Das ist die Sache. Ich wohne gar nicht alleine, sagt die innere Dia. Ich wohne zusammen mit einem großspurigen, lächerlich gut aussehenden Basketballspieler, der mächtig mies drauf ist.

»Ich schaffe das schon.« Ich zucke mit den Schultern.

»Die Bude ist so riesig, da könnte irgendein Schwachmat mitten in der Nacht einbrechen, und du würdest es gar nicht mitbekommen. Macht dich das nicht völlig fertig?«, fragt Jesse mit dem einzigen Ziel, mir Angst einzujagen.

Kenne ich schon. Hab ich auch schon hinter mir.

Nur, dass der Schwachmat der Sohn von meinem Boss ist, und mir nicht irgendein Fremder Angst macht, sondern diese grausamen Augen.

»Nö.« Ich nutze die Gelegenheit für den nächsten Bissen und merke, dass mich Gaten argwöhnisch beäugt. Zum Glück sieht mir Aveena die aufsteigende Panik an.

»Gaten, hör mal«, mischt sie sich ein. »Ich habe gesehen, im Restaurant läuft wieder die Zwei-zum-Preis-von-einem-Aktion. Greifen die Leute zu? Sieht aus, als würden die Geschäfte gut laufen.« Zum Zeichen ihrer Unterstützung stößt sie mich unter dem Tisch mit dem Knie an.

Aveena weiß, das Restaurant ist Dads Sweetspot. Er kann es sich einfach nicht verkneifen, über sein fünftes Kind und seine größte Errungenschaft zu reden. Wie erwartet steigt er sofort ein und erzählt alles, was dort gerade los ist, während sich mein Körper immer weiter entspannt.

Falls ihr euch gefragt habt, ob Aveena Harper eine gute Freundin ist, hier habt ihr die Antwort. Vee und ich sind manchmal ganze Welten voneinander entfernt, und ja, in letzter Zeit haben wir öfter Meinungsverschiedenheiten – angefangen damit, dass sie nicht im Geringsten am männlichen Teil der Bevölkerung interessiert ist – aber ihre Treue?

Die wird sich niemals ändern.

Das Mädchen ist praktisch der personifizierte Problemlöser, sowohl bei sich zu Hause als auch für ihre Freunde. Seit Jahren schon ist sie Mädchen für alles für ihre Schwester Ashley, das Wunderkind. Ich wundere mich, dass ihre Mutter ihr überhaupt erlaubt hat, mit uns Mittag zu essen.

Ashleys Terminkalender ist an den Wochenenden ebenso voll wie unter der Woche, und eine Pause hat Aveena so gut wie nie. Nur einer der Nachteile, wenn die Schwester bei einer Talentshow gewonnen hat.

Seit zehn Minuten berichtet Gaten darüber, dass die Werbeaktion mehr Kunden denn je ins Lokal lockt. Aveena hört lächelnd zu und nickt.

»Ach, was ich beinah vergessen hätte«, fällt Gaten ein, als er anfängt, den Tisch abzuräumen. »Diamond, Jesse soll dich morgen zurück zu deiner Arbeit fahren.«

Mir bleibt der Mund offen stehen.

»*Was soll er?*«, platzt es aus mir heraus.

»*Was soll ich?*«, fragt mein Bruder gleichzeitig.

Jesse und ich wechseln über den Tisch hinweg einen Blick.

»Er wird dich von jetzt an jeden Sonntag hinfahren, bis du einen eigenen Wagen hast«, schaltet sich Dave ein.

»Aber der Sonntag ist immer mein einziger freier Tag. Kann sie nicht einfach zu Fuß gehen?«, entgegnet Jesse.

»Das könnte sie. Aber sie bräuchte es nicht, wenn du nicht ihr Auto zu Schrott gefahren hättest«, merkt Dave an. »Es wird langsam Zeit, dass du lernst, dass deine Handlungen Konsequenzen haben, meinst du nicht auch?«

Allgemeines Schweigen legt sich über uns.

Es ist kein Geheimnis, dass meine Dads genug von Jesses Eskapaden haben. Mein großer Bruder war schon immer eher leichtsinnig unterwegs – den Führerschein verloren, die Schule abgebrochen, mit Mädchen schlafen und dann keine Lust haben, sie anzurufen –, aber dass er am Ende meines vorletzten Schuljahrs hinten auf mein Auto draufgefahren ist, hat das Fass endgültig zum Überlaufen gebracht.

Jesse behauptet immer, unsere Dads würden am liebsten in der Zeit zurückreisen und ihn bei der Pflegefamilie lassen, in diesem ärmlichen Haus, in dem Jess und ich gelandet waren, als sie uns fanden. Um eine Entschädigung für seinen rebellischen Arsch zu fordern – *seine Worte*.

Ich kann mich an mein Leben vor der Adoption nicht erinnern, aber weil ich damals erst ein Kleinkind war, hatte ich es mit Sicherheit leichter. Alles, was ich weiß, haben mir meine Dads erzählt. Jesse und ich hätten in einem beschissenen Haus gewohnt, bei einer noch beschisseneren Pflegefamilie.

Jetzt willst du wissen, warum ich überhaupt dort gelandet bin?

Vorhang auf für die rührselige Hintergrundgeschichte.

Meine biologische Mutter starb bei meiner Geburt. Sie hatte keine Verwandten, die sich um ihr Baby hätten kümmern können, und mein Vater hatte sich aus dem Staub gemacht. Ende der Geschichte.

Ich weiß weder, wie alt sie war, als sie mich bekam, noch, woher sie stammte. Aber meine Dads haben gesagt, sie sei ein guter Mensch gewesen, der in ein Leben hineingeriet, welches er nicht verdient hatte. Jemand, der einer zweiten Chance nachlief, diese aber nie einholte.

Bis heute besitze ich nur einen einzigen Gegenstand von ihr.

Ein Radiohead-T-Shirt.

Mit einem auf das Etikett im Kragen gekritzelten Buchstaben.

B.

»Ist schon okay, ich schwöre es. Es macht mir nichts aus, zu laufen«, versichere ich ihnen.

Was mir dagegen durchaus etwas ausmacht, ist die Möglichkeit, dass Jesse beim Abliefern Finn über den Weg läuft und es meinen Dads erzählt.

»Seht ihr? Es macht ihr nichts aus«, fleht Jesse.

»Spielt keine Rolle.« Dave gibt kein Stück nach.

»Im Ernst? Du kannst nicht von mir verlangen, sie an meinem *einzigen* Tag der Freiheit fahren zu müssen.«

»Du wirst es tun, wenn du weiterhin mietfrei unter meinem Dach wohnen willst, bis du eine neue Bleibe gefunden hast«, hält Dave meinem Bruder seine verkorkste Lebenssituation vor.

Aus seiner alten Wohnung flog Jesse raus, weil er dem Vermieter die Miete schuldig geblieben war. Es genügt zu sagen, dass meine Dads keine Freudensprünge gemacht haben, als ihr neunundzwanzigjähriger Sohn wieder zu Hause einzog.

Zugegeben, mit ihm waren sie immer strenger als mit Cat und mir. Vielleicht weil Jesse der Älteste ist. Jede seiner Entscheidungen wird von meinen Dads aufs Sorgfältigste überprüft. *Zu allem*, was er tut, haben sie eine Meinung, die Menschen, mit denen er sich umgibt, eingeschlossen.

Eine Zeit lang waren er und Finns älterer Bruder, Brody Richards, Kumpels. Brody war damals noch auf der Highschool und Jesse auf dem College. Meine Dads fanden, mein Bruder sei noch nicht bereit fürs Leben als Erwachsener, solange er jüngere Freunde habe.

Zu Jesses Verteidigung muss man allerdings sagen, dass er eigentlich nie Gelegenheit hatte, ein Kind zu sein.

Fast dreizehn Jahre lang musste er auf sich selbst aufpassen, während er von einer Pflegefamilie zur nächsten wanderte, bevor wir beide schließlich am selben Ort landeten und unsere Familie fürs Leben fanden.

»Tut mir leid, Kleiner, aber da diskutieren wir nicht. Du hast das Auto deiner Schwester geschrottet, also fährst du sie«, bekräftigte Dave.

Jesse sackt in seinem Stuhl zurück, die Niederlage steht ihm ins Gesicht geschrieben.

Jetzt ist es offiziell …

Ich bin geliefert.

* * *

»Muss schön sein als Daddys Lieblingskind«, knurrt Jesse kaum vernehmbar, als wir auf die Paxton Avenue einbiegen. Die Hauptstraße trennt die wohlhabenden Einwohner von Silver Springs vom Rest von uns Bauern.

Normalerweise wäre ich hellauf begeistert, wenn mir mein Bruder den langen Marsch erspart. Nur deshalb habe ich so getan, als hätte ich keine panische Angst davor, dass er meinen Dads erzählt, dass ihre Tochter lügt wie gedruckt.

»*Ich* soll das Lieblingskind sein?«, sage ich höhnisch. »Ich bitte dich. Dad hat sogar einen Teil des Restaurants verkauft, damit du aufs College kannst. Wenn jemand sein Lieblingskind ist, dann du.«

»Seine liebste schlechte Entscheidung vielleicht«, murmelt Jesse so leise, dass ich ihn fast nicht verstehen kann.

Es dauert einen Moment, bis ich seine Worte begreife. »Du sagst das nicht im Spaß, oder?«

Mein Bruder dreht an einer roten Ampel den Kopf herum und sieht mich an.

»Wenn du sagst, sie hätten dich nie adoptieren sollen«, führe ich aus, »dann glaubst du das wirklich?«

Stille breitet sich zwischen uns wie eine Wand aus, die wir nicht einreißen können. Eine Sekunde lang blickt Jesse mich an, als wolle er etwas sagen, weiß aber nicht, wie. »Ich meine nur, sie hätten vielleicht noch einmal darüber nachgedacht, wenn sie gewusst hätten, was für einen Mist sie sich da einhandeln.«

So ist das.

Solange ich denken kann, hat sich Jesse immer unwürdig gefühlt. Schon als Kind hat er meine Dads immer angesehen, als hätten sie an dem Tag, als sie ihn mit nach Hause nahmen, Himmel und Erde in Bewegung gesetzt. Als könne er nicht verstehen, wie sie ausgerechnet *ihn* hatten auswählen können.

Alle sagten, er sei schon zu alt, die Familien wollten lieber Babys haben. Keine Teenager, denen irgendein Trauma in den Adern pulsiert. Aber meine Eltern waren anderer Meinung. Und seither hat Jesse jeden einzelnen Tag versucht, ihnen zu zeigen, dass sie sich geirrt hatten.

Sobald die Ampel grün wird, drückt Jesse aufs Gas. Kaum eine Minute später biegt er in Finns Auffahrt. Ich halte mein Handy fest gepackt, um meine Nerven zu beruhigen.

Wenn er Finn sieht, ist es vorbei.

Bitte, sei nicht zu Hause.

Bitte, sei nicht zu Hause.

Bitte, sei nicht …

Fick. Mein. Leben.

»Was zum Teufel?«, höre ich meinen Bruder flüstern, als er in der Auffahrt abrupt anhält. Beim steinernen Springbrunnen parken zwei Wagen – ein schwarzer und ein roter.

Ich schätze, Finn hat einen Freund zu Besuch.

»Danke fürs Herbringen.« Schnell greife ich nach dem Türgriff und will mich aus dem Staub machen, aber Jesse schließt mich mit einem Knopfdruck im Wagen ein.

»Wessen Autos sind das?« Er kneift die Augen zusammen. »Hast du nicht gesagt, du wärst alleine hier?«

Lass dir was einfallen, Dia. Irgendwas.

»Ach, die … Das ist nur der Gärtner. Und das Hausmädchen. Die kommen jeden Sonntag.«

Jesses Blick schweift zwischen mir und den Autos hin und her.

»Aber die übrige Zeit bist du alleine hier?«

»So ist es.« Die Lüge schmerzt in der Kehle.

Doch er nickt, wenn auch nicht komplett überzeugt, aber längst nicht mehr so argwöhnisch wie noch einen Moment zuvor. Ich kann den Erfolg schon fast schmecken. Vor meinem inneren Auge fährt Jesse davon, weit, weit weg, sodass ich diesen Job behalten und weiter auf ein Auto sparen kann.

Und dann bricht alles auseinander.

Die Glastür der Villa schwingt auf und heraus kommt mein schlimmster Albtraum, dicht gefolgt von Theodore Cox, einem schwarzhaarigen Basketballer, den ich aus der Schule kenne.

Sofort bemerkt Finn das Auto meines Bruders und bleibt stehen. Erst starrt er eine Weile herüber, dann schlendert er gemeinsam mit seinem Kumpel zu dem roten Wagen, der weiter vorne parkt. Beide lehnen sich an die Motorhaube und Theo hebt einen Blunt an die Lippen und genehmigt sich einen Zug.

Wie in Zeitlupe entgleisen meinem Bruder die Gesichtszüge.

Immerhin ist es nicht sein erstes Rodeo mit den Richards'.

Die meiste Zeit im College war er eng mit Finns großem Bruder Brody befreundet. Sie haben zwar seit Jahren nicht mehr geredet – warum, das hatte er uns nicht erzählt –, aber den faden Geschmack, den diese Familie in seinem Mund hinterlassen hat, konnte er nie loswerden.

»Willst du mir vielleicht mal erzählen, was zum Teufel *er* hier tut? Ich dachte, er sollte den ganzen Sommer weg sein?«

Willkommen im Club.

Mich meinem Schicksal ergebend bringe ich ganz leise »Geänderte Pläne« hervor.

»Geänderte Pläne?«, sagt Jess ungläubig. »*Ist das alles?* Mehr hast du mir nicht zu sagen? Da brauche ich schon ein bisschen mehr, Schwesterherz.«

Ich atme mit einem tiefen Seufzen aus.

»Sie haben ihn aus dem Basketball-Camp rausgeschmissen,

und vor einer Woche ist er aus heiterem Himmel hier aufgetaucht. Was hätte ich denn tun sollen?«

»Na, auf jeden Fall hättest du nicht alle anlügen dürfen. Was zum Teufel, Dia?«

Auf dem Beifahrersitz krümme ich mich zusammen. »Versetz dich mal in meine Lage. Ich wusste doch, wenn ich den Dads davon erzähle, müsste ich die Stelle hier aufgeben.«

»Und damit hätten sie recht! Hast du irgendeine beschissene Vorstellung davon, was diese Typen für Leute sind?«

»Das brauche ich nicht zu wissen«, schnauze ich zurück. »Es sind nur zwei Monate, Jess. *Zwei Monate*, dann bin ich wieder weg. Vielleicht sogar früher, wenn ich das Geld vorher zusammenhabe.«

»Auf keinen Fall. Ich kenne diese Familie inzwischen besser, als mir lieb ist, und Brodys Bruder«, Jesse starrt Finn, der uns aus der Ferne immer noch beäugt, wütend an, »der ist völlig abgefuckt.«

Erzähl mir mal etwas, das ich noch nicht weiß.

»Was wäre ich für ein Bruder, wenn ich meine Schwester den ganzen Sommer mit einem Masochisten alleine lassen würde?«

Ich mache den Mund auf, um etwas zu sagen, bleibe aber an dem Substantiv hängen, das er gewählt hat.

»Ein Masochist?«, wiederhole ich.

»Das ist nur zu deinem Besten. Ich verspreche, eines Tages wirst du mir danken.«

»Warum nennst du ihn einen *Masochisten*?«, hake ich nach. »Du meinst … er will Leuten wehtun?«

Augenblicklich scheint er das Gesagte zu bereuen, denn er beißt die Zähne zusammen und presst hervor: »Spielt keine Rolle. Vergiss es.«

Ich hebe eine Augenbraue.

Kennen wir uns?

»Jess, ist er eine Gefahr für andere, ja oder nein?«

»Nein«, räumt mein Bruder widerstrebend ein.

Eine Flut von Fragen überrollt mich. »Dann ist er also eine Gefahr für sich selbst?«

Gerade will er antworten, als jemand laut ans Fahrerfenster klopft. Jesse und ich reißen die Köpfe nach links und sehen Finn hinter der Scheibe stehen.

Kochend vor Wut wirft mir Jesse einen Seitenblick zu, lässt aber das Seitenfenster herunter. Ich hatte kaum Zeit, mich auf den dummen Scheiß vorzubereiten, der gleich wahrscheinlich aus Finns Mund kommen wird, als er sagt: »Entschuldigen Sie die Störung, Sir. Ich dachte nur, ich komme herüber und stelle mich vor. Ich bin Finn. Ihre Tochter arbeitet für meinen Vater.«

Als er Jesse mit fiesem Grinsen die Hand hinstreckt, wird mir klar, dass er nur hergekommen ist, weil er unseren Streit sah und dachte: *Hey, dann gehe ich doch mal rüber und mache alles noch schlimmer.*

Doch mein Bruder würdigt Finns ausgestreckter Hand keines Blickes und starrt ihm stattdessen Löcher in den Kopf. Eine tausend Kilo schwere Stille lastet auf mir. Aber ich weiß, dass ich etwas sagen muss, bevor Jesse Finn an den Hals geht.

»Er ist nicht mein Vater«, verbessere ich ihn.

»Tu nicht so, als würdest du dich nicht an mich erinnern, Punk«, knurrt Jesse. Finn weicht ein paar Zentimeter zurück und mustert meinen Bruder noch einmal.

Einige Sekunden später hellt sich sein Blick auf.

»Heilige Scheiße … Jesse?«

Mein Bruder bestätigt seine Identität nicht, aber seine finstere Miene spricht für sich.

»Lange her, Mann«, bemerkt Finn.

»Nicht lange genug«, kontert Jesse.

Ohne auf seine Bemerkung einzugehen, beugt sich Finn nach vorn und legt die Arme auf den Fensterrahmen. Der vertraute Hass glimmt in seinen Augen auf, als er mich auf dem Beifahrersitz ansieht.

»Vielleicht ein bisschen jung für dich, findest du nicht?« Finn macht eine Bewegung, als müsse er sich erbrechen.

Jess teilt meine Abscheu. »Ach, fick dich. Sie ist meine Schwester.«

In die Dreistigkeit in Finns Blick mischt sich Verblüffung. »Deine Schwester, was?«

»Ist das so schwer zu glauben?«, blafft Jesse.

»Ne, die Welt ist ein Dorf, das ist alles.« Finn spielt den netten Typen bis aufs i-Tüpfelchen. »Na denn, brauchen wir uns ja nicht mehr vorzustellen. Dann lasse ich euch beide mal in Ruhe für euer … *Gespräch*.« Sein Grinsen verbirgt er nur schlecht, denn er weiß nur zu gut: Das passendere Wort wäre eigentlich *Streit*.

Mit einem Ruck dreht er sich vom Wagen weg, bleibt aber schon nach zwei Schritten wieder stehen.

»Ach, und Housesitter-Mädchen?«

Wir blicken einander über die Zufahrt hinweg in die Augen.

»Willkommen zurück.«, sagt er mit einem zweideutigen Schmunzeln auf den Lippen.

»Jep, du kommst wieder mit nach Hause«, erklärt Jesse in dem Moment, in dem Finn wieder in annehmbarer Entfernung ist.

Als könne er fühlen, dass sein Masterplan funktioniert, blickt Finn über die Schulter zurück, lässt ein hinterhältiges Lächeln aufblitzen und gibt dann Theo Zeichen, ihm nach drinnen zu folgen.

»Dir ist schon klar, dass er das nur gemacht hat, um dich abzufucken?«, stelle ich klar, als die beiden außer Sicht sind.

»Nun, es hat geklappt. Fahren wir.« Jesse lässt den Motor an, aber meine Hand schießt ans Zündschloss.

»Jess, bitte, ich brauche diesen Job wirklich.«

Er zuckt mit den Schultern. »Du findest bestimmt einen anderen.«

»Aber keinen, der so gut bezahlt wird«, wende ich ein.

»Du darfst ihm nicht trauen, Dia. Er will dir nur an die Wäsche.«

Lieber würde ich sterben.

»So? Selbst wenn, glaubst du wirklich ernsthaft, ich würde so etwas zulassen? Komm schon, Jesse, du kennst mich doch besser.«

Die Muskeln an seinem Kinn zucken. Er sinkt im Fahrersitz zusammen und scheint lange über seine Antwort nachzudenken.

»Ich will doch nur diesen Sommer hinter mich bringen, ein Auto kaufen und dann alles vergessen, was passiert ist. *Bitte.*«

Schweigend fährt sich mein Bruder mit der Hand durch sein dunkles, gepflegtes Haar, bevor er einen seiner Das-wird-mir-noch-leid-tun-Seufzer auf die Reise schickt.

»Verdammte Scheiße, also *schön*«, gibt er nach.

Hat er eben wirklich … zugestimmt?

»Warte, du wirst mich also nicht verpfeifen?« Ich muss da einfach sicher sein.

Eine Ewigkeit später sagt er: »Nein.«

Statt einer Antwort lege ich meinem Bruder die Hand auf die Schulter und umarme ihn kurz von der Seite.

»Danke, Jess. Du hast bei mir was gut.«

»Aber du hältst mich auf dem Laufenden, kapiert? Und du rufst mich an, falls er irgendwas versucht, und kommst jedes Wochenende nach Hause, *keine Ausnahmen.*«

»Ja, Dad«, scherze ich, als ich ihn wieder loslasse, aber Jesse ist nicht zum Lachen. Sofort sind die Wände aus Eis um ihn herum wieder in Stellung. »Ich meine, *ja.*«

»Und jetzt raus mit dir, bevor ich's mir anders überlege.«

»Verstanden.« Ich nicke und haste aus dem Wagen.

Während ich mein Gepäck vom Rücksitz hole, beobachtet er mich wie ein Falke. Dann werfe ich den Taschenriemen über meine Schulter und gehe in raschen Schritten auf die Villa zu.

Erst als die Eingangstür in Schloss fällt, höre ich, wie er losfährt.

Gebell schallt durch das Haus. Ich entdecke Lexie auf ihrem Hundebett und muss lächeln. Schwanzwedelnd setzt sie sich auf und rennt mir entgegen. Die Hündin ist so aufgeregt, dass sie dabei fast auf dem Parkett ausrutscht.

Ich lasse meine Tasche fallen, gehe auf die Knie, um sie ordentlich zu begrüßen, und sie legt mir die Pfoten auf die Schultern. Abwechselnd leckt sie mir das Gesicht und bellt, während sich ihr Körper von rechts nach links windet..

»Da hat mich jemand wohl vermisst?«, kichere ich. Sie ist so aufgedreht, dass ich sie kaum streicheln kann. Mir wird ganz warm ums Herz.

Bald hat Lexie genug von unserem Wiedersehen und geht für ein Nickerchen zurück ins Wohnzimmer. Dort dreht sie auf ihrem Hundebett mehrere Runden, bevor sie sich niederlässt.

Ich sammele meinen gesamten Mut, lasse die Schuhe auf der Fußmatte stehen, nehme die Tasche und gehe Richtung Küche.

Schon von Weitem höre ich die Jungs dort lachen, aber ich hatte noch nichts zu Mittag, und *nichts* – nicht einmal Arschgesicht Richards – wird sich zwischen mich und den Thunfischauflauf stellen, den ich letzte Woche im Kühlschrank stehen gelassen habe.

Die Unterhaltung erstirbt in dem Augenblick, in dem ich den Raum betrete. Gerade sehe ich noch das Grübchenlachen aus Finns Gesicht verschwinden. Nun glotzt er mich an, als hoffe er darauf, mich zur Tür *hinauszustarren.*

Wir sind vielleicht noch zwei Sekunden davon entfernt, eine glatte Zehn auf der Peinlichkeitsskala zu erreichen, als Theodore Cox, in der Schule von allen nur Theo genannt, fast unmerklich schmunzelt.

»Ich habs dir doch gesagt«, schnaubt Theo und streckt Finn die ausgestreckte Hand hin. »Her damit, Arschloch.«

Leise fluchend gräbt Finn in seiner Hosentasche und wirft seinem Freund etwas ins Gesicht.

Einen Zwanzigdollarschein.

Diese Wichser …

Sie haben gewettet, ob ich kündige!

Vielleicht dachten sie, Finns Vorstellung draußen würde Jesse so in Rage bringen, dass die Sache gegessen ist. Oder sie haben geglaubt, ich würde nicht mehr auftauchen nach dem, was Finn letzte Woche alles hier veranstaltet hat.

Fairerweise muss man sagen, dass die meisten Mädchen wohl nicht mehr zur zweiten Runde angetreten wären, aber die meisten Mädchen brauchen auch nicht so dringend ein Auto wie ich. Mir wären *fünf* Sommer wie dieser lieber, als meine Dads, bis ich aufs College gehe, ständig bitten zu müssen, mich irgendwo hinzufahren.

»Toll«, murmle ich leise und gehe zum Kühlschrank.

Gerade ziehe ich die Tür auf, als die Mikrowelle laut piepst. Finn erhebt sich, um bestimmt irgendein ungesundes Zeug herauszuholen, ich denke mir nichts dabei. Bis ich im Kühlschrank nach meinem Auflauf suche und mir klar wird …

Das ist gar nicht ihr Essen, das eben aufgewärmt wurde.

Es ist *meins*.

»Was zum …«, setze ich an, drehe mich herum und sehe, wie sie den Thunfischauflauf in sich reinstopfen, als hätten sie jahrelang nichts zu essen bekommen.

Dann entdecke ich die leere, schmutzige Auflaufform im Spülbecken. Vor dem Wochenende hatte ich eine volle Stunde mit dem Kochen zugebracht, damit ich mir diese Woche erst mal keine Sorgen machen muss, was ich essen soll.

Und jetzt?

Alles weg.

Das waren mindestens sechs Portionen. Sollte Finn das tatsächlich alles in nur zwei Tagen weggeputzt haben?

Wie geht so was?

Vielleicht war er nicht allein?

»Wer hat euch erlaubt, mein Zeug zu essen?« Wütend beobachte ich, wie die Basketballer mein Essen verdrücken.

Keiner der beiden antwortet – sie blicken nicht einmal auf – und schaufeln in aller Seelenruhe den Auflauf in sich rein, an den ich das ganze Wochenende über gedacht habe.

Aufgebracht marschiere ich zur Kücheninsel und stemme die Hände auf die Arbeitsplatte. Endlich blickt Finn herüber, aber in seiner Mimik lässt sich nichts lesen.

»Wer hat dich gebeten, zurückzukommen?« Er tut, als würde es ihm den Atem verschlagen. »Ach, stimmt ja: *niemand.*«

Ich versuche die Wut herunterzuschlucken und atme langsam durch, um die hungrige Dia im Zaum zu halten. Wem sein Leben lieb ist, der sollte mich auf keinen Fall hungern lassen.

Das Schlimmste ist dabei nicht einmal, dass er mein Essen geklaut hat, sondern was das alles *gekostet* hat.

Für die Zutaten musste ich die Kreditkarte benutzen, die mir mein Dad für den Notfall gegeben hatte, weil ich von Mr Richards noch kein Haushaltsgeld erhalten habe. Gott sei Dank ist bei diesem Job *Unterkunft und Verpflegung* enthalten, denn im Moment verfüge ich nur über ein Vermögen von etwa zehn Dollar.

Dann klingt Theos Telefon.

Sein tiefes Lachen hallt durch die Küche. »Jep, das müsst ihr selbst regeln.« Er erhebt sich von seinem Hocker und geht hinüber zur Glasschiebetür hinaus auf die Terrasse. »Bringt euch nicht gegenseitig um, bis ich wieder zurück bin.«

In der Küche herrscht nun Schweigen, aber während Finn und ich kein Wort sagen, sprechen unsere Blicke Bände.

Keiner von uns will nachgeben.

Ich melde mich als Erste wieder zu Wort. »Das wirst du mir entweder bezahlen, oder –«

»Oder was?« Finn raubt mir den Atem, indem er abrupt aufsteht. »*Was,* verfickt noch mal, Housesitter-Mädchen? Willst du mich wieder erpressen?«

Bevor ich auch nur blinzeln kann, ist er auf meiner Seite der Küchenzeile. Er kommt näher. Und näher. *Okay, jetzt ist es nahe genug,* möchte ich sagen, aber persönlicher Freiraum ist meinem Mitbewohner offenbar völlig egal.

Ich will zurückweichen, bin aber nicht schnell genug. Schon stehe ich mit dem Rücken an der geschlossenen Speisekammertür und er stützt seine Hände rechts und links von meinem Kopf an die Tür.

»Ich sage dir jetzt mal, was wir *nicht* tun werden.« Seine Worte klingen nicht bedrohlich. Er versucht gar nicht, mir Angst einzujagen. Er stellt lediglich Tatsachen fest. »Wir werden nicht so tun, als hättest du irgendwas gegen mich in der Hand, wo es doch scheißklar ist, dass dein Bruder keinen blassen Schimmer davon hatte, dass ich vom Camp zurück bin.«

Scheiße.

»Und ich würde eine Niere darauf wetten, dass deine Eltern keine Ahnung haben, dass ihr kleines Mädchen allein mit einem Kerl zusammenlebt, oder?« Sein Atem kitzelt auf meiner Wange.

Mir klappt der Mund auf und dann wieder zu, aber ich weigere mich, ihm eine Antwort zu geben. Die scheint er allerdings auch gar nicht zu brauchen, denn er meint höhnisch:

»Das waren so meine Gedanken.«

»Das ändert überhaupt nichts«, krächze ich.

»Willst du wissen, was *ich* glaube?« Er wickelt eine meiner schwarzen Haarsträhnen um seinen Zeigefinger. »Ich glaube, das ändert *alles*. Ich glaube, es bedeutet, dass ich nicht nett zu dir sein oder auch nur für eine Scheißsekunde so tun muss, als ob ich dich hier haben wollen würde. Ich glaube sogar, ich brauche mir nicht einmal mehr Sorgen darüber zu machen, dass dein Spitzel-Arsch mich verpfeifen könnte.«

Ich will ihm hundert Gegenargumente an den Kopf schmettern, finde aber kein einziges.

Weil er recht hat. Er hat mich in die Enge getrieben – im übertragenen wie im wörtlichen Sinn. Xavier Emery davon zu erzählen, dass Finn mit seiner Freundin herumgemacht hat, war mein einziger Vorteil. Ohne diesen kann Finn wieder tun und lassen, was er will.

»Also, wie wärs mit einem Deal?« Er lässt meine Haarsträhne los.

Inzwischen habe ich aufgegeben, wie ein normaler Mensch zu atmen.

»Wenn du meinem besten Freund nicht erzählst, dass ich weiß, wie seine Freundin zwischen den Beinen schmeckt, dann erzähle ich deinen Eltern nicht, dass ihre Tochter eine schmutzige, verfickte Lügnerin ist. Was hältst du davon?«

Für einen langen Augenblick schweige ich, während ich versuche und dabei scheitere, meinen rasenden Puls zu beruhigen.

»*Abgemacht?* Oder muss ich doch bei deinem Daddy anrufen?«

Ich tue so, als würde ich darüber nachdenken, weiß aber nur zu genau, dass ich über null Munition verfüge.

Er wird ungeduldig. »Letzte Chance, Juwel.«

Mir schlägt das Herz bis zum Hals und ich breche eine von Hollywoods eisernen Regeln: *Mit Terroristen wird nicht verhandelt*. Zugegeben, Finn ist kein Terrorist, aber ich schwöre, so wie er mich gerade gnadenlos anstarrt, hat er nichts anderes vor, als meine Welt in Brand zu setzen und dann auf ihrer Asche zu tanzen …

»Abgemacht«, bringe ich hervor und schiebe ihn weg.

Er stolpert kaum einen Schritt zurück, und ich zwänge mich an ihm vorbei Richtung Treppe – knurrender Magen hin oder her.

»Ach, und Juwel?«, ruft er mir hinterher.

Er wird sich wohl nie merken, nach *welchem* Edelstein ich benannt bin, oder?

Doch ich bleibe stehen, sehe ihn aber nicht an.

»Mein Freund Theo wird eine Weile bei uns wohnen.«

Ich gebe keinen Laut von mir.

»Du hast doch kein Problem damit, oder?«, legt er den Köder aus.

Er will mich testen.

Sicherstellen, dass ich weiß, wo mein Platz ist.

Ich will die Hölle auf ihn herabregnen lassen, weiß aber, dass ich nichts dagegen sagen kann. Klar, ich könnte, aber das ginge ihm am Arsch vorbei. Ich sitze im Augenblick einfach am kürzeren Hebel. Wenn ich ihn verpfeife, dann verliert er vielleicht seinen besten Freund – das würde ihn schon ankotzen, aber offensichtlich bedeutet diesem Typen niemand etwas, und er würde darüber hinwegkommen. Aber wenn er *mich* verrät?

Meine Dads würden das Vertrauen in mich verlieren, und nach allem, was sie für mich getan haben – mich aus einer schrecklichen Pflegefamilie zu retten und mir ein wunderschönes Leben zu ermöglichen –, könnte ich das einfach nicht ertragen.

»Schön«, knurre ich.

In diesem Moment bedenkt er mich mit einem Blick. Einem, der mir das Blut in den Adern gefrieren lässt. Seine Augen sind immer noch voller Hass, Geringschätzung und Feindseligkeit, aber diesmal …

Diesmal ist da auch ein Funke von *Interesse*.

Ein Tröpfchen Neugierde, das zuvor nicht da war. Er sieht mich an, als wäre ich eine tickende Zeitbombe, bei der er endlich herausgefunden hat, wie er sie zur Detonation bringen kann.

Während ich mich mit meiner Tasche die Treppe hinaufschleiche, ist mir klar …

Ich habe den schlimmsten Sommer meines Lebens vor mir.

4. KAPITEL

DIAMOND

Kalt.

Mir ist kalt.

Nein, nicht kalt – ich bin *am Erfrieren.*

Im Halbschlaf ziehe ich an der Decke und versuche, meine Schultern zuzudecken. Mir wird trotzdem nicht wärmer, ich stöhne verärgert und ziehe die Decke ganz über den Kopf.

»Was zum Teufel?« Ich klappere mit den Zähnen, reiße die Augen auf und mustere meine Umgebung, um sicher zu sein, dass ich nicht auf magische Weise in die Antarktis teleportiert wurde.

Ich bin noch genau am selben Ort wie beim Einschlafen, eingerollt auf dem Doppelbett im Gästezimmer. Trotzdem gibt es einen großen Unterschied.

Die Temperatur.

Ich greife nach meinem Handy auf dem Nachttisch. Es ist fünf nach acht. Ich habe für Lexies Morgenspaziergang meinen Wecker auf Viertel nach gestellt, aber bei dieser Eiszeit kann ich unmöglich noch zehn Minuten schlafen.

Ich checke die Wetter-App auf dem Handy und wundere mich über die Zahlen auf dem Bildschirm. Draußen sind sechsundzwanzig Grad. Ein warmer, herrlicher Tag, den ich auf jeden Fall zusammen mit Lexie am Pool verbringen möchte. Aber *warum* ist es dann hier drin so kalt?

Ich steige aus dem Bett und zucke zusammen, als meine große Zehe auf den kalten Holzboden aufsetzt. Der Thermostat in meinem Zimmer zeigt fünfzehn Grad, obwohl ich mir vollkommen sicher bin, dass ich ihn gestern Abend auf zwanzig Grad eingestellt habe. Gibt's vielleicht irgendwo eine Störung?

Das wäre schon möglich, denn das Haus ist nur so gespickt

mit Smart-Geräten – Thermostat, Rollläden, Lampen, selbst Türschlösser.

»Komisch«, murmele ich und drücke auf den Touchscreen, um die Temperatur zu erhöhen.

Zu meiner Verblüffung fängt das Gerät laut zu piepsen an, und auf dem schicken Thermostat erscheint eine Nachricht.

GESPERRT.
BITTE PIN EINGEBEN,
UM TEMPERATUR EINZUSTELLEN.

Mir ist sofort klar, dass ich mich geirrt hatte.

Das ist keine Störung.

Das ist *er*.

»Der Kerl will mich doch verarschen!« Ich tippe eine Reihe verschiedener Zahlenkombinationen, aber auf alle folgt dieselbe Nachricht.

GESPERRT.

GESPERRT.

GESPERRT.

»Ich schwöre, dieser Typ spielt mit seinem Leben«, zische ich durch zusammengebissene Zähne. Schnell werfe ich mir einen Oversized Hoodie über, der mir fast bis an die Knie reicht, und stürme aus dem Zimmer.

Bereit, Finn den Arsch aufzureißen, laufe ich die Treppe hinunter. Ich dachte, er hätte die Temperatur nur oben verstellt, weil man von der Bedieneinheit in der Küche auf alle Zimmer zugreifen kann. Aber im übrigen Haus ist es genauso kalt.

Der Wichser will mich aus dem Haus vertreiben, indem er mich *erfrieren* lässt.

Überraschenderweise erwartet mich Lexie gar nicht, als ich ins Wohnzimmer komme. Die Arme, wahrscheinlich ist es auch ihr zu kalt. Ich verstehe ja, dass er *mich* erfrieren lassen will, aber seinen eigenen Hund? Was für ein Unmensch tut denn so was?

Ich biege eilig um die Ecke und suche nach Lexie, kann sie aber nicht finden. Besorgt gehe ich weiter in die Küche und rufe ein paarmal nach ihr – vergeblich.

Dann höre ich sie bellen und bleibe abrupt stehen.

Das kommt von hinten aus dem Garten.

In der Hoffnung, die Gänsehaut zu vertreiben, reibe ich mir über die Arme, laufe nach vorn zu den großen Fenstern und stoße einen tiefen Seufzer der Erleichterung aus, als ich Lexie draußen auf dem Rasen herumrennen sehe. Sie spielt dort mit Finn Fangen und hat einen Riesenspaß dabei.

Wenigstens war er doch so anständig, sie nicht auch noch frieren zu lassen.

In der geflochtenen Hängematte beim Poolhaus entdecke ich Theo, der dort ein Schläfchen in der Sonne hält, die Augen von seinem dunklen Haar und dem Unterarm verdeckt.

Ach ja, hatte ich schon vergessen.

Er wohnt jetzt auch hier.

Wieder läuft es mir eiskalt den Rücken hinunter, was mich daran erinnert, dass ich mir immer noch den Arsch abfriere. Also öffne ich die Terrassentür und gehe hinaus. Ich weiß, dass Finn das Schließen der Tür gehört haben muss, aber er sieht nicht zu mir, sondern wirft Lexie einen Hundeknochen zu.

Ach, er glaubt, er kann mich ignorieren.

Süß.

»Mach das rückgängig.« Mit wenigen Schritten bin ich über das Rasenstück gelaufen.

Wie immer trägt er die Silberkette um den Hals, aber kein Shirt, dafür schwarze Sweat-Shorts und eine nach hinten gedrehte Baseballcap. Er sieht dabei so verdammt gut aus, dass es einen wütend macht. Sein beschissener, herrlicher Körper badet in der Sonne und die adrigen Unterarme und Tattoos nehmen meinen Blick gefangen.

Seine Augen sind ebenfalls winzig.

Als wäre er eben erst aus dem Bett gefallen.

Sonst steht er *nie* so früh auf.

Das gehört wohl alles zu seinem Plan, nicht wahr? Vor mir aufstehen, am Thermostat herumspielen und dann hinausgehen, damit er nicht selbst erfriert? Er beachtet mich überhaupt nicht, was niemanden überrascht.

»*Hey, Satan*«, rufe ich. »Ich rede mit dir.«

Einen Augenblick später komme ich bei ihm an und schaue kurz zu Lexie, die ein paar Schritte weiter an ihrem Hundeknochen kaut.

»Du bist ein verdammter Kindskopf, weißt du das?«, bricht es aus mir heraus.

»Und du bist eine Scheißnervensäge. Sonst noch was?«, spricht Finn betont gedehnt, als würde er es kaum erwarten können, dass dieses Gespräch endlich vorbei ist.

»Den Zahlencode? Was denn sonst?«, schimpfe ich, aber er würdigt mich keines Blickes. Wütend stürme ich zu ihm hin und baue mich vor ihm auf, sodass er mich einfach ansehen muss. »Es ist fucking eiskalt da drinnen.«

»Wirklich?« Er neigt den Kopf zur Seite und kräuselt die Mundwinkel zu einem bösartigen Schmunzeln. »Mir gar nicht aufgefallen.«

Ich koche vor Wut. »Stell das wieder zurück.«

Einige Sekunden lang zeigt Finn gar keine Reaktion, sondern starrt mich nur unverwandt an. Ich muss schlucken, als er meinen Aufzug mustert. Seine Augen wandern meinen Körper abwärts, verweilen einen Augenblick zu lange auf meinen Schenkeln und mir schießt die Hitze in die Wangen.

Der Hoodie verbirgt nicht viel von meinen Beinen. Zwei Zentimeter kürzer, und man könnte die Arschbacken aus meinen Minishorts raushängen sehen. Ich war so angepisst, dass ich nicht mehr daran gedacht hatte, den Pyjama zu wechseln.

»Ich sag's ja nur ungern, meine Liebe, aber du bist nicht diejenige, die mir sagt, was zum Teufel ich tun soll.« Sein Blick trifft wieder meinen.

Ich muss an unsere Unterhaltung von gestern Abend denken.

Er bewahrt mein Geheimnis und ich bewahre seins.

Das war die Abmachung.

War es verrückt von mir zu hoffen, dass damit so etwas wie Waffenstillstand erreicht wäre?

»Dann tue es wenigstens für Lexie«, schnauze ich. »Du weißt selbst, dass sie dort drin erfrieren wird.«

»Sorry, keine Ahnung, wovon du redest«, hält er den Affenzirkus aufrecht und ich muss mich sehr zusammenreißen, ihm nicht Lexies Hundeknochen in die Kehle zu rammen.

»Das kauf ich dir nicht ab«, knurre ich und gehe wütend noch einen Schritt auf ihn zu.

Jetzt, wo ich so dicht bei Finn stehe, ist der Größenunterschied überdeutlich, und ich muss mächtig den Hals strecken, um ihm in die Augen sehen zu können. Eigentlich will ich gleich wieder zurücktreten, sobald ich merke, dass mit dem Abstand auch meine Selbstsicherheit verloren gegangen ist. Aber andererseits will ich nicht, dass er denkt, er hätte irgendeine Wirkung auf mich.

Denn das hat er *nicht*.

Er ist nur ein unverschämter Typ, der innerlich am Verrotten ist.

Es spielt keine Rolle, dass er von außen das Schönste ist, was ich je gesehen habe …

»Du kannst es ja nicht ewig so lassen«, bemerke ich.

Die Muskeln in seinem Kiefer zittern. Wir stehen jetzt viel zu dicht beieinander und ich halte die Luft an, um nicht dieses köstliche erdige Cologne zu riechen, das er trägt.

Dann lässt er die Maske fallen.

»Das wollen wir mal sehen.« Seine Stimme klingt dunkler und rauer, und mein verräterisches Herz pocht mir bis zum Hals.

»Leck mich am Arsch, Richards.« Ich drehe mich um.

»Mit dem größten Vergnügen. *Beug dich nach vorn!*«, ruft er mir hinterher.

Unglaublich.

Statt einer Antwort zeige ihm über die Schulter den Mittelfinger. Ich höre ihn noch über mein Abschiedsgeschenk lachen, dann verschwinde ich wieder in dem Eisschrank, den er Haus nennt.

Ich habe ein ungutes Gefühl.

Ein *sehr* ungutes Gefühl.

Er hat mir nichts gesagt, das ich nicht schon gewusst hätte, aber ich mache mir größere Sorgen denn je. Denn jetzt ist klar, dass unsere Abmachung nicht das Geringste geändert hat.

Er will mich immer noch loswerden.

Und er wird nicht lockerlassen, bis ich nachgebe.

* * *

FINN

»Glaubst du, das mit dem Tape war wirklich notwendig?«, ruft Theo spöttisch aus der Küche herüber, den Kopf tief in meinem Kühlschrank vergraben. Ich werfe den Gaming-Controller auf den Couchtisch und lasse mich aufs Sofa sinken, das wir den ganzen Morgen nicht verlassen haben.

»In Anbetracht dessen, dass das Mädchen keine Scheißanspielungen offenbar versteht? Ja, war es.«

Fast den ganzen gestrigen Abend habe ich damit verbracht, alles im Haus, auch das Essen im Kühlschrank, als mein Eigentum zu beschriften. Klebezettel konnte ich keine finden, also musste ich Tape nehmen.

Die Housesitterin hat sich für meinen Geschmack hier inzwischen viel zu wohlgefühlt. Aber wenn sie nicht mein Name in schwarzem Edding überall daran erinnert, dass sie in *meinem* verdammten Haus ist, dann weiß ich nicht, was sonst.

Ich hatte ja gehofft, dass das Ding mit dem Thermostat gestern wirken würde, aber mit einem hatte das Mädchen recht. Ewig konnte ich es nicht so lassen. Es war wirklich arschkalt im Haus, und dann musste es am Nachmittag auch noch hageln, sodass wir nicht draußen bleiben konnten.

Zwei Stunden hielten wir durch, aber dann musste ich doch kneifen und die PIN-Sperre aufheben. Mit der Kälte wäre ich schon klargekommen, und es war mir scheißegal, dass Theo ständig meckert, seine Eier würden abfrieren, aber dann sah ich auch noch Lexie auf ihrem Hundebett zittern und da wusste ich, dass es vorbei war.

Kein Streich ist es wert, dass Lexie darunter leidet.

Jemals.

»Einen Scheiß hast du hier drin, Richards. Ich bin am Verhungern«, beschwert sich Theo nun schon zum dritten Mal heute.

»Du pennst hier umsonst, Arschloch. Und jetzt soll ich dich auch noch durchfüttern?«, schimpfe ich, aber im Grunde bin ich ganz seiner Meinung.

Die letzte annehmbare Mahlzeit war dieser Auflauf, den die Housesitterin gekocht hatte – das Beste seit langer Zeit, aber eher bringe ich mich um, als ihr das zu sagen.

Das Geld für diesen Monat habe ich schon vor ein paar Tagen verprasst. Und ich konnte ja schlecht bei meinem Dad betteln gehen, nachdem das Taschengeld schon nach einem einzigen Abend weg war. Zum Glück hatte ich wenigstens genug, um Futter für Lexie zu kaufen.

Theo glaubt, ich schwimme in Geld, weil meinem Dad nicht nur eine Firma, sondern auch noch ein Haufen Einkaufszentren gehören. Leider gehört mein alter Herr aber zu den Leuten, die fest daran glauben, dass ihre Söhne den Wert von Geld zu schätzen lernen sollen.

Mein großer Bruder Brody musste mit dreizehn anfangen, für sein Zeug zu arbeiten. Bei mir war es allerdings anders. Dad ließ nicht zu, dass ich arbeite.

Er wollte, dass ich mich ganz auf Basketball konzentrieren kann. Wahrscheinlich dachte er, sein straffälliger Sohn sollte sich im Sport beweisen, dann eine Arbeit finden *und* sich zusammenreißen.

Seit wir hier sind, haben Theo und ich uns von Ramen-Nudeln ernährt und was wir sonst noch so an Snacks finden konnten. Nicht, dass Theo das etwas ausmacht. Solange wir auch nur irgendetwas *halbwegs* Essbares im Haus hatten, machte er keinen Mucks – alles ist besser, als bei seinen Eltern zu wohnen. Aber jetzt sind leider auch die einfachsten Dinge aus.

Hoffentlich kauft das Juwelenmädchen mehr Essen, bevor wir verhungern.

Theo kommt mit leeren Händen aus der Küche zurück und plumpst neben mir aufs Ledersofa. »Und was jetzt?«

Ich schaue ihn an und er zieht die Augenbrauen hoch.

»Na ja, ich vermute, du arbeitest am nächsten Schritt, die Homesitterin loszuwerden, oder?«, grinst er.

Er glaubt, dass ich meine Zeit verschwende, und sagt, sie käme ihm nicht vor wie der Typ Mensch, der aufgibt, und da sie bis jetzt nicht das Handtuch geworfen habe, würde sie es wohl nie tun. Seiner Meinung nach würde ich dieses Mädchen nicht loswerden.

Ich werde einen Mordsspaß haben, ihm das Gegenteil zu beweisen.

»Himmel, ist es hier heiß!« Theo, der nur ein ärmelloses Tanktop trägt, löst den Bizeps von der Couch, wo er regelrecht festgeklebt war.

Er hat recht.

Ich rede mir ein, dass es mit meinem Rumfummeln am Thermostat zu tun hat, und zucke mit den Schultern. Damit wir das unterbrochene Spiel wieder aufnehmen können, werfe ich ihm den Game-Controller hin. Wir schaffen kaum zehn Minuten, bevor es unerträglich wird.

»Okay, ich bin jetzt wirklich am Schmelzen. Tu etwas«, drängt Theo.

»Eilmeldung, Cox, du besitzt Beine.«

»Ich weiß doch nicht, wie euer Reiche-Leute-Thermostat funktioniert, Penner«, erwidert er.

Verärgert stehe ich auf und gehe hinüber in die Küche, um die Temperatur herunterzuregeln.

Zweiunddreißig Grad.

Habe ich gestern irgendwas kaputt gemacht?

Warum ist hier so eine Scheißhitze?

Draußen ist es natürlich auch höllisch warm, aber damit sollte die Klimaanlage locker fertigwerden. Ich drücke das Tastenfeld, um die Temperatur wieder auf erträgliche Werte abzusenken, aber es erscheint eine Warnung auf dem Touchscreen.

GESPERRT.
BITTE PIN EINGEBEN,
UM TEMPERATUR EINZUSTELLEN.

Mir klappt die Kinnlade herunter.

Sie war das.

Ich höre Schritte, und dann klicken Lexies Pfoten auf dem Parkett.

»Morgen, Jungs.« Juwels quietschfidele Stimme beseitigt alle Zweifel.

Sieht aus, als hätte sie den Spieß umgedreht.

Ich fahre zu ihr herum und hasse es, wie schnell meine Wut erstirbt.

Verdammte. Scheiße.

Die Housesitterin steht mit Lexie im Durchgang zum Wohnzimmer. Sie trägt weiße Shorts und ein neongrünes Bikinioberteil, das ihre Brüste aussehen lässt …

Ich müsste lügen, aber sie ist eine glatte Zehn.

Von der Sekunde an, als ich sie in Unterwäsche in meinem Bett erwischte, wusste ich, dass sie mein Typ ist. Aber ich war viel zu sauer auf meinen Dad, um mich darum zu kümmern An den richtigen Stellen ist sie kurvig, hat einen vollen Schmollmund, in dem ich meinen Schwanz versenken möchte, und einen deutlichen Leberfleck über einer ihrer Brüste.

Das lange lockige Haar hat sie über die Schulter geworfen, wo es bis zu ihrem gebräunten Bauch herunterfällt. Bei der Vorstellung, ihre Taille zu packen und von hinten in sie hineinzustoßen, zuckt es in meiner Hose.

Fuck, Finn. Hör auf.

Ich hasse sie.

Wirklich.

Ich wünschte nur, mein Schwanz würde sie auch hassen.

»Schöner Tag, nicht wahr?« Juwel schlendert zum Couchtisch und schnappt sich ein paar Bierdosen, die wir noch nicht weggeworfen haben. Ich kann den Blick nicht abwenden, während sie die leeren Dosen mit den Armen an sich drückt.

Von der Küche aus sehe ich hinüber zu Theo auf dem Sofa und erkenne am Aufleuchten seiner Augen, dass er genau dasselbe denkt wie ich. Kurz schaut Juwel zu Theo, der wie ein Schwein schwitzt, und ihre vollen Lippen verziehen sich zu einem Lächeln.

Sie genießt das viel zu sehr.

Ihr Blick wandert zu mir hinüber und sie reißt die Augen auf, als sie bemerkt, dass ich sie schon anstarre. Schnell sieht sie weg und kommt herüber zum Esstisch.

»Ich dachte, ich gehe mal eine Runde schwimmen und später dann beim Supermarkt vorbei. Braucht ihr irgendwas?« Sie zieht eine Einkaufsliste aus der Tasche.

»Zum Teufel, ja.« Theo stemmt sich vom Sofa hoch und setzt sich neben ihr an den Esstisch. Dann geht er mit ihr alles durch, was er haben möchte, und ich kann es ihm nicht einmal verdenken.

Theo ist pleite.

Keinen-einzigen-Dollar-mehr-pleite.

Sein ganzes bisheriges Leben lang hat er bei seinen Eltern gearbeitet, dann aber kurz vor Ferienbeginn entschieden, damit aufzuhören. Er bräuchte mal eine Pause, hat er gesagt. Und das nicht nur von seinem Job. Von seiner ganzen Familie.

Es ist kein Geheimnis: Die Familiendynamik bei den Cox ist beschissen. Theo wird von seinen Eltern regelmäßig hinausgeworfen, weil er nicht die akademische Erfolgsgeschichte bietet, auf die sie gehofft hatten.

Und während alle anderen in Silver Springs von Basketball geradezu *besessen* sind, halten sie bei Theo zu Hause den Sport für Schwachsinn und eine komplette Zeitverschwendung. In ihren Augen verurteilt er sich selbst zum Scheitern, wenn er glaubt, »einen Ball in einen Korb zu werfen« wäre wichtiger als seine Noten.

Dazu kommt, dass sich Theos Eltern, seit ich mich erinnern kann, gegenseitig an die Gurgel gehen. Mittlerweile wartet er nur darauf, dass sich einer von ihnen ein paar Eier wachsen lässt und endlich diese Ehe beendet.

Ich stütze die Ellenbogen auf die Kücheninsel, wische über meinen Handybildschirm und höre zu, wie Theo mit der Housesitterin so schamlos flirtet, dass mir die Augen vom vielen Verdrehen schon wehtun.

Gleich muss ich kotzen.

»Großartig. Alles klar.« Juwel steht auf, geht hinüber zur Glasschiebetür, die nach draußen führt, und spendiert uns beiden dabei noch einen Blick auf ihren verdammt perfekten Arsch.

Sie zieht die Tür auf, dicht gefolgt von Lexie. Gerade will sie hinaus auf die Terrasse, als mir etwas einfällt.

»Hey, Housesitterin?«

Sie bleibt stehen.

»Gib mir vorher noch die PIN.« Ich muss ihr nicht erklären, dass ich den Thermostat meine. Als Antwort sieht sie mir geradewegs in die Augen, schiebt sich eine gelockte Strähne hinters Ohr und lässt ein unschuldiges Lächeln aufblitzen.

»Sorry, keine Ahnung, wovon du redest.«

Dann ist sie zur Tür hinaus.

Sprachlos sehe ich ihr nach, wie sie mit Lexie zum Pool geht, und bemerke die Spur von einem Lächeln auf meinen Lippen. Sie hat eben meine eigenen Worte gegen mich verwendet, aber was das Schlimmste ist? Ich kann nicht einmal wütend darüber sein.

Wahrscheinlich hat sie mich gerade in meinem eigenen Wettkampf geschlagen …

Aber ich habe ihr beigebracht, wie man spielt.

5. KAPITEL

DIAMOND

Wer auch immer sich den Töte-sie-mit-Freundlichkeit-Ansatz ausgedacht hat, ist ein Genie.

Zugegeben – bei meinen kleinen Kindergarten-Terroristen wollte Nettsein ums Verrecken nicht funktionieren, dafür klappt es aber bei selbstverliebten, sündhaft heißen, reichen Sprösslingen, und das genügt mir voll auf.

Drei Tage ist es jetzt her, seit ich den Umgang mit Finn verändert habe und zu *Little Mary Sunshine* geworden bin. Sosehr ich es genoss zu sehen, wie die Jungs sich zu Tode schwitzen, konnte ich selbst die Hitze keine Sekunde länger aushalten und hob die PIN-Sperre wieder auf.

Das Ergebnis?

Keine Streiche mehr.

Nicht einmal eine abfällige Bemerkung.

Nun ja, Finn hat alles im Haus mit seinem Namen auf Klebeband versehen – denn wie jeder weiß, ist Finn Richards ein Beispiel geistiger Gesundheit – und fiese Blicke gehören weiter zum täglichen Geschäft. Aber damit kann ich umgehen, wenn das bedeutet, dass er mich in Frieden meine Arbeit hier tun lässt.

Überraschenderweise bin ich froh, dass Theo auch hier wohnt. Den ganzen Tag mit Finn alleine zu sein, kann ich mir nicht vorstellen. Außerdem wechselt Theo sogar richtige Worte mit mir, anstatt nur die Augen zu verdrehen und sich immer nur aus dem Staub zu machen, sobald ich ins Zimmer komme.

Mir ist schon klar, dass Theo wahrscheinlich nur nett zu mir ist, weil ich koche, aber ich muss zugeben, mir gefällt unsere kleine Routine immer besser.

Eigentlich ist es eine Endlosschleife: Ich mache reichlich Essen, damit ich auch was für den nächsten Tag habe; dann stelle ich es in den Kühlschrank, und wenn ich zurückkomme, ist es weg.

Theo ist wenigstens so anständig, sich ab und zu mal bei mir zu bedanken, aber Finn? Ich glaube, ich werde auf dem Sterbebett liegen, bevor er es schafft, einmal das Wort *danke* zu sagen.

Es ist schon nach neun, als Lexie und ich zusammen die Treppe herunterkommen. Jeden Abend saß sie jaulend vor meiner Zimmertür, sodass ich irgendwann nachgegeben und sie hereingelassen habe. Jetzt schläft sie bei mir im Bett und weicht mir nur von der Seite, wenn ich morgens die Tür aufmache.

Als ich unten ankomme, hört es sich so an, als würde jemand im Kühlschrank herumkramen. Das muss Theo sein, der die Reste von gestern Abend verputzt.

»Verdammt noch mal, Richards. Du hast das letzte Stück Pizza gegessen.« Ich erkenne Theos Stimme und überlege.

Gestern hatte ich keine Lust zu kochen, und Mr Richards hat mir endlich Geld fürs Essen überwiesen; daraufhin habe ich zum Abendessen eine große Pizza mit extra Oliven bestellt, um Finn eins auszuwischen. Denn während der Bestellung, meinte er, er könne Oliven nicht ausstehen, weil er ganz genau wusste, dass er und Theo die Reste verdrücken würden. Er behauptete sogar, Pizza nicht einmal mit einem Stock anzurühren, wenn auch nur *eine* Olive drauf wäre – und nun hat er sie doch gegessen?

Was soll man nun davon halten?

Ich schiebe den Gedanken erst einmal beiseite und gehe in die Küche, Lexie dicht auf den Fersen. Beim Hereinkommen sehe ich als Erstes Theo, der den Kühlschrank durchstöbert, und dann Finn. In einem schwarzen T-Shirt und dunkler Jeans lehnt er mit verschränkten Armen am Küchentresen.

Er sieht unverschämt heiß aus, *wann tut er das nicht*, aber ich würdige ihn keines Blickes und konzentriere mich auf den einzigen Typen im Raum, der mich wie ein Mensch behandelt.

»Morgen«, sage ich Theo und sehe zu, wie Lexie auf Finn zuschießt, um sich ihre Streicheleinheiten abzuholen

Die Hündin mag mich jetzt, weil ich mehrmals am Tag mit ihr rausgehe, aber mir ist klar, dass ich es in ihren Augen niemals mit Finn werde aufnehmen können. Vor einigen Tagen hatte sie nur deshalb vor meinem Zimmer gejault, weil Finn sie nicht bei sich hereinlassen wollte.

Wenn er sie sieht, hellt sich seine Miene sofort auf, so sehr ist er auf ihre Bedürfnisse fokussiert.

Es lässt sich nicht leugnen, er liebt sie wirklich.

Theo begrüßt mich mit einem Kopfnicken, während Lexie von Finn ablässt und hinüber zu ihrem Fressnapf beim Eingang geht. Ich will zur Espressomaschine, aber Finn hat seine vorige Position wieder eingenommen – mit verschränkten Armen an den Küchentresen gelehnt – und versperrt mir den Weg wie eine beschissene Backsteinmauer.

»Weg da«, sage ich barsch, merke aber, wie meine Selbstsicherheit sofort wieder schwindet, als sein kalter Blick auf mich fällt.

»Ach, bin ich dir im Weg?«, ätzt er mit einem Schmunzeln, das ich ihm am liebsten aus dem Gesicht schlagen würde.

»Ja.« Ich schlucke meine Beklommenheit runter und warte darauf, dass er einen Schritt zur Seite macht.

Stattdessen starrt er auf mich herunter, kommt mit dem Mund ganz nah an mein Ohr heran und brummt: »Gut.«

Ich sollte mich aufregen, sogar wütend sein, aber ich kann nur daran denken, wie nah er mir ist. Sein Atem, der mein Ohr streift und mir Schauer über den Rücken jagt. Wie sich sein Mund wohl an meinem Hals anfühlen würde, und überall Knutschfle-

Was zum Teufel war das?

Ich komme wieder zur Besinnung und weiche ein paar Zentimeter zurück, um die Fassung wiederzufinden. Der Typ muss total übergeschnappt sein, wenn er glaubt, dass er sich mir und meinem Morgenkaffee in den Weg stellen kann.

»Weg da. Ich sags nicht noch mal.«

Mich ignorierend fährt er sich mit der Zunge über die Unterlippe, was ich wie gebannt verfolge.

»Schön«, schnaube ich. Für einen Mord ist es eindeutig zu früh am Tag.

Ein Klingelton reißt mich aus meinen Gedanken.

Theo fingert sein Handy aus der Tasche. »Scheiße, ich habe ein Vorstellungsgespräch in zehn Minuten. Man sieht sich.«

Und schon ist er zur Tür hinaus. Wenige Sekunden später hört man sein rotes Auto die Auffahrt hinunterjagen. In dem Moment piepst auch Finns Handy, und er zieht es aus der Tasche. Er schmunzelt, als er die Nachricht öffnet.

One-Night-Stand-Alarm.

Ist das wieder Brie?

Geht dich einen Scheißdreck an, Dia.

Rasch zieht er die Schlüssel aus der Tasche und geht Richtung Tür.

»Hey?« Ich verfolge ihn zum Eingang.

Als er die Tür öffnet, blickt er zu mir zurück.

»Warum hast du sie gegessen?«, frage ich.

Er runzelt die Stirn. »Was gegessen?«

»Die Pizza. Du sagtest doch, du könntest Oliven nicht ausstehen.«

Er verkneift sich ein Lächeln, kaum dass mir die Worte über die Lippen gekommen sind. »Das war gelogen. Ich wusste, wenn ich sage, ich mag keine Oliven, dann wirst du genau die bestellen.«

Mir bleibt der Mund oft stehen, aber er ist aus dem Haus, bevor ich reagieren kann. Der Kerl hat mich wie eine verdammte Marionette tanzen lassen.

Schlauer Mistkerl.

Lexie fährt mir mit der Zunge über die Hand und bringt mich zurück in die Wirklichkeit. Ich streichle ihr den Kopf und sie presst die Wange an mein Bein.

»Jetzt muss ich erst mal duschen. Aber dann gehen wir zusammen raus, okay?«, frage ich, als würde sie mich verstehen. Auf dem halben Weg hinauf zum Badezimmer, das an mein Schlafzimmer grenzt, pingt mein eigenes Handy mit einer Nachricht.

Von einer unbekannten Nummer.

Unbekannte Nummer: Ich habe in deinem Bad ein bisschen umgeräumt. Ich dachte, du könntest mehr Ablagefläche gebrauchen. Gern geschehen.

Das ist Finn.

Es muss Finn sein.

Angesichts der laut schallenden Sirenen in meinem Kopf hat er bestimmt mehr angestellt, als mein Bad ein bisschen *umzuräumen*. Mein Puls beschleunigt sich, ich schieße die Treppe hinauf und reiße die Tür zum Badezimmer auf.

Die Ablage, auf der noch gestern alle meine Sachen standen, ist völlig leer. Wie konnte ich das übersehen? Warte mal, heute Morgen war ich doch unten im Bad, oder? Ich krümme mich innerlich zusammen, als ich sehe, dass die Klobrille hochgeklappt ist. Ich stürze hin.

Alles ist da.

Am Grund der Toilette.

Meine Make-up-Tasche, das Glätteisen, Zopfgummis, die teure Gesichtscreme, selbst meine verdammte Zahnbürste. In mir steigt die Wut hoch, während ich die Ärmel aufkremple, um die Sachen herauszufischen.

Oh, das kriegt er so was von zurück.

* * *

Im Haus der Richards gibt es neun Schlafzimmer.

Neun Schlafzimmer, und in allen bin ich schon gewesen.

Allen außer *einem*.

»Was ist los?«, frage ich Lexie, die seit zehn Minuten laut winselnd vor der Milchglas-Doppeltür im ersten Stock liegt. In den letzten drei Tagen habe ich sie zweimal hier gefunden, wie sie stundenlang die Tür anjault.

Diesen Raum habe ich bei meiner ersten Runde durch das Haus als einzigen nicht betreten. Finn hatte ein alles andere als einladendes Schild an die Tür gepinnt, und ich wollte mir nicht zusätzlichen Zorn einhandeln, nachdem er gerade erst meine Klamotten zu Rasendünger umfunktioniert hatte.

Nun bin ich aber doch neugierig und reiße den Zettel herunter, den mein liebevoller Mitbewohner an der Tür hinterlassen hat.

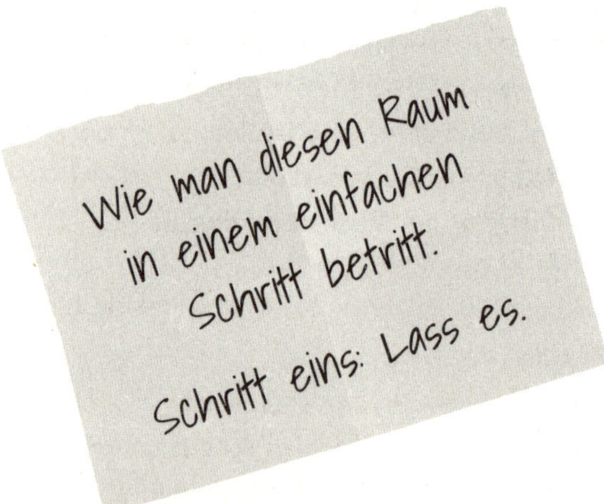

An jedem anderen Tag hätte ich seine Warnung beherzigt, aber ich habe eben eine volle Stunde damit verbracht, meine Sachen zu desinfizieren, nachdem ich sie aus der Toilette geangelt habe. Ich will Rache.

Zögernd ziehe ich an den schwarzen Türgriffen und ziehe scharf die Luft ein, als sich die Türflügel quietschend öffnen. Lexie braust ins Zimmer, und die Million verschiedener Szenarien, die ich mir ausgemalt hatte, lösen sich in Luft auf.

Ich hatte mich geirrt.

Das ist gar kein Schlafzimmer.

Im Raum steht ein eindrucksvoller Eichenschreibtisch, darauf eine Nähmaschine und eine Handvoll stapelbarer Boxen. An der in einem großartigen Creme-Farbton gestrichenen, gegenüberliegenden Wand ist ein ländlich wirkendes Schmuckregal angebracht, an dessen Haken bunte Halsketten, Arm- und Fingerringe hängen. Daneben ist ein Regal für Stoffbahnen angedübelt.

Das Juwelen-Schrägstrich-Nähzimmer wird gerade von den letzten Sonnenstrahlen erleuchtet, die so flach durchs Fenster hereinfallen, dass die tanzenden Staubpartikel in der Luft mit bloßem Auge zu erkennen sind. Man sieht an den Sachen, dass der Raum über die Jahre sauber gehalten wurde, aber es würde mich nicht wundern, wenn das Hausmädchen als Letzte hier drin war.

Ich wage mich weiter ins Zimmer hinein, nehme eine Erinnerung in mich auf, die nicht meine ist, und fahre mit den Fingern über die Stoffbahnen an der Wand.

Bei jedem ist ein kleiner Buchstabe eingeprägt.

N.

N wie …

Nora Richards?

Ich weiß, ich sollte nicht hier sein. Wenn mich Finn im Zimmer seiner Mutter erwischt, bin ich so gut wie tot. Das ist mir klar, aber irgendetwas fasziniert mich an diesem eingefrorenen Augenblick.

Eine Geschichte, die man lesen kann, lange nachdem sie geendet ist.

Was für eine Mutter war sie wohl? War das hier ihre Arbeit oder nur ein Hobby? Hat sie die Silberkette gemacht, die ihr Sohn niemals ablegt?

In den Boxen auf dem Schreibtisch finde ich Drahtscheren, Edel- und Halbedelsteine, Verschlussspangen. Lauter Werkzeuge für die Herstellung von Schmuck.

Lexie hat es sich auf einem samtenen Hundebett am Fenster bequem gemacht – eine Gewohnheit, die sie nie abgelegt hat. Der Gedanke, dass sie sich dort eingekuschelt hat, während Finns Mom vor einigen Jahren hier beschäftigt war, schnürt mir die Brust zusammen. Während ich mich auf ihren lederbezogenen Bürostuhl setze, fühle ich mich wie eine Hochstaplerin. Als wäre ich in einem Traum gefangen, aus dem *sie* nie aufwachen konnte.

Meine Dads haben mir aber immer gesagt, man könne selbst aus den fürchterlichsten Geschichten noch etwas Schönes gestalten. Mit pochendem Herzen greife ich also nach den Boxen auf Mrs Richards' Schreibtisch, nehme einer nach der anderen den Deckel ab …

Und gestalte.

* * *

Die Uhr zeigt 11:20, als ich aus Finns Dusche komme.

Seit die Jungs am Morgen das Haus verlassen haben, war ich alleine hier, und ich wollte mir nicht die Gelegenheit entgehen lassen, die größte und schönste Dusche im ganzen Haus zu benutzen. Wen kümmert es, dass dieses Badezimmer direkt an Finns Schlafzimmer anschließt?

Ich trockne mir eilig Körper und Haar mit einem Handtuch ab, schlüpfe dann in ein Paar Seiden-Shorts und ein weites T-Shirt. Gerade will ich aus dem Bad, als ich auf der Ablage das Armband aus schwarzem Onyx entdecke, das ich in *stundenlanger* Arbeit gebastelt habe.

Seitdem hatte ich es die ganze Zeit mit mir herumgetragen.

Zuerst wusste ich nicht recht, was ich damit machen soll. Ich konnte mir nicht recht vorstellen, es zu tragen, wo mir das Material dazu gar nicht gehörte. Dann wurde mir klar, dass es nur Sinn ergibt, wenn Finn es bekommt.

Er ist es, der seine Mutter verloren hat.

Vielleicht kann er auf diese Weise ein Stück von ihr bei sich tragen?

Ich bin mir nicht einmal sicher, warum ich das Armband überhaupt gemacht habe.

Eigentlich bin ich nur in Nora Richards' Zimmer gegangen, um Finn wehzutun – aber heraus kam ich voller Mitgefühl ihm gegenüber. Außerdem wäre es angesichts meines neuen Töte-sie-mit-Freundlichkeit-Mantras gar nicht so weit hergeholt, ihm etwas zu schenken.

Ich streife mir das Armband übers Handgelenk, damit ich nicht vergesse, es Finn beim nächsten Zusammentreffen zu geben, und drehe mich gerade u-

»Was zum Teufel hast du hier zu suchen?«

Ich kreische entsetzt auf und lasse das nasse Handtuch auf die Fliesen fallen. In der Badezimmertür steht Finn mit einem Blick voller Dolche und vergifteter Pfeile.

»Ich …«, setze ich an, doch die Worte wollen nicht herauskommen.

»Was?«, fragt er trocken.

Reiß dich zusammen.

»Wie siehts denn aus, Schlaumeier? Ich habe geduscht«, schieße ich zurück. Mit unserem Gezanke ist er schon so vertraut, dass er nur eine Augenbraue hochzieht und ein kleines Jetzt-geht-das-wieder-los-Grinsen aufblitzen lässt.

»Ich weiß, was du tust, Juwel. Ich will aber wissen, warum.«

Juwel …

Ich wünschte, er würde mich nicht so nennen.

Obwohl, manchmal, so wie jetzt, klingt es richtig nett.

Sogar herzlich. Als könnte es *unser Ding* sein, anstatt dessen, was wirklich zwischen uns abgeht. Eine Erinnerung daran, dass er sich nicht die Mühe macht, sich meinen Namen zu merken.

Ich strecke beide Hände hoch. »Du hast die beste Dusche im ganzen Haus. Verklag mich.«

Er lehnt sich an den Türrahmen und mustert mich kurz, und ich bekomme sofort Gänsehaut an den Armen. Wahrscheinlich sucht er gerade nach einer perfekten Beleidigung, die er mir an den Kopf pfeffern kann, aber er zuckt nur mit den Schultern. »Meinetwegen.«

Meinetwegen?

Ich versuche, nicht zu viel hineinzuinterpretieren, und quetsche mich an ihm vorbei aus dem Badezimmer. Doch dann fällt mir das Handtuch auf dem Boden ein und ich mache kehrt.

Finn hatte offenbar denselben Reflex, denn wir greifen gleichzeitig nach dem Handtuch, unsere Finger berühren sich für einen Moment. Mein Puls beschleunigt sich, ich ziehe die Hand zurück, nehme das Handtuch an mich und sehe zu ihm auf.

Auch er starrt mich an.

Intensiv.

Nur …

Er schaut mir nicht ins Gesicht.

Stattdessen blickt er auf das schwarze Armband an meinem Handgelenk.

* * *

FINN

Ich wusste gleich, dass es dieser Housesitterin an gesundem Menschenverstand fehlt.

Ich meine, *komm schon,* jeder mit einem halbwegs funktionierenden Gehirn hätte das Weite gesucht, nachdem ich die Sachen im Springbrunnen versenkt hatte. Wenn ich aber nun die schwarzen Steine an ihrem Handgelenk sehe und den unschuldigen Blick in ihren tiefbraunen Augen …

Da wird mir klar, es ist schlimmer, als ich dachte.

Ihr fehlt es nicht nur an gesundem Menschenverstand.

Ihr fehlt es an Anstand.

»Was zum Teufel?« Meine Stimme überschlägt sich in einer Mischung aus Wut und Abscheu. Ein bisschen Schmerz ist auch dabei, den ich am liebsten ausradieren würde.

Juwel weicht bei meinen Worten einen Schritt zurück und ich sehe, wie der Groschen fällt. Die Erkenntnis, dass sie all meine Regeln und Grenzen überschritten hat.

Und dass es keinen Weg zurück gibt.

»Also gut, ich … ich bin heute ins Zimmer deiner Mutter reingestolpert, und ich … ich habe das für dich gemacht.« Ihre Stimme bebt, sie schiebt das Armband vom Handgelenk und reicht es mir.

Sofort sehe ich rot.

»Du hast ihre Sachen angefasst?«, spucke ich aus, doch es kommt wie eine Frage heraus. Ich bin schockiert, kann es einfach nicht glauben. Mir ist, als hätte sie eben eine riesige Scheißbombe auf mich geworfen.

Sie. Hat. Ihre. Sachen. Angefasst.

Ich schalte auf Autopilot, schnappe mir das Armband und reiße es ihr aus der Hand. Dann schleudere ich es so heftig über den Flur, dass die Housesitterin aufkreischt.

Ihre Brust hebt und senkt sich, nur mit Mühe kann sie sprechen. »Ich wollte … ich dachte nur, es wäre schön, wenn du etwas von ihr hast.«

Ich muss fast lachen.

Meine Mom hat mir alles Mögliche hinterlassen, als sie starb.

PTBS, Albträume, endlose Schuldgefühle.

Aber ich brauche ganz sicher kein beschissenes Armband, das eine Fremde gemacht hat.

Sie will gehen, aber ich halte sie fest, packe sie am Handgelenk und reiße sie ganz dicht an meinen Körper. Das Schlimmste ist, ich weiß, dass sie es gut gemeint hat. Sie ist so voller Licht, Güte, guter Absichten. Aber jetzt im Augenblick, ihre Brust an meine gepresst, da möchte ich sie leer saugen.

Unbedingt. So dringend.

Ich will sie herunterbeugen und in sie eindringen, bis sie mir sagt, wie sehr es ihr leid tut, bis sie fleht und vor Lust schreit, während sie kommt und sich deswegen hasst.

Ich bewege meine Hüften etwas, damit sie nicht spürt, wie steinhart ich bin. Doch ich bin mir ziemlich sicher, dass sie es trotzdem mitbekommen hat, weil ihr Atem für einen Moment aussetzt.

Fuck.

Dieses Mädchen ist mein schlimmster Albtraum.

Etwas, das ich ebenso sehr hasse, wie ich mich danach sehne.

»Findest du, ich bin gemein zu dir gewesen?«, raune ich.

Sie schluckt heftig.

»Findest du das?«, lasse ich nicht locker.

Stoßweise atmet sie aus und nickt.

»Dann merk dir meine Worte: Wenn du noch einmal auch nur einen Fuß in dieses Zimmer setzt, dann wird alles, was ich dir bisher angetan habe, dagegen wie ein verdammtes Kinderspiel aussehen.«

Sie sieht mich nicht mehr an, aber ich *brauche* diese Augen, muss wissen, was in ihrem Kopf vor sich geht.

»Kapiert?« Ich beiße die Zähne zusammen und hebe ihr Kinn mit dem Zeigefinger an. In ihren Augenwinkeln bilden sich die ersten Tränen, und das macht mich nur noch härter.

Fuck, unmöglich, dass sie das nicht spürt.

So bleiben wir für einige Sekunden stehen und starren uns gegenseitig in die Seele. Dann schließlich bringt sie erstickt und kaum hörbar heraus: »Kapiert.«

Sie schiebt sich von mir und ich höre, wie sie den Flur hinunterhuscht, dann schlägt in der Ferne eine Zimmertür zu. Für einen Moment habe ich heute gedacht, dass ich mich mit der Zeit irgendwie daran gewöhnen könnte, dieses Mädchen in meinem Haus zu ertragen …

Spoileralarm?

Ich habe mich geirrt.

6. KAPITEL

DIAMOND

Seit ich hier eingezogen bin, habe ich Lexie dreimal winseln hören. Das erste Mal war vor Finns Zimmertür, bevor ich sie bei mir hereinließ.

Das zweite Mal lag sie stundenlang vor Nora Richards' Zimmer und das dritte Mal …

Das dritte Mal ist *jetzt.*

Schläfrig wie ich bin, stöhne ich und taste auf der Matratze neben mir nach der Hündin.

Aber sie ist nicht da.

Seltsam?

Sie schläft doch *immer* in meinem Bett.

Meine Augen sind wie zugeklebt und es kostet mich fast übermenschliche Kräfte, die Lider aufzumachen. Es ist noch dunkel und ich sehe aufs Handy. Drei Uhr morgens. Im Haus ist es still, mit Ausnahme von Lexie, die irgendwo weit entfernt winselt.

Ich reibe mir die Augen, setze mich im Bett auf und lausche.

So habe ich Lexie noch nie jaulen hören.

Da liegt Verzweiflung, *Schmerz,* in diesem Geheul, und ich weiß, dass irgendetwas nicht in Ordnung ist, als ich sehe, dass meine Zimmertür einen Spalt offen ist. Sie hat sich hinausgeschlichen.

Aber warum?

Voller Sorge schiebe ich meinen Hintern aus dem Bett, schlüpfe in die Slipper und gehe hinaus auf den Flur. Soll ich etwa glauben, dass das *niemand* sonst gehört hat?

Bei Theo kann ich mir das vorstellen.

Er schläft unten in einem Gästezimmer, weit genug entfernt, um davon nicht geweckt zu werden, aber Finn sollte wach sein und nach dem Rechten sehen. Aber wo zum Teufel ist er?

Mein Blick ist immer noch verschwommen, als ich dem Lärm nachgehe. Ich seufze erleichtert, als ich um die Ecke biege und Lexie vor der hölzernen Doppeltür am Ende des Ganges sehe.

Warum veranstaltet sie ausgerechnet vor einer leeren Bibliothek so ein Theater?

»Lexie, was ist denn los?«, frage ich leise und gehe auf sie zu.

Sie kommt angelaufen, kaum dass sie mich erkennt. Ich tätschele ihren Kopf, was sie nur kurz zulässt, denn sofort führt sie mich laut winselnd an die Tür und bellt.

Irgendetwas will sie mir sagen.

Die Frage ist nur, was?

»Ist schon gut, Baby. Alles in Ordnung.« Ich hoffe, dass das nicht gelogen ist, und greife nach dem Türknopf.

Als ich die Tür öffne, glaube ich einen Herzinfarkt zu bekommen …

Mein erster Instinkt ist, zu schreien, aber eine Stimme in meinem Kopf weist mich an, keinen Laut von mir zu geben. Er steht im offenen Fenster, eine Schnapsflasche in der Hand, und sieht schweigend in die Tiefe.

Wir sind im obersten Stock.

Was, wenn er stürzt?

Oder noch schlimmer, wenn er *springt*?

Lexie läuft zu ihrem Herrchen hinüber. Woher sie wusste, dass er in Not war, werde ich wohl nie begreifen. Doch er würdigt Lexie keines Blickes und ignoriert ihr Gebell, während er in die Nacht hinausstarrt.

Dia, sag etwas!

»Finn?« Bei seinem Namen bricht mir die Stimme. »Was … was tust du da?«

Es sind meine ersten Worte an ihn, seit dem Abend, als er mein Armband weggeworfen hat. Zwei Tage vergingen, in denen wir das Einander-aus-dem-Weg-Gehen geradezu zu einer Kunstform entwickelt haben. Dabei musste ich ständig daran denken, wie er mein Handgelenk packte und mit seinen tiefen, seelenlosen Augen bis in mein Innerstes vordrang.

Und wie hart er sich an meinem Schenkel anfühlte.

Gott …

»Finn?«, sage ich noch einmal, als er nicht reagiert. »Antworte, sonst rufe ich die Polizei.«

Da muss er lachen.

Er lacht, verdammt noch mal.

Es hat sich sogar echt angehört. Ich weiß nicht, was ich davon halten soll, bis er den Kopf herumreißt und mich über die Schulter ansieht. Auf seinem verfluchten Mund liegt ein fast unmerkliches Lächeln.

»Entspann dich, ich werde nicht springen«, ist alles, was er sagt, bevor er sich wieder ans Sternegucken macht.

»Super, dann machts dir bestimmt nichts aus, vom Fenster runterzusteigen«, bringe ich die Sache auf den Punkt, ohne dass er reagiert.

Nach ein paar Sekunden versuche ich es noch einmal.

»Komm vom Fenster weg, Finn.«

Diesmal sieht er mich wirklich an und unsere Blicke finden sich.

»*Bitte*«, flehe ich mit einem schrecklichen Kratzen im Hals.

Für einen Moment scheint er zu überlegen, zuckt dann mit den Schultern. »Schön.«

Ich kann weder atmen, denken noch sprechen, während ich zusehe, wie er sich dort hinsetzt, wo er eben noch gestanden hat und seine Füße jetzt im Nichts baumeln.

»Ich sage dir, du hast keine Ahnung, wie sich ein Zug wirklich frischer Atemluft anfühlt, bevor du das hier ausprobiert hast«, erklärt er, als wäre es völlig normal, dass ich ihn um drei Uhr morgens im obersten Stock an einem offenen Fenster vorfinde.

Lexie, die ihr Herrchen immer noch mit Argusaugen bewacht, scheint beschlossen zu haben, dass die Situation unter Kontrolle ist, denn sie lässt sich vor dem Fenster auf dem Boden nieder.

Ich für meinen Teil bin sprachlos.

»Wirst du jetzt etwas sagen, oder willst du mir die ganze Nacht hinterherschleichen?«, spottet er.

»Du könntest hinunterfallen«, spreche ich das Offensichtliche aus.

Höhnisch meint er: »Und das wäre wohl tragisch, nicht wahr?«

»Kannst du nicht einfach von diesem verfickten Fenster wegkommen?«, knurre ich.

Genervt schnaubt Finn: »Komm her.«

Mein Herz rast, aber ich würde eher ein EKG machen lassen, als zuzugeben, dass er der Grund dafür ist.

»W-was?«

»Komm her.« Er winkt mich zu sich.

Zögerlich und mit Wackelpudding in den Beinen gehorche ich. Mich fröstelt, als ich neben ihm ankomme und mir ein frischer Windstoß in die Klamotten fährt.

»Schau«, befiehlt er. »Es ist längst nicht so hoch, wie du glaubst.« Er deutet auf die Leere unter seinen Füßen. Sein betörendes Cologne steigt mir in die Nase, während ich mich vorsichtig näher schiebe, um über seine Schulter zu blicken.

Sofort werde ich von Schwindel gepackt. Ich habe keine Ahnung, was er intus hat, aber offensichtlich haben wir sehr unterschiedliche Wahrnehmungen, was, »nicht so hoch« betrifft.

»Dir ist schon klar, dass ich nicht gehen werde, bevor du von diesem Fenster weg bist?«

Er lächelt schwach. »Dann hol dir lieber einen Stuhl, denn du wirst so schnell nicht wieder ins Bett kommen.«

Mit dem Kinn deutet er neben einem der hohen Bücherregale hinüber zum Ledersofa. Mit dem säuerlichen Geschmack der Niederlage auf meiner Zunge, trotte ich zur Couch und lasse mich aufs Polster fallen.

Ich begreife nicht, wie er mit nichts als einem T-Shirt dort sitzen kann, während der Nachtwind so stark um ihn bläst. Ich für meinen Teil trage Sweatpants und ein langärmliges Duke-University-Shirt, das ich meinem Bruder gemopst habe, und mir ist *eiskalt*.

Tausend Fragen gehen mir durch den Kopf, während ich sehe, wie er wieder die Schnapsflasche ansetzt, die er auf dem Fenstersims abgestellt hatte.

»Bist du betrunken?«, frage ich.

»Nein.«

»Bist du dumm?«

Er lacht. »*Wahrscheinlich.*«

Stille senkt sich über uns.

»Ich wollte mich entschuldigen.« Seine tiefe Stimme schneidet durch die Luft.

Habe ich richtig gehört?

Ich hebe den Blick, aber er sieht mich nicht an, sondern schaut weiterhin in die Nacht.

»Kannst du das noch mal sagen? Ich konnte es nicht verstehen«, hänsle ich ihn.

»Ich wollte mich entschuldigen.« Über die Schulter sieht er mich ausdruckslos an. »*Ist es jetzt angekommen?*«

Ein Lachen drängt sich nach oben, das ich aber aus Selbstachtung unterdrücke. Ich sollte nicht über seine Witze lachen. Schließlich habe ich nicht vergessen, wie er reagiert hat, als ich ihm das Armband gegeben habe.

»Ich hätte nicht durchdrehen dürfen vorgestern. Es tut mir leid.« Er atmet langsam aus.

»Tu dir keinen Zwang an, rede weiter«, fordere ich ihn auf.

Er verkneift sich ein Lächeln. »Mehr wirst du leider nicht bekommen.«

Ich weiß, wir scherzen, aber in diesem Augenblick wünsche ich mir fast, dass ich ihn aufgenommen hätte. Keiner wird mir glauben, dass sich Finn Richards bei mir entschuldigt hat, der Housesitterin, die er vom ersten Tag an loswerden wollte.

»Mir tut es auch leid«, räume ich ein. »Meine leibliche Mutter starb, als ich ein Baby war, und ich besitze nur einen einzigen Gegenstand von ihr. Wenn den jemand anfasst, vergesse ich mich …«

Er schwingt die Beine ins Zimmer und lehnt sich gegen den Fensterrahmen, einen Arm auf dem Knie, das rechte Bein bis an die Brust hochgezogen, während das andere neben ihm herunterhängt.

Fuck, er ist einfach umwerfend.

Wie das Mondlicht von rechts auf sein Gesicht fällt und dabei den tätowierten Bizeps und seine makellosen Züge betont. Sein dunkelbraunes Haar ist ein ewiges Durcheinander durchzogen von Strähnen, die ihm vor die Augen fallen.

»Was ist es?«, fragt er. »Das, was du noch von deiner Mom besitzt?«

»Ein altes Radiohead-T-Shirt mit dem Text von ›Creep‹ drauf.«

Finn nickt.

»Sie verschwindet nie, nicht wahr?« Jetzt starrt er wieder irgendwo ins Nichts.

»Was?«

Seine Hasselnussaugen richten sich wieder auf mich. »Diese verfickte Leere.«

Ich begreife sofort. »Doch, schon«, widerspreche ich. »Aber nur, wenn du bereit bist, loszulassen.«

Er schweigt.

»Und? Bist du das?«, frage ich und wünsche mir noch im selben Moment, ich könnte es zurücknehmen. Es sieht aus, als hätte ich ihm damit die Eingeweide herausgerissen. Wut zerrt an seinem Blick, schnell sieht er nach unten.

»Ist das irgendwer?«, murmelt er.

Bevor ich antworten kann, pingt sein Handy und er zieht es aus der Tasche. Es ist schon nach drei morgens. Wer könnte ihm jetzt eine Nachricht schicken?

Na wer wohl.

Ein Mädchen natürlich.

Vielleicht dasselbe Mädchen wie beim letzten Mal? Sein Blick wandert rasch über den Bildschirm, dann lässt er das Gerät wortlos wieder in der Tasche verschwinden.

»Schnelle Nummer?«, frage ich.

Er zuckt mit den Achseln. »Bin nicht sicher, ob sie zu den schnellen Nummern zählt.«

Was ist sie dann?

Seine spezielle Freundin?

»Ich vermute, du meinst Brie?«

»So neugierig?«, neckt er mich.

»*Sehr*«, gebe ich zu.

Ein kleines Lächeln schleicht sich auf seine Lippen, offenbar ist er von meiner Ehrlichkeit überrascht.

»Meinetwegen musst du nicht bleiben. Geh nur.«

Er überlegt. »Wie kommst du auf die Idee, dass ich wieder mit Brie vögeln will?«

Abgesehen von der Tatsache, dass sie eine gertenschlanke, umwerfend aussehende rothaarige Göttin ist? Also, Finn, da habe ich wirklich keine Ahnung.

»Hey, das ist kein Vorwurf«, schnaube ich, während es in meinem Bauch rumort. »Es ist nur … Bis jetzt ist es nicht gerade deine Stärke, kluge Entscheidungen zu treffen.«

Ich warte darauf, dass er mir – wie vorgestern – die Meinung geigt, doch stattdessen greift er nach der Whiskyflasche, die er wahrscheinlich im Vorrat seines Vaters gefunden hat, und trinkt einen großen Schluck.

Kaum dass er die Flasche abgesetzt hat, stellt er mich zur Rede. »Warum sagst du nicht, was du wirklich denkst?«

Ich lache gezwungen. »Und das wäre?«

»Du willst wissen, warum ich es getan habe.«

Und die Kirsche obendrauf?

Er hat recht.

»Na los, frag mich«, fordert er mich heraus, ohne mich auch nur für eine Sekunde aus den Augen zu lassen.

Verwirrt räuspere ich mich und komme seiner Aufforderung nach. »Also gut. Warum hast du mit Brie geschlafen?«

Es dauert ein paar Sekunden, bis er antwortet. »Weil ich es konnte.«

Mir stockt der Atem.

»Wenn ich schon den Respekt meines Vaters – im Gegensatz zu *ihm* – nicht bekommen kann, dann musst du mir verdammt noch mal glauben, dass ich versuche wenigstens alles andere zu bekommen.«

Er meint Xavier Emery, nicht wahr?

In diesem Augenblick bricht etwas in seinen Augen.

Etwas, das er mich niemals sehen lassen wollte.

Mir fehlen die Worte und ich versuche verzweifelt, sein Geständnis zu verarbeiten. Zum Glück scheint er keine Antwort zu erwarten, denn er nimmt noch einen Schluck Whisky und wischt sich den Mund mit dem Handrücken ab.

»Ich habe mit der Freundin meines besten Freundes geschlafen, um mich für etwas zu rächen, das er nicht einmal mit Absicht getan hat«, fügt er an. »Und jetzt sag du mir, ist das nicht das Abgefuckteste, was du je gehört hast?«

Es ist vielleicht das Abgefuckteste, das ich je gehört habe.

Es ist abscheulich.

Und furchtbar.

Und unverzeihlich.

Nur, widert es mich dann nicht an?

Warum bin ich nicht *entsetzt*?

Im Gegenteil, sein eiskalter Verrat macht ihn für mich nur noch interessanter. Ich möchte wissen, wie sein Gehirn funktioniert, was an jenem Tag am See mit ihm geschehen ist. Warum er sich unbedingt davon überzeugen möchte, dass er ein hoffnungsloser Fall ist.

Aber vor allem möchte ich sehen, wie weit er gehen kann …

Bevor die ganze Welt das auch glaubt.

»Und das Schlimmste ist, ich würde mich jederzeit opfern für diesen Typen.« Finn lacht bitter. »Ich würde für ihn sterben. Er ist wie ein Bruder für mich. Und trotzdem … ist da dieser Teil von mir, der ihn hasst.«

Der Drang, ihn zu fragen, bringt mich fast um.

Aber ich fürchte mich vor der Antwort.

Ich blicke hinauf zur Decke, in der Hoffnung, den nötigen Mut zu tanken, bis mir klar wird, das meine einzige Möglichkeit ist, ihn mir in flüssiger Form zu holen.

»Scheiß drauf!«, flüstere ich und stehe auf.

Geradewegs gehe ich auf Finn am Fenster zu und schnappe mir die Whiskyflasche aus seiner Hand. Seine Augen werden immer größer, aber er sagt nichts, während ich mich wieder aufs Ledersofa setze. Ich habe noch nie was Hochprozentiges getrunken. Bei der Hochzeit meiner Tante gabs einmal Bowle, aber zu mehr ist es nie gekommen.

Dabei ist es gar nicht so, dass ich nicht trinken will.

Es gab irgendwie nie die passende Gelegenheit.

Aveena hält wegen ihres Kindheitstraumas nicht viel von Alkohol, und ich hatte nie Lust, ihr noch zusätzlich Salz in die Wunde zu streuen.

Der Whisky brennt sich den Weg meine Kehle hinunter wie flüssige Lava, und mein Würgereflex setzt ein. Ein Tropfen löst sich von der Flasche und läuft mir über den Mund. Finn sieht es und folgt mit den Augen meinem Daumen, als ich mir den Alkohol von der Lippe wische. Dann beißt er sich selbst auf die Unterlippe.

Und ich höre auf zu atmen.

Wahrscheinlich bin ich verrückt.

»Und ich?«, frage ich, nachdem ich meinen ganzen Mut zusammengenommen habe.

Er zieht eine Augenbraue hoch.

»Warum hasst du mich? Streich das: Warum hasst du alles?«

Seine Antwort kommt prompt: »Ich hasse nicht alles.«

Ich schnaube: »Nenne mir eine Sache, die du nicht hasst.«

Er antwortet nicht gleich, sondern rutscht von der Fensterbank herunter und schnappt sich die Flasche aus meiner Hand. Erst, als er wieder seinen Platz am Fenster eingenommen hat, redet er weiter. »Da muss ich erst ein bisschen überlegen.«

»*Schockierend*«, keuche ich sarkastisch auf.

Ich gehe davon aus, dass unsere Unterhaltung ihren natürlichen Tiefpunkt erreicht hat, bis er hinzufügt: »Und übrigens, ich tue das nicht.«

»Was tust du nicht?«

»Dich hassen. Das tue ich nicht«, erklärt er.

Seine Streiche, seine harten Worte und bösen Blicke lassen etwas anderes vermuten.

»Aber warum bist du dann so furchtbar zu mir?«

Die folgende Stille ist dichter und schwerer als jede andere Stille, die ich je zu ertragen hatte. Finn dreht sich weg und sieht zum offenen Fenster hinaus. Er verliert sich im Nachthimmel, bevor er eine Wahrheit flüstert, mit der ich niemals gerechnet hätte.

»Weil du alles bist, was sie sich für mich gewünscht hat.«

Für einen Augenblick bin ich verwirrt.

Dann wird es mir klar.

Er redet über seine Mom, oder?

»Scheiße, du bist alles, was sie war …«, meint er halb verwundert, halb verächtlich, bevor er die Flasche zum nächsten Schluck ansetzt. »Vertrauenswürdig, verständnisvoll, gütig. Himmel, du bist so verdammt freundlich, dass ich kotzen könnte.«

Zu meinem eigenen Erstaunen muss ich lachen. Es ist zwar nicht besonders nett, aber ich finde das zweideutige Kompliment trotzdem witzig.

»Danke …?« Ich weiß nicht recht, was ich sagen soll.

Völlig unerwartet muss jetzt auch Finn lachen.

Das muss das erste Mal sein, dass wir *wirklich* gemeinsam lachen. Und es ist definitiv unser erstes echtes Gespräch. Ich könnte mich daran gewöhnen, wage aber nicht zu hoffen, dass dieser *anständige Finn* jemals der Normalzustand sein wird.

Danach sagen wir nichts mehr.

Finn starrt wieder hinaus in die Nacht und ich warte darauf, dass er vom Fenster wegkommt.

Das Schweigen ist mir egal.

Ich will mich an diesen Moment erinnern.

Wenn irgendwann die Sonne aufgeht und er sich zwangsläufig wieder in sein grausames anderes Ich verwandelt, möchte ich mich daran erinnern, dass die Mauern um ihn für diesen einen flüchtigen Moment nicht mehr existiert haben. Für diesen einen flüchtigen Moment war er *echt*.

Und vielleicht …

Nur vielleicht …

Ist Finn Richards nicht das Monster, für das ich ihn gehalten habe.

7. KAPITEL

DIAMOND

»Juwel?«

Irgendwo hallt eine Männerstimme in meinem Kopf.

»Juwel?« Jemand schüttelt mich. »Juwelchen, wach auf.« Die Stimme klingt dringlich.

Mein Hirn ist wie in dichten Nebel gehüllt. Ich öffne die Augen einen Spalt und sehe, dass sich Finn in der dunklen Bibliothek über mich beugt, seine Hand auf meiner Schulter.

Scheiße, ich muss wohl weggetreten sein, oder?

Wie lange habe ich geschlafen?

»Wie spät ist es?« Ich setze mich kerzengerade auf und merke, dass ich unter einer Decke liege.

Bin ich unter einer Decke eingeschlafen?

Ich kann mich nicht erinnern.

»Fast fünf«, antwortet Finn.

Ich glaube nicht, dass ich vorher eine Decke hatte.

Bedeutet das … dass Finn sie über mich gelegt hat?

»Es war lustig, dass du Bodyguard für mich gespielt hast und so, aber jetzt muss ich wirklich in die Falle. Ich dachte, du verbringst den Rest der Nacht vielleicht lieber in deinem Bett.«

Seine Freundlichkeit grenzt an ein Wunder. Soll das etwa bedeuten, er war *zwei* aufeinanderfolgende Stunden lang nett zu mir? Ich sollte unbedingt mal Lottoscheine kaufen.

»Ich … danke«, antworte ich immer noch benommen und stehe langsam vom Sofa auf. In dem Augenblick, als meine Füße den Boden berühren, sackt mein Blutdruck ab und ich bekomme mit plötzlichem Schwindel die Quittung dafür, dass ich so schnell aufgestanden bin.

Zum Glück fängt mich Finn im letzten Moment auf. Dabei

liegen seine Hände so fest an meine Taille gepresst, dass meine Knie aus einem völlig anderen Grund nachgeben.

Einige Sekunden stehen wir so da, seine Hände an meinen Hüften, unsere Blicke ineinander verschmolzen und unsere Körper dichter beisammen, als mein Gehirn verarbeiten kann. Wir atmen beide heftiger und ich ertappe mich dabei, wie ich auf seinen Mund starre.

Normalerweise ist Finn abscheulich, aber jetzt im Augenblick ist er nett, und ich hasse es, dass mich das gegenüber all den Gelegenheiten blind macht, wo er es nicht war.

»Du könntest jetzt loslassen«, flüstere ich, obwohl sich mein Körper danach sehnt, weitere zwei Minuten so von ihm gehalten zu werden. Ich erwarte, dass er auf mich hört und zurücktritt, aber er fasst nur noch fester zu und richtet seine Aufmerksamkeit ebenfalls auf meine Lippen.

»Ich könnte.« Er zuckt mit den Achseln, als kümmere ihn das einen Scheißdreck, und ich bin mir ziemlich sicher, dass mein Herz für jede Extrasekunde, die er meine Brust an seine presst, einen weiteren Schlag aussetzt.

Mitten in der Nacht.

In der Stille einer Stadt, die schläft, während wir wach sind. Das ist gefährlich. Nur wir beide in der Bibliothek, da kann man leicht vergessen, dass wir morgen wieder aufstehen und einander hassen müssen.

»Und warum tust du's nicht?« Ich habe schreckliche Angst vor der Antwort.

Normalerweise hat er auf alles eine Antwort, aber diesmal scheint er zu zögern. Ich warte und warte, aber sie kommt nicht. Stattdessen löst er seinen Griff um meine Taille und wendet sich zum Gehen.

»Du solltest lieber keine Fragen stellen, mit deren Antworten du nicht klarkommst.« Von einem Augenblick zum anderen ist er wieder der kalte Finn.

Jede Faser meines Ichs schreit mich an, etwas zu tun, während er sich der Tür nähert.

»Wer behauptet, ich käme nicht damit klar?«, rufe ich ihm nach.

Fuck, was mache ich da nur?

Ich sollte ihn einfach gehen lassen.

Ich sollte uns vergessen lassen, dass wir eine Nacht lang in der Gegenwart des anderen nicht komplett unglücklich waren. Aber wenn er jetzt geht, dann ist der Waffenstillstand offiziell vorbei, und das macht mir eine Heidenangst.

Finn bleibt abrupt stehen, sieht mich aber nicht gleich an. Er steht in der Tür und ringt sich ein »Unglaublich, dieses Mädchen« ab und dreht sich um. »Du willst es wirklich wissen?«

Ich überlege, meine Frage zurückzunehmen, aber dazu ist es schon zu spät, denn er kommt bereits auf mich zu.

Innerhalb von Sekunden stoß ich mit dem Rücken ans große Bücherregal. Zwischen uns sind nur noch wenige Zentimeter Platz, mein Blick wandert zu seinem Mund. Er fährt sich mit der Zunge über die Unterlippe und starrt mir in die Seele. Seine Lippen sind sinnlich, und *Scheiße*, sie sehen so weich aus. Ich wünschte nur, die Worte, die über sie kommen, wären nicht immer so brutal.

»Du willst wirklich wissen, an was ich gerade denke?« Es klingt wie eine Warnung vor dem Verderben. Ich schlucke hart, nicke aber knapp.

Auf meine stumme Antwort hin schiebt er sich noch näher; unsere Lippen berühren sich fast, während er die Mauer aus Hass niederreißt, die ich sorgfältig zwischen uns hochgezogen habe.

»Ich denke an die tausend verschiedenen Möglichkeiten, wie ich dich gleich hier auf dem Teppich zum Kommen bringen könnte.«

Plötzlich befindet sich keinerlei Luft mehr in diesem Raum. Da ist kein Waffenstillstand, kein Friedensangebot, kein Schwenken mit einer weißen Flagge. Er ist bereit zur Schlacht, und ich fürchte, ich werde mich ergeben müssen.

»Ich denke an die Tausenden Male, die ich dich schon in eine Ecke drängen und dich lecken wollte, bis du mein ganzes Gesicht nass machst.« Er verzieht dabei keine Miene.

Oh.

Mein.

Gott.

Bei seinem Geständnis klappt mir der Mund auf. Er schmunzelt, fährt mir mit dem Daumen über die Unterlippe und fegt damit den letzten Widerstand, den ich gegen seine Anziehungskraft noch aufbieten konnte, mühelos beiseite.

»Ich denke daran, wie du mich *anflehst*, deinem Boss nicht zu erzählen, wie sehr es dir gefällt, was sein abgefuckter Sohn mit seiner Zunge macht.«

In der folgenden Stille überdenke ich alles, was sich bislang für sicher gehalten hatte. Noch immer schaut er auf meinen Mund – streiche das, er verschlingt meinen Mund geradezu mit seinen Augen – und ich hasse mich selbst dafür, aber …

Wenn er jetzt den ersten Kuss von mir wollte?

Ich würde ihn ihm geben.

Ich fürchte, mein Herz wird wie ein zu prall aufgeblasener Ballon platzen, als Finn mit einer Hand meine Wange ergreift, sie drückt und mich so nah zu sich heranzieht, dass sein Mund direkt vor meinem schwebt.

»Und das, Juwel …« Er macht eine Pause. »Das ist der Grund, weshalb du nicht damit klarkommst.«

Und dann geht er einfach.

Keine weitere Erklärung, keine Entschuldigung für seine Deutlichkeit.

Nichts.

Er lässt mich einfach stehen. Zwischen den vier Wänden, die sein Geständnis bezeugen können, das ich niemals vergessen werde.

* * *

Das folgende Wochenende verbringe ich damit, mein Gehirn umzuprogrammieren.

War gar nicht so leicht, aber die Online-Artikel hatten mich schon vorgewarnt, dass dazu eine ganze Menge Selbstdisziplin nötig sei. Und das Ziel? Nicht mehr an Finn zu denken. Ganz habe ich es noch nicht geschafft, aber immerhin laufen seine Worte nicht mehr ständig in Endlosschleife in meinem Kopf, also … *winzige Schritte?*

Ich war seltsam erleichtert, dass das Erdgeschoss verlassen war, als Jesse mich gestern am Haus absetzte.

Finn war nicht zu Hause.

Theo ebenfalls nicht.

Also waren nur Lexie und ich da.

Ich nutzte die Gelegenheit, mir am Flachbildfernseher im Wohnzimmer einen kitschigen Film anzusehen, für den die Jungs mich mit Sicherheit aufgezogen hätten. Dann legte ich mich hin und verließ mein Zimmer erst heute Morgen wieder, als ich mich aus dem Bett quälte, um Frühstück zu machen.

»*Bitte* sag, dass für mich auch was da ist.« Theos Hilferuf hallt durchs ganze Erdgeschoss, ich reiße den Kopf herum und sehe, wie sich der hoch aufgeschossene Basketballer in die Küche schleppt.

Er sieht echt beschissen aus.

Sein schwarzes Haar ist völlig durcheinander, unter den grünen Augen liegen so dicke schwarze Ringe, dass man sie schon aus der Ferne erkennen kann, und seine Haut ist blass, wenn nicht sogar gespenstisch.

Da hat jemand letzten Abend wohl zu viel getrunken.

Ich verkneife mir ein Lachen und schaue von meinem Omelett auf, das ich mir gerade brate. »Verdammt, Theo, du siehst vielleicht …«

»Gut aus für einen Toten?«, beendet er den Satz und lässt sich auf einen Hocker an der Kücheninsel plumpsen.

Ich kichere und wende vorsichtig mein Omelett. »Ich wollte sagen, du siehst aus, als wärst du nicht ganz auf der Höhe.«

Zur Antwort stützt er die Ellenbogen auf die Marmorplatte, faltet die Hände über dem Kopf und stöhnt schmerzlich, wahrscheinlich aufgrund fürchterlicher Kopfschmerzen.

»Wann bist du denn gestern Abend ins Bett gekommen?«

»Spät.« Er schnaubt. »Eilmeldung: zwei Stunden Schlaf. Eindeutig nicht genug.«

Ich lache. »Muss ja ziemlich krass gewesen sein, was?«

»Erste Sommerparty, du weißt ja, wie das ist. Wenn am Ende nicht alle kotzen, wozu verdammt noch mal das Ganze?«, macht sich Theo über die Mentalität der beliebten Kids lustig und ich verschone ihn mit weiteren Fragen.

In Wahrheit weiß ich nicht, wie das ist. Und glaubt mir, es liegt nicht daran, dass ich es nicht versucht hätte. Ich habe bloß nie eine Einladung zu so einer Party ergattern können.

Theo massiert sich die Schläfen. »Finn war so abgefuckt, er braucht bestimmt eine vollständige verdammte Lebertransplantation.«

Finn war also auch bei der Party?

Das würde erklären, warum er letzte Nacht nicht zu Hause war.

»Ist er mit dir nach Hause gekommen? Ich würde meinem Boss nicht so gern erzählen müssen, dass sein Sohn vielleicht irgendwo im Straßengraben liegt.« Ich verschlucke mich an meinem Vorwand. Niemals würde ich es zugeben, aber ich bin neugierig. Verdammt, ich mache mir sogar Sorgen um diesen leichtsinnigen Arsch.

Warum. Kümmert. Mich. Das. Überhaupt.

»Ne, der ist mitten auf der Party mit irgendeinem Mädchen verschwunden.«

Oh.

Ich antworte nicht, sondern schnappe mir stattdessen einen

Teller aus dem Küchenschrank und lasse mein Omelett darauf gleiten. Kaum habe ich mich an die Kücheninsel gesetzt, ertappe ich Theo dabei, wie er auf mein Essen starrt.

Ich weiß nicht, warum, aber ich springe auf und hole noch einen Teller und eine Gabel heraus.

»Die Hälfte kannst du haben. Mehr nicht«, sage ich bestimmt.

Theos Augen leuchten. »Habe ich dir schon einmal gesagt, dass du meine Lieblings-Housesitterin bist?«, grinst er und beobachtet, wie ich das Omelett mit der Gabel teile und die Hälfte auf seinen Teller schiebe.

»Iss, bevor ich's mir anders überlege.«

Mit diesen Worten setze ich Kaffee auf und lasse mich wieder an der Kücheninsel nieder. Theo lässt es sich nicht zweimal sagen, nimmt einen großen Bissen und streckt mir den hochgestreckten Daumen entgegen. Ich will mir gerade den ersten Bissen in den Mund schieben, als Finn in Jogginghose hereingetappt kommt.

Als zwanghafter Angeber hat er natürlich kein Shirt an, und obwohl die vergangene Nacht auch bei ihm tatsächlich Spuren hinterlassen hat, scheint er nicht so einen schlimmen Kater zu haben wie Theo.

»Was gibt's zum Frühstück?«, fragt Finn mit belegter Stimme – wahrscheinlich, weil er sich fast ins Grab gesoffen hat – und schiebt sich die Hand durchs schlafgestylte Haar. Er hat einen Kater und sieht *trotzdem* umwerfend aus. In mir keimt die Erkenntnis, dass ich diesen Sommer nur überleben werde, wenn ich diesem Typen eine Papiertüte über den Kopf stülpe.

»Dein Pech, Bro. Ich habe die Hälfte von ihrem Omelett bekommen. Hier, willst du den Rest?«, verhöhnt Theo seinen Freund und hält ihm den leeren Teller hin, auf dem sich nur noch ein paar Omelettkrümel befinden.

Ich unterdrücke ein Lächeln.

Finn starrt mir geradewegs in die Augen. »Ne, danke, deinen Teller will ich nicht ab*lecken*.«

Ich spüre, wie sich mein Hals zuschnürt, während er das letzte Wort besonders betont. Bilder an die vorige Nacht in der Bibliothek schwirren durch meinen Kopf.

Du willst wirklich wissen, an was ich gerade denke? Ich denke an die Tausenden Male, die ich dich schon in eine Ecke drängen und dich lecken wollte, bis du mein ganzes Gesicht nass machst.

Jedes Nervenende in meinem Körper steht unter Strom. Ich breche den Blickkontakt ab und stecke schnell die Gabel in den Mund.

Hat er das mit Absicht gemacht? ssen?

Ist ihm der Verweis auf dieses Wort überhaupt bewusst?

Dia, interpretier nicht zu viel hinein.

»Mann, du siehst aus wie ein Haufen Scheiße«, kommentiert Finn Theos Zustand, und ich höre auf zuzuhören.

Bis … Finn zu uns herüberkommt, sich an die Kücheninsel lehnt und mit seinem Kumpel quatscht. Da entdecke ich die schwarzen Steine um sein Handgelenk.

Trägt er da mein Armband?

Tatsächlich.

Er trägt mein verficktes Armband.

Ich habe nicht den Mumm, ihre Unterhaltung zu unterbrechen, halte also die Millionen von Fragen in meinem Kopf an der Leine und spüle mein Geschirr ab. Theo macht es genauso und stellt seinen Teller weg.

»Was hast du vor?«, fragt Finn, als Theo Richtung Hinterausgang geht.

»Ich versuche, etwa zwanzig Stunden Schlaf nachzuholen. *Cheerio.*« Theo hebt die Hand zum Salut an den Kopf, geht hinaus und steuert geradewegs auf die Hängematte zu.

Kaum ist er außer Hörweite, da rutschen mir die Worte aus dem Mund. »Du trägst mein Armband.«

Finn dreht den Kopf und sieht mich an. »Scharf beobachtet«, bemerkt er amüsiert und geht zum Kühlschrank.

»Warum?«

Zuerst macht er mir die Hölle heiß, weil ich das blöde Ding gemacht habe, und jetzt trägt er es auf einmal?

»Warum nicht?« Er weicht meiner Frage aus, schnappt sich eine Wasserflasche aus der Kühlschranktür und dreht den Deckel auf.

»Ich dachte, es wäre weg?«

Nachdem er es weggeworfen hatte, habe ich im Flur danach gesucht, konnte es aber nicht finden. Ich dachte, das Hausmädchen hätte es vielleicht weggeworfen.

Er zuckt mit den Achseln. »Ja, nun, aber du dachtest auch, es wäre eine gute Idee, diesen Job hier anzunehmen, oder?«

Wow.

Eigentlich dachte ich ja, nach der Therapiestunde in der Bibliothek könnten wir unsere Rivalität vielleicht zu den Akten legen, aber offensichtlich war das nur Wunschdenken. Mein Gesicht spricht wohl Bände, denn er lacht leise auf.

»Was denn?« Er hebt beide Hände in die Höhe. »Es bringt meine Augen zur Geltung.«

Ich muss mich zwingen, nicht zu lachen.

Bei meinem Handy auf der Arbeitsplatte ploppt ein Text auf und ich greife danach.

Aveena: Wann sollen wir uns heute Abend treffen? Meine Schwester hat einen Musiktermin, ich schaffe es also nicht vor sechs.

Vee und ich haben diese Tradition, jedes Jahr an ihrem Geburtstag im Restaurant meines Dads essen zu gehen. Das stimmt. Heute ist ihr Geburtstag, und trotzdem muss sie immer noch ihre Superstar-Schwester herumkutschieren wie ein modernes Aschenputtel.

»Übrigens, ich bin heute Abend unterwegs«, wechsle ich das

Thema. »Mit deinem Dad habe ich das schon geklärt, aber ich dachte, ich sage dir auch Bescheid.«

Finn führt die Wasserflasche für einen Schluck an den Mund, hält inne und blickt mich schweigend an.

»Warum?« Plumper würde es nicht gehen, selbst wenn er es versuchte.

»Warum was?«

»Warum bist du unterwegs?«, verhört er mich.

»Warum nicht?« Er bekommt von mir die gleiche Antwort, die er mir einen Augenblick zuvor gegeben hat, und er lässt angesichts der Ironie ein herzerweichendes Schmunzeln aufblitzen.

»Kann ich mich darauf verlassen, dass du nicht das Haus niederbrennst, während ich weg bin?«, frage ich, nur halb im Scherz.

»Keine Versprechungen.« Er zuckt mit den Achseln. »Ich könnte mich mit der Vorstellung anfreunden, dass mein Dad zurück in die Stadt gezwungen wird.«

»Und warum das?«

Sein Grinsen wird breiter. »Dann würden wir dich nicht mehr brauchen. *Deshalb.*«

»Diese Dusche war einfach super. Übrigens, oben im Bad sind keine Handtücher mehr«, höre ich eine weibliche Stimme im Flur kichern.

Es dauert nur eine Sekunde …

Aber das reicht, um alle albernen Hoffnungen auf einen *veränderten Finn* in meinem System unwiederbringlich sterben zu lassen.

Er hat das Mädchen von der Party mit nach Hause gebracht.

Typisch.

»Scheiße, versteck mich«, formt Finn tonlos mit den Lippen.

Selbst wenn ich das wollte – was nicht der Fall ist –, könnte ich das gar nicht.

Das geheimnisvolle Mädchen platzt einen Augenblick später herein; mit der manikürten Hand hält sie ein Handtuch fest, während sie ihr wasserstoffblondes Haar tätschelt. Ich erkenne sofort Louise »Lou« Bennett, Base im Cheerleading-Team und haargenau der Typ Mädchen, bei dem Finn Richards meiner Vorstellung nach landen würde.

Die beiden zusammen ergeben einfach einen Sinn – Basketball-Star trifft Cheerleader-Prinzessin, ihr wisst ja, wie das läuft – aber es beruhigt nicht gerade den Aufruhr in meinem Magen, mir jeden Zentimeter ihres Körpers zu Gemüte zu führen.

Sie sieht großartig aus, ist schlank und etwa eins siebzig groß. Ihr perfekter Körper steckt in zerrissenen Denim-Shorts und einem bauchfreien Batik-Top, das ihre straffen Bauchmuskeln und ihr Bauchnabel-Piercing betont.

Seit ich zum ersten Jahr an der Highschool nach Silver Springs gezogen bin, habe ich genau ein Wort an dieses Mädchen gerichtet. Und ich bin mir ziemlich sicher, es war »Entschuldigung«, als wir am Einführungstag Blickkontakt hatten. Genau, ich habe mich *entschuldigt,* weil ich zufällig Augenkontakt mit ihr hatte.

Das lag an ihrem Blick damals.

Als müsste ich eine Strafe dafür bezahlen, dass ich es wagte, mich in ihrer Blickrichtung zu befinden.

Finn scheint nicht besonders begeistert darüber, dass sie hier ist. Völlig ahnungslos, lässt Louise ihr Handtuch auf dem Küchentisch liegen und eilt mit einem perlweißen Lächeln im Gesicht hinüber zu Finn.

»Hey, Hübscher.«

Unangenehm.

Dass Finn keine Antwort gibt, scheint sie überhaupt nicht zu kümmern, denn sie schlingt die Arme um seinen Hals, quetscht ihre Möpse gegen seine Brust und presst ihre Lippen auf seinen Mund.

Zuerst erwidert er den Kuss nicht, aber dann …

Tut er es doch.

Ich beobachte, wie sich seine Lippen langsam mit ihren bewegen und sie an diesem schmutzigen, verlockenden Mund stöhnt, der mir vor gerade mal drei Tagen unanständige Dinge zugeflüstert hat. Für eine Sekunde frage ich mich, ob er ihr vergangene Nacht dasselbe gesagt hat. Und was sie getan haben, wie sie es getan haben und wo sie es getan haben.

»Ich dachte, du wärst gegangen.« Finn schiebt sie einen Moment später von sich.

»Nun, offensichtlich nicht.« Sie wechselt in einem Sekundenbruchteil von geil zu beleidigt. »Warum? Wolltest du das?«

Gerade will Finn antworten, hält aber inne und wirft mir einen Blick zu, der ohne Frage bedeutet: *Warum bist du immer noch hier?*

Genervt stehe ich vom Hocker auf. »Ich hole mir jetzt noch meinen Kaffee, dann bist du mich los.«

Meine Einmischung bringt mir einen extraboshaften Blick von Louise ein, als hätte sie gerade erst bemerkt, dass ich hier bin. Ich ziehe meinen Becher unter der Kaffeemaschine vor, als ihre Stimme durch die Luft schneidet.

»Und wer bist du?«

Ich drehe mich ganz langsam herum und frage mich, warum sie das überhaupt kümmert. »Dia?« Meine Antwort klingt wie eine Frage, als wäre ich mir meines eigenen Namens nicht sicher.

Ihre Gesichtszüge entgleisen.

Ich blicke meinen Mitbewohner an, der so fest die Fäuste ballt, dass die Knöchel weiß sind.

»Stimmt etwas nicht?«, frage ich.

»Ich dachte, ich hätte mir das eingebildet«, flüstert Louise vor sich hin.

»Was meinst du damit?«

»Jetzt verschwinde endlich«, knurrt Finn mich an, bevor Louise die Sache klären kann. Ich sehe ihn an, als wäre er auf einem Trip, folge aber seiner Aufforderung.

Ich schiebe die Terrassentür auf, Lexie springt von ihrem Hundebett auf und folgt mir. Wir gehen hinaus, aber Sekunden bevor ich die Tür wieder schließe, höre ich Louise sagen: »*Weiß sie Bescheid?*«

Worum geht es hier?

Über *was* weiß ich Bescheid?

In meinem Kopf kreisen lauter Fragen, während ich zur Sitzgruppe hinübergehe und Finn und seine Eroberung durch die großen Küchenfenster nicht aus den Augen lasse.

Jetzt kann ich die beiden nicht mehr verstehen und verdammt, ich wünschte, ich hätte ein Supergehör. Ich lasse mich auf das Garten-Ecksofa plumpsen, Lexie springt neben mir aufs Polster, währenddessen Louise wild mit den Armen fuchtelt und Finn anschreit.

»Fünf Dollar, dass sie ihm eine scheuert.« Theos Stimme lässt mich zusammenzucken und ich quietsche kurz auf. Ich reiße den Kopf herum und sehe ihn hinter mir in der Hängematte liegen – ich hatte ganz vergessen, dass er hier draußen schläft.

»Gott, Theo.« Ich presse die Hand aufs klopfende Herz.

»Entschuldige, habe ich dich beim Spionieren gestört?«, prustet Theo und ich werde rot.

Erwischt.

»Was, glaubst du, reden sie da?«, frage ich, worauf sich Theo in der Hängematte aufsetzt, um eine bessere Sicht zu haben.

»Ih, Finn, ich kann nicht glauben, dass du eine schmutzige Socke benutzt hast, als uns die Kondome ausgegangen sind«, äfft Theo mit hoher Stimme Louise nach und ich muss laut loslachen.

»Wär es dir lieber, ich nehme beim nächsten Mal Alufolie?«, antworte ich mit angespannter tiefer Stimme, um Finn zu imitieren. Lustigerweise passt unser Timing genau, und wir kichern wie die Kindergartenkinder.

Während ich zusehe, wie die Szene vor uns weitergeht, fällt mir ein, wie Finn noch vor wenigen Tagen hier in diesem Garten mit Lexie gespielt hat, neben ihr in der Sonne lag und sie behandelt hat, als wäre sie sein ganzes verdammtes Universum.

Und jetzt?

Jetzt trampelt er auf dem Herzen einer Cheerleaderin herum.

»Wie kann man sich einerseits mit seinem Hund im Gras wälzen und andererseits ein Mädchen so in die Wüste schicken?«, frage ich mich laut, und Theo lässt sich lachend in die Hängematte zurücksinken.

»Tja, nun, so ist das eben mit Finn Richards. Das Einzige, was er auf dieser Welt wirklich liebt, ist sein Hund. Und natürlich Remy.«

Mir stockt der Atem.

»R-Remy?« Meine Stimme überschlägt sich und ich muss mich räuspern. »Wer ist das?«

Ein Mädchen?

Ein Junge?

Theo schnaubt. »Was glaubst du? Sein Auto natürlich.«

Ah.

»Warum heißt ein Auto Remy?«

»Muss irgendein Freund oder eine Freundin von ihm sein. Keine Ahnung, wer das ist. Anscheind jemand Wichtiges.« Theo zuckt mit den Schultern und hält die Hand über die Stirn, um die Sonne abzuschirmen.

»Und Lexie? Was ist da die Geschichte?«

»Er hat sie als Kind von seiner Mutter geschenkt bekommen. Etwa um die Zeit, als sie ihm auch die Halskette geschenkt hat, die er immer trägt ... Du weißt, bevor sie ...« Theo bricht ab.

»Ertrank?«, helfe ich aus.

»Genau, das.«

Lexie ist also die einzige lebendige Erinnerung an seine Mutter?

Ganz zu schweigen von den identischen Ketten, die er und Xavier Emery beide tragen, seit ich denken kann?

»Spricht er ... denn jemals darüber?«, frage ich.

»Ne, aber wer würde das schon? Der Leichnam seiner Mutter

verfault am Grund eines Sees und er glaubt, das sei seine Schuld. Kein geeignetes Material für Smalltalk.«

»Und warum sollte es seine Schuld sein?«, fordere ich mein Glück heraus.

Theo klappt den Mund auf, um zu antworten, schließt ihn aber fast sofort wieder und sieht wieder zu dem Streit, der sehr viel heftiger geworden ist, seit wir zuletzt darauf geachtet haben. Louise ist jetzt in Tränen aufgelöst, schlägt mit flachen Händen auf Finns Brust und stößt ihn weg.

Theo und ich wechseln einen Blick.

»Ziemlich schlimm«, stelle ich fest. »Wirklich schlimm.«

»Jetzt kommt die Ohrfeige.« Theo führt seine Faust zum Mund, wie um sich zu wappnen. »Drei, zwei, eins –«

Als hätte sie auf Theos Kommando gewartet, holt Louise aus und schlägt Finn ins Gesicht. Der nimmt es wie ein Champion, lässt sich null den Schmerz anmerken und starrt sie an, bis sie davonstürmt.

»*Autsch*«, kommentiert Theo.

»Was solls. Er hats verdient.«

Irgendwie tut mir Louise leid. Sie ist nicht gerade der strahlende Sonnenschein, aber niemand hat es verdient, dass man seine Gefühle in tausend Stücke zertrümmert. Bald darauf kommt Finn zu uns auf die Terrasse, womit unser Tratsch beendet ist.

»Verdammt, Alter! Was hast du ihr gesagt?«, ruft ihm Theo entgegen.

Finn geht weiter bis zur Hängematte und gibt Theo mit einer Kinnbewegung zu verstehen, er soll Platz machen. Theo zieht die Augenbrauen hoch, rührt sich aber nicht vom Fleck, worauf sich Finn einfach auf seinen Kumpel setzt.

Theo stöhnt, als sein Freund ihm den Ellenbogen in den Bauch bohrt. »Vielleicht ist dir das gar nicht klar, Richards, aber ein verficktes Fliegengewicht bist du nicht gerade.«

»Was du nicht sagst.« Finn macht deutlich, dass er erst mal

bleiben wird, während Theo versucht, ihn wegzuschieben. Bald raufen sie sich wie kleine Jungs, und ich muss unwillkürlich lächeln.

Als Theo vor Lachen nicht mehr kann, gibt er nach, pellt sich aus der Hängematte und streckt Finn den Mittelfinger entgegen. Dann plumpst er neben mir aufs Gartensofa. Finn lässt sich rückwärts in die Hängematte sinken, einen Arm unter den Kopf gelegt.

»Ich habe dir eine Frage gestellt, Arschgesicht«, erinnert ihn Theo. »Was hast du zu ihr gesagt?«

»Ich habe ihr nur gesagt, was sie schon weiß.« Er zuckt mit den Schultern, den Blick zum wolkenlosen Himmel gerichtet. »Dass Frühstück nicht infrage kommt, und dass ich ihren Arsch nicht um mich haben will, es sei denn, er sitzt auf meinem Gesicht.«

Mir wird flau im Magen.

Ich nippe an meinem Kaffee, der von Sekunde zu Sekunde kälter wird, und werfe einen Blick in seine Richtung. Nur gut, dass ich gesehen habe, wie ungerührt er Louise gerade abserviert hat – ich brauchte diese Erinnerung.

Sie hilft mir, nicht zu vergessen, dass er irgendeine Cheerleaderin gebumst hat, nachdem er mich hat glauben lassen, er hätte irgendwo in diesem Eiskäfig ein Herz.

Finn Richards ist nicht fähig, sich zu verändern.

Und wird es niemals sein.

8. KAPITEL

DIAMOND

»Was darf ich den Damen bringen?« Eine maskuline, aber dennoch sanfte Stimme mischt sich in unser Gespräch ein. Aveena und ich blicken zu Dads Angestelltem auf.

Vor unserm Tisch steht Parker Haynes, stellt sein Colgate-Lächeln mit den Grübchen zur Schau, die mich im ersten Highschool-Jahr fast durchgehend beschäftigt haben.

Aveena wirft mir einen zweideutigen Seitenblick zu und bestellt dann, was sie an ihrem Geburtstag immer bestellt. Nach wie vor lässt sie keine Gelegenheit aus, mich an meine gewaltige, peinliche Schwärmerei für einen der Kellner meines Vaters zu erinnern.

Ich hatte mir allen Ernstes vorgestellt, diesen Typ zu heiraten.

Damals schwor ich, Parker würde mich irgendwann wahrnehmen und wir dann gemeinsam in den Sonnenuntergang reiten. Das war ein echter Selbstläufer. Denn Parker ist nett, sieht gut aus – auf eine Sunnyboy-Art –, hat die glänzendsten Locken, die ich je gesehen habe, und am allerwichtigsten, er wusste bereits, dass ich existiere. Zugegeben, die Kollegin und Tochter seines Chefs zu ignorieren, ist natürlich auch kaum möglich.

Hätte ich nicht meinen ersten Job als Hundesitterin ergattert und die Arbeit im Restaurant aufgegeben, würde ich wahrscheinlich immer noch darüber fantasieren, wie unsere Kinder wohl aussehen werden.

Als ich Parker meine Bestellung nenne und in diese goldgesprenkelten blauen Augen blicke, fühle ich zu meiner Überraschung *nichts*. Keine Schmetterlinge, keine Hitze in den Wangen, keine Spur von Anziehung.

Parker wäre keinesfalls der Typ, der mich gegen die Wand drückt und die tausend verschiedenen Möglichkeiten beschreibt, es mir zu besorgen. Außerdem würde er niemals in einem offenen Fenster stehen und nur für etwas »frische Luft« sein Leben riskieren.

Er ist nicht wie Finn.

Nicht, dass Finn Richards das ist, was ich mir bei einem Mann wünsche.

Nein, verdammt.

Hörst du das, ich?

Ich will ihn *nicht*.

Hör endlich auf, mir schmutzige Gedanken einzuflüstern, wie er mich am Hals packt und mich küsst, bis meine Lippen wund sind.

»Großartig«, sagt Parker, als wir mit Bestellen fertig sind. »Ich bringe gleich die Getränke.« Dann verlässt er uns mit einem charmanten Lächeln, das ihm ohne Frage jede Menge Trinkgeld einbringt.

Kaum ist er weg, sehe ich meine Schwester durchs Restaurant laufen. Mit dunklen Ringen unter den Augen schiebt sie sich durch die Menge. Bestimmt ist sie spät dran für ihre Schicht.

Schon wieder.

Catalina hat die Arbeit letztens ein bisschen schleifen lassen. Durch ihre neuen Beziehung mit dem besten Freund ihres Ex, die Vollzeitstelle im Restaurant meines Dads und ihr Studium ist sie der lebende Beweis, dass man körperlich völlig in Ordnung erscheinen kann, obwohl man innerlich total im Eimer ist.

Zu ihrer Verteidigung muss ich sagen, dass wir das alles schon erlebt haben.

Und mit wir meine ich *alle* meine Geschwister.

Mindestens einmal haben wir alle bereits im Restaurant meines Dads gearbeitet – nun ja, außer Charlie, aber seine Zeit wird auch noch kommen. Wir sind alle schon mal zu spät aufgetaucht, haben einen Haufen Teller zerschlagen und dann von Dad was zu hören bekommen, der seine Kinder nicht anders behandelt als seine Angestellten.

»Scheiße.« Aveena reißt mich in die Wirklichkeit zurück und ich blicke meine beste Freundin an, die mir in der Nische gegenübersitzt. Sie starrt sehr besorgt auf ihr Handy.

»Ist irgendwas?«, frage ich, und Vee legt ihr Telefon auf den Tisch.

»Ashley will, dass ich ihr einen Kräutertee für die Stimme besorge. Morgen hat sie einen Auftritt.«

Oh, verdammte Scheiße.

»Und das hat nicht Zeit bis nach deinem Geburtstag?«

»Meine Mom sagt, es sei dringend«, erklärt Aveena.

»Ne, kommt nicht infrage. Her damit.« Ich schnappe mir ihr Handy und schalte es aus.

»Dia …« Vee seufzt, aber es klingt nicht echt. Eher als wäre sie tief im Inneren erleichtert, wenn nicht sogar glücklich über mein Eingreifen.

»Einen Abend werden sie ja wohl ohne dich auskommen«, sage ich. »Also, dein Handy bleibt jetzt für den Rest des Abends in meiner Tasche, und du bekommst es erst zurück, wenn wir gehen, abgemacht?«

Vee beißt sich auf die Innenseite ihrer Wange und überlegt. Man merkt, wie schwer es ihr fällt, die Nachricht gelesen zu haben, ohne darauf zu reagieren. So gewohnt ist sie bereits, alle möglichen Botengänge für ihre Schwester zu erledigen.

Im Alter von neun Jahren verlor Aveena ihren Vater und hat daraufhin bei allen Aspekten ihres Lebens die Pausetaste gedrückt – keine Partys, keine Dates, ja nicht einmal die *banalsten* Dinge im Leben eines Teenagers.

Ich klammere mich weiter an die Hoffnung, dass sie eines Tages jemanden finden wird, dem sie wirklich wichtig ist. Jemanden, der sie daran erinnert, ihre eigenen Träume zu verfolgen.

Und das hoffentlich, bevor wir aufs College gehen und sie sich in eine unter Sexentzug leidende Katzenlady verwandelt.

»Abgemacht.« Aveena bleibt eh keine Wahl, während ich ihr Handy in meine Gesäßtasche stecke.

Ich muss ihr an diesem Abend hundertmal zum Geburtstag gratulieren.

Wir reden, essen, lästern und lachen, während sich das Restaurant allmählich leert. Außerdem hüte ich mich davor, zu erwähnen, dass Finn mich auf dem Teppich der Bibliothek lecken will.

Irgendwann wechseln wir hinüber zur Bar und plaudern weiter, während die Angestellten sauber machen. Das »Gaten's« ist das einzige Restaurant in Silver Springs mit einem Barbereich, weshalb es erst gegen zwei Uhr nachts schließt. Solange wir keinen Alkohol trinken, macht es meinem Dad nichts aus, wenn wir bis zum Ende bleiben.

Als wir uns schließlich umgucken, ist das Restaurant menschenleer, mit Ausnahme des Personals und von uns. Es ist bereits 1:49 Uhr und langsam macht sich die Müdigkeit bemerkbar.

Ich reibe mir die Augen. »Mir reichts für heute, glaube ich.«

Mein Telefon klingelt in der Hose und erinnert mich daran, dass ich immer noch Aveenas Handy in der Tasche habe. Ich gebe es ihr zurück und checke dann meinen Bildschirm.

Ich habe zwei Textnachrichten.

Von Theo.

Nachdem ich Finn neulich mitten in der Nacht in der Bibliothek angetroffen habe, habe ich Theo für Notfälle meine Nummer gegeben, aber nicht damit gerechnet, dass er sie wirklich benutzen würde. Mein Puls steigt, ich entsperre das Telefon und mein Hals schnürt sich zu.

Theo: Du musst nach Hause kommen.

Theo: JETZT!

* * *

»Du kannst mich hier absetzen. Ich laufe den Rest«, versichere ich Aveena, als wir zwanzig Minuten später bei den Richards' in die Straße einbiegen.

Ich habe meine beste Freundin noch nie so nervös erlebt. Seit wir das Restaurant verlassen haben, hat sie kein Wort gesagt und nur auf der Unterlippe gekaut, was sie nur macht, wenn sie wirklich besorgt ist.

Und was das Schlimmste ist?

Es ist meine Schuld.

Kaum hatte sie ihr Telefon wieder angeschaltet, sah sie, dass ihre Mutter sie seit Stunden anzurufen versucht hatte. Und nach dem Gesicht zu urteilen, das sie beim Überfliegen der Nachrichten machte, kann sie sich zu Hause auf ein Donnerwetter gefasst machen.

Geburtstag feiern war für Mrs Harper wohl kein ausreichender Grund, Aveena für den Abend freizugeben.

»Bist du sicher?«, fragt Aveena besorgt, doch sie bremst bereits ab, um mich eine Straßenkreuzung von der Villa entfernt abzusetzen. Ihre Mom hat keinen Zweifel daran gelassen, dass sie sofort heimkommen soll.

»Ganz sicher.« Ich schnalle mich ab, breite die Arme aus und ziehe Aveena an mich. »Alles Gute zum Geburtstag, Vee«, sage ich noch einmal, dann steige ich aus.

Durchs Fenster lächelt sie mich noch einmal schwach an, bevor sie in die Nacht davonfährt. Ich ziehe mein Handy aus der Tasche, erlebe die Panik noch einmal, in die mich Theos Nachrichten gestürzt haben, und mache mich auf den Weg in Richtung Villa.

Je näher ich komme, desto dicker wird der Kloß in meinem Hals.

Dann sehe ich das Metalltor vor der Einfahrt weit offen stehen, sodass jeder herein könnte, und ich weiß …

Irgendetwas stimmt nicht.

Überhaupt nicht.

Mr Richards hatte sich bei der Erläuterung meiner Pflichten deutlich ausgedrückt. Das Tor muss *immer* geschlossen bleiben, ohne Ausnahme. Es wird nur geöffnet, solange jemand gerade hinein- oder herauswill.

Mir klopft das Herz im Halse, und ich beschleunige meine Schritte.

Was, wenn Finn tatsächlich das Haus in Brand gesteckt hat?

Und da höre ich sie.

Die Musik.

Den Bass.

Die *Stimmen.*

Alle apokalyptischen Szenarien lösen sich in meinem Kopf in Rauch auf, aber mir wird sofort klar, dass das Haus, auch wenn Finn es nicht in Brand gesteckt hat, zerstört sein wird, bevor diese Nacht vorüber ist.

Endlich erreiche ich das Ende der Auffahrt und verfluche meinen Gedanken, ich könnte Finn Richards auch nur im Geringsten vertrauen.

Der Mistkerl feiert eine Party.

Und damit meine ich nicht eine nette Zusammenkunft mit ein paar Freunden.

Ich meine die *Mutter* aller Partys.

Überall auf dem Gelände stehen Autos. In der Einfahrt türmen sie sich fast übereinander, auf dem Rasen vor dem Haus ist kein Zentimeter Platz mehr frei.

Dasselbe gilt für Betrunkene, von denen die meisten mit einem Getränk in der Hand aus der Villa herausstolpern, um sich einen Ort zum Kotzen zu suchen. Überall liegen rote Plastikbecher und anderer Müll herum, und die Musik ist so laut, dass es mich nicht wundern würde, wenn ich heute Nacht taub zu Bett ginge.

Was.

Verfickt.

Noch.

Mal.

Ich drohe die Kontrolle über meine Gedanken zu verlieren, also suche ich Theos Namen in meinen Nachrichten und schreibe ihm zurück.

Dia: Bin gerade heimgekommen.
Was zum Teufel ist hier los?

Natürlich weiß ich, was hier los ist, aber ich frage ihn trotzdem, in der Hoffnung, in dieser Scheißvorstellung hier irgendeinen Sinn zu finden. Wie hat Finn es überhaupt geschafft, dass so viele Leute hier auftauchen?

Und wer zum Teufel sind diese Leute überhaupt?

Die meisten Gäste hier draußen kenne ich gar nicht, obwohl ich Lacey Mattson entdecke, eine von Brielles Cheerleader-Freundinnen, die neben der Eingangstür mit irgendeinem Typen flirtet.

Einem älteren Typen.

Viel älter.

Der Kerl muss mindestens zweiundzwanzig sein. Was haben College-Studenten bei einer Highschool-Party verloren? Die Fragen, die meinen Verstand auf die Probe stellen, verschwinden, als mir etwas einfällt.

Lexie.

O mein Gott.

Sie hasst jede Art von Lärm und fürchtet sich gerade irgendwo zu Tode. Schon stürme ich auf der Suche nach ihr ins proppenvolle Haus. Ich dachte, draußen sehe es schlimm aus, aber ich bin in keinster Weise auf das Chaos drinnen im Erdgeschoss vorbereitet.

Im Eingang ist alles voller Glasscherben, wahrscheinlich von irgendeinem stockbesoffenen Loser, der sein Bier hat fallen lassen. Alle ebenen Flächen im Wohnzimmer sind mit Müll bedeckt.

Leute tanzen, machen miteinander herum oder kippen an der Kücheninsel Shots. Finn kann ich nirgends entdecken, aber ich bin mir ziemlich sicher, wenn ich ihn sehe, käme er nicht lebend davon.

In Windeseile stürme ich zur Treppe und schiebe dabei besoffene Idioten aus dem Weg. Oben im ersten Stock gehe ich geradewegs zu meinem Zimmer, um nachzusehen, ob die Hündin dort ist.

Kurz vor der Tür kommen mir zwei Typen entgegen.

Beide lachen und halten Mülltüten in den Händen. Für einen Sekundenbruchteil haben wir Blickkontakt. Der Größere grinst mich an, aber ich bin so darauf aus, Lexie zu finden, dass mir das Seltsame an der ganzen Sache erst aufgeht, als die Typen schon auf der Treppe verschwunden sind.

Abrupt bleibe ich stehen, lasse alles noch mal vor meinem inneren Auge ablaufen, bis ich begreife: Mein Zimmer ist ganz am Ende des Flurs. Die beiden konnten mir nur entgegenkommen, wenn …

Sie von dort gekommen sind.

Ich bin nicht sicher, ob meine Füße den Boden überhaupt berühren, als ich den Flur hinunterschieße und die Tür zu meinem Zimmer aufstoße.

Wie erwartet ist hier alles zertrümmert …

Meine Kleidung ist auf dem Boden verstreut, mein Gepäck auf dem Bett ausgeleert, aber was mich tatsächlich an die Decke gehen lässt, sind die offenen Schubladen von meinem Nachttisch.

Sofort knie ich davor und krame mit zugeschnürter Kehle und brennenden Augen in den Schubladen.

»Nein.« Meine Stimme bricht in tausend Stücke. *»Nein, nein, nein.«*

Ich suche und suche, aber die Schachtel, in der ich meine elektrischen Geräte aufbewahre, ist verschwunden. Nachdem Finn sich gleich in meiner ersten Woche an meinen Sachen vergriffen hatte, fand ich es dumm, meinen teuren Kindle-E-Reader und meine AirPods offen herumliegen zu lassen. Also legte ich alles in eine verschlossene Kassette und versteckte diese in meinem Nachttisch.

Und darin …

War auch mein Radiohead-T-Shirt.

Der einzige Gegenstand, der mir wirklich etwas bedeutet.

Das T-Shirt meiner leiblichen Mutter.

Es ist … weg.

Ich möchte schreien, will alles zerstören, was von meinem Zimmer noch übrig ist, das Haus niederbrennen, doch ich kann nichts anderes tun, als schweigend und mit offenem Mund hier zu sitzen, während mir Tränen übers Gesicht laufen.

In diesem Moment stehe ich vor einer Wahl: die ganze Villa durchkämmen, in der Hoffnung, die beiden Arschlöcher zu finden, die mein Zeug gestohlen haben, bevor sie auf Nimmerwiedersehen verschwinden, oder weiter nach Lexie suchen und sie hier rausholen.

Die Entscheidung ist leicht.

Mein Herz schmerzt bei jedem beschissenen Schlag, aber ich konzentriere mich ganz darauf, meinen Zusammenbruch zurückzuhalten, und jage aus dem Zimmer. Jede Tür reiße ich auf, spähe hinein und rufe Lexie. Als ich Axel Fletcher, den ich aus der Schule kenne, dabei erwische, wie er irgendein Mädchen auf Finns Bett von hinten nimmt, zucke ich noch nicht mal mit der Wimper.

Gut. Das hat Finn verdient.

In der Bibliothek finde ich sie endlich und schluchze auf.

Lexie hat sich in einer Ecke verkrochen, ganz allein im Dunkeln. Ihr Fress- und Wassernapf stehen neben ihr, zusammen mit einem Spielzeug, das sie nicht einmal mag.

»Lex?«, krächze ich. »Lexie, Baby, ich bin's.«

Doch sie kommt nicht zu mir und zittert am ganzen Körper, während sie mich voller Entsetzen anstarrt.

»O mein Gott, Lexie, es tut mir so leid«, flüstere ich, laufe zu ihr und lasse mich neben ihr nieder.

Sofort bemerke ich die Pfütze unter mir.

Der Boden ist nass.

Scheiße, hat sie etwa …

Sie hat sich eingepinkelt.

Sie hatte solche Angst, dass sie sich verdammt noch mal eingepinkelt hat.

Jep. Er ist tot.

Finn Richards wird diese Nacht sterben.

Zitternd strecke ich ihr die Hand hin. Ich zögere, aber sie scheint mich wahrzunehmen, denn sie reckt sich mir entgegen und reibt die Wange an meiner Hand. Ich entschuldige mich noch fünfmal, bevor ich mich dazu durchringe, meinen Bruder anzurufen.

Es ist schon nach zwei Uhr morgens, aber er hebt sofort ab.

»Dia?« Seine Stimme ist belegt, vermutlich habe ich ihn geweckt, aber er scheint nicht sauer zu sein. Eher besorgt. »Bei dir alles okay?«

Ich wusste nicht, wie fertig ich war, bis ich unter Schluchzen versuche etwas zu sagen. »Kannst du … kannst du mich abholen? Bitte?«

Für einen Augenblick herrscht Stille.

»Bin schon unterwegs.«

* * *

Jesse: Bin da.

Ich lese die Nachricht meines Bruders und hebe eine Tasche auf, vollgestopft mit Lexies Sachen.

Sie kommt für diese Nacht mit mir nach Hause. Mein kleiner Bruder ist bei meinen Großeltern, und meine Dads kommen erst morgen von einem romantischen Kurztrip zurück – sie haben also in dieser Angelegenheit nichts zu entscheiden.

Und selbst wenn, wäre mir das egal.

Ich lasse die Hündin auf keinen Fall hier. Bei uns zu Hause muss ich nur aufpassen, dass ich Lexie sofort in mein Zimmer bringe, damit sie nicht Dads Allergie auslöst.

»Komm schon, Baby. Jetzt bringe ich dich in Sicherheit.« Ich muss sie tatsächlich aus der Bibliothek tragen, da sie sich nicht vom Fleck rühren will. In aller Eile hake ich ihre Leine am Halsband ein, dann gehts hinaus in die Shitshow, die uns draußen erwartet.

Zu Beruhigung lasse ich meine Hand auf ihrem Kopf und streichle sie, während wir uns durch die Menge quetschen. Manche wenden die Köpfe nach uns, aber das geht mir am Arsch vorbei. Ich will jetzt nur zum Auto meines Bruders.

Erst als wir endlich aus dem Haus sind, habe ich das Gefühl, endlich wieder richtig atmen zu können. Gleich darauf entdecke ich die alte Klapperkiste meines Bruders in der Auffahrt. Bei laufendem Motor sitzt er am Steuer. Kurz darauf entdeckt er mich und steigt sofort aus, während ich Lexie zum Wagen führe.

»Was hat er getan?« In Jesses Augen brennt der blanke Hass.

»Jetzt nicht«, keuche ich und gebe ihm Zeichen, Lexie auf den Rücksitz zu lassen. »Mach die Tür auf.«

Ich sehe die Fragezeichen in seinen Augen.

»Sie kommt mit uns nach Hause«, erkläre ich.

Zum Glück widerspricht er nicht. Jesse hat Lexie gerade auf den Rücksitz springen lassen, als Finns Ruf zu hören ist.

»Lexie?« Der Kerl besitzt tatsächlich die *Frechheit*, besorgt zu klingen. »Was zum Teufel ist los? Wo bringst du sie hin?«

Er hat seine fast zehn Jahre alte Hündin im Dunkeln alleingelassen, nicht mal eine Decke hat er für sie übrig gehabt, während er sich die Birne zusäuft – und da glaubt er wirklich, ich würde sie hierlassen?

Er ist ein noch viel größerer Trottel, als ich dachte.

Ich höre Schritte in unsere Richtung laufen, wirbele herum und sehe, wie sich Finn aus einer Gruppe von Typen löst, die ich alle nicht kenne. Sie stehen an die Haube eines Wagens gelehnt, rauchen Blunts und saufen, während der Rauch so dicht um sie wabert, dass ich mich frage, wie sie überhaupt noch atmen können.

Mein Blick bleibt an einem der Kerle hängen.

Ich kenne ihn von den Familienfotos, die im ganzen Haus hängen.

Finns Bruder. *Brody, glaube ich.*

Ich habe ihn noch nie getroffen – Mr Richards sagte, er komme nur selten von der Duke University nach Hause –, aber seine Anwesenheit erklärt, warum bei einer Kleinstadt-Party so viele ältere Leute auftauchen.

Die College-Typen starren uns an und beobachten die Szene aus der Ferne. In dem Moment, in dem ich Finn ansehe, spüre ich, wie mir wieder von Neuem das Herz aus der Brust gerissen wird.

Er hat sie mir genommen.

Meine leibliche Mutter.

Das Einzige, was ich noch hatte.

Wie konnte er nur?

»Du bist ja komplett durchgeknallt, wenn du glaubst, du könntest sie mitnehmen«, erklärt Finn, während er auf mich zukommt.

Klick.

Bei mir wurde der Schalter umgelegt.

Jetzt gibt es kein Zurück mehr.

»Sie haben es genommen!«, brülle ich aus voller Kehle. Vor Schreck bleibt Finn sofort stehen und schaut mich verwirrt an, doch seine gepeinigten haselnussbraunen Augen wirken jetzt einen Scheiß auf mich.

»Das T-Shirt meiner Mutter.« Die Wut erstirbt auf meiner Zunge, mein Hals schmerzt teuflisch. *»Sie haben es gestohlen.«*

Und dann fange ich an zu weinen.

Hemmungslos.

Dass er vor mir steht, ist mir völlig egal.

»Weil du dich nicht mal einen Abend lang verantwortlich zeigen konntest. Es ist weg. Das Einzige, was ich von ihr hatte. Weil *du* dich nicht für eine einzige verfickte Sekunde um irgendetwas anderes kümmern konntest, als dich selbst.« Ich boxe immer wieder gegen seine Schulter und er stolpert nach hinten.

»Und Lexie? Die lag völlig verstört in einer Ecke der Bibliothek, inmitten ihrer eigenen Pisse, und ja, genau deshalb nehme ich sie mit. Und nein, es ist mir scheißegal, was du dazu sagst.«

Ihm fällt bei meiner Ankündigung die Kinnlade herunter, aber ich würdige ihn keines Blickes mehr, mache auf dem Absatz kehrt und gehe zu Jesses Auto. Ich bin mir eigentlich sicher, dass ich nun das Schlimmste hinter mir habe ... bis durch die ohrenbetäubende Musik eine weitere tiefe Stimme zu mir durchdringt.

»Verdammt, Bro, du hattest recht. Das Mädel hat Feuer.«

Das kann doch wohl nicht wahr sein. Du willst mich wohl verarschen.

Ich drehe mich um und sehe, wie sich Finns Bruder Brody von der Motorhaube wegdrückt und auf uns zukommt.

»Obwohl ich dir widersprechen muss, was ihren Arsch angeht. Da ist sie eher platt.«

Klick. Der Schalter ist umgelegt.

Nur ist es diesmal nicht meiner.

»Was zum Teufel hast du eben über meine Schwester gesagt?« Jesse bugsiert mich hinter sich.

Brody bleibt neben Finn stehen und legt ihm den Arm um den Hals. »Jesse, hey. Ist 'ne Weile her, Mann.«

Mein Bruder beißt die Zähne zusammem und starrt Dolche in Brodys Schädel. Dass die beiden nicht im Guten auseinandergegangen sind, wusste ich, doch dass es *so* schlimm ist, war mir nicht klar. Mit Augen so dunkel wie der Himmel löst Finn Brodys Arm von seiner Schulter.

»Verdammt, jetzt fang bloß nicht an, Brody«, warnt Finn.

»Was? Ich bin doch nur ehrlich.« Brody überlegt. »Scheiße, Jesse, mein Fehler. Ich hatte vergessen, dass du gar nicht weißt, was *ehrlich* bedeutet.«

Warte mal. Was?

Verdutzt schiele ich zu Jesse, dessen Kiefer aufeinandergepresst sind. So wütend habe ich ihn noch nie gesehen.

»Was soll das heißen?«, frage ich und warte darauf, dass mein Bruder Brodys Anschuldigung zurückweist.

»Warum fragst du nicht deinen Bruder?« Brody wirft Jesse einen bösen Blick zu, der nach Erpressung stinkt.

Ich habe das Gefühl, er weiß etwas, das Jesse niemandem erzählt hat. War das der Grund für das Ende ihrer Freundschaft?

»Brody, ich mache keine Witze«, wiederholt Finn, und sein Bruder befolgt den Hinweis.

»Also gut, also gut. Entspannen wir uns.« Brody reckt die Hände hoch und wendet sich ab, aber nicht ohne mich noch mit einem kurzen Blick über die Schulter zu bedenken. »Nett, dich kennengelernt zu haben, Dia. Du könntest ja mal Kniebeugen machen. Du weißt schon, wegen deinem … *Problem.*«

Ich muss Jesse davon abhalten, Brodys Gesicht gegen die Windschutzscheibe zu schlagen. Inzwischen ist draußen eine große Masse an Leuten zusammengelaufen, die den Streit verfolgt. In der Menge entdecke ich auch Theo.

»Jesse, lass uns gehen. Bitte.« Ich ziehe an der Jacke meines Bruders. »Bring mich von hier weg.« Erst beim dritten Mal hört er auf meine Bitte, starrt Brody aber noch aus der Ferne böse an.

Irgendwann kann ich ihn zum Auto zerren. Als wir losfahren, sehe ich im Rückspiegel Finns Umriss; er steht regungslos mitten in der Auffahrt und schaut uns nach. Kurz werfe ich einen Blick auf Lexie und spüre bei dem Gedanken daran, morgen früh in meinem eigenen Bett aufzuwachen, eine schwere Last von meinen Schultern abfallen. Jetzt kann es keinen Zweifel mehr geben. Morgen werde ich kündigen.

9. KAPITEL

DIAMOND

Noch nie hatte ich Angst zu telefonieren.

Den meisten anderen in meinem Alter ist es sogar peinlich, selbst einen Termin beim Zahnarzt zu vereinbaren. Mir ist es dagegen nie in den Sinn gekommen, für so was meine Dads zu bemühen. Ich konnte nicht begreifen, wie so ein kurzes Gespräch jemanden derart nervös machen konnte.

Bis ich meinen Job in einer zehnsekündigen Sprachnachricht kündigen wollte …

Gemeinsam mit Lexie sitze ich zu Hause auf der quietschenden Schaukel der vorderen Veranda, fummele an meinem Handy herum und versuche, mir die perfekten Worte für die Kündigung zurechtzulegen. Schon den ganzen Morgen rufe ich Mr Richards' Anrufbeantworter an, konnte mich aber noch nicht dazu überwinden, eine Nachricht zu hinterlassen.

Seit wir vergangene Nacht das Haus betreten haben, ist mir Lexie nicht mehr von der Seite gewichen. Natürlich ist sie in der neuen Umgebung sehr nervös – wie könnte es auch anders sein. Doch sie drängt sich so verzweifelt an mich, als würde sie darauf vertrauen, dass ich sie beschütze. Ich könnte ihr niemals etwas antun und das weiß die Hündin. Diesen Job hinzuschmeißen, würde sich so anfühlen, dieses Vertrauen zu missbrauchen.

Und sie im Stich zu lassen.

In dem Moment legt sie ihr Kinn auf meine Schulter und leckt mir mit der nassen Zunge über die Wange. Kurz muss ich auflachen, lege den Arm um sie und drücke sie eine lange Zeit an mich. Sobald ich loslasse, stützt sie ihre Schnauze auf mein Bein und ich kraule sie hinter den Ohren, während sich meine Kehle zuschnürt.

»Gott, ich kann das nicht«, flüstere ich. »Ich kann dich nicht alleinelassen.«

Man könnte meinen, sie hätte mich verstanden, so schnell wie sie mir den Kopf zudreht und mir mit ihren hinreißenden braunen Augen fast das Herz bricht.

Nach der vergangenen Nacht zu urteilen, kann man Finn die Verantwortung für diesen Hund nicht überlassen. Beim bestem Willen kann ich mir nicht vorstellen, Lexie in der Villa abzugeben und in mein altes Leben zurückzukehren, als wäre nichts geschehen.

Auf meinem Handy leuchtet ein Anruf auf.

Mr Richards.

Ich starre lange auf den Bildschirm, streichle Lexie mit einer Hand und halte das Handy mit der anderen Hand gepackt, bis meine Gelenke schmerzen.

Es fühlt sich an wie ein Test.

Einer, dem ich mich lieber nicht unterziehen würde.

Aber mein Entschluss steht fest.

Also lasse ich es klingeln.

* * *

»Du machst einen Fehler.« Mein Bruder schüttelt den Kopf, während er die Einfahrt zu Finns Villa hinauffährt. Sein vorwurfsvoller Ton lässt Zweifel in mir aufkommen. Die ganze Fahrt über hat er auf mich eingeredet, wie falsch es ist, zurückzugehen.

Ich solle weglaufen, solange ich noch die Chance dazu habe.

Außerdem hat er keine meiner Fragen zu seinem verdächtigen Streit mit Finns Bruder beantwortet. Er räumte lediglich ein, Brody sei ein Experte darin, Streit anzufangen, und nichts davon sei wahr. Mir ist klar, dass ich mich da nicht auf sein Wort verlassen kann, aber ich wollte mich aus der Sache erst einmal heraushalten.

»Warum willst du überhaupt hierher zurückkom-« Sein Satz verklingt, als wir das Ende der Auffahrt erreichen.

Verwirrt schaue ich zuerst meinen Bruder an, dann weiter in Richtung der Villa, um zu sehen, was ihn so erstaunt.

Sofort begreife ich.

Der ganze Grundstück ist leer, mit Ausnahme von Theos rotem Auto. Der vor wenigen Stunden noch von Müll überflutete Rasen vor dem Haus ist jetzt perfekt sauber. Jesse und ich suchen die Umgebung nach Anzeichen der wilden Party ab, die hier stattgefunden hat, können aber nichts entdecken.

»Was zum ...« Jesse spricht meinen Gedanken aus.

»Er muss einen Reinigungstrupp angeheuert haben«, folgere ich.

»Es ist acht Uhr morgens«, wirft er ein.

Ich zucke mit den Schultern. »Schätze, die Reichen interessieren sich nicht für die Regeln.«

Im Wagen wird es wieder still, während Jesse weiter Finns Vorgarten eingehend mustert.

»Jedenfalls, danke für ... du weißt schon, *alles*. Ab hier schaffe ich's alleine.« Ich will schon aussteigen, da streckt Jesse den Arm aus und mich hält mich auf.

»Dia, warte.«

Unsere Blicke treffen sich und ich sehe in den braunen Augen meines Bruders große Sorge.

Er hat Angst um mich.

Wirklich Angst.

Oder ... hat er *seinetwegen* Angst?

Angst, ich könnte etwas erfahren, das ich nicht erfahren soll?

»Es gab einen Grund dafür, dass du mich vergangene Nacht hierher gerufen hast. Vergiss das nicht.«

Damit hat er recht.

Ich habe ihn angerufen, weil ich aufgelöst, wütend und verzweifelt darüber war, dass ich das T-Shirt meiner leiblichen Mutter verloren hatte, aber all das zählte weniger als Lexies Sicherheit. Ich werde sie nicht im Stich lassen. Selbst wenn das bedeutet, noch für eine Weile mit einem Monster zusammenzuleben.

»Das werde ich nicht. Versprochen«, antworte ich. »Noch mal danke.«

Dann steige ich aus dem Auto, lasse auch Lexie heraus und gehe eilig zum Haus, um drinnen den Schaden zu begutachten. Durch die in der Sonne spiegelnden Glasscheiben der Türen ist vom Inneren nicht viel zu sehen.

Was erwartet mich dort?

Betrunkene auf dem Fußboden?

Überall zerbrochene Flaschen?

Ramponierte Möbel?

Es gibt nur eine Möglichkeit, das herauszufinden.

»Wird schon schiefgehen!« Ich drücke die Tür auf.

Das Erste, was mir auffällt, ist die Ruhe.

Im Haus ist es totenstill – es wirkt vollkommen verlassen. Ich stehe im Eingangsbereich, der gestern noch mit klebrigen Glasscherben übersät war, und mir stockt der Atem.

Es ist sauber.

Genau wie die Auffahrt.

Genau wie der Rasen vor dem Haus.

Wenn ich es nicht besser wüsste, würde ich mich fragen, ob überhaupt eine Party stattgefunden hat. Ich löse die Leine von Lexies Halsband und lächle, als sie den Hausflur hinunterrennt.

Ich folge ihr tiefer ins Haus, um die Küche in Augenschein zu nehmen. Dort ist kein einziger roter Pappbecher mehr zu sehen, nicht mal eine Cheerleaderin, die bewusstlos in ihrem Erbrochenen liegt.

Das Parkett sieht aus wie frisch gebohnert. Überhaupt ist das ganze Haus makellos. Hat Finn über Nacht einen Putztrupp hier gehabt?

Lexie bellt im Wohnzimmer und reißt mich damit aus den Gedanken. Ich entdecke sie neben der Couchgarnitur und höre, wie sie an etwas leckt. Dann höre ich das »Etwas« stöhnen und mir wird klar, dass ich nicht die Einzige hier bin. Ich bin schon entschlossen, den Nachzügler auf der Couch hinauszuwerfen, bis ich Theo entdecke, der dort schläft.

Ohne Shirt oder Decke liegt er auf dem Bauch, der kräftige Rücken mit den angespannten Muskeln gut zu erkennen. Sein dunkles Haar fällt ihm über die grünen Augen und seine Wange ist aufs Polster gepresst.

»Stopp, Lexie«, ächzt Theo im Halbschlaf.

Ein paar Sekunden vergehen.

Dann scheint bei ihm offenbar die Erkenntnis durchzusickern, denn er reißt die Augen auf. »Warte mal, Lexie?«

Theo dreht sich auf den Rücken, dann setzt er sich auf. *Ah.* Finn muss ihm erzählt haben, dass ich sie mit zu mir nach Hause genommen habe. Deshalb ist er überrascht, dass sie wieder hier ist.

»Dia, du bist … zurück«, sagt er, als er mich sieht. »Ich hätte nicht geglaubt, dass du wiederkommst.«

Ich auch nicht.

»Warum bist du nicht ans Telefon gegangen?«, komme ich auf den Punkt. Auf Smalltalk habe ich gerade definitiv keine Lust. »Du hättest mir ja sagen können, dass Lex allein –«

»Nein, konnte ich nicht«, unterbricht er mich. »Ohne Telefon kann ich nicht ans Telefon gehen.«

Ich schiebe die Unterlippe vor. »Was ist passiert?«

»Fuck, wenn ich das wüsste. Ich hatte es für eine Sekunde hingelegt, schon war es weg.«

Ach, er wurde also auch bestohlen.

Ich wette, es war dasselbe Arschloch, das das T-Shirt meiner Mom gestohlen hat.

Mein Ärger verfliegt. »Du hättest ja trotzdem warten können, bis ich komme. Ich konnte dich nirgends finden.«

»Ich war … beschäftigt.« Er fährt sich mit der Hand durchs pechschwarze Haar und ein Schmunzeln umspielt seine Lippen.

»Übersetzt: Du hast irgendwo ein Mädchen gevögelt.«

»Ich hatte dich doch vor der Party gewarnt, oder?« Er reibt sich die Augen, stellt die Füße auf den Boden und sitzt jetzt breitbeinig mit aufgestützten Ellenbogen. »Zählt das etwa nicht?«

Eine bessere Entschuldigung kann ich von diesem Typen wohl nicht erwarten. Seufzend lasse ich mich auf der Armlehne der Couch nieder.

»Du hättest mir gleich in der ersten Nachricht von Lexie erzählen sollen«, schimpfe ich, während Theo den aufgeregten Golden Retriever neben sich streichelt.

»Das wusste ich nicht«, sagt er nachdenklich. »Keiner wusste das.«

»Finn musste es wissen«, widerspreche ich.

»Wie sollte er? Er hatte sie ja gar nicht dort hingebracht.«

Noch mal zurück.

»Hat er nicht?« Das kaufe ich ihm nicht ab.

»Fuck, nein. Hast du ihn noch nicht getroffen?«, schnaubt Theo. »Brody hat ihm irgendeinen Mist erzählt, er hätte Lexie bei den Nachbarn gelassen. Da wohnt eine Witwe, die schon öfter auf Lexie aufgepasst hat.«

Warte mal … Finn hatte gar nichts damit zu tun?

Also, eigentlich war sein einziger Fehler, dass er seinem Bruder vertraute und sich nicht die Mühe machte, alle Zimmer seiner Millionärsvilla abzusuchen. Trotzdem wäre es besser gewesen, mich all das wissen zu lassen, bevor ich ihm die Hölle heiß gemacht habe.

Nein, Dia, nach wie vor ist er der Grund, weshalb das T-Shirt deiner Mutter weg ist.

Es ist sein Haus. Er hat diese Party geschmissen.

»Finn hätte selbst die Polizei gerufen, wenn er das mit Lexie gewusst hätte«, versichert mir Theo. »Verdammt, das hat er auch beinahe.«

»Was soll das heißen?«, frage ich.

»Er hat alle rausgeworfen. Der Typ hat den Gästen gesagt, er ruft die Bullen, wenn sie nicht verschwinden.«

»Und ich soll glauben, er hat die Gäste rausgeworfen, die er selbst eingeladen hat? Für wie dumm hältst du mich?«

»Er hat überhaupt niemanden eingeladen«, korrigiert mich Theo.

Ach, Scheiße, Theo, lass mich ihn doch einfach hassen.

Lass mich in meiner Überzeugung, dass es nichts Gutes oder Entschuldbares an diesem Typen gibt.

»Und woher wussten die Leute dann von der Party?« Ich komme auf die Antwort, noch bevor ich ausgeredet habe.

Brody.

Natürlich, es muss Brody gewesen sein.

Letzte Nacht habe ich genug von ihm gesehen, um zu wissen, dass ihm so etwas zuzutrauen ist.

»Da kannst du dich bei Brody bedanken«, bestätigt Theo meinen Verdacht. »Irgendwann, als wir weg waren, ist er mit ungefähr sieben Kumpels vom College hier aufgetaucht. Brody sagte Finn, er habe ein paar Leute zum Feiern zusammengetrommelt, während er in der Stadt ist, aber aus ›ein paar‹ Leuten wurden bald dreißig, dann vierzig, und … nun ja, den Rest kannst du dir vorstellen.«

Ich war mir so sicher, dass Finn schuld ist. Es kam mir überhaupt nicht in den Sinn, er könnte der Sündenbock sein.

»Danke für das alles.« Ich deute auf das makellos saubere Haus.

»Ich habe nicht sauber gemacht.« Theo erhebt sich vom Sofa und streckt sich.

»Wer sonst?«

Er blickt mich an. »Was glaubst du, wer?«

Die Wut und Verbitterung, die bis eben noch in meiner Brust brodelten, sind augenblicklich verflogen.

»Finn hat sofort angefangen, als die Leute gingen, und hat erst aufgehört, als alles fertig war.«

Dafür muss er die ganze Nacht gebraucht haben.

»Ich weiß nicht, was du und dein Bruder zu ihm gesagt hat, aber er war echt wütend auf Brody.«

Stimmt, Theo kam aus dem Haus gestolpert, als der Streit gerade zu Ende war.

»Woher weißt du, dass er mein Bruder ist?«

Theo schnaubt und macht sich auf in Richtung Küche. »Hat mir Finn erzählt. Und auch, dass dein Bruder Brody beinahe in Stücke gerissen hätte, weil er Scheiße über dich erzählt hat. Ihr zwei steht euch wohl nahe.«

»Das stimmt«, hauche ich.

Jesse stand mir schon immer näher als meine anderen Geschwister. Kein Wunder, immerhin kenne ich Jesse schon länger als meine Dads. Die beiden behaupten, Jesse sei mir schon als Kind immer der Liebste gewesen.

Das veränderte sich jedoch, als Jesse in die Pubertät kam und anfing sich aufzuspielen. Hatte er mich zuvor vor Schikanen geschützt, ärgerte er mich nun selbst. Jahrelang konnte er mich nicht ausstehen – dazu muss ich sagen, dass ich die lästige kleine Schwester war, die ihm überallhin nachlief. Natürlich zanken und streiten wir uns, aber wenn's hart auf hart kommt, stehen wir füreinander ein. Was das angeht, habe ich echt Glück mit meiner Familie.

Ich wünschte nur, ich würde mir nicht so viele Gedanken über meine *andere* Familie machen …

Meine Eltern erzählen mir rein gar nichts über meine leiblichen Eltern. Sie haben mir nur gesagt, meine leibliche Mutter sei tot, aber über meinen leiblichen Vater wurde praktisch überhaupt nicht gesprochen. Wann immer ich nach ihm frage, wechseln sie entweder das Thema oder weichen der Frage aus.

Es ist mir nicht entgangen, dass Finn für eine einzige Minute mit seiner Mom die Welt in Brand setzen würde, während *mein eigener* Dad möglicherweise irgendwo sein Leben lebt und nur darauf wartet, gefunden zu werden, und ich überhaupt nichts in dieser Richtung unternehme.

Will mein leiblicher Vater wirklich nichts von mir wissen? Oder weiß er einfach nicht, dass es mich gibt? Vielleicht hat er ja keine Ahnung, dass er da draußen irgendwo eine Tochter hat? Zugegeben, das ist das einzige Szenario, das seine Abwesenheit rechtfertigen könnte, aber vielleicht …

Vielleicht ist sie es wert, dafür zu kämpfen.

* * *

Die Uhr am Herd zeigt 2:25 Uhr, als ich mich herunter in die Küche geschleppt habe, um mir ein Glas Wasser zu holen. Noch habe ich kein Auge zugemacht, weil ich die ganze Zeit lausche, ob Finns Reifen in der Auffahrt knirschen.

Er war den ganzen Tag über verschollen.

Selbst Theo hat keinen Pieps von ihm gehört.

Mein Zimmer liegt zum Vorgarten, weshalb ich extra das Fenster einen Spalt offen gelassen hatte, damit ich ihn heimkommen höre. Nur damit ich am Ende wach lag und lauschte, wie meine Jalousien im Wind klapperten, während Lexie neben mir schnarchte.

Ich möchte mich bei ihm entschuldigen.

Finn Richards mag manchmal ein Arschloch sein – also gut, *eigentlich immer* –, aber vergangene Nacht? Da war er höchstens Kollateralschaden seines egoistischen Bruders. Immerhin hat er sich schon einmal für seine Art bei mir entschuldigt. Dafür muss ich mich jetzt zumindest einmal revanchieren.

Eine Minute später fahre ich zusammen, weil ich das Klimpern von Schlüsseln höre, die dann ins Türschloss gesteckt werden. Ich erstarre bei dem Gedanken, wie Finn durch die Haustür hereinstürmt.

Nur … es gibt kein *Hereinstürmen*.

Es geschieht ganz langsam.

Ich höre ein Stöhnen. Ein tiefes, raues und etwas schmerzliches »Scheiße«. Dann schlägt die Türe zu. Noch immer rühre ich mich nicht und warte darauf, dass er in die Küche kommt. Doch es dauert eine Weile, bis er ächzend die Diele durchquert hat.

Humpelt er etwa?

Mir stehen die Haare zu Berge, als er um die Ecke kommt und wir uns ansehen.

Er entdeckt mich, an den Küchentresen gelehnt, während ich mich an ein Wasserglas klammere wie an einen Rettungsring. Als wir uns in die Augen sehen, versinken meine Füße fast im Boden.

Für den Bruchteil einer Sekunde blitzt Verwunderung in Finns Haselnussaugen auf. Er zieht die Augenbrauen hoch, als hätte er im Leben nicht erwartet, mich noch einmal in seiner Küche zu sehen.

Trotzdem sagt er nichts.

Mir stockt der Atem, als ich ihn genauer ansehe.

Er blutet.

Von seiner Augenbraue über die Wange bis hinunter zur Unterlippe – *nichts* ist verschont geblieben. Auch an seinem Kiefer zeichnet sich eine violette Wunde ab, und das Schlimmste? Nichts von alldem mindert seine Schönheit auch nur im Geringsten.

Selbst mit einem zerrissenen Shirt voller Blut und Dreck sieht er immer noch wie ein Kunstwerk aus.

Eine graue Reisetasche hängt über seiner Schulter, aber ich frage nicht danach, so entsetzt bin ich wegen seines Zustands.

Wir stehen nur da und starren einander an. Dann dreht er sich wortlos um, wobei ihm der Schmerz bei jeder Bewegung anzusehen ist, und verschwindet die Treppe hinauf.

Kurz danach falle ich neben der tief schlafenden Lexie aufs Bett. Eine halbe Ewigkeit fixiere ich die Decke, bis ich höre, wie am anderen Ende des Flurs Finns Zimmertür mit leisem Quietschen aufgeht.

Die Holzdielen knarren, als er über den Flur kommt …

Zu meinem Zimmer?

Warte, warum kommt er zu meinem Zimmer?

Erst atme ich sehr schnell, dann überhaupt nicht mehr … bis seine Schritte meine Befürchtung bestätigen, denn sie verstummen vor meiner Zimmertür. Unter dem Türspalt kann ich den Schatten seiner Füße sehen. Einige Sekunden lang steht er nur regungslos da, als überlege er, wie es weitergehen soll.

Dann klopft er.

Und geht wieder weg.

Okay?

Ich höre, wie er wieder zu seinem Zimmer geht und die Tür schließt. Was soll ich denn jetzt davon halten? Doch in mir schreit jeder Nerv danach, diese Tür zu öffnen. Vorsichtig schlüpfe ich aus dem Bett, damit ich Lexie nicht wecke, und schlüpfe leise hinaus zur Tür.

Aber da ist niemand.

Mein Blick fällt nach unten. Ich kneife die Augen zusammen und entdecke die graue Reisetasche, die Finn mitgebracht hat, am Boden stehen.

Meine Gedanken rasen mit tausend Meilen pro Stunde, ich gehe in die Knie und ziehe den Reißverschluss auf. Und plötzlich ergibt alles einen Sinn – die rätselhaften Blutergüsse, seine Abwesenheit während des ganzen Tages, das Blut auf seiner Kleidung.

In der Tasche finde ich drei Gegenstände, von denen ich nicht geglaubt hätte, sie jemals wiederzusehen.

Meinen Kindle-E-Reader.

Meine AirPods.

Und mein Radiohead-T-Shirt.

10. KAPITEL

DIAMOND

»Lexie, *nein*!«

Ich wusste, dass mein Rufen sinnlos war, in dem Moment, in dem der Pool den Golden Retriever verschluckte. Das hätte ich vorhersehen müssen. *Natürlich* musste unser spontanes Apportier-Spiel damit enden, dass Lexie mit dem Kopf voraus ins Wasser springt.

Der Wind hat das Frisbee, mit dem wir spielten, direkt ins Schwimmbecken befördert, und die Hündin dachte nicht lange darüber nach.

»Lex, was hast du getan?«, tadle ich sie, aber mein Lachen macht die Wirkung zunichte.

Mit dem Frisbee im Maul paddelt Lex in meine Richtung, springt aus dem Pool und kommt schwanzwedelnd herbeigelaufen. Triefend nass legt sie mir die Wurfscheibe vor die Füße; dann schüttelt sie sich und ich kreische auf.

»Jetzt schau dich nur an!« Ich sinke auf die Knie und streichle sie. Lexie hebt die Pfote, als wolle sie zeigen, dass sie sich einen Leckerbissen verdient hat, und ich muss noch mehr lachen. Den größten Teil des Morgens haben wir auf der Terrasse verbracht. Ich war kurz schwimmen und habe dann mit Lexie gespielt, um sie müde zu machen.

»Komm her.« Ich drücke ihr einen Schmatzer auf den nassen Kopf, sie erwidert die Zuneigung mit schlabberigen Küssen auf meinem Gesicht.

»Jetzt müssen wir dich für den Besuch beim Tierarzt wieder trocken kriegen.« Ein letztes Mal kraule ich sie unterm Kinn, dann stehe ich auf. »Ich hole mal ein paar Handtücher.«

In einer Stunde hat sie einen Termin für die regelmäßige Kontrolle. Da wäre es mir lieber, wenn sie nicht so sehr nach nassem Hund riechen würde.

Sie bellt und läuft mir auf meinem Weg zur Glastür hinterher. Ich muss ihr ein paarmal deutlich sagen, dass sie draußen zu bleiben hat, damit sie nicht das Erdgeschoss unter Wasser setzt. Normalerweise laufe ich nicht mehr im Bikini herum – bei dem einen Mal haben mich die Jungs angeglotzt, als hätte ich zwei Köpfe. Heute Morgen war aber niemand im Haus, also dachte ich mir: *Scheiß drauf.*

Das Verrückte ist, ich war ein wenig enttäuscht, Finn heute früh nirgends zu sehen. Ich wollte mit ihm reden. Mich bei ihm dafür bedanken, dass er mir das Einzige, was ich noch von meiner leiblichen Mutter habe, wiederbeschafft hat.

Gerade als ich mit zwei Handtüchern auf dem Arm aus dem unteren Badezimmer komme, schlägt die Haustür zu. Schritte hallen durch das Erdgeschoss und mir wird mulmig zumute.

Ich nehme es zurück.

Ich will *nicht* mit ihm reden.

Bitte, lass es Theo sein.

Kurz überlege ich, wieder im Bad zu verschwinden, bis mir einfällt, dass ich keine Zeit mehr habe, da der Tierarzt in der nächsten Stadt ist. Ich hatte Vee gebeten, uns hinzufahren, jede Minute müsste sie da sein. Außerdem bin ich noch nicht einmal umgezogen.

Du schaffst das, Dia.

Ich fasse die Handtücher ein bisschen fester, gehe um die Ecke und sehe Finn in der Küche an seinem Handy tippen. Er trägt ein tief ausgeschnittenes schwarzes Sport-Tank, das meine Aufmerksamkeit auf seinen gewölbten Bizeps und die adrigen Unterarme zieht. Die weiten Achsellöcher geben mir freien Blick auf seine definierten schräggestreiften Muskeln. Unwillkürlich muss ich schlucken.

So nass geschwitzt, wie er ist, muss er gerade vom Training kommen.

Verdammt noch mal, er glänzt förmlich vor Schweiß, und trotzdem finde ich ihn unglaublich attraktiv. Außerdem hängt ihm eine Sporttasche über die Schulter und er hat eine Wasserflasche in der anderen Hand.

Eine Sekunde später bemerkt er mich, schaut vom Handy auf und sieht mir in die Augen. Wir sprechen nicht, erkennen die Anwesenheit des anderen nicht an, genau wie vorige Nacht in der Küche.

Eigentlich wirkt er uninteressiert und wendet sich schon wieder von mir ab, bis er den Kopf wieder abrupt dreht.

Jeder Zentimeter meiner Haut kribbelt, während er mich förmlich verschlingt.

Nach wie vor habe ich lediglich meinen Bikini an, doch die Handtücher in meinen Armen geben mir etwas Sicherheit. Sie bedecken einen Teil meines Körpers und schützen mich vor Blicken, die ich nicht übersetzen kann.

Gefällt ihm denn, was er sieht?

Oder hasst er es?

Keine Ahnung.

»Hey«, bringe ich heraus.

Mir gefällt sein Schweigen nicht. Selbst sein Arschloch-Verhalten ist mir lieber als diese seltsam angespannte Situation.

»Hey«, antwortet er ausdruckslos und widmet sich wieder seinem Handy. Entweder ist er wirklich angepisst, weil ich bei der Party durchgedreht bin, oder ihm ist meine Anwesenheit einfach scheißegal.

Warum mich gerade die zweite Option so stört, bin ich mir nicht sicher.

»Weißt du, wann Theo heute Abend nach Hause kommt? Ich habe einen Haufen Zeug gekocht«, versuche ich, ein Gespräch in Gang zu bringen.

Ohne mich anzusehen, leiert Finn: »Theo wird jetzt nicht mehr bei uns wohnen.«

Ich bin wie vor den Kopf gestoßen. »Wie, was? Warum nicht?«

Zwar würde ich Theo nicht gerade als einen Freund von mir bezeichnen, aber hier im Haus kam er einem solchen am nächsten. Davon abgesehen bedeutet das, dass ich den Rest des Sommers mit Finn alleine sein werde, und dazu bin ich alles andere als bereit.

Finn zuckt mit den Achseln. »Er ist wieder zu Hause eingezogen. Will irgendwie versuchen, die Sache mit seiner Familie wieder in Ordnung zu bringen.«

»Oh.« Ich nicke. »Okay.«

Keine Antwort.

Ich will schon gehen und Lexie abtrocknen, bevor Vee kommt, aber dann bleibe ich doch vor der Terrassentür stehen.

»Ich … ich wollte mich bei dir bedanken«, gestehe ich.

Ich muss einmal tief durchatmen und mir innerlich gut zureden, bis ich mich umdrehen und ihm zuwenden kann. Offenbar hat meine Bemerkung ausgereicht, seine volle Aufmerksamkeit zu erregen, denn er starrt mich mit hochgezogenen Augenbrauen an.

»Wofür?«, fragt er.

Langsam gehe ich wieder zu ihm in die Küche hinüber. Ich bleibe dicht vor ihm stehen und räuspere mich.

»Was du für mich getan hast. Es … es bedeutet mir sehr viel.«

Als Antwort lacht er mir ins Gesicht und ich würde mich am liebsten unter einem Stein verkriechen. »Was ist daran so lustig?«, frage ich kleinlaut.

»Dass du denkst, ich hätte es für dich getan.«

Autsch.

Ich warte darauf, dass er es näher erklärt, aber er lässt sich erst einmal Zeit, hebt die Flasche an den Mund und trinkt einen Schluck. Ein Tropfen löst sich, rinnt über sein Kinn und läuft ihm den Hals hinunter.

»Du bist nicht die Einzige, die neulich bestohlen wurde.« Er stellt seine Wasserflasche auf die Küchenplatte. »Einer aus unserem Team hat die Loser gesehen, die es getan haben. Er hat mir die Adresse gegeben, und ich bin dort vorbeigefahren, um das zurückzuholen, was sie gestohlen haben. Sie hatten alles in einer Mülltüte, also hab ich mir sie geschnappt und zugesehen, dass ich mich wieder aus dem Staub mache. Ich wollte mein eigenes Zeug zurückhaben, Juwel.« Er macht eine Pause. »Deine Sachen waren nur zufällig mit dabei.«

Alles hatte ich erwartet, aber sicherlich nicht das.

»Hast du wirklich glaubt, ich würde mich deinetwegen prügeln?«

Fester als beabsichtigt beiße ich mir auf die Unterlippe; metallischer Blutgeschmack dringt in meinen Mund.

Ich bin stocksauer.

Erniedrigt.

Aber vor allem bin ich enttäuscht.

Warum bin ich nur *so* enttäuscht, wenn ich erfahre, dass er das herzlose Arschloch ist, wie alle gesagt haben?

»Ach, jetzt zieh bloß keinen Schmollmund.« Finn baut sich vor mir auf, streckt den Arm aus und streicht mir eine Haarsträhne hinters Ohr. »Immerhin hast du dein Zeug am Ende doch zurückbekommen, oder?

So sehr ich ihn in diesem Augenblick verabscheue, hasse ich es noch mehr, dass ich ihn vorübergehend nicht gehasst habe. Einen Augenblick lang dachte ich, ich wäre zu ihm durchgedrungen, aber jetzt?

Jetzt weiß ich es ohne jeden Zweifel …

Ich werde diesen Sommer nur überleben, wenn ich ihn genauso hasse, wie er mich hasst.

* * *

Ich muss verflucht sein.

Keine andere Erklärung ist möglich.

Man sollte meinen, ich hätte mich inzwischen dran gewöhnt, mitten in der Nacht geweckt zu werden, weil wieder irgendetwas total schiefläuft – aber *nein*, ich bin genauso schockiert wie neulich nachts, als Finn in der Bibliothek im Fenster stand.

Dass Lexie bellt, ist der erste Hinweis.

Und ein Schlüssel, der ins Schloss der Haustür gesteckt wird, der zweite. Ich liege mit aufgerissenen Augen auf dem Sofa und packe die Decke, die ich um mich gewickelt habe. Was habe ich mir nur gedacht, hier auf dem Sofa einzuschlafen?

Ich weiß, dass es nicht Finn ist.

Er war schon längst nach Hause gekommen und in sein Zimmer verschwunden, als ich die Liebeskomödie eingeschaltet habe und dann eingedöst bin. Theo kann es auch nicht sein. Er war um die Mittagszeit noch einmal aufgetaucht, um den Rest von seinem Zeug zu holen.

Aber wer hat sonst noch einen Schlüssel?

Brody vielleicht?

Lexie bellt noch lauter, als die Haustür quietschend aufgeht und aus der Diele zwei unbekannte Stimmen zu hören sind. Lexies Bellen geht schnell in ein Knurren über.

»Verdammte Scheiße«, brummt eine Männerstimme. »Sorg dafür, dass sie still ist.«

Eine andere tiefe Stimme, die heiser klingt, antwortet: »Lexie, komm her, Mädchen.«

Sofort hört das Knurren auf.

Ich höre Lexies Pfoten auf dem Parkett, als sie dem Fremden ohne jede Bedenken entgegenläuft, und mir ist klar …

Das kann kein Fremder sein.

Sie kennt ihn.

Während ich hier stocksteif auf dem Sofa liege, springt Lexie an ihm hoch und leckt sein Gesicht.

»Ich weiß, ich weiß. Ist schon eine Weile her, was?«

»Himmel, Emery, wie machst du das bloß? Wenn ich sie streichle, versucht sie sofort, mir den Schwanz abzubeißen«, bemerkt der andere.

Als ich den Namen höre, gibt es in meinem Gehirn einen Kurzschluss.

Emery.

Wie in … Xavier Emery, Finns bestem Freund?

Deshalb kennt Lexie ihn.

Ich dachte, er wäre im Basketball-Camp?

»Und warum genau wäre das so schlimm?«, fragt Xavier in gespieltem Ernst und erhält von seinem Kumpel ein »Fick dich« zur Antwort.

Sie sind gerade in die Küche gegangen, als Mr Unbekannt fragt: »Wo hat Finn noch mal gesagt, dass er ist?«

»Im Weinkeller. Er wartet auf uns«, antwortet Xavier.

Was ist denn das schon wieder? Finn trommelt seine Freunde zusammen, um mitten in der Nacht den Weinkeller seines Vaters zu plündern?

Warum wundere ich mich überhaupt?

»Die Treppe ist am Ende des Flurs«, erklärt Xavier, und dann verhallen die Schritte. Ich höre, wie die Kellertür aufgeht und wieder geschlossen wird.

Dann nichts mehr.

Das war ganz schön knapp.

Einen Augenblick später springt Lexie wieder aufs Sofa, bereit zum Schlafen. Für mich ist daran nicht mehr zu denken. Mehr als fünf Minuten muss ich bereits an die Decke gestarrt haben, bevor ich den fürchterlichen Entschluss fasse, den beiden zu folgen.

Ich werfe noch einen Blick auf Lexie, die schon wieder schnarcht, und stehe vom Sofa auf. Der Fußboden ist eiskalt unter meinen nackten Füßen, während ich auf Zehenspitzen zum Kellerabgang schleiche.

Das ist eine schlechte Idee.

Eine *sehr* schlechte Idee.

Trotzdem stehe ich mit der Hand am Türknauf vor der Kellertür. Das Herz schlägt mir bis zum Hals. Langsam, damit ich kein Geräusch mache, öffne ich die Tür. Bisher bin ich nur einmal im Keller gewesen, aber ich weiß noch genau, wie laut die Stufen geknarrt haben.

Mit jeder Stufe rast mein Puls noch schneller, und ein frischer Windhauch weht um mich, sobald meine Füße den Boden berühren.

Es ist kalt hier unten. Das bauchfreie Oberteil und die Leggings, in denen ich eingeschlafen bin, spenden mir kaum Wärme. Kehr um. *Du solltest nicht hier sein,* höre ich eine warnende Stimme in meinem Kopf, aber ich beachte sie nicht und schleiche mich weiter bis zum Weinkeller.

Die Tür steht einen Spalt offen, aber das ist mehr als genug, um die Unterhaltung auf der anderen Seite zu belauschen.

Durch den schmalen Spalt kann ich die Jungs auf dem Boden sitzen sehen. Sie kippen Wein hinunter, lachen und reichen einen Joint herum. Frierend gehe ich in der Ecke hinter der Tür in Deckung.

»Jetzt lass die anderen auch mal wieder, Richards.«

»Du hast Lou Bennett in meinem Bett gefickt, Fletcher. Da ziehe ich am Joint, solange ich will«, gibt Finn zurück.

Jetzt ist mir klar, wer mit Xavier zusammen gekommen ist. Er heißt Axel Fletcher und ist Basketballer wie Finn und ein echtes Schwein, was Mädchen angeht, und auch sonst ein mieser Typ. Bei der Party neulich habe ich ihn und ein Mädchen es in Finns Bett treiben sehen.

Das war Louise?

Sie hat mit Axel in Finns Bett geschlafen?

Und das, nur wenige Tage nachdem Finn sie abserviert hat?

Krass.

»Wo er recht hat, hat er recht, Mann.« Xavier lacht.

»Scheiße noch mal, du warst mit dem Mädchen doch gar nicht richtig zusammen«, wendet Axel ein. Die Ironie, dass Finn mit der Freundin seines besten Freundes geschlafen hat, entgeht mir dabei nicht. Und dass Xavier offenbar keinen blassen Schimmer hat. Der Arme hat keine Ahnung, was vorgefallen ist, während er weg war.

»Es ist mir scheißegal, mit *wem* du es getan hast, Arschloch. Das *Wo* ist das Problem«, stellt Finn klar. Lou scheint ihm völlig egal zu sein.

Lou, die mich neulich am Morgen angesehen hat, als hätte ich ihr ins Bett geschissen, nur weil ich ihr meinen Namen gesagt habe. Ich weiß immer noch nicht, warum sie das so aufgeregt hat.

»Jetzt sieh es einmal so: Dein schwachsinniger Hund hat uns angefallen, als wir reinkamen. Also sind wir quitt, oder?«, schnaubt Axel.

Für eine Weile herrscht Schweigen.

»Wenn du meinen Hund noch einmal schwachsinnig nennst, Fletcher …«, warnt ihn Finn.

»Kumpel, entspann dich, das war Spaß.« Axel lacht nervös auf. »Ist doch bloß ein verfickter Hund. Gott.«

»Was war das?«, faucht Finn.

»Hey, ihr Arschlöcher. Ich bin nicht den ganzen Weg vom Camp hierhergekommen, damit ich eure armseligen Ärsche dann ins Krankenhaus fahren muss. Vertragt euch«, geht Xavier dazwischen.

Es wirkt so, als müsse er nicht zum ersten Mal zwischen den beiden den Vermittler spielen.

»Wie lange willst du denn in der Stadt bleiben?«, wechselt Axel das Thema.

»Zwei Tage«, antwortet Xavier. »Morgen Abend fahre ich wieder.«

»Hast du schon die Hausmeisterin der Casa Richards kennengelernt?« Axels Frage trifft mich unvorbereitet.

Scheiße, er redet über mich.

Vielleicht war das hier ein Fehler.

Ich glaube nicht, dass mein Ego noch weitere Schläge verkraften wird. Es muss sich immer noch davon erholen, dass Finn mich am Morgen ausgelacht hat.

»Du meinst die Housesitterin, oder?« Xavier hört sich desinteressiert an.

»Haargenau. Sexy kleine Maus.« Axels kehliges Lachen lässt mich erschauern. »Ich habe sie bei der Party gesehen, und ich sage dir, wenn sie bei mir zu Hause wohnen würde, hätte ich mich schon längst über diesen Arsch hergemacht. Ich kann nicht glauben, dass du noch nicht zugegriffen hast«, meint er zu Finn.

Jetzt geh schon, Dia.

Das brauchst du dir nicht anzuhören.

»Nun, glaube es einfach«, leiert Finn.

»Im Ernst, Mann, bist du blind oder spielst du etwa für die andere Mannschaft?«, sagt Axel verächtlich.

Finn entgegnet: »Ich bin straighter als die Stange, an der deine Mutter tanzt.«

»Aber was ist dann los? Ist sie nicht sein Typ? Hilf einem Bruder mal auf die Sprünge. Wenn sie frei verfügbar ist, dann lass mich das wissen.«

Wieder senkt sich Stille über den dunklen Kellerraum

»Und, ist sie?« Axel lässt nicht locker.

»Ist sie was?«, zischt Finn.

Axel versteht den Wink nicht. »Dein Typ?«

»Natürlich ist sie mein Typ, verdammt. Du hast das Mädchen doch selbst gesehen, oder? Jetzt verpiss dich«, schnauzt Finn.

Ich bin angespannt.

Dann … habe ich mir das doch nicht nur eingebildet?

Die langen Blicke, die abfälligen Bemerkungen voller Anspielungen. Vielleicht hasst er mich, fühlt sich aber dennoch von mir angezogen. Bei dem Gedanken komme ich mir schon zehn Prozent weniger dumm vor, weil es mir genauso geht.

Die Unterhaltung wandert weiter zu anderen Themen, bis im düsteren Weinkeller ein Handy klingelt.

»Das ist meins«, bemerkt Xavier. Wahrscheinlich liest er eine Nachricht, denn er schweigt einige Sekunden lang. Dann platzt er heraus: »Im Ernst, Richards?«

»Was denn?«, fragt Finn.

»Bist du wirklich bei Ben Aster eingebrochen und hast ihn verprügelt, weil er ein *T-Shirt* gestohlen hat?«

Mehr braucht es nicht, damit meine Lungen aussetzen.

Höhnisch antwortet Finn: »Nicht nur ihn, sondern auch seinen Bruder, aber rede weiter.«

Redet er da über mein T-Shirt?

Nein, das ist unmöglich.

Xavier seufzt. »Du weißt doch, dass die Asters bei Partys alles Mögliche mitgehen lassen. Das hat dich doch bisher nicht gekümmert.«

»Und?«, meint Finn.

»Theo sagt, er sei ihnen bei Lacey über den Weg gelaufen, und sie überlegen, zur Polizei zu gehen. Das ist kein Witz, Finn. Du bist achtzehn. Wenn das schiefgeht, kannst du den Jugendknast vergessen. Dann gehts richtig in den Bau.«

Es ist offensichtlich, dass Xavier hier der Vernünftige ist. Der Sunnyboy, der ganz für den Basketball und seine Träume lebt, während sich sein bester Freund selbst zerstört.

»Ich habe die Aufnahmen der Überwachungskamera, wie sie mit drei Müllsäcken voller Zeug bei mir aus dem Haus gehen. Sollen sie doch zu den verdammten Bullen gehen«, entgegnet Finn.

»Klar, sie haben dich bestohlen. Aber das gibt dir noch lange nicht das Recht, in ein Haus einzubrechen und sie zu verprügeln. Und das wegen irgendeinem T-Shirt?«

Finn antwortet erst nach mehreren Sekunden. »Es war ein wichtiges T-Shirt.«

Meine Hand fliegt zu meinem Mund.

Er hat mich angelogen.

Die ganze Geschichte, er wolle nur seine eigenen Sachen wiederhaben, war Bullshit. Aber warum? Warum versucht er so verzweifelt, mich davon abzuhalten, das Gute in ihm zu sehen?

»Dein Dad wird ausflippen, wenn du wieder festgenommen wirst. Was zum Teufel hast du dir nur dabei gedacht?«, weist Xavier ihn zurecht.

»Bist du meine Unterwäsche?«, gibt Finn emotionslos zurück.

Xavier scheint verblüfft über die Frage zu sein.

»Dann brauche ich dich nicht in meinem verdammten Arsch.«

Das war mein Stichwort – ich habe definitiv genug gehört. Ich drehe mich um und stoße dabei aus Versehen gegen eine Pflanze, die hinter mir steht.

Fuck.

Fuck.

Fuck.

»Was war das?«, fragt Xavier.

»Glaubst du, die Housesitterin ist noch auf?«, überlegt Axel.

»Ne, das ist wahrscheinlich nur Lexie«, versichert ihm Finn. »Mach dir keine Sorgen.«

Zum Glück nehmen ihm seine Freunde das ab und unterhalten sich weiter. Der Druck auf meinen Schultern lässt nach, doch ich bleibe über zehn Minuten so stehen, während sich die Jungs unterhalten, denn ich wage keinen weiteren Schritt.

»Also gut. Mir reichts. Ihr findet ja selber hinaus«, sagt Finn.

»Scheiße, meinst du das ernst? Du hast uns extra herbestellt, für zehn Minuten rauchen?«, mault Axel. »Ich bin so high wie eine beschissene Giraffe. Was soll ich denn jetzt machen? Heimgehen und an die Decke starren?«

»Weiß ich doch nicht. Besorg dir ein Hobby oder so was«, schlägt Finn vor.

»Sagt der Trottel, der selber keines hat«, höhnt Xavier.

»Ich habe Hobbys«, widerspricht Finn.

»Dir auf Bilder deiner Housesitterin einen runterzuholen ist kein Hobby«, schießt Xavier zurück und alle drei lachen.

Ich weiß, das war ein Scherz, aber beim bloßen Gedanken daran wird mir ganz heiß im Bauch. Bilder überfluten meinen Geist. Ich sehe Finn, wie er ohne Shirt im Dunkeln im Bett liegt, den Kiefer zusammenpresst und mit der Faust seinen –

»*Raus.* Alle beide.«

Finn holt mich ins Hier und Jetzt zurück.

Ich erstarre, als sie einer nach dem anderen aus dem Weinkeller kommen. Leises Knarren der Stufen dringt zu mir und Axel nörgelt, dass man »einen Scheißdreck sehen kann«. Dann wird die Tür oben an der Treppe geschlossen.

Kein einziger Laut ist in dem stockdunklen Keller zu hören.

Mein rasender Puls beruhigt sich allmählich und ich seufze erleichtert. Finn sagte, er sei müde, und ist wahrscheinlich auf dem Weg ins Bett. Jetzt brauche ich mich nur noch in mein Zimmer zu schleichen und so zu tun, als wäre nichts geschehen –

»Was zum Teufel?«

Seine Stimme würde ich immer und überall erkennen.

Nein.

Ich muss mir das einbilden.

Finn kann nicht hier sein.

Er kann nicht genau vor mir sein.

Aber er ist es.

Nur ein paar Schritte von mir entfernt kann ich seinen Umriss erkennen. Nicht, dass ich sein Gesicht sehen müsste, um zu wissen, dass er mir die Hölle heißmachen wird.

»Also was? Spionierst du mir jetzt etwa nach?«, knurrt er, nur Zentimeter von meinem Gesicht entfernt.

»Was? N-nein«, stammele ich, aber Finn unterbricht mich, indem er mir die Hand auf den Mund presst. Er packt mich am Arm und zerrt mich in den Weinkeller.

Ich schreie auf, als er mich gegen ein Weinregal drückt und seine harte Brust so fest gegen meine presst, dass mich seine Hitze auch an Stellen umhüllt, die mein Top nicht bedeckt.

Das kleine Fenster lässt gerade genügend Mondlicht durch, sodass ich seine entwaffnenden Haselnussaugen erkennen kann. Ich verstehe, was er meint, als er mit der anderen Hand zur Decke hinaufzeigt – oder genauer, zum Stockwerk über unseren Köpfen –, weil er auf etwas wartet.

So bleiben wir stehen, sein Körper an meinen gepresst, die Hand über meinem Mund, bis wir von oben die Haustür zuschlagen hören. Das ist offenbar sein Stichwort, denn er rückt von mir ab und beraubt mich der Wärme, nach der ich mich sofort zurücksehne.

Mir ist klar, dass er abgewartet hat, bis seine Kumpels weg sind, bevor er zu seiner Strafpredigt ansetzt.

Wie aufmerksam.

»Du hast jetzt fünf Sekunden, das zu erklären.« Er verschränkt die tätowierten Arme vor seiner Brust.

»Ich … ich habe Stimmen gehört und bin heruntergekommen, um nachzusehen«, improvisiere ich.

Ärgerlich schnaubt er.

Er glaubt mir kein Wort, widerspricht aber nicht. »Wie viel hast du gehört?«

Das ist eine einfache Frage, aber jedes einzelne Wort wird von Geheimnissen und Lügen gepeinigt. Ich kann es seinen Augen ansehen. Er hofft, ich habe nicht gehört, was er unternommen hat, um meine Sachen zurückzuholen. Damit er seine Charade ein bisschen länger aufrechterhalten kann.

»Alles«, gebe ich zu.

Für einen Augenblick fällt ihm die Kinnlade herunter. »Ich

hätte zulassen sollen, dass sie dich hier erwischen«, schnauzt er und geht davon.

Warte, wusste er etwa Bescheid?

Wusste er die ganze Zeit, dass ich hier bin?

Nein, das ist nicht möglich. Aber er muss es vermutet haben, als ich mit dem Knie gegen diese blöde Pflanze gestoßen bin.

Hätte er den anderen beiden nicht erzählt, es wäre der Hund, dann hätten sie mich wahrscheinlich beim Lauschen erwischt. Aber dann hat er auf alle Fälle so getan, als würde er mit seinen Freunden nach oben gehen, nur damit er mir alleine den Arsch aufreißen kann.

Aus einer Laune heraus schieße ich zurück. »Das war doch Xavier Emery, oder?«

Finn bleibt stehen und sieht mich über die Schulter wütend an. »Und was, wenn er es war?«

Das klingt nach einer Warnung.

Als würde er mir raten, meinen verdammten Mund zu halten.

»Er hat keine Ahnung, was du getan hast, oder?«, frage ich und weiß genau, dass ich damit Öl ins Feuer gieße.

Aber ich kann mich einfach nicht beherrschen.

Dieser Kerl macht mich *rasend*.

Ich hasse es, dass ich aus ihm nicht schlau werde. Dass er sich von normalen Menschen so sehr unterscheidet, dass mir meine Menschenkenntnis überhaupt nichts nützt. Finn Richards lügt nicht, um seine Sünden zu vertuschen – wie das jeder andere von uns würde. Er lügt, um seine guten Taten zu verbergen.

Und ich *muss* einfach verstehen, warum.

»Haargenau, keine Ahnung.« Er dreht sich zu mir herum. »Und so wird es auch bleiben.«

»Ich könnte dich ja verpfeifen, sobald der Sommer vorbei ist, schon mal daran gedacht?«, drohe ich ihm.

Er lacht leise auf. »Ja schon, aber das wirst du nicht tun.«

»Woher willst du das wissen?« Ich sehne mich nach irgendeiner Schwäche bei ihm. Alles würde ich nehmen, ich möchte ihn nur ein einziges Mal zusammenzucken sehen.

Finn kommt drohend ein paar Schritte auf mich zu und schon bin ich es, die zusammenzuckt. »Weil ich dich kenne, Juwel. Du hast ein scharfes Mundwerk, aber wir wissen beide, dass du einen Scheiß tun wirst, jemandem wehzutun.«

Das ist wahr, aber er darf das nicht wissen.

»Woher kannte sie mich?«, wechsle ich das Thema.

Er stutzt. »Wer?«

»Louise. Sie hat mich neulich angesehen, als ob …« Ich halte inne. »Als ob ich ihr etwas getan hätte. Ich sagte ihr meinen Namen, und sofort änderte sich ihr Gesichtsausdruck. Warum?«

»Ich sagte dir doch schon, du sollst keine Fragen stellen, bei denen du mit der Antwort nicht klarkommst.« Wieder serviert er mir denselben Mist wie neulich nachts in der Bibliothek.

»Und ich hatte dir geantwortet, du hättest keine *beschissene* Ahnung, womit ich klarkommen kann«, gebe ich nicht nach. »Antworte. Woher kannte sie mich?«

»Sie kannte dich nicht«, räumt er ein. »Sie kannte nur deinen Namen.«

Hä?

»Warum solltest du ihr meinen Namen sagen?«

Er muss ein wenig lächeln. »*Gesagt* habe ich ihr gar nichts.«

»Aber wie hat sie dann –«

Mein Herz macht einen vollen Salto, als Finn wieder ganz an mich heranrückt und meinen Körper fest ans Weinregal presst, diesmal aber mit ganz anderen Absichten.

Mir schießt die Hitze in die Wangen, das flaue Gefühl im Magen lähmt mich. Irgendwie fühlt es sich endgültig an. Als ob jeder Fluchtweg, den ich vorher hatte, einfach in Flammen aufgegangen wäre.

Finn überrascht mich, indem er mir mit der Faust ins Haar greift und daran zieht – nicht so fest, dass es schmerzt, aber dennoch muss ich den Kopf nach vorne strecken. Dann schiebt er sich ganz nah an mein Ohr, sodass mir sein heißer Atem über die Haut streicht, und flüstert: »Sie kannte deinen Namen, weil ich ihn verdammt noch mal *gestöhnt* habe.«

Ziemlich sicher verlässt meine Seele in diesem Augenblick meinen Körper.

»Du hast was?«

Das kann nicht sein.

Auf keinen Fall hat Finn das wirklich zu mir gesagt.

Habe ich mir das eingebildet?

Er löst sich wieder von mir.

»Du hast richtig gehört«, zischt er durch die Zähne. Es klingt, als wäre er wütend auf sich selbst. Als wäre er es leid, einen Krieg zu führen, den er ohnehin verlieren wird. »Du warst in meinem Scheißkopf, während ich in einem anderen Mädchen gekommen bin.«

Mir kracht die Kinnlade praktisch auf die Füße.

»Es war *dein* perfekter Mund um meinen Schwanz, *deine* unschuldigen Augen, die zu mir aufblicken. Weil das zurzeit immer so ist. Immer. Verdammt noch mal. Du.« Er betont jedes einzelne Wort und starrt mir geradewegs in die Augen. Und dann sagt er: »Ist es das, was du hören wolltest?«

Ich bin sprachlos.

Es lässt sich nicht anders sagen.

»Du bist widerlich.« Die Lüge schmerzt an meinen Stimmbändern.

»Ich habe dir eine Frage gestellt.« Finn lässt mein Haar los, stützt sich aber mit der Hand am Weinregal ab, sodass ich nicht wegkann.

Wir sind uns so nah, dass seine Lippen meinen Mund streifen würden, wenn ich nur den Kopf etwas nach vorne bewegte. Er riecht so gut wie in jener Nacht, als er mich in seinem Bett fand, und er ist genauso verheerend schön, aber es gibt einen großen Unterschied.

Er ist nicht mehr der Einzige, vor dem ich mich fürchte.

Jetzt fürchte ich mich auch vor mir selbst.

»Ich fragte, ob es das ist, was du hören wolltest?«, drängt er und sein Blick fällt für einen Moment auf meinen Mund, sodass ich der Klippe verdächtig nahe komme.

Gott, ich möchte ihn küssen.

Ich will ihn so unbedingt küssen.

Was ist mit mir los?

»Das ist es, ich weiß es.« Finn lächelt zufrieden und mein Ego tritt heftig auf die Bremse.

»Warum bist du dir da so sicher?«

Seine Selbstsicherheit gerät kein bisschen ins Wanken. Dann gibt er mir den Rest. »Weil du die verdammten Beine für mich breit machst.«

Ich komme fast um vor Scham, als ich auf meine Schenkel schaue.

Er hat recht.

Ich spreize *wirklich* die Beine für ihn. Ohne es zu merken, habe ich mir ein »Geöffnet«-Schild umgehängt. Ich hoffe, er erspart mir weitere Erniedrigung, aber natürlich ist er noch nicht fertig.

»Und weil das so ist, würdest du mich auch nicht aufhalten, wenn ich dir jetzt die Seele aus dem Leib küssen würde.«

Ich sollte weglaufen.

Warum laufe ich nicht weg?

»Du vergisst, dass ich dich hasse.«

Er lacht bitter auf und flüstert: »Du vergisst, dass ich dich atmen hören kann.«

Kill. Me. Now.

Wieder hat er recht.

Seinetwegen pulsiert in mir eine heiße Lust.

»Du würdest zulassen, dass ich dich küsse, Juwel. Und was noch schlimmer ist – *es würde dir gefallen.*«

Ich möchte ihn an mich reißen und es herausfinden. »Du bist

völlig durchgeknallt, wenn du glaubst, ich würde dich nicht stoppen.«

»Wirklich?«, spottet Finn.

Für den Bruchteil einer Sekunde steht die Zeit still.

Bis Finn alles mit drei kleinen Worten beiseitewischt.

»Dann *stoppe mich.*«

Sein Mund senkt sich so schnell und heftig auf meinen, dass ich jede Art von Gleichgewicht verliere. Finn schlingt den Arm um meine Taille, bevor ich falle, trotzdem pralle ich mit dem Rücken gegen das Weinregal hinter mir, sodass die Flaschen gegeneinanderklirren wie bei einem Erdbeben.

Ich habe mir meinen ersten Kuss sehr oft vorgestellt.

Der perfekte Kuss mit dem perfekten Typen.

Prinz Charming sollte gütig, fürsorglich, sanft sein. Doch der Kerl, der gerade von meinen Lippen Besitz ergreift? Der Teufel, der jede einzelne meiner Erwartungen zerstört?

Er ist ganz anders.

Finn küsst mich hungrig, fordernd und besitzergreifend, doch ich bin froh, dass er die Führung übernimmt, trotz der ohrenbetäubenden Alarmglocken, die in meinem Kopf losgehen. Ich weiß, es sollte nicht er sein. Er sollte nicht der Erste sein, der mich küsst.

Er ist nicht der Typ, den ich in meinen Träumen sah.

Und doch … wenn sich seine Zunge den Weg zwischen meinen Zähnen hindurchbahnt und seine Hand grob meinen Hals umschließt, wünsche ich meinen Traumprinzen zum Teufel, sodass ich noch ein bisschen länger bei meinem Schurken bleiben kann.

Meine Knie geben fast nach, als ich an seiner Unterlippe sauge, unbeholfen daran knabbere, bis irgendwo tief aus seiner Kehle ein dunkles Stöhnen aufsteigt.

Sag ihm, er soll aufhören.

Worauf wartest du noch?

Mein Körper degradiert mein Gehirn zur Nebenrolle, und ich

umarme die tausend verschiedenen Möglichkeiten, bei denen wir unweigerlich scheitern und in Flammen aufgehen werden, aber nichts – nicht einmal das schauerliche Bild unserer brennenden Herzen, die in tausend Stücke zerfallen – reicht aus, um mich zurückzustoßen.

Gott, er küsst *so* gut.

Mir ist, als könnte ich jeden Moment zusammenbrechen, als könnte mein Körper unmöglich seinen Kuss ertragen. Ich klammere mich an sein Reiche-Leute-Shirt, als wäre es ein Rettungsboot. Wir krallen uns in unseren Haaren und Klamotten fest, kratzen über Gesichter und jagen hinter einer Erfüllung her, die sich uns entzieht – wir reagieren nicht einmal, als eine Weinflasche vom Regal kippt und auf den Boden knallt.

Ich höre kaum, wie sie zerspringt, bemerke schwach, wie es um meine Füße nass wird.

Ich spüre nur, wie Finn den Kuss für einen Moment unterbricht, die Hände hinter meinen Schenkeln ineinanderlegt und mich hochhebt.

Ich schlinge die Beine um seine Taille, während er uns beide wieder gegen das Regal presst und er mit den Händen meinen Po greift. Dann küsst er mich wieder. Und wieder. Ich dachte immer, mein erster *Freund* würde langsam vorgehen, aber jetzt, wo ich meinen ersten Kuss einem Monster gebe, das am Ende des Flurs schläft …

Ich will nichts *langsam*.

Ich will rau.

Ich will hart.

Ich will alles, was ich nicht sollte.

Unwillkürlich entfährt mir ein enttäuschter Laut, als sich seine Lippen von meinen lösen und meinen ganzen Kiefer mit peinigenden Küssen bedecken. Er lacht rau über meine Verzweiflung, fährt dann mit der Zunge langsam an meinem Hals aufwärts bis zum Ohrläppchen.

Verdammte Scheiße.

Ich erschauere tief bis in meine Knochen, als seine Zähne an meinem Ohrläppchen knabbern. Er zieht daran und entlockt meiner Kehle ein schüchternes Stöhnen.

Ein Stöhnen.

Das ist alles.

Ein Stöhnen und ich spüre, wie er an meiner Leggings hart wird.

Ehe ich michs versehe, spannt sich der Stoff seiner Hose und ich öffne die Beine, als wäre ich sein persönliches Sexspielzeug. Ich hasse mich dafür, aber das hält mich nicht davon ab, meine Fußgelenke hinter seinem Rücken noch fester zu verhaken.

Die Reibung, nach der ich mich sehne, wird uns auf einen Kollisionskurs mit dem Verderben führen, aber das ist mir so was von egal.

»Fuck, Dia«, stöhnt Finn durch die Zähne.

Hat er gerade …

Er hat zum ersten Mal meinen Namen ausgesprochen.

Er. Hat. Meinen. Namen. Ausgesprochen.

Nicht »Juwel«.

Nicht »Housesitter-Mädchen«.

Dia.

Warum hört sich das so gut an, wie es über seine Zunge rollt?

Angetrieben von meiner Lust fange ich an, mich vor und zurück zu bewegen, mich an ihm zu reiben, bis –

Heilige Scheiße.

Mein Mund klappt auf vor Erregung, die mir durch den Magen schießt. Er ist jetzt steinhart, und sein Schaft trifft durch die Hose bei jedem Stoß meiner Hüften auf jedes einzelne Nervenende meiner empfindlichsten Stelle.

Das kann nicht wirklich passieren.

Ich sehe Finn im Dunkeln des Weinkellers tief in die Augen. Erst jetzt, als ich seinen Anblick auf mich wirken lasse – wie sein

Mund offen steht und seine Augen vor schlimmen Absichten nur so aufflammen – begreife ich, was ich da tue …

Ich habe Trockensex.

Ich habe Trockensex mit dem Sohn meines Chefs, in einem Weinkeller um drei Uhr morgens.

Verrucht lächelnd beobachtet er, wie seine Länge über den Stoff meiner Leggings auf und ab gleitet. Wieder greift er mir ins Haar, diesmal etwas schmerzhafter als zuvor.

»Du benutzt mich wohl gerne, was, Juwel?« Seine Stimme klingt tief und lustvoll. »Du magst es, den Schwanz des Sohnes von deinem Chef zu benutzen, um zu kommen. Sag es.«

Meine Nippel werden bei seinen Worten hart.

»Ich … ich benutze dich gerne«, bringe ich zitternd hervor. Meine Wangen brennen, während der Druck zwischen meinen Beinen unerträglich wird, und ich werfe den Kopf mit einem derart rauen und ungefilterten Stöhnen nach hinten, dass Finn einen erstickten Fluch ausstößt.

»Das Ganze. Sprich es aus«, lässt er nicht locker.

Ich zögere. »Aber ich –«

»Verfickt noch mal, sag es, oder ich höre auf.«

Mehr braucht es nicht, damit ich nachgebe. »Ich benutz gerne den Schwanz des Sohnes von meinem Chef, um zu kommen«, gebe ich beschämt zu.

»Braves Mädchen«, grunzt Finn zufrieden.

Was. Ist. Aus. Mir. Geworden.

Als wolle er mich belohnen, nimmt Finn seinen Schwanz in die Hand und reibt ihn minutenlang immer schneller an meiner Klit, bis ich meine Schenkel zusammenpresse. Ich fange an, mich in seiner Umarmung zu winden.

Verdammt, bin ich …

Bin ich dabei, zu *kommen*?

Dabei hat er mich nicht einmal angefasst.

Na ja, nicht wirklich.

Wir sind immer noch komplett angezogen, verfickt noch mal.

Es kann doch nicht sein, dass ich –

»*Finn.*« Mein Mund klappt auf.

Sein Name klingt wie ein Hilferuf, als wüsste ich nicht, was ich mit mir *oder* mit dieser Lust anfangen sollte. Und er versteht es ganz genau.

»Du kommst wohl, nicht wahr?«, raunt Finn, zieht an meinen Haaren und zwingt mich ihn anzusehen, während er mir leicht meine Kehle zudrückt. »Du wirst jetzt für mich kommen wie ein gutes verficktes Mädchen?«

Seine Worte schieben mich über die Kante, aber kaum brandet die überwältigende Lust über mich …

Kommt auch schon die Schuld.

Die Realität holt mich ein, die Angst, nicht nur meinen Job zu verlieren, sondern auch mein Herz. Finn nimmt meine Furcht sofort wahr, schmiegt seine Lippen auf meine und flüstert: »Bleib bei mir.«

Atmen, Dia.

Atme, verdammt.

»Hier und jetzt, Dia. Sonst nichts«, fügt er an, bohrt mir die Worte förmlich ins Gehirn und beobachtet, wie ich den Ort ohne Wiederkehr erreiche.

»Hier und jetzt«, krächze ich, gebe mich meinem Orgasmus und den Schuldgefühlen hin, die bestimmt folgen werden. Ich bin nur Sekunden davon entfernt, die Selbstkontrolle zu verlieren, als sich Finns sündiger Mund plötzlich auch öffnet.

»Oh, fuck.« Sein Kiefer spannt sich an, während er seine Stöße beschleunigt. »Fuck, Dia«, ruft er noch einmal, während sein Körper gegen mich zuckt. »Fucking unmöglich.«

Er hört sich an, als könnte er nicht glauben, was gerade passiert. Als wäre ihm schon der Gedanke, dass er in seine Jogginghose abspritzt, ohne direkt berührt worden zu sein, völlig unbegreiflich.

Ich bin erledigt, bevor ich richtig darüber nachdenken kann.

Finn schmiegt sein Gesicht an meinen Hals und atmet schnell, während wir gemeinsam die Wellen unserer Orgasmen reiten und genau wissen: Sobald wir zurück auf die Erde fallen, wird sich *alles* ändern.

Und tatsächlich, von dem Augenblick an, als sich unser Atem wieder beruhigt und uns die Konsequenzen dessen, was wir getan haben, bewusst werden, tut sich der metaphorische Abgrund zwischen uns wieder fünfhundert Meilen weit auf.

Noch immer hat er seine Nase tief in meinen Hals vergraben, aber irgendwie ist er schon wieder weit entfernt. Mein Magen zieht sich zu einem Knoten zusammen, während wir zu Atem kommen. Finn löst meine Beine von seiner Taille und setzt mich eine Sekunde später ab.

Ich erwarte, dass er mich sofort abserviert, wie er es bei Louise getan hat, aber … stattdessen hebt er mein Kinn an und küsst mich.

Er küsst mich so fest, dass es mir die Luft raubt.

Seine Zunge gleitet in meinen Mund und obwohl ich einen Scheiß von dem verstehe, was gerade vor sich geht, nehme ich seine Lippen, ohne nachzudenken, in Empfang.

Und dann bricht der Bann.

Wie vom Blitz getroffen reißt er sich los.

Als hätte er eben erst begriffen, was er tut, und dass das nicht so geplant war. Langsam füllen sich seine Augen wieder mit Hass, und seine Gesichtszüge werden missmutig, so wie ich sie zu verabscheuen gelernt habe.

»Finn«, flüstere ich in der törichten Hoffnung, wir könnten darüber reden, aber davon will er nichts wissen.

Ohne mich eines Blickes zu würdigen, rückt er seine Hose zurecht – genau genommen das, was von seinem Ständer noch übrig ist – und wendet sich zum Gehen.

»Komm mir bloß nicht hinterher«, zischt er.

Dann ist er fort.

11. KAPITEL

DIAMOND

Wie viele Blasen kann man haben, bevor die Füße einfach nicht mehr funktionieren? Zuerst dachte ich, acht, aber jetzt sind es fast zehn, und ich gehe immer noch. Zwei Wochen sind vergangen, seit mein Bruder beschlossen hat, mich nicht mehr zur Arbeit zu fahren.

Es kam aus heiterem Himmel. Jesse kam am Wochenende in die Küche und sagte, er habe es satt, meinen »Unsinn« zu unterstützen. Er wolle keine Rolle mehr bei meiner *fürchterlichen* Entscheidung spielen, diesen Job durchzuziehen. Er sagte, wenn ich weiter für die Richards' arbeiten wollte, müsste ich irgendeine andere Möglichkeit finden, dorthin zu kommen.

Ich überlegte, ob ich meinen Dads davon erzählen sollte, befürchtete aber, dass Jesse sich revanchieren und erzählen würde, dass ich mit einem Kerl zusammenlebe. Also spielte ich mit und tue so, als würde mich mein Bruder immer noch herumkutschieren, obwohl ich in Wirklichkeit jeden Freitag und jeden Sonntag eine Stunde lang marschieren muss.

Es ist gar nicht die Stunde Spazieren, die mich umbringt.

Sondern die schlechten Schuhe. Sie müssen fünf Jahre lang meiner Schwester gehört haben, bevor sie an mich weitergereicht worden waren, aber bis jetzt habe ich jeden verdienten Cent für mein Auto zurückgelegt.

Die Schuhe müssen warten.

Es ist fast neun Uhr, als ich mit meinem Gepäck die Auffahrt zur Villa der Richards hinaufkomme. Beim Anblick von Finns Auto, das neben dem Eingang parkt, werde ich langsamer und mein Brustkorb schnürt die laute Trommel an der Stelle zusammen, wo eigentlich mein Herz sein sollte.

Scheiße, er ist da.

Seit dem Vorfall im Weinkeller habe ich ihn nicht oft gesehen …

Zuerst war ich dankbar für seine Abwesenheit. Da er die ganze Zeit weg war, bestand wenig Gefahr, dass sich das Trockensex-Fiasko noch einmal wiederholt. Inzwischen ist es aber sonnenklar, dass er mir aus dem Weg geht.

Meistens kommt er nicht einmal zum Schlafen nach Hause. Und wenn doch, dann ist er wieder weg, bevor ich aufwache. Mir war klar, dass wir den Kuss und, nun … *das andere* bereuen würden, aber ich dachte nicht, dass er vom Erdboden verschwinden würde.

So war es auch jetzt im Haus ziemlich still. So still, dass ich mir sogar schon ein paarmal gewünscht hatte, Theo würde mit seinen Eltern streiten und wieder bei uns einziehen.

Als ich die Haustür aufschließe und eintrete, ziehe ich scharf die Luft ein. In der Küche brennt Licht und ich höre, wie der Kühlschrank geschlossen wird.

Lexie kommt sofort herbeigelaufen, und ihre überschwängliche Begrüßung hilft mir über die erste Angst hinweg. Ich streichle sie ein paar Minuten lang, bevor ich mich in die Höhle des Löwen begebe.

Jeder Muskel in meinem Körper ist angespannt, ich greife den Riemen meiner Tasche fester und biege um die Ecke. Finn steht am Spülbecken und füllt sich eine Schüssel Cornflakes ein. Seine haselnussbraunen Augen zucken bei meinem Eintreten kurz zu mir herüber und für einen Augenblick flammt in meinem ganzen Körper Begierde auf.

Jep. Immer noch gut aussehend.

Ich hatte gehofft, wenn ich mich eine Weile von ihm fernhalte, würde diese Anziehungskraft nachlassen, doch sobald sich unsere Blicke treffen, öffnet mein Verstand die Tür zu einer dunklen und verwirrenden Erinnerung.

Du kommst wohl, nicht wahr? Seine Stimme hallt immer wieder in meinem Kopf. *Du wirst jetzt für mich kommen wie ein gutes verficktes Mädchen?*

»Wieso hast du so lange gebraucht?« Seine unhöfliche Frage schockiert mich.

Blinzelnd finde ich in die Realität zurück. »Geht dich nichts an.«

Unbeeindruckt von meiner bissigen Antwort gibt er verächtlich zurück: »Brauchst du Hilfe dabei?«

»Wobei?«

»Diesen Stock aus deinem Arsch zu bekommen.«

Ich lasse mich von diesem Kommentar über meine schlechte Laune nicht beeindrucken und belasse es bei einem hasserfüllten Lächeln. »Erinnere mich doch noch einmal daran, warum ich dich ertrage?«

Eher amüsiert als verärgert lässt sich Finn auf einem der Hocker an der Kücheninsel nieder und reckt beide Hände hoch. »Da kann ich leider auch nicht helfen. Das versuche ich schon selbst seit deinem ersten Tag hier herauszufinden.«

»Nicht, dass es dich etwas angeht, aber ich spare auf ein Auto«, kläre ich ihn auf.

Er antwortet nicht. Stattdessen schiebt er die Cornflakes in sich hinein, als wäre ich ein Geist, der versucht, mit den Lebenden zu kommunizieren.

Also schön.

Ich wende mich zum Gehen und will gerade die Treppe hinauflaufen.

»Juwel?«, ruft er mir nach.

Ich drehe mich zu ihm um und er öffnet für eine Sekunde den Mund. Ich habe das Gefühl, dass er etwas Wichtiges sagen möchte, und für einen Augenblick bin ich so dumm, zu glauben, er würde irgendwie anerkennen, was geschehen ist.

»Lass mich wissen, falls du ab jetzt jeden Sonntag so spät auftauchst. Wär mir lieber, wenn ich nicht verhungern müsste.«

Mit diesen Worten dreht er sich wieder seiner Schüssel zu und behandelt mich wie ein Möbelstück. *Natürlich.* Dass ich hier sonntags spät ankomme, bedeutet, dass ich nichts für die Woche vorkochen kann, und deshalb bekommt Seine Majestät nichts zu essen.

Ich bin wütend und habe keine Lust, weitere Atemluft zum Antworten zu verschwenden, und eile die Treppe hinauf. Ich stürme in mein Zimmer und werfe Sekunden später meine Sachen aufs Bett.

Jetzt ist offiziell alles wieder wie vorher.

Und der Kerl, der mir schmutzige kleine Geheimnisse ins Ohr geflüstert hat …?

Er wird nicht wiederkommen.

* * *

Ich bin die schlimmste Hundesitterin aller Zeiten.

Jetzt ernsthaft, welcher Hundesitter geht mit einem neun Jahre alten Hund mitten in der Mittagshitze spazieren? Fairerweise muss man sagen, dass ich nicht ahnte, dass Silver Springs sich in einen Ofen verwandeln würde, als ich heute früh mit Lexie hinausging.

Fast zwei Stunden lang laufen wir jetzt schon in der Stadt herum. Immer wieder mussten wir Pausen einlegen, um nicht zu verdursten, und allmählich frage ich mich, ob ich nicht Aveena anrufen und fragen soll, ob sie uns nicht mit dem Auto abholt.

Wasser haben wir mittlerweile auch nicht mehr.

Und bis nach Hause müssen wir noch dreißig Minuten laufen.

Nicht gerade mein hellster Moment.

Neben mir beginnt Lexie zu hecheln. Ich trage nur Shorts und ein Trägertop und bin schon am Eingehen. Wie es für sie in ihrem warmen Fell sein muss, will ich mir gar nicht vorstellen.

Ich ziehe das Handy aus der Tasche und will gerade Aveenas Nummer wählen, als eine Textnachricht aufpoppt.

Von Finn.

Beim Aufbruch hatten wir ihn kurz getroffen. Er war gerade aus dem Bett gefallen und sah wie ein verdammter Gott aus, wie üblich.

Ich klicke sofort auf die Nachricht.

Finn: Du bist schon fast zwei Stunden weg.

Eine Sekunde später folgt die nächste Nachricht.

Finn: Geht es Lexie gut?

Ich verkneife mir angesichts seiner Direktheit eine gepfefferte Antwort.

Es geht uns *beiden* gut. Danke der Nachfrage.

Ich antworte ihm umgehend.

Dia: Es ist sauheiß und wir haben kein Wasser mehr. Kann noch ein bisschen dauern.

Ich weiß, dass er die Nachricht bekommen hat, weil das Gelesen-Häkchen auf meinem Bildschirm aufpoppt, aber er antwortet nicht. Ich versuche es ein paarmal bei Aveena und Jesse, aber sie gehen nicht ran.

Mist, soll ich meine Dads anrufen?

Wenn sie mich bei den Richards absetzen und dahinterkommen, dass ich mit einem Kerl zusammenlebe, bin ich geliefert. Im Handumdrehen sind schon wieder zehn Minuten vergangen. Lexie wird immer langsamer, als es steil bergauf geht, und sie hechelt immer schneller und flacher.

Scheiß drauf, ich rufe meine Dads an.

Mir läuft eine Schweißperle über die Stirn, während ich mein Telefon entsperre. Aber mit quietschenden Reifen kommt ein Wagen um die Ecke, bevor ich die Ruftaste drücken kann.

Ich erkenne ihn sofort.

Er hupt in dem Moment, in dem er uns entdeckt, bremst und bleibt dann neben uns stehen. Er fährt die Scheibe herunter und entriegelt mit einem Knopfdruck die Türen.

»Steigt ein.« Dazu macht er eine Bewegung mit dem Kinn, und obwohl ich in letzter Zeit ziemlich sauer auf ihn war, habe ich mich noch nie so gefreut, ihn zu sehen.

Hat er deswegen nicht auf meine Nachricht geantwortet? Weil er sofort ins Auto gestiegen ist?

Ohne lange darüber nachzudenken, öffne die hintere Tür und helfe Lexie auf den Rücksitz. Dann steige ich vorn neben Finn ein und schnalle mich an.

»Bist du in der ganzen Stadt umhergefahren, bis du uns gefunden hast?«, frage ich, während er aufs Gaspedal drückt.

»Lexie hat im Halsband einen GPS-Tracker.« Finn zuckt mit den Achseln, aber ich habe nur Blicke für seinen tätowierten Bizeps, während er das Steuer mit einer Hand festhält.

»Oh.« Ich nicke. »Auf jeden Fall danke.«

»Habe ich nicht deinetwegen getan«, antwortet er trocken.

Wenn ich jedes Mal einen Dollar bekäme, wenn sich dieser Typ größte Mühe gibt, mich daran zu erinnern, dass ich ihm nichts bedeute, dann könnte ich ihm davon ein Gewissen kaufen.

»Was auch immer«, murmle ich und starre aus dem Fenster. Ich schwitze mir immer noch den Arsch ab. Die heißen Ledersitze in Finns Auto sind da nicht gerade hilfreich. »Kannst du die Klimaanlage anmachen?«

»Ist schon an.«

»Dann funktioniert sie nicht«, schimpfe ich. Wenn er mir gegenüber ein Arschloch ist, dann kann ich das auch. Ich versuche, mein Fenster zu öffnen, aber Finn hat alles von seiner Seite aus gesperrt.

»Entriegle die Fenster«, befehle ich ihm.

»Die Klimaanlage kommt gleich in Gang. Gib ihr einfach eine Minute Zeit«, wendet Finn ein, aber ich halte diese Hitze keine Sekunde mehr aus.

»Verdammte Scheiße«, schnaube ich und schnalle den Gurt ab.

Bevor er reagieren kann, lehne ich mich über ihn herüber, meine Brüste streifen dabei seinen Arm. Ihm stockt der Atem, aber er schiebt mich nicht weg.

Ich kann gar nicht glauben, was ich da mache, als ich mich auf seinem Oberschenkel abstütze, nicht allzu weit von seinem Schritt entfernt, und so tue, als wäre nichts dabei. Mit ausgestrecktem Arm entriegle ich selbst die Fenster.

Sein Griff um das Lenkrad wird fester, als ich mich wieder zurücklehne.

Ich wusste es.

Er spürt es auch.

Er kann noch so sehr tun, als würde er sich nicht an die Nacht im Weinkeller erinnern – sein Körper hat es nicht vergessen.

Ich ziehe meine Hand wieder von seinem Bein, rutsche auf meinen Sitz zurück und schließe den Gurt. Dann lasse ich das Fenster herunter und genieße die Brise; zu meiner Überraschung sagt Finn nichts.

Kein Wort.

Es vergehen einige Minuten, bis ich mir ein Herz fasse und ihn anspreche. »Warum nennst du dein Auto Remy?«, frage ich, neugierig wie immer.

Was diesen Typen angeht, habe ich alles, was gute Manieren angeht, so gut wie aufgegeben. Ab jetzt behandle ich ihn nur noch so, wie er mich behandelt.

Finn presst die Lippen zu einer dünnen Linie zusammen. »Weißt du schon, was für ein Auto du dir kaufen wirst?«

Der abrupte Themenwechsel entgeht mir nicht, aber ich beschließe, ihm das durchgehen zu lassen.

»Ja. Es steht bei einer Angestellten meines Vaters in der Garage und wartet darauf, dass ich es kaufe.«

»Hast du Bilder?«, fragt Finn.

Mir ist schon klar, dass er versucht, einem Gespräch über den rätselhaften »Remy« aus dem Weg zu gehen, aber ich spiele mit und suche, während er fährt, auf meinem Handy nach einem Bild. Rechtzeitig vor der nächsten roten Ampel finde ich eines und halte ihm den Bildschirm vors Gesicht.

Finn mustert meinen grünen Käfer eine ganze Weile und verkneift sich dann ein Lachen.

»Was denn?«, rufe ich aus.

»Das ist … eine interessante Wahl.«

»Hast du mein Traumauto gerade hässlich genannt?«

Finn grinst, dreht den Kopf in meine Richtung und lässt seinen Blick von Kopf bis Fuß über mich wandern.

»Da kannst du deinen süßen Arsch drauf wetten.«

Hat er eben gesagt, ich hätte einen süßen Arsch?

O mein Gott, Dia, hör auf.

»Wie ich schon sagte, du hasst eben alles. Wo wir gerade davon sprechen, du schuldest mir immer noch etwas, das du nicht hasst.«

Er zuckt mit den Schultern. »Nur weil dein Auto hässlich ist, bedeutet es noch lange nicht, dass ich alles hasse.«

Ich keuche so laut auf, dass er erschrickt. »Hast du das gesehen?«

»Was gesehen?«, fragt er besorgt.

»Eben ist mein letzter Fick zum Fenster hinausgeflogen«, sage ich leichthin, begleitet von der passenden Geste, und Finn lacht so herzhaft auf, dass ich jeden Winkel meines Gehirns nach einem weiteren Witz durchkrame.

Nur um dieses Lachen noch einmal zu hören.

»Und wann kannst du ihn dir kaufen?«, bringt er unsere Unterhaltung wieder in Gang, während wir in die Auffahrt einbiegen und er vor dem Springbrunnen das Tempo drosselt.

»Mir fehlen noch fünfhundert. Fünfhundert, dann bist du mich los. Glücklich?«, necke ich ihn, denn ich bin davon überzeugt, ihn interessiert das nur, weil er mich los sein will.

Seine Antwort raubt mir den Atem.

»Deshalb frage ich nicht.« Er erhält unseren Blickkontakt aufrecht.

Da mir keine kurze Antwort einfällt, halte ich den Mund. Dann bemerke ich, dass er den Motor laufen lässt – er will uns nur vor der Villa absetzen.

»Kommst du nicht mit?« Ich schnalle mich los.

»Nein, jemand erwartet mich.«

Es juckt mich, nachzufragen, wer dieser Jemand ist, lasse es aber bleiben, steige aus und öffne für Lexie die Tür.

»Hey, Juwel?«, ruft Finn mir hinterher, als wir schon aufs Haus zugehen.

Ich bleibe stehen und drehe den Kopf. Er hat das Fenster heruntergelassen, sein strahlendstes Lächeln aufgesetzt, die Augen scheinbar voller Hintergedanken.

»Vergiss nicht, es aufzuladen.«

Ohne weitere Erklärung fährt er davon.

Warte, was?

12. KAPITEL

FINN

Brody: Hat das Mädchen mit dem flachen Arsch schon gekündigt?

Der Himmel ist schon pechschwarz, als ich in der Auffahrt parke und die Nachricht von meinem Bruder lese. Brody Richards ist ein Idiot. Inzwischen ist das allgemein bekannt. Mir war nur nicht klar, dass er ein blinder Idiot ist. Die Housesitterin ist vielerlei – dickköpfig, schlau, temperamentvoll –, aber ganz bestimmt nicht flach. In keinerlei Hinsicht.

Meine Finger tippen die Antwort so schnell, dass ich nicht nachkomme.

Finn: Ne. Immer noch hier.

Die Antwort meines Bruders ploppt fast augenblicklich auf.

Brody: Ich wüsste etwas, das sie dazu bringt, sofort zu ihrem verlogenen Bruder heimzulaufen, falls es dich interessiert …

Vor zwei Wochen hätte ich die Gelegenheit sofort ergriffen, herauszufinden, was für ein verficktes Geheimnis mein Bruder da hütet. Ich hätte alles getan, um dieses Mädchen loszuwerden, aber jetzt …

Ich bin mir nicht einmal sicher, ob es die Mühe wert ist.

Langsam gewöhne ich mich daran, dass sie da ist, und das schockiert mich selbst wahrscheinlich am allermeisten, aber mein Dad hatte möglicherweise den richtigen Riecher, als er sie einstellte.

Da sie hier ist, kann ich tun, was ich will, ohne mich um Lexie sorgen zu müssen. Ohne sie hätte ich heute nicht bis Mitternacht bei Theo bleiben können.

Der Arsch brauchte mich – nun ja, er brauchte *irgendwen* –, obwohl er das niemals zugeben würde. Die Lage ist nicht gerade lustig bei den Cox. Ich weiß, dass mich Theo nur eingeladen hat, weil er hoffte, seine Eltern würden ihn in Ruhe lassen, solange ich da bin.

Und damit hatte er recht.

Den größten Teil des Abends hielten sie den Mund, und Theo schaffte es blendend, es so aussehen zu lassen, als wäre die Beziehung zu seinen Eltern etwas anderes als ein brennender Müllcontainer.

Ich lasse die Nachricht meines Bruders unbeantwortet, schiebe das Handy wieder in die Gesäßtasche und steige aus. An der Eingangstür begrüßt mich Lexie, was mich wundert. Es ist schon nach Mitternacht, und normalerweise schläft sie bei Juwel im Bett. Normalerweise schläft sie um diese Zeit tief und fest.

Es sei denn … hat Juwel sie etwa rausgeworfen?

Ich lasse fast die Schlüssel fallen, als ich es höre.

Das schwache, ferne Geräusch …

Ein Summen?

Bilde ich mir das ein?

Mir fällt auf, dass mein Atem schneller geht, während ich die Treppe hinaufsteige und das Geräusch bis ins Obergeschoss verfolge. Eine Sekunde später stehe ich vor der Zimmertür der Housesitterin, und das Summen ist immer deutlicher zu hören.

Die Tür steht einen Spalt offen, und im Mondlicht sehe ich sie auf dem Bett liegen. Sie trägt einen Spitzen-BH, die untere Körperhälfte unter der Decke verborgen, der Schmollmund leicht geöffnet.

Heilige Scheiße.

Sie benutzt ihn gerade.

Sie benutzt das Sexspielzeug, das ich ihr hingelegt habe.

Ich habe den Vibrator heute in eine Schachtel gepackt und ihr mit einer Nachricht aufs Bett gelegt, sie solle es sich selbst machen und ihre Stimmungsschwankungen in den Griff bekommen. Eigentlich wollte ich sie nur verarschen – sie war die ganze Woche unausstehlich –, hätte aber nie gedacht, dass sie ihn auch nur anfassen würde.

Nun ja, sich *selbst* anfassen würde.

Fuck, ich sollte verschwinden.

Aber ich bin hart.

So scheißhart, dass mein Schwanz gegen die Hose drückt und sich nach Freiheit sehnt. Ihr Atem geht schwer, ihre Brust hebt und senkt sich, während sie das Gerät unter der Decke hin und her bewegt und sich an einem Stöhnen verschluckt, dass es mich fast umbringt.

Hier auf dem Flur ist es dunkel und sie kann nicht sehen, dass ich sie beobachte. Ebenso wenig, dass ich wie ein verdammter Widerling die Hand in meine Boxershorts schiebe.

Gott, Finn, hör auf.

Aber ich kann nicht.

Ich kann *nicht* aufhören.

Scharf ziehe ich die Luft ein, als sie ihre linke Brust mit der Hand nach oben aus dem BH drückt. Sie ist makellos. Ganz klar. Sie ist, was meine süßesten Albträume ausmachen. Ein unschuldiges, durchtriebenes kleines Ding, das ich ums Verrecken gerne probieren würde.

Aber als sie die Hand in ihren BH schiebt und eine Brust hervorholt, erwürge ich meinen Ständer geradezu. Ihre Brust ist schön, eben groß genug, dass sie in meine Hand passen würde, und ihr Nippel … ich möchte mit meinem Mund an diesem Nippel saugen.

Verdammt, ich komme mir wie ein Krimineller vor.

Als würde ich mir eine Show ansehen, für die ich keine Eintrittskarten habe, aber ich kann einfach nicht wegsehen. Ich verliere mich in ihrem Körper. Diese runden, straffen Brüste, die schwarzen Locken, die ihr über die Schulter fallen, der stramme Bauch.

Sie ist verschwitzt, und unter der Decke zeichnen sich ihre geöffneten Beine ab. *Dieses verdammte Mädchen.* Ich bewege meine Hand ganz langsam, anfangs zumindest. Dann stelle ich mir vor, über ihren gespreizten Beinen zu kommen, während sie die Zunge herausstreckt und mich anfleht, ihren Mund zu füllen, und ich bin verloren.

Schon bin ich mittendrin, hole mir bei ihrem Anblick einen runter und fahre mit der Hand immer schneller an meinem Schaft auf und ab. Ich raube ihr einen vermeintlich intimen Augenblick, und das Schlimmste ist? Ich bin viel zu sehr in ihren Anblick vertieft, als dass mich das kümmert.

Sie schiebt die Decke weiter über den Bauch herunter, gerade so weit, dass ich ihre Hand sehe, die nun schneller kreist, wieder an ihre Brust fasst, während sich ihr Rücken nach hinten durchbiegt.

Fuuuuck.

Ich führe die Hand an den Mund, spucke hinein, lege sie wieder um meinen Schwanz und nehme Geschwindigkeit auf. Wenn sie die Decke auch nur einen Zentimeter weiter hinunterschiebt, komme ich in zwei Sekunden. Mein Penis zuckt, als sie den Kopf mit einem ärgerlichen Knurren nach hinten wirft.

Sie hat ihn verloren.

Den G-Punkt.

Und das gefällt ihr gar nicht

»Komm schon.« Sie klingt gequält.

Ich würde meine verdammte Seele verkaufen, um ihr dabei zu helfen, ihn wiederzufinden.

»Komm schon«, sagt sie noch einmal, schwer atmend, und mein Kiefer spannt sich an. Wenn ich so weitermache, spritz ich gleich ab, und dann wird es schwer, leise zu bleiben.

»Echt jetzt?«, schnaubt sie einen Augenblick später.

Alle Kontrolle, die ich noch über meinen Körper hatte, ist verflogen, als ich ein Stöhnen unterdrücke und die Hand wegziehe.

Ich überrasche mich selbst, als ich ihre Zimmertür aufschiebe und sie dabei erwische. Zwar habe ich nicht die geringste Ahnung, was ich als Nächstes tun werde, aber eines weiß ich ganz gewiss …

Ich werde diese Nacht damit beenden, dass ihre Beine um meinen Hals geschlungen sind.

* * *

DIAMOND

Liebes Juwel,
leider muss ich darauf bestehen, dass Du dieses Geschenk umgehend benutzt und Deine Stimmungsschwankungen in den Griff bekommst.

Dringend,

Dein Mitbewohner, der einen weiteren Tag mit Deinem missmutigen Arsch nicht ertragen könnte.

So stand es in der beiliegenden Nachricht.

Ziemlich direkt, nicht wahr?

Falsch.

Ihr müsst wissen, was in der Nachricht nicht erwähnt wurde, war, dass der Sohn von meinem Boss gerade dann in mein Zimmer kam, als ich den Vibrator zwischen den Beinen hatte …

Ich fand das Spielzeug, kurz nachdem Finn uns abgesetzt hatte, und zunächst habe ich im Leben nicht gedacht, dieses verdammte Ding zu benutzen. Bis ich etwa um elf im Nachthemd vom Duschen kam und die Schachtel auf dem Nachttisch stehen sah.

Es war offensichtlich, dass Finn mir nur eins auswischen wollte und nicht erwartete, es *wirklich* zu benutzen, was den Wunsch danach bei mir aus irgendeinem Grund noch verstärkte. Ich entschied, es könne nicht schaden, ein Spielzeug einmal auszuprobieren, und das führt zum peinlichsten Augenblick meines ganzen Lebens.

»Finn, was, verfickt noch mal?« Es klingt wie ein schriller, panischer Hilferuf.

Ich setze mich auf und ziehe die Decke über meinen Körper. Ich trage nichts als einen BH und ein offenes Nachthemd, will aber nicht riskieren, noch mehr zu offenbaren, wenn ich jetzt versuche, es zu schließen.

Und was noch schlimmer ist, ich war so darauf bedacht, ihm nichts zu zeigen, dass ich ganz vergaß, das Spielzeug abzuschalten. So vibriert und pulsiert es weiter zwischen meinen Beinen, und der neue Winkel ist, nun ja, eine Offenbarung.

Fuck.

Nicht jetzt.

»Brauchst du ein bisschen Hilfe damit?« Finn lehnt im Türrahmen, die Arme vor der Brust verschränkt.

Ich möchte mich am liebsten auflösen, während er mich in aller Seelenruhe eingehend mustert.

Scheiße.

Dieser Blick.

Er sieht mich an wie ein Tier, das seine nächste Mahlzeit betrachtet. Wie ein Monster, das darauf wartet, unter meinem Bett hervorzukriechen und mich fürs Leben zu zeichnen.

Ganz zu schweigen davon, dass er meine Brust gesehen hat.

Der Horror.

Auch wenn das nur für ein paar Sekunden war, er –

Warte.

Mein Blick wandert zu seiner Hose, zu der Beule, die sich im Stoff abzeichnet, gegen die Nähte drückt. Er ist hart wie Stahl, und er schämt sich kein bisschen deswegen. Mein Mund öffnet sich, da wird mir klar …

Er hat mich nicht bloß für eine Sekunde gesehen, oder?

»Hast du dir das Ganze angesehen?«, schnauze ich ihn an, und meine Wangen glühen vor Wut und Scham.

»Eher zufällig mitbekommen.« Er zuckt mit den Achseln, cool wie eine verdammte Gurke, und der Druck zwischen meinen Beinen trifft die Entscheidung, dass *jetzt* der Augenblick gekommen ist, mich über mein Gehirn hinwegzusetzen. Mir kommt ein Seufzer über die Lippen, leise, aber deutlich zu hören.

Sofort leuchten seine Augen auf.

»Du findest, das fühlt sich gut an, Mitchell?«, meint Finn höhnisch, und dass er meinen Nachnamen benutzt, verstärkt zusammen mit dem gefährlichen Ton in seiner Stimme meine Verletzlichkeit. »Du denkst, das wäre etwas, verglichen mit dem, was ich mit dir tun könnte? Verglichen mit meiner Zunge und meinen Fingern? Niedlich.«

O mein …

»Außerdem machst du das falsch«, fügt er an und richtet seine bohrende Aufmerksamkeit auf das Spielzeug, das gerade meinen empfindlichen Punkt unter der Decke bearbeitet.

Meint er das ernst?

»Ich brauche deine Tipps nicht. Verpiss dich!«, schieße ich zurück.

»Ach, Süße … Ich würde dir mehr geben als nur Tipps.«

Mein leicht geöffneter Mund klappt ganz auf und ich fühle mich so hilflos, dass es mich ganz benommen macht. Ich darf ihm hier aber nicht die ganze Macht überlassen. Unter seinen Händen habe ich die vergangenen Wochen nur gelitten – theoretisch hatte das im Weinkeller mit einem anderen Körperteil zu tun – doch ich habe die Schnauze voll.

Ich habe genug davon, mich wie die Gefangene eines grausamen Prinzen zu fühlen.

Ich sollte diejenige sein, die ihn gefangen hält.

In dem Versuch, den Spieß umzudrehen, tue ich das Einzige, das mir in den Sinn kommt: Ich beachte ihn nicht. Also reiße ich meinen Blick von ihm los, und nachdem ich sichergestellt habe, dass die Decke meinen Körper verbirgt, lege ich mich bequem auf den Rücken.

Dann schiebe ich die Hand wieder unter die Decke, während das Zelt in seiner Hose seine schändlichen Gedanken nicht gerade verbirgt. Ich kneife die Augen zu und konzentriere alle meine Energie darauf, den Höhepunkt zu finden.

Aber ich habe den Punkt verloren.

Schon wieder.

»Zieh. Leine.« Mir klappern die Zähne, während ich vor den Augen des Sohnes von meinem Chef an mir herumspiele wie eine unter Sexentzug leidende Verrückte.

»Und die Show verpassen? Vergiss es«, stößt Finn aus, und in seinem Blick lodern tausend Feuer.

Und er meint das ernst.

Er lässt sich auf meiner Bettkante nieder und beobachtet, wie ich einem Orgasmus nachjage, der sich nirgends finden lässt. Ich muss ihn wohl höchstpersönlich hinauswerfen, was?

»Verschwinde«, sage ich noch einmal, aber die Lüge ist meiner Stimme anzumerken.

Da ist ein Teil von mir tief innen, der sich wünscht, dass er meine Forderung ignoriert. Ein Teil von mir will, dass er bleibt. Rasch schließe ich unter der Decke mein Nachthemd und ziehe das Spielzeug zwischen meinen Beinen heraus.

Ich schalte es ab und werfe es aufs Bett. Dann stürze ich mich auf ihn, will die Tür aufreißen und ihn hinauswerfen.

Ich habe die Tür kaum einen Zentimeter weit offen, als er mich am Handgelenk erwischt und die Tür wieder zuschlägt.

Meine Brust wird gegen die eiskalte Tür gepresst und ich schreie auf.

Finn packt auch mein anderes Handgelenk und legt mir die Hände hinter dem Rücken zusammen, als wolle er mir Handschellen anlegen und mich hinten in ein Polizeiauto werfen. In seiner Gewalt bin ich an die Tür gepresst und winde mich nach links und rechts, in der Hoffnung, mich zu befreien.

»Lass mich los«, zische ich über die Schulter, aber Finn lacht nur rau und tief, dass mich am ganzen Körper Schauer überlaufen.

Ich bin gefangen.

Er hat mich in sein Netz verstrickt, und er wird mich keinesfalls wieder laufen lassen. Ich holte tief Luft, als er ganz dicht herankommt und seine harte Brust gegen meinen Rücken drückt, damit ich mich nicht rühren kann.

»Lass mich los!«, wiederhole ich, um wenigstens meinen Stolz zu wahren.

Sein Atem fährt mir über den Rücken hinunter, während er mit dem Ohr ganz nah an mein Ohr kommt. »Versuchs doch.«

Ich gehorche, stemme mich gegen ihn und suche nach einem Weg, mich zu befreien, aber er weicht nicht zurück. Dabei spüre ich jeden Zentimeter seiner harten Länge an meinem Hintern. Je mehr ich mich winde, umso steifer wird er, und ich habe Angst …

Weil ich mich überhaupt nicht gefangen fühle.

Ich fühle mich lebendig, angetörnt, aber vor allem schäme ich mich, weil ich sein Stöhnen so genieße, wann immer ich mich *versehentlich* an seinem Schritt reibe.

»Sieh dich an, wie du deinen Arsch an meinem Schwanz reibst, wie die dreckige Lügnerin, die du bist«, grunzt Finn an meinem Hals, während er meine Locken fester packt. »Sag, dass du nicht willst, dass ich es dir gleich hier an der Tür besorge – aber das traust du dir nicht!«

»Als könntest du das«, antworte ich provokant.

Kurze Zeit sagt er nichts.

»Ist das eine Einwilligung?«, scherzt er dann, und ich kaue mir auf die Unterlippe. Da ich nicht den Mut habe, es laut auszusprechen, wähle ich die wortlose Alternative und reibe ihn heftiger mit meinem Hintern.

»Fuck, Dia.« Er klingt gequält, als könnte er das keine Minute mehr ertragen. Ich wiege mich gegen ihn, vor und zurück, und sage ihm lautlos, was er bereits weiß.

Ich, Diamond Mitchell, möchte, dass der Sohn meines Chefs an meiner Zimmertür unanständige Dinge mit mir treibt – oder sagen wir einfach, ich hoffe nicht unbedingt darauf, Mitarbeiter des Monats zu werden.

»Fuck, ich wette, du bist komplett feucht.« Damit liegt Finn richtig, und ich antworte, indem ich die Beine für ihn öffne.

Das ist es: Ich muss besessen sein.

Wieder kommt ihm ein Lachen über die Lippen. »Gib mir ein Ja, Juwel.«

Dia, geh nicht dorthin.

Geh nicht diese Straße mit ihm hinunter.

Geh ni-.

»J–ja«, würge ich hervor.

Zu spät.

»Braves Mädchen«, haucht er und fährt mit dem Finger an meinem Schenkel aufwärts. Ich stöhne unwillkürlich, als er mein Nachthemd anhebt und nur Zentimeter von der Stelle entfernt stehen bleibt, die bislang niemand berührt hat.

»Breiter«, befiehlt er und ich gehorche; ich biete ihm mehr von mir an und bebe vor Erwartung. Ich verliere den Verstand, als Finn mein Nachthemd ganz zur Seite reißt und einen Finger vorsichtig zwischen meine Schamlippen gleiten lässt.

Das geschieht tatsächlich.

Zum ersten Mal fasst mich ein Kerl an.

Und nicht irgendein Kerl.

Scheiße, es ist Finn Richards.

»So unglaublich feucht«, stöhnt er und ich verdrehe die Augen nach hinten, während er seinen Zeigefinger tiefer einführt, um das Wasser zu testen. Langsam fährt er wieder zwischen meinen Beinen auf und ab. Jedes Mal, wenn er meine empfindlichste Stelle streift, durchzuckt mich brennende Lust, doch er bleibt nie lange genug dort, um das Feuer zu löschen.

»Komm her«, knurrt er und fasst mich mit der rechten Hand von hinten am Hals. Mir springt das Herz beinahe aus der Brust, als er seine Lippen auf meinen Mund presst. Ich küsse ihn über meine Schulter, und das Gefühl, wie seine Zunge meine umspielt, setzt meine Sinne außer Kraft.

Himmel, ist das immer so?

Küssen alle Kerle so, oder *nur er*?

Meine Frage zerbricht, als er einen Finger in mich stößt. Einfach so nimmt er sich ein weiteres erstes Mal von mir, füllt mich nicht mit einem, sondern zwei Fingern aus, sodass ich in seinem Mund aufstöhne. Das Gefühl des Erfülltseins ist so überwältigend, gleichzeitig dehnt er mich bis an die Grenze, aber dann landet sein Daumen auf meiner Klitoris und kreist dort hart und schnell, sodass der Schmerz sofort in Vergessenheit gerät.

Ich kann selbst hören, wie ich immer erregter werde, während wir uns küssen, und spüre das Ergebnis seiner Finger, die in mich hinein- und hinausgleiten, feucht auf der Innenseite meiner Schenkel. Weniger als zwei Minuten später presse ich mich fester gegen seine Hand, weil ich mehr will. Das Mädchen, das dort im Dunkeln stöhnt, kenne ich nicht mehr. Sie ist mir fremd.

Gefährlich.

Impulsiv.

Leichtsinnig.

Sie denkt nicht, sie fühlt nur.

Wenn ich nicht so sehr damit beschäftigt wäre, die Hand meines Mitbewohners zu reiten und mich dafür zu hassen, würde ich versuchen, sie mir wie eine Hexe auszutreiben.

»Was willst du?«, fragt Finn dringlich. »Möchtest du, dass ich dich dehne? Sag es mir.«

Das Versprechen, mich nicht mit Finn einzulassen, das ich während der ersten Woche meinem Bruder gab, kommt mir in den Sinn, und mein Gewissen fordert mein Herz zum Duell …

»Du weißt, was ich will«, wimmere ich.

Eilmeldung: Mein Herz hat gewonnen.

»Scheiße, ja, das weiß ich.«

Das ist sein Stichwort, mich nicht mehr zu schonen.

Ich klatsche meine Handflächen an die Tür, als müsse ich mich gegen die überwältigende Lust wappnen, und tatsächlich fängt er an, mich zu fingern und meine heißeste Stelle so intensiv zu reiben, dass ich aufschreie und mein Stöhnen mit der Hand dämpfe.

Mir stockt der Atem, als er die Hand von meinem Hals nimmt und mein Nachthemd vollends herunterreißt. Der Stoff fällt mir in Wellen auf die Füße und Finn bedeckt mich von den Schulterblättern auf- und abwärts mit einer Spur von Küssen. Sofort ist auch eine Gänsehaut mit von der Partie. Dann bemerke ich, dass er seine Hand unter meinen BH schiebt, eine Brust umfasst und die Fingerspitze um meinen harten Nippel kreisen lässt.

Sein Mund, der in dem Moment auf meinen prallt, lässt mich vergessen, dass es das erste Mal ist, dass ich nackt vor einem Typen stehe – nun ja, fast nackt. Den BH habe ich immer noch an.

Alles geht viel zu schnell, aber auf keinen Fall darf er jetzt aufhören. Mein Stöhnen wird unterdrückt, als er mich abermals am Handgelenk packt und herumdreht, sodass ich mit dem Rücken gegen die Tür pralle. Seine Finger gleiten sofort wieder an die richtige Stelle und ich presse instinktiv die Augen zu.

Ich bringe es nicht fertig, ihn anzusehen.

Es ist eine Sache, wenn dich der Sohn deines Bosses von hinten anfasst, aber eine ganz andere, wenn du ihm ins Gesicht sehen musst, während er alle deine guten Vorsätze in Flammen aufgehen lässt.

Schon beim ersten Mal, als ich ihn sah, fühlte ich mich zu ihm hingezogen, und während ein Teil von mir bis ans Ende der Welt gehen würde, um so zu tun, als wäre das alles … eine dumme, bedeutungslose Anziehung … habe ich doch fast panische Angst, ihm in die Augen zu sehen und zu erkennen, dass es mehr ist.

Selbst wenn es nur für *mich* mehr ist.

Ich lasse die Augen für eine Weile geschlossen, wimmere und winde mich, während Finn meine pulsierende Stelle mit dem Daumen immer schneller bearbeitet. Einige Minuten später erreicht die Lust ihren Höhepunkt und ich fange an zu zittern. In meinen Zehen geht ein Feuerwerk los, schießt mir die Beine hinauf und mein zunehmendes Stöhnen spricht für sich.

»Ja. O Gott. *Ja.*« Ich kralle mich an seine Brust und bohre meine Nägel in seine tätowierten Schultern.

»Nein.« Seine Stimme rüttelt mich auf.

Was soll das bedeuten, *nein*?

»Was?« Ich reiße die Augen auf.

»Ich sagte Nein. Du kommst jetzt nicht.«

Wenige Sekunden vor meinem Orgasmus hört Finn auf.

Er hört einfach auf.

Er zieht die Finger zurück, löst sich von mir und geht Richtung Bett. Die Lust erstirbt sofort, mein Körper zuckt ein paarmal und die Stelle zwischen meinen Beinen fühlt sich furchtbar leer an.

»Was zum Teufel?«, winsle ich. »Was tust du?«

Er antwortet nicht.

»Du bist so ein Arschloch.«

Finn muss lachen.

Bevor ich michs versehe, ist er wieder zurück, aber …

Jetzt hat er das Sexspielzeug in der Hand.

Ist er deswegen gegangen?

Das Summen verrät mir, dass er den Vibrator eingeschaltet

hat. Ich biege meinen Rücken von der Tür weg, als er ihn auf meine überreizte Stelle setzt und auf die höchste Stufe schaltet. Dazu stößt er seine Finger tief in mich und ich weiß, dass, was auch immer für ein Orgasmus sich vorher angebahnt hat, im Vergleich langweilig gewesen wäre.

Sofort bin ich wieder an dem Punkt, wo ich eine Minute vorher aufgehört habe.

»Finn!« Ich klinge, als würde ich ihn anflehen, und ich hasse es.

»Jetzt.« Er gibt mir die Genehmigung. »Komm für mich, Dia. Komm über meine ganze verfickte Hand.«

Wieder kneife ich die Augen zu, aber der Versuch, mein Herz zu schützen, geht grandios schief, denn er küsst mich brutal und sagt: »Mach die Augen auf.«

Ich tue so, als hätte ich es nicht gehört.

»Schau mich an«, drängt Finn. »Scheiße, du sollst mich anschauen, wenn du kommst.«

Also gehorche ich.

Ich schlage die Augen auf und sehe alles, was geschieht.

Diese von Dämonen besessenen Augen, diesen schmutzigen, verdorbenen Mund. Die dunkle Aura, die ihn umgibt und mit meiner leuchtenden zusammenprallt. Und dann schreit mein Herz auf, als es begreift, dass ich unter seinen Fingern komme. Er hört mit seinen Bewegungen erst auf, als ich an der Tür zerfließe.

Finn lässt mich einen Moment zu Atem kommen, schmunzelt und starrt mir direkt in meine Seele, und dann sagt er: »So funktioniert das.«

Er beendet es mit einem Stoß, der mich noch einmal heftig aufstöhnen lässt, und zieht seine Finger aus mir heraus. Dann gibt er mir Zeichen, beiseitezutreten, öffnet die Tür und lässt mich stehen.

Einfach so.

Die Innenseiten meiner Oberschenkel sind komplett nass. Ich hebe mein Nachthemd auf, das am Boden Staub aufsammelt, und werfe es wieder über. Meine Beine zittern immer noch, als ich mich aufs Bett fallen lasse. Dort verliere ich mich in dem Urteil, das ich in seinen Augen gelesen habe.

Bis jetzt ist es nur eine Verlockung. Aber wenn ich zulasse, dass ich tiefer schürfe, dass ich einen guten Menschen erkenne, wo andere nur ein Monster sehen, dann könnte mehr daraus werden. Und da gibt es nur eine Lösung.

Sobald ich genug für ein Auto zusammen habe …

Bin ich weg aus diesem Haus.

14. KAPITEL

DIAMOND

Meine Dads haben immer gesagt, man solle vorsichtig sein mit dem, was man sich wünscht. Denn wenn man es bekommt, dann ist es manchmal das Allerschlimmste, das einem passieren kann …

Ich dachte, das wäre übertrieben, aber ich kann quasi hören, wie mich die Nummern in meinem Handy auslachen, während ich mit Lexie an der Leine die Auffahrt zum Haus hinaufgehe.

Meinen Kontoauszügen nach fehlen mir noch zweihundert bis zu meinem Ziel. Noch ein paar Tage Arbeit für Mr Richards, dann habe ich mehr als genug für ein Auto.

Und das ist gut.

Ich sollte froh sein.

Als Finn mir noch ein weiteres erstes Mal raubte, habe ich mir immerhin geschworen, dass ich diesem Haus den Rücken kehre, sobald mein Kontostand das erlaubt.

Aber … wenn ich mich jetzt verabschiede, müsste ich Lexie drei Wochen früher Lebewohl sagen. Meine Sachen zu packen würde bedeuten, sie nie wieder zu sehen. Ich glaube nicht, dass Mr Richards mich weiter hierhaben will, wenn er aus dem Urlaub zurück ist.

Im Haus ist es sonderbar still, als wir nach dem Nachmittagsspaziergang hereinkommen. In der Einfahrt stehen nur zwei Autos geparkt – ein rotes, von dem ich mir sicher bin, dass es Theo gehört, und ein silbernes, das ich noch nie gesehen habe.

Ist Theo jetzt wieder auf Dauer bei uns?

Oder nur zu Besuch?

Kaum, dass ich Lexie von der Leine lassen, steuert sie schon auf ihr Hundebett zu, lässt sich aufs Kissen fallen und ist praktisch sofort eingeschlafen. Zurzeit scheint sie ziemlich müde zu sein, was bei ihrem Alter nicht überraschend ist, aber der Verlust ihrer Energie lässt sich immer weniger leugnen.

Bei unseren Spaziergängen atmet sie nun auch schwerer. Als bereite es ihr Mühe. Zum ersten Mal war das an dem Tag, als es so unfassbar heiß war. Daher hatte ich mir nicht viel dabei gedacht, aber es passiert nun immer öfter. Der Tierarzt hat beim jährlichen Check-up ein paar Tests gemacht, aber wir warten immer noch auf die Ergebnisse.

Hoffentlich ist alles bald wieder wie immer.

Ich trotte zum Kühlschrank, um mir eine Flasche Wasser zu holen, und gehe langsamer, als ich drei Stücke Klebeband sehe, die oben an der Tür kleben – ohne Frage ein Gruß von Finn. Dort steht etwas geschrieben, und ich erkenne seine Handschrift wegen der Nachricht, die er vor drei Tagen dem Vibrator beigelegt hatte.

Theo zieht wieder hier ein, nur dass Du Bescheid weißt.

PS. Wenn er behauptet, ich hätte alle Cookies gegessen, die Du gebacken hast, dann lügt er.

PPS. Also gut, ich habe sie gegessen.

Ich schnaube und presse die Lippen zusammen, um ja nicht zu lachen. Ich will mich lieber nicht im Guten von ihm verabschieden, wenn ich gehe. Wenn meine letzte Erinnerung an ihn dieses verdammte Lächeln wäre, das einem das Herz stehen bleiben lässt, könnte ich das nicht ertragen.

Hinzu kommt, dass er sich mir gegenüber verblüffend anständig verhält, seit wir Semi-Sex hatten. Wir halten Smalltalk, grüßen uns, wenn wir uns begegnen, und verdrängen dabei weltmeisterlich, wie er mich in höchste Sphären gefingert hat.

Ich versuche, ihn aus meinem Kopf zu verbannen, greife mir mein Wasser und schließe den Kühlschrank. Dann gehe ich auf die Terrasse hinaus, um mich ein wenig in die Sonne zu legen, da bemerke ich, dass mir schon jemand zuvorgekommen ist.

Lacey Mattson, genau genommen.

Das Mädchen ist in der Schule bekannt als Kapitänin der Cheerleader-Mannschaft; sie ist Brielle Randalls *Freundin* – alle wissen, dass sich die beiden insgeheim hassen – und außerdem ist sie …

Theos Groupie.

Den Gerüchten nach pflegten Theo und sie den größten Teil des vergangenen Schuljahres eine Freundschaft mit gewissen Vorzügen, bis sie dachten, Lacey sei schwanger, was Theo dann regelrecht abgeschreckt hatte. Er drehte fast durch, ging auf Abstand, und seither sind sie nur noch mit Unterbrechungen zusammen und landen bei Partys gelegentlich zusammen im Bett.

Aveena, die schon sehr viel länger in Silver Springs lebt als ich, sagt, Lacey sei schon seit der dritten Klasse wie besessen von Theo, aber seit der Pubertät sei sie für Theo kaum mehr als eine ab und zu willkommene Abwechslung.

Wenn ich jetzt darüber nachdenke, würde ich Geld darauf wetten, dass sie es war, mit der Theo neulich bei Brodys Party abgehauen ist. Ihre Fick-Beziehung würde erklären, wieso sie hier ist.

Lacey liegt in einem violetten Bikini neben dem Pool auf einer Sonnenliege. Das Haar hat sie zu einem nachlässigen Dutt hochgesteckt, neben ihr liegt ein Handy. Sie schlägt die Augen auf, als sie hört, wie die Terrassentür wieder zugeht. Sie blickt mich an, und blinzelt kurz, aber ansonsten kann ich nichts aus ihrem sonnenverwöhnten Gesicht lesen.

Ich weiß nicht recht, was ich tun soll.

Soll ich mich vorstellen? Sie fragen, was sie hier tut? Nach meinen Begegnungen mit Brielle und Louise zu urteilen, haben die Cheerleaderinnen der Easton High nicht viel für weniger beliebte menschliche Wesen übrig.

Deshalb gehe ich davon aus, dass sie mich ignoriert, wie das alle anderen aus der Cheerleader-Truppe tun würden, aber dann …

»Hi, ich bin Lacey.«

Sofort blicke ich mich um, um sicher zu sein, dass sie mich meint. Sie muss darüber kichern und setzt sich auf.

»Ja genau, du.« Sie lacht noch einmal. »Du musst die Housesitterin sein – Diana, nicht wahr?«

Bei jeder anderen Cheerleaderin würde sich die Frage wie eine Beleidigung anfühlen – eine Möglichkeit, mich herunterzumachen, indem man mich beim falschen Namen nennt, aber dieses Gefühl habe ich hier nicht. Es hört sich nach einem echten Versehen an, und ich beschließe, es als solches zu behandeln.

»Diamond«, verbessere ich sie mit einem Lächeln. »Aber die meisten nennen mich Dia.«

»Scheiße, tut mir leid.« Sie winkt mich näher heran. »Komm doch herüber. Ich will verdammt sein, wenn ich das übermenschliche Wesen nicht wenigstens kennenlerne, das es den ganzen Sommer mit Finn Richards aushält.«

Jetzt muss ich kichern und gehe zur anderen Sonnenliege hinüber.

»Setz dich doch.« Sie klopft auf die freie Liege und ich gehorche mit einem Kloß im Hals, bleibe aber wachsam. Als könnte sie sich plötzlich von einer ganz anderen Seite zeigen.

Denn ein Mädchen, das alles hat, was man sich nur wünschen kann, kann doch unmöglich so nett sein, oder?

»Mädchen, wie machst du das? Ich muss es wissen.« Sie stupst mich mit dem Ellenbogen an.

»Ich brauche ein Auto. Das ist der Grund«, räume ich ein.

Sie grinst. »Du hast meinen vollen Respekt. Echt. Theo hat mir gesagt, Finn wäre dir gegenüber ein echtes Arschloch.«

»Wo wir gerade davon sprechen, du weißt nicht zufällig, wo

die Jungs sind?« Ich sitze mit übergeschlagenen Beinen auf der Liege.

»Ne.« Lacey legt sich wieder zurück und klappt die Sonnenbrille herunter. »Theo sagte, er wolle mich hier treffen, aber dann ist er zwei Minuten später mit Finn losgezogen. Seither sind sie nicht wieder hier gewesen.«

»Warte mal, er hat dich gebeten, herzukommen, und ist dann gegangen?«

Sie nickt.

»Miese Nummer«, bemerke ich und sie kichert.

»Glaub mir, ich wäre *wirklich* gekränkt, wenn Finn keinen beheizten Pool hätte.«

Ich lache. »Irgendeine Ahnung, wohin sie gegangen sind?«

Sie zuckt mit den Schultern. »Sie sagten irgendetwas davon, eine Schuld zu begleichen. Keine Ahnung, was das bedeutet.«

Eine Schuld zu begleichen?

Muss Theos Schuld sein. Schwer zu glauben, dass sich ein Millionärssohn mit *irgendwas* zufriedengeben würde.

»Dein Haar ist echt klasse, übrigens.« Sie sieht mich an. »Im Ernst, ich würde sterben für solche Locken.«

»Oh, wow, ich … danke«, stammle ich angesichts des unerwarteten Kompliments.

Ich warte darauf, dass unsere Unterhaltung stirbt.

Aber das tut sie nicht.

Wir reden noch ein bisschen darüber, dass Finn ein Arschloch ist und sich Theos Eltern wie ätzende Tyrannen aufführen, die ihren Sohn beim geringsten Anlass in die Wüste schicken. Wir plaudern noch mehr als fünfzehn Minuten und ich komme zu dem Schluss, dass Lacey Mattson im Grunde ein anständiger Mensch ist. Klar, sie ist ein privilegiertes weißes Mädchen mit einem perfekten Körper und perfekten reichen Eltern, aber trotzdem ist sie *nett*.

Ihr klingelndes Handy beendet unsere Unterhaltung.

»Ach, Mist.« Sie checkt ihr Telefon. »Ich muss nach Hause. Ich schmeiße heute eine Party, und jetzt kommen meine Mädels, damit wir uns zusammen fertig machen können.«

»Geh nur. Ich sage Theo Bescheid, dass du losmusstest.« Ich lächle.

»Du bist ein Engel.« Sie schaltet den Klingelton ab und stützt sich von der Liege hoch.

Nach zwei Schritten bleibt sie stehen. Zuerst denke ich, sie hat etwas vergessen, aber dann dreht sie sich um und blickt mich mit ihren strahlenden Augen an.

»Willst du mitkommen?« Es hört sich nicht an, als würde sie scherzen.

Meine Gehirnfunktion lässt mich im Stich. »Z-zu der Party?«

»Nein, nach Disneyland – natürlich, zur Party, Dummerchen.« Sie lacht auf. »Das wird lustig werden. Ich stelle dich meiner Clique vor, wir werden tanzen und Spaß haben. Was meinst du?«

Sie versucht, mich zu überzeugen.

Noch mal zum Mitschreiben: Lacey Mattson, Kapitänin des Cheerleading-Teams, versucht mich, Diamond Mitchell, *die nur eine einzige Freundin hat*, davon zu überzeugen, zu ihrer Party mitzukommen. Als hätte ich nicht all die Jahre auf der Highschool gehofft, mal irgendwo eingeladen zu werden oder so.

»Sicher, warum nicht?«

»Super«, quiekt sie. »Gib mir mal deine Nummer. Ich schicke dir die Adresse. Aber bestimmt kannst du nachher auch mit Theo mitfahren.«

Eine Minute später ploppt auf meinem Handy die Nachricht mit ihrer Adresse auf.

»Bis heute Abend.« Lacey schenkt mir noch mal ein Lächeln und macht sich auf den Weg.

Ich kann keinen Muskel rühren, sehe ihr nach und frage mich, ob ich mir das alles eingebildet habe …

Nur, das habe ich nicht.

Ich habe mir überhaupt nichts eingebildet.

Und heute Abend?

Heute Abend gehe ich zu meiner ersten Party.

* * *

»Warte auf mich!« Mein Ruf schallt durch das ganze Haus, als ich voller Aufregung die Treppe hinunterrenne. Theo hat mir eine Nachricht geschickt, sie würden bald losfahren, und ich habe mich ganz bestimmt nicht drei Stunden lang fertig gemacht, um dann eine Mitfahrgelegenheit zu verpassen.

Kurz betrachte ich mich im Spiegel in der Diele.

Ich bin selbstbewusst genug zu sagen, dass ich gut aussehe. Meine Haare sind geglättet, was dank meiner dicken Locken ungefähr ein Jahrzehnt gedauert hat, und dann ging's los mit dem Make-up – Mascara, Lidschatten, Lippenstift, *das volle Programm*.

Einen Augenblick später stürme ich in die Küche und trage High-Waist-Jeans mit einem schulterfreien Top. Ich habe geschlagene vierzig Minuten darauf verschwendet, das Outfit auszusuchen. Finn und Theo stehen um die Kücheninsel herum, die Augen auf ihre Handys gerichtet. Nur Theo schaut auf, als ich hereinkomme.

»Verdammt, Dia. Das ist eine Party. Nicht der Abschlussball«, neckt mich Theo.

Ich zeige ihm den Mittelfinger und sein Lächeln wird noch breiter. Nun blickt auch Finn zu mir und ich sehe, wie er schlucken muss, während er mich von oben bis unten mustert.

Eigentlich erwarte ich ein Kompliment, aber dann verhärten sich seine Züge. »Du kommst nicht mit.«

Süß, dass er das glaubt.

»Versuch doch, mich aufzuhalten.«

Finn schockiert mich, indem er sein Telefon mit dem Bildschirm nach unten auf den Küchentresen knallt. »Habe ich gestottert oder was? Du kommst nicht mit.«

»Doch.« Ich kopiere seinen Tonfall. »Lacey hat mich eingeladen.«

Er höhnt: »So was nennt man Mitleid. Niemand will dich dort haben.«

Angesichts seiner grausamen Worte dreht sich mir der Magen um.

»Dir ist schon klar, dass ich umso dringlicher dort hinwill, wenn ich weiß, dass du mich dort nicht haben willst, oder?«

Finn schäumt vor Wut, antwortet aber nicht, sondern ballt die Fäuste und raunt Theo resigniert zu: »Ich bin dann im Wagen.«

Er schlägt die Haustür hinter sich zu und Theo und ich blicken uns verwundert über seinen Ausraster an. Noch vor ein paar Stunden hat er mir eine wichtige Notiz am Kühlschrank hinterlassen, und jetzt macht er einen Aufstand, weil ich zu einer Party gehen will, zu der man mich *eingeladen* hat?

Warum ist er nur so versessen darauf, mich von dieser Party fernzuhalten?

Theo zieht seine Schlüssel aus der Tasche und deutet mit einer Geste auf die Tür, was meine Gedankenspirale aufhält. Ich habe keine Ahnung, was mich diesen Abend erwartet, aber hey, er kann eigentlich nicht schlimmer werden, als er angefangen hat …

Oder?

* * *

Lacey: Schick mir eine Nachricht, wenn du da bist.

Mit dem Handy in der Hand folge ich Theo und Finn ins Haus von Lacey und rechne mit zwei gleichermaßen wahrscheinlichen Möglichkeiten.

Erstens: Lacey hat mich eingeladen, weil ihr meine Gesellschaft gefällt und sie meine Freundin sein möchte. Oder zweitens: Mein Leben wurde gerade zu einer miesen Neuverfilmung von »Carrie«, und Lacey hat mich nur eingeladen, um mich zu demütigen.

Vielleicht hat ihr Brie das eingeredet?

Oder steckt Louise dahinter?

Beide hatten in letzter Zeit nicht besonders viel für mich übrig. Angesichts der Tatsache, dass Finn meinen Namen gestöhnt hat, als er mit Lou im Bett war, und dass ich Brie und Finn an meinem ersten Arbeitstag beim Vögeln gestört habe, würde ich mich wahrscheinlich auch nicht mögen. Jedenfalls weiß ich, ich gehöre hier nicht her. Und das wird mir endgültig klar, als ich in die chaotischste Party der Menschheitsgeschichte hereinplatze.

Das Haus ist proppenvoll; dichter Rauch und eine Mischung aus Schweiß und Kotze erregen in mir sofort Brechreiz, während wir uns durch die Menge schieben. Die Musik lässt mir fast die Ohren platzen, aber das stört mich weniger als die unerträgliche Hitze hier.

»Cox, Richards, bewegt eure Ärsche mal hier rüber«, ruft ein Basketballer, der gerade Bier-Pong spielt, den beiden zu. »Wir brauchen euch.«

»Ich schreibe dir eine Nachricht, wenn wir aufbrechen«, sagt mir Theo, der als Fahrer vorgesehen ist, bevor er zu seinen Kumpels geht. Finn folgt, ohne mich eines einzigen Blickes zu würdigen.

Ich sehe, wie Finns Freunde bei seinem Eintreffen jubeln und ihn auf die Schulter klopfen, als wäre er ein leibhaftiger Gott. In dem Moment wird mir klar, dass ich lieber riskiere, von Lacey und ihren fiesen Freundinnen gedemütigt zu werden, als den ganzen Abend allein zu verbringen.

Ich hätte ja Aveena eingeladen – immerhin ist sie meine einzige Freundin auf der Welt –, aber ich weiß, Vee würde sich lieber bei jeder Mahlzeit bis ans Ende ihrer Tage verschlucken, als sich bei einer Party sehen zu lassen. Beim Gedanken an Partys und beim Geruch von Alkohol wird ihr sofort mulmig.

Ich bin auf mich gestellt, so oder so.

»Ich bin da«, schreibe ich Lacey und habe irgendwie kein gutes Gefühl dabei. Sofort kommt ihre Antwort.

Lacey: Wo?

Ich schreibe ihr zurück.

Dia: Küche.

Es vergeht keine Minute, da schneidet ihre Stimme durch die Musik. »Dia!«

Ich sehe, wie sie mir von der Tür aus winkt, eine Flasche Rosé in der rechten Hand. Ich setze ein Lächeln auf, schiebe meine Bedenken beiseite und arbeite mich zu ihr hinüber.

»Wird aber auch Zeit.« Sie kichert angetrunken und gibt damit preis, wie viel sie schon intus hat.

Die kurze Antwort? *Eine Menge.*

Sie schlingt mir die Arme um den Hals, zieht mich in eine Umarmung und überrascht mich damit. War ich vielleicht etwas paranoid? Lacey ist nicht Brie. Oder Louise. Soweit ich das beurteilen kann, hat dieses Mädchen mehr Güte im kleinen Finger, als ihre Cheerleader-Freundinnen jemals im ganzen Körper besitzen werden.

Ich will nicht behaupten, dass sie nicht auch anders kann – das hat sie ein- oder zweimal mit Brie bewiesen –, aber sie ist eine angenehme Abwechslung vom üblichen Miststück-Stereotyp.

»Du brauchst was zu trinken.« Sie fasst mich am Arm und führt mich zum Weinkühler in der Küche, der mit allen möglichen Getränken gefüllt ist.

»Magst du Wodka?« Lacey holt eine Flasche heraus und reicht sie mir. Reflexartig drehe ich den Deckel auf und schnuppere daran. Sofort sticht mir der Alkohol in der Nase.

Heilige Scheiße.

»Ich glaube …?«, winde ich mich und Lacey muss lachen.

»Du hättest dein Gesicht sehen sollen. Ich will doch nicht, dass du das pur trinkst.«

Nein?

»Komm schon.« Sie kommt aus der Hocke wieder hoch und geht zum Kühlschrank. »Bloody Mary, okay?«

Da brauche ich nicht lange zu überlegen, denn das hatte ich – alkoholfrei – im Restaurant meines Dads schon zahllose Male getrunken.

»Auf jeden Fall.« Ich nicke und Lacey holt einen Karton Tomatensaft aus der Kühlschranktür. Dann macht sie sich ans Werk und ich beiße mir kurz auf die Zunge, als sie für meinen Geschmack ein bisschen zu viel Wodka hineinkippt.

Dann garniert sie das Ganze mit einem Selleriestrunk, verkeilt diesen mit Eiswürfeln am Glasrand und reicht mir den Drink.

Es ist wirklich seltsam.

Dass ich hier bin.

Und von Lacey Mattson den ersten echten Drink meines Lebens angeboten bekomme.

Ich komme nicht darüber hinweg, dass ich das eigentlich zusammen mit Aveena tun sollte … aber andererseits hat meine beste Freundin gelobt, keinen Alkohol anzurühren, nachdem sie miterleben musste, welche Probleme ihr Vater damit hatte.

Früher habe ich sie dafür bewundert, dass sie nicht dieselben Fehler machen möchte wie ihr Dad, aber jetzt? Mir wird klar, dass ich mir selbst Vorwürfe gemacht habe, weil ich mir andere Sachen wünsche. Ich dachte, wenn sie auf Alkohol, Jungs und Partys verzichtet, dann sollte ich das auch, aber …

Vielleicht sollte ich lieber für mich selbst entscheiden, was ich will, und was nicht. Meine eigenen Fehler machen und aus ihnen lernen.

Lacey klatscht vor Begeisterung in die Hände und trällert: »Versuch es. Versuch es.«

Ich gebe nach und führe das Glas an den Mund. Der erste Schluck ist einfach überwältigend, der Wodkageschmack viel stärker als erwartet, aber ich gewöhne mich rasch daran.

»Und? Ist er gut?«, fragt Lacey.

»Lecker. Du hast es echt drauf«, lobe ich sie. Sie wirft theatralisch ihr Haar über die Schulter und ich muss kichern.

»Los jetzt, ich stelle dich meinen Freundinnen vor.« Wieder nimmt mich Lacey am Arm und bugsiert mich ins Wohnzimmer, wo alle sorglos tanzen. Meine Beine wiegen plötzlich tausend Kilo, als ich Brielle, Louise und eine andere Cheerleaderin namens Hadley aus der Ferne sehe.

Jetzt ist es so weit, nicht wahr?

Der Moment, in dem sie mich vor allen anderen demütigen?

»Jetzt habe ich sie gefunden«, informiert Lacey ihre Clique.

Brielle und Louise wenden mir ihre Aufmerksamkeit zu, und ihren Blicken ist abzulesen, dass sie nicht darauf gefasst waren, mich hier zu sehen.

»Leute, das ist Diamond.« Lacey nimmt einen Schluck Rosé direkt aus der Flasche. »Aber ihr ist es lieber, wenn man Dia zu ihr sagt.«

»Und mir wäre es lieber, Spucke zu trinken, als Teil dieser Unterhaltung zu sein.« Louises abfällige Bemerkung lässt mein Herz in die Hose sinken.

Dann marschiert sie davon.

Also … kann man sagen, sie ist nicht gerade der Typ, der schnell verzeiht?

Einige lange Sekunden sagt niemand etwas.

Bis sich Hadley zu Wort meldet. »Hör nicht auf sie. Sie ist ein Miststück, wenn sie trinkt.« Hadley schenkt mir ein Lächeln voller Verständnis, aber ich starre wie gebannt auf ihr wunderbares rotes Haar und bringe keine Antwort heraus.

»Bitte, sie ist ein Miststück, wenn sie atmet«, erwidert Lacey, und Hadley und ich lachen. Ich dachte schon immer, Hadley Queen wäre die natürlichste und irgendwie *normalste* von allen Cheerleadern an der Easton High.

Ihre Mom hat einen Laden in der Stadt. Sie kommen gut über die Runden, sind aber nicht reich wie Lacey oder Brie. Und ganz bestimmt nicht *abartig* reich wie Finn. Vergangenes Jahr hat sie das Cheerleading-Team verlassen, weil sie ihrer Mutter helfen musste, nachdem ihr Zwillingsbruder beim einzigen Raubüberfall in der Geschichte von Silver Springs getötet wurde.

Man hört, dass sie nicht mehr lange da sein wird. Ihre Mutter hat den Laden nach dem Vorfall zum Verkauf ausgeschrieben. Sie konnte es nicht mehr ertragen, dort zu arbeiten, wo ihr eigenes Kind das Leben verlor.

»Du bist auch an der Easton, oder?«, fragt Hadley.

Ich nicke. »Aber du bist nicht hier aufgewachsen, nicht wahr?«, stellt sie die Tatsachen fest. Ich könnte wetten, sie kennt alle, mit denen sie jemals im Kindergarten war, wie ihre Westentasche. Wie das in einer Kleinstadt eben so ist.

»Ja, meine Familie ist zu meinem Freshman-Jahr hierhergezogen.«

»Faszinierend«, schnaubt Brie.

Ich dachte, vielleicht könnte sich Brie beherrschen und mich nicht wie einen Haufen Scheiße behandeln, da ich doch ihr dunkelstes Geheimnis kenne und ihr Leben ruinieren könnte, aber nein. Immer noch eine Bitch.

»Wollt ihr Shots?« Lacey ignoriert Brie.

Ohne unsere Antwort abzuwarten, führt uns Lacey in ein Zimmer, das nach einer typischen Männerhöhle aussieht – Flachbildfernseher, lederne Fernsehsessel, Sportposter an der Wand und ein kleiner Kühlschrank in der Ecke.

»Ich glaube, ich habe hier noch ein paar Jell-O-Shots.« Lacey öffnet den Kühlschrank und zaubert ein Tablett hervor, auf dem kleine Shots mit Kirschgeschmack stehen. »Mist, einer zu wenig.« Sie verteilt die kleinen Becher, bis nur noch einer übrig bleibt. »Greif zu.« Lacey hält mir das Tablett hin.

»Willst du ihn denn nicht?«

»Ne, du wohnst mit Finn zusammen. Glaub mir, du brauchst ihn dringender als ich«, lacht sie und ich kneife ein paarmal die Augen zu, weil sich das Zimmer um mich zu drehen beginnt.

Mann, ich vertrage wirklich gar nichts.

»Eigentlich habe ich schon genug.« Ich lächle gezwungen.

»Sie ist sich wohl zu gut zum Saufen oder was?«, fragt Brie abwehrend.

»Was? Nein, ich –«

»Gott, Lacey, wo hast du dieses Mädchen ausgegraben?« Brie lacht höhnisch, weshalb mich dann alle Mädchen im Kreis ansehen. Warum kommt es mir vor, als ob ich gerade bei irgendeinem Test durchfalle?

»Ich …«

»Komm schon, nicht so schüchtern«, bohrt Brie weiter und es kommt mir vor, als würden sie gerade entscheiden, ob ich jemals wieder unter ihnen sein darf. Man könnte meinen, mein Schutzschild ist aus Glas, so leicht wie er unter ihrer Beobachtung in sich zusammenfällt.

Augenblicklich gebe ich meine Überzeugungen auf und greife nach dem Jell-O-Shot. Die Mädchen feuern mich an, während ich den Kopf in den Nacken lege und das Zeug in einem Zug hinunterkippe.

»So habe ich mir das vorgestellt.« Lacey grinst, legt mir den Arm um die Schulter und drückt mich.

Gleich darauf reißt Axel Fletcher die Tür auf. »Scheiße, endlich«, sagt er, als er uns sieht. »Randall, Queen, jetzt seid ihr dran beim Bier-Pong. Letzte Gelegenheit.«

»Fuck, wir kommen.« Hadley zieht Brie hinter sich her und folgt Axel zurück in die Küche.

»Jetzt will ich tanzen!«, sagt Lacey, kaum dass die beiden gegangen sind, und sie führt mich zurück ins Wohnzimmer. Die nächste Stunde tanzen wir, reichen die Flasche Rosé hin und her und lassen uns so lächerliche Tanzmoves einfallen, dass mir irgendwann der Bauch vor Lachen wehtut.

»Ich muss jetzt aber echt aufs Klo«, gebe ich zu und sehe mich nach einer Toilette um. Im Gang entdecke ich eine lange Schlange von betrunkenen Leuten und stöhne: »Toll, das dauert jetzt sicher eeeeewig.«

Falls das nicht deutlich genug war: Das Angetrunken-Schiff hat abgelegt.

Noch ein Schluck und ich befinde mich ganz offiziell auf dem Besoffen-Territorium.

»Komm –«, *hicks,* »– her.« Lacey winkt mich zu sich. Sie hat inzwischen eine starke Fahne. »Hinten haben wir ein Gästehaus. Der Schlüssel liegt unter der Fußmatte. Du kannst das Klo dort benutzen.«

»Du bist die Beste.« Ich ziehe sofort los und arbeite mich auf der Suche nach der Tür zum Garten durch die Menge. Immerhin finde ich diese auch recht schnell, habe aber fünf Minuten nach dem Schlüssel unter der Fußmatte gesucht.

Draußen ist es fast stockfinster. Laceys Haus liegt weit abgelegen von allen anderen am Waldrand bei einem gruseligen Wanderweg, den – wie ich weiß – die jungen Leute nachts gerne benutzen, um sich ein bisschen zu gruseln. Außerdem verlaufen hier alte verlassene Eisenbahnschienen.

Den Schlüssel finde ich schließlich in einer Topfpflanze, und als ich fertig bin, achte ich darauf, die Tür wieder abzuschließen. Ich habe eben den Schlüssel unter die Matte gelegt, als ich zwei Leute streiten höre.

»Ratenzahlung? Wer, verfickt noch mal, glaubst du, bin ich?

Eine Bank? Eine verdammte Wohltätigkeitsorganisation?«, schnauzt ein Mann wütend, und in jedem anderen Szenario würde ich schnell zurück zur Party laufen, aber …

Die Stimme, die ich nun höre, lässt mich wie angewurzelt stehen bleiben. »Ich sagte doch, dass du dein Scheißgeld zurückbekommst.«

Diese Stimme.

Es ist Finn.

Was zum Teufel hat er hier hinten verloren?

Das war wohl, was Lacey meinte, oder?

Als sie sagte, die Jungs müssten noch eine Schuld begleichen? Finn schuldet jemandem Geld. Er muss schon früher versucht haben, diese Person zu überzeugen. Und dass dieser Jemand jetzt für Runde zwei zurückgekommen ist, bedeutet, dass es nicht so gut gelaufen ist.

Kauft Finn etwa Drogen? Und wie kann es überhaupt sein, dass der Sohn eines *Millionärs* Schulden hat?

Vorsichtig spähe ich um die Ecke des Gästehauses, damit ich mehr sehen kann. Im Mondlicht entdecke ich zwei Silhouetten; die eine erkenne ich als Finn, die andere muss der zwielichtigste Typ sein, dem ich je begegnet bin.

Er trägt schäbige Jeans, einen schwarzen Kapuzenpullover und eine Stalker-Baseballcap. Er ist mindestens zehn Zentimeter kleiner als Finn und sieht aus, als hätte er seit Monaten nicht mehr geduscht.

»Glaubst du, ich weiß nicht, wo du wohnst?«, droht der Zwielichtige. »Dass dein Daddy nur so in Geld schwimmt?«

Für Finn scheint die Unterhaltung zu Ende zu sein, denn er trinkt einen Schluck von seinem Bier und wendet sich zum Gehen.

Der zwielichtige Kerl ist aber noch nicht fertig. »Sie ist echt süß. Das Mädchen, mit dem du vorgefahren bist – schwarzes Haar, stramme Figur. *Guter Geschmack.*«

Hat er mich gesehen?

Sofort begreife ich.

Wollte Finn etwa deshalb nicht, dass ich zu dieser Party gehe?

Weil er wusste, dass er … Gesellschaft bekommen würde?

»Ist sie dein Mädchen?«, setzt der Typ nach, aber Finn geht einfach weiter. »Was hältst du davon, wenn ich mal bei ihr vorbeischaue und mir nehme, was du mir schuldest?«

Finn bleibt sofort stehen.

Dann stellt er sein Bier ins Gras und geht so schnell auf den Widerling los, dass sein *Dealer* vor Schreck rückwärts gegen einen Baum prallt.

»Pass auf, was du sagst«, knurrt Finn, die Dunkelheit in seiner Stimme erschüttert mich bis ins Mark.

»Verdammt, habe ich wohl einen Nerv getroffen, was?«, schnaubt der merkwürdige Kerl. »Dann *ist* sie also dein Mädchen?«

Finn schweigt für einen Moment.

»Housesitterin«, räumt er ein.

Der Typ gackert. »Daddys Angestellte, was? Mann, das muss ja ätzend sein! Mit so einem Mädchen zusammen zu leben und sie nicht anrühren dürfen.«

Nur … er hat mich angerührt.

Im Weinkeller.

An meiner Zimmertür.

»Weißt du, was?« Er tritt näher an Finn heran. »Du willst, dass ich mir das mit der Ratenzahlung überlege? Dann gehst du jetzt wieder rein, bringst das Housesitter-Mädchen hier in den Wald heraus, und dann werde ich das enge kleine Arschloch für dich zerstören.«

Das bringt bei Finn das Fass zum Überlaufen.

Ich muss mir die Hand auf den Mund pressen, als Finn den Typen an der Kehle packt, ihn mit dem Rücken gegen den Baum schmettert und dann ohne jede Mühe ein Stück in die Höhe liftet.

»Willst du das noch einmal sagen?«, droht Finn, nur Zentimeter vom Gesicht des anderen entfernt. »Komm schon, wenn du dich traust. Sprich noch einmal über sie, *dann sehen wir, was passiert.*«

Der Kerl versucht, Finns Shirt, Gesicht oder Hals zu erwischen, während er nach Luft schnappt.

Finn konnte ihn nicht einfach schlagen wie ein normaler Mensch.

Er *stranguliert* ihn.

»Wenn du ihr auch nur ein Haar krümmst –« Finn presst dem Typen die Kehle so fest zusammen, bis dieser ein verstörendes Röcheln von sich gibt, dass es mir eiskalt den Rücken hinunterläuft. »– wenn du auch nur daran denkst, dich ihr zu nähern, sie anzusehen oder auch nur in ihre Richtung zu atmen, dann werde ich dich mit bloßen Händen umbringen, hast du das verstanden?«

Der Kerl japst mit immer größerer Verzweiflung und seine Versuche, sich zu befreien, werden schwächer, während er erstickt.

Er wird ihn umbringen.

Ich denke nicht lange nach, sondern springe hinter dem Gästehaus hervor und schreie aus voller Kehle Finns Namen. Er reißt den Kopf herum und lässt den Typen los.

Ich weiß nicht, was er denkt, als er mich dort stehen sieht, wie ich gesehen habe, wie bei ihm die aller dunkelste Seite das Kommando übernimmt.

Der seltsame Typ hustet sich die Lunge aus dem Leib, nutzt aber dann die Gelegenheit und türmt in Richtung Wald. Es ist so finster, dass ich ihn sofort aus den Augen verliere.

»*Fuck!*«, schnauzt Finn und blickt mich böse an, als wäre das alles meine Schuld.

Als wäre er sauer auf mich, weil ich ihn davon abgehalten habe, jemanden zu erwürgen. Eine ganze Weile sagt er gar nichts, fährt sich dann seufzend mit den Händen übers Gesicht.

»Was zum Teufel war das denn?«, rufe ich.

»Kümmere dich um deine eigenen Scheißangelegenheiten.« Finn hebt sein Bier wieder vom Rasen auf und verschwindet dann im Wald.

Ich habe keine Ahnung, ob er dem merkwürdigen Typen hinterherjagt oder einfach nur in der Stimmung für einen nächtlichen Spaziergang ist, aber während mein Mitbewohner tiefer in den Wald hinters Laceys Haus eintaucht, besteht für mich nicht der geringste Zweifel.

Wo immer er hingeht …

Gehe ich auch hin.

15. KAPITEL

DIAMOND

Bei Horrorfilmen hatte ich immer schreckliche Angst.

Schon immer habe ich Mädchen bewundert, die sich so was reinziehen, ohne sich in die Hose zu machen, aber ich? Ich bin überhaupt nicht mutig. Dafür bin ich allerdings … total *dumm*.

Die Art von dumm, dass ich dem Sohn meines Bosses mitten in der Nacht in einen Wald folge und ihn nach kaum zwei Minuten schon verloren habe, und das ohne Netzempfang.

Das Gute ist allerdings, dass man gar keine Horrorfilme anzusehen braucht, wenn man in einem lebt.

Seit dreißig Minuten irre ich jetzt auf dem Weg hinter Laceys Haus herum. Ständig blicke ich über meine Schulter, weil ich fürchte, ein Axt-Mörder könnte aus einem Gebüsch springen und mich in Stücke hacken.

Dann kommt mir der Ahorn links von mir sehr bekannt vor, weil ich ihn zum dritten Mal sehe. Ich bin im Kreis gelaufen.

In die Rinde sind zwei Buchstaben eingeritzt.

H + N.

Jetzt habe ich also nicht nur Finn verloren, sondern auch die Orientierung.

Gut gemacht, Dia.

Aus Angst, im Wald von irgendeinem Tier verschlungen zu werden, habe ich es bislang vermieden, den Weg zu verlassen, aber ich kann nicht ewig im Kreis wandern. Vielleicht führt der einzige Weg hinaus ja mittendurch?

Also biege ich vom Weg ab, hole die Hausschlüssel aus der Tasche und balle eine Faust darum. Nicht, dass ich glaube, ein Schlüsselbund würde einen Bären davon abhalten, mich bei lebendigem Leibe zu verspeisen, aber mit einer besseren Verteidigung kann ich im Augenblick nicht dienen. Außerdem sind wilde Tiere nicht das Einzige, das mir Sorgen macht. Finns zwielichtiger *Freund* könnte auch noch hier im Wald herumstreifen.

Schon stechen mir Tränen in den Augenwinkeln, und ich trotte im Licht meines Handys weiter durch den Wald. Ich muss die stillgelegte Bahnlinie erreicht haben, als ich beinahe über die rostigen Schienen stolpere, die von Wurzeln und Unkraut überwuchert sind.

Ich habe keine Ahnung, wo sie hinführen.

Möglicherweise gerate ich nur noch tiefer in den Wald, wenn ich der Bahnlinie folge, aber mir fällt keine bessere Lösung ein, um wieder Handyempfang zu bekommen. Fünfzehn Minuten lang gehe ich weiter, bis ich an den Waldrand komme, dann bleibe ich stehen. Vor mir ragt das hölzerne Gerüst der örtlichen Brücke auf.

Silver Bridge.

Benannt nach der Stadt. Früher, als die Leute immer noch fanden, Eisenbahnen seien eine prima Sache. Mit dem Zug, so glaubte man, käme man schnell und günstig in die Nachbarstädte. Ein Zeichen für den Aufschwung von Silver Springs. Da wusste man noch nicht, dass auch die Zahl der Todesopfer rasch ansteigen würde.

Silver Bridge wurde rasch zu einem Treffpunkt der Jugend. Man verabredete sich dort, um nachts die Lichter der Stadt zu beobachten, die von dort oben zugegebenermaßen *atemberaubend* aussehen. Die Kids hingen zusammen ab, betranken sich und liefen rasch davon, wenn sie den Zug kommen hörten.

Siebenunddreißig Jugendliche kamen gleich im ersten Jahr auf der Silver Bridge ums Leben.

Manche stürzten von der Brücke hinunter auf die Felsen; andere wurden von den Zügen zermalmt. Man stellte jede Menge Warnschilder auf, aber die Teenager machten weiter. Jeder dachte, ihnen könnte so etwas nicht passieren.

Bis heute sind Hunderte dort gestorben – die meisten davon minderjährig. Die Stadt machte der Sache ein Ende, als auch ein Sprössling des Bürgermeisters auf der Brücke umkam.

Jetzt kommt eigentlich niemand mehr hierh-

Warte.

Ist das da ein Schatten?

Ja.

Da ist jemand.

Ein Mann.

Erschreckend reglos steht er auf der Brücke.

Der Mond, das Sternenmeer und die fernen Lichter der Stadt lassen mich erkennen, dass die Schuhe des Fremden über den Rand des Gebälks hinausragen, während sein Blick an den Horizont geheftet zu sein scheint. Ich erstarre, als sein Blick in die Tiefe hinunterwandert und er die massiven Felsen mustert, die schon für zahllose Begräbnisse gesorgt haben.

Hundert Meter im freien Fall.

Volle. Hundert. Meter.

Aber er weicht nicht zurück.

Er zuckt nicht mal.

Ich bin mit diesem Fremden allein im Wald, habe keinen Handyempfang und absolut keine Möglichkeit, um Hilfe zu rufen, falls das nötig sein sollte. Aber ich kann diesen Typ hier doch nicht einfach stehen lassen.

Ich muss *irgendwas* tun.

»Entschuldigung?«, rufe ich.

Der Fremde reißt den Kopf zu mir herum und es fühlt sich an, als wäre mir die Luft aus meiner Lunge gewichen. Vor mir steht überhaupt kein fremder Mann.

»F-Finn?« Meine Stimme bricht.

Seit ich bei ihm eingezogen bin, habe ich viele Emotionen in Finn Richards' Gesicht zu sehen bekommen – Wut, Hass, Verlangen – aber diese hier? Diese habe ich noch nie gesehen.

Ich habe ihn noch nie *verletzt* gesehen.

Es ist in seinen Augen.

Und in der Art, wie sein Mund für einen Moment aufgeht. Er sieht schockiert aus, ein bisschen betrunken, aber vor allem wirkt er traurig.

Gebrochen.

Ich bin wirklich ahnungslos, wenn es darum geht, diesen Typen zu verstehen, aber ich weiß, dass er nicht damit gerechnet hat, mir hier zu begegnen. Und er hat ganz bestimmt nicht erwartet, dass ich ihm zur tödlichsten Stelle der ganzen Stadt folgen würde.

Finn setzt ein undurchdringliches Pokerface auf, trinkt von seinem Bier, das er schon in der Hand hielt, als er vorher loszog, und wendet seine Aufmerksamkeit wieder den schimmernden Lichtern zu, die vor ihm zu sehen sind.

Dieser Augenblick.

Diese Szene.

Sie bringt mich zurück in jene Nacht in der Bibliothek. Als ich Finn anschrie, vom Fenster wegzukommen, und mich fragte, warum zum Teufel er sich so in Gefahr begeben muss.

Das ist das fehlende Teil zu meinem Puzzle.

Von hier aus ergibt das nun alles allmählich einen Sinn.

Das übertriebene Schutzbedürfnis meines Bruders. All das, was er mir vor Wochen im Auto gesagt hat. Er meinte, Finn sei ein Masochist. Dass er gefährlich sei, aber nicht für andere.

Für sich selbst.

Das war es, was er meinte, nicht wahr?

Es ist nicht das erste Mal, dass Finn so mit dem Feuer spielt. Ich habe schon eine Menge Geschichten gehört, ihnen aber keinen Glauben geschenkt. Im zweiten Highschool-Jahr wurde ziemlich viel über ihn geredet. Es hieß, Finn sei wegen Autodiebstahls verhaftet worden, Alkoholkonsum Minderjähriger, Vandalismus – alles, bevor er siebzehn war. Außerdem erzählte man sich, seine Touren endeten fast wöchentlich im Krankenhaus …

Wenn die Gerüchte stimmen, dann gräbt dieser Junge schon *sein Leben lang* sein eigenes Grab.

»Was zum Teufel tust du da?« Eigentlich wollte ich das mit fester Stimme rufen, aber es kommt sehr flehentlich heraus. Er gibt keine Antwort, hält den Blick auf die Skyline gerichtet.

Ich fürchte schon, dass er mich weiter anschweigen wird, doch dann kippt er den Rest von seinem Bier herunter und erstaunt mich mit einer einfachen Frage.

»Magst du den Ozean?«

Ich muss in den vergangenen zwei Minuten schwerhörig geworden sein. Das würde bedeutend mehr Sinn ergeben, als dass mein Mitbewohner mich in diesem Moment fragt, ob ich den verfickten Ozean mag.

Finn wartet für einen Augenblick auf meine Antwort, fährt dann aber fort, als klar ist, dass keine kommt.

»Sie nicht«, sagt er, seine Stimme kaum mehr als ein Flüstern.

Ich füge die Teile sofort zusammen.

Er sagte *sie*.

Es gibt nur eine einzige Frau, die diesem Typen je etwas bedeutet hat.

Seine Mom.

»Sie fürchtete sich sogar davor.« Er macht eine Pause. »Sie wagte es kaum, mit mir zusammen in den Pool zu gehen.«

Ich glaube, er erzählt mir das nur, weil er betrunken ist, aber ich will verdammt sein, wenn ich bei dieser Gelegenheit nicht so viel wie möglich herausfinde.

»Boote waren ihr auch nicht geheuer. Selbst als mein Dad versuchte, eines nach ihr zu benennen.« Ihm dringt ein tiefes Lachen aus der Kehle, das meine Knochen nur so erbeben lässt. »Verdammt, wie hat sie dieses verfickte Ding gehasst.«

Ich halte mit aller Macht den Atem an, weil ich fürchte, das Falsche zu sagen und den Bann zu brechen.

»Es dauerte ein volles Jahr, bis ich sie davon überzeugt hatte, einmal mitzufahren.«

Sofort zerspringt mir das Herz.

»Ich dachte …« Der Schmerz in seiner Stimme zerreißt mich. »Ich dachte, wenn sie es wenigstens einmal probiert.«

Er sieht mich kein einziges Mal an, während er seine dunkelsten Geheimnisse enthüllt, sondern starrt ausdruckslos in die Nacht, als wäre er an einem anderen Ort.

Außerhalb seines Körpers.

Außerhalb seines Kopfes.

Außerhalb dieser beschissenen Stadt.

»Einmal«, gibt er mir recht. »Ein verdammtes Mal. Das hat ausgereicht.«

O mein Gott.

Beim einzigen Mal auf einem Boot ertrank sie?

Ich erschrecke, als er sein Bier mit voller Wucht in den Abgrund schleudert. Das Glas zerspringt auf den Felsen und ich kann nichts anderes denken als …

Das könnte sein Schädel sein.

Nur eine falsche Bewegung und er ist tot.

Und das Allerschlimmste?

Ich glaube nicht, dass er sterben möchte.

Meine Seele würde ich darauf verwetten, dass er niemals wirklich von dieser Brücke springen würde.

Er fordert das Schicksal heraus. Gibt dem Universum die Chance, das für ihn zu erledigen. Wartet darauf, ob sein Karma den Köder schluckt und ihn für das bestraft, was er getan hat. Denn tief im Innern …

Glaubt er, er habe das *verdient*.

Ich bleibe nur Zentimeter vor der Stelle stehen, wo die Brücke anfängt.

»Es war nicht deine Schuld«, krächze ich.

Finn reißt den Blick zu mir herum und ich kann förmlich

sehen, wie seine Verteidigungswälle wieder hochgezogen werden.

»Fuck, lass das«, schnauzt er.

»Was?«

»Mich ansehen, als wäre ich ein verletzter Hundewelpe, den du wieder aufpäppeln willst.«

Ich höre nicht auf ihn. »Komm runter von der Brücke.«

»Verschwinde einfach, Dia, verdammt.« Er schließt mich aus und konzentriert sich ganz auf die Leere unter ihm.

Während der nächsten fünf Sekunden suche ich nach einer Möglichkeit, wie er sich mir wieder öffnen kann, und der einzigen Plan, der mir einfällt, verwerfe ich dann ein paar Sekunden später wieder.

Er war vorher wirklich wütend.

Nein, er war mordlustig.

Als der zwielichtige Typ darüber sprach, mich anzufassen, drehte Finn durch. Allzu gern würde ich glauben, dass das passiert ist, weil ich ihm etwas bedeute. Wenigstens ein klein wenig …

Also setze ich den einzigen Hebel an, den ich habe.

Mich selbst.

Das Herz pocht mir in den Ohren, als ich die Brücke betrete.

Sieh nicht nach unten.

Sieh nicht nach unten.

Sofort ist Finns raue Stimme zu vernehmen.

»Dia, was soll der Scheiß?«

Bingo.

Ich behalte den Kopf oben und sehe ihm über die Brücke in die Augen.

»Was zum Teufel tust du? Bleib, wo du bist«, schreit er und streckt einen Arm aus, als würde mich das davon abhalten, noch näher zu kommen.

»Was? Dann ist es also völlig in Ordnung, wenn *du* auf einer tödlichen Brücke stehst, aber ich darf das nicht?«

Schäumend vor Wut starrt er Dolche in meine Richtung.

»Warum tust du dir das an?«, frage ich.

»Dia, ich schwöre es bei Gott, wenn du jetzt nicht sofort deinen Arsch herumdrehst –«

Ich falle ihm ins Wort: »Beantworte meine Frage. Warum tust du dir das an?«

»Dia, bleib stehen!«, schnauzt er, Angst leuchtet in seinen Augen auf, aber ich beachte die Warnung nicht.

»Sag mir, warum!«

Das ist sein Knackpunkt.

»Weil, es hätte mich treffen sollen.«

Seine Stimme klingt so durchdringend, dass ich abrupt stehen bleibe. Der Typ, der behauptet, nichts zu fühlen, legt mir einfach so sein Herz zu Füßen.

»Sie hat mich gerettet.« Er hört sich an, als wäre er *so* kurz davor, zusammenzubrechen, und ich wünsche mir von ganzem Herzen, ihn wieder zusammenzusetzen. »Sie hat mir das verfickte Leben gerettet, und ich war das …«

Nicht wert?

Ich will den Satz für ihn beenden, beherrsche mich aber. In meinem Kopf prallen eine Million Fragen aufeinander, und die offensichtliche ist: Was ist an jenem Tag genau passiert? Ich möchte wissen, wie sie ihn gerettet hat, was den Unfall ausgelöst hat, aber ich weiß auch, dass Finn jetzt kein Verhör über den schlimmsten Tag seines Lebens gebrauchen kann.

»Und ich weiß, es ist beschissen –«, er fährt sich mit der Hand durchs zerzauste Haar und greift mit der Faust hinein, als versuche er, seine Gedanken geradezurücken, »– aber ich muss wissen, wie es sich für sie angefühlt hat. Hatte sie Schmerzen? Hatte sie Angst? Hat sie mich … *gehasst?*«

Instinktiv möchte ich ihn so fest umarmen, bis ihm die Luft wegbleibt. Das Problem ist nur, dass ihm mein Mitleid nicht hilft. Ich bin mir sicher, dass jede Menge Menschen den Jungen, der seine Mutter sterben sah, schon bemitleidet haben. Was ihm wirklich fehlt, ist jemand, der ihm die Augen öffnet.

»Du laberst nur Scheiße, weißt du das?«

Er blickt mich entsetzt an.

»Du tust, als wolltest du das nicht, aber in Wirklichkeit genießt du es, dich so zu fühlen, oder?« Ich trete näher an ihn heran und kann sehen, wie er die Schultern unter dem Gewicht der Wahrheit sinken lässt. Er antwortet nicht, aber die Verbitterung über meine Worte ist seinen Augen deutlich anzusehen.

»Warum sonst würdest du dich immer wieder in diesen Situationen bringen?« Ich bleibe vor ihm stehen. »Du genießt es, dich zu bestrafen. *Du fährst darauf ab.*«

Er atmet scharf ein, als ich den Abstand zwischen uns überbrücke und meine Hand gegen seinen Oberkörper presse. Ich kann spüren, wie sich seine Brust hebt und senkt und sein Herz unter meiner Handfläche pocht.

Unsere Nähe zwingt ihn, den Kopf zu senken, um mich anzusehen. Die Grenze, die ich zwischen uns gezogen habe, verwischt immer mehr. In seinen Augen leuchtet der Mond, und für einen kurzen Augenblick vergesse ich beinahe, dass wir hundert Meter von einem schnellen Tod entfernt sind.

»Spürst du das?« Ich gebe mehr Druck auf seine Brust. »Wie die Luft deine Lunge füllt?«

Er wartet darauf, dass ich weitermache.

»Das ist ein Geschenk … und was machst du gerade damit? Du verschwendest dieses Geschenk.«

Ich habe Tränen in den Augen, aber irgendwie fühlen sie sich fremd an.

Als würden sie gar nicht mir gehören.

Als würde ich alles fühlen, was er sich *weigert* zu fühlen.

»Was mit deiner Mom passiert ist …«

In dem Augenblick, als ich von seiner Mutter spreche, zieht er sich zurück.

Emotional, körperlich – in jeglicher Hinsicht.

Er ist wieder dabei, sich abzuschotten.

Er sieht weg.

Er fängt an *wegzulaufen.*

Weil er das immer getan hat.

»Hey, bleib bei mir.« Ich benutze seine Worte von dem Abend, als er mir den ersten Kuss stahl, und überrasche mich selbst, denn ich nehme sein Gesicht in meine Hände. »Was mit deiner Mom passiert ist, war nicht deine Schuld. Verstehst du? Es war nicht deine Schuld.«

Er will das nicht hören, aber er muss. Er muss es hören, bevor er wieder etwas Dummes tut, das ihn vielleicht das Leben kosten wird. Ich bin natürlich nicht so töricht, mir einzubilden, dass ich Finn Richards vor seinen Dämonen retten kann, aber vielleicht, wenn ich Glück habe …

Kann ich ihn dazu bringen, sich selbst zu retten.

»Verstehst du es nicht? Jedes Mal, wenn du dich so wie jetzt in Gefahr bringst.« Vergeblich versuche ich, den Kloß im Hals hinunterzuschlucken. »Jedes Mal, wenn du dich bestrafst, weil du glaubst, du hättest es verdient … dann bringst du das eine in Gefahr, was sie unter Einsatz ihres Lebens gerettet hat.«

Ich weiß, dass ich zu ihm durchdringe, als er die Augen zusammenkneift, als wolle er damit verhindern, seine Verletzlichkeit zu zeigen.

»Wage nicht, das wegzuwerfen«, bringe ich mit erstickter Stimme heraus.

Er öffnet bei meinen Worten mühsam die Augen, und ich krümme mich innerlich zusammen: Seine Augen … Sie sind blutunterlaufen und er kämpft mit den Tränen. Ihn so verwundbar zu sehen, so *verletzt,* fühlt sich für mich an wie ein Schlag in die Magengrube. Von jedem verdammten Stern am Himmel könnte ich mir ein kälteres Herz wünschen, eine Seele, die nicht mit ihm mitleidet, aber das würde rein gar nichts an meinem Mitgefühl ändern.

Irgendwann in dieser ganzen Geschichte hat dieser Idiot begonnen, mir etwas zu bedeuten.

Trotz allem.

Obwohl mir die ganze Welt erzählt, er sei ein Monster.

Sekundenlang bleiben wir zusammen stehen, meine Hände liegen weiterhin in der Dunkelheit an seinem Gesicht, sein Atem streicht mir über die Haut, während er mir in die Augen sieht. Erleichterung macht sich in mir breit, als Finn seine Stirn gegen meine legt und ganz leise, herzzerreißend flüstert: »Gehen wir.«

Ich komme wieder zu mir, nicke und nehme vorsichtig die Hände von seinem Gesicht. Mit unsicheren Atemzügen drehe ich mich herum und gehe voraus, damit wir wieder festen Boden unter die Füße bekommen.

Ich bin zwei Schritte voraus, als ich es höre.

Das laute Knacken von Holz hinter mir. Der Teufel lacht auf meiner Schulter, als ein Teil der Brücke unter Finn nachgibt. Aber das Geräusch, das ich in Endlosschleife höre? Das mich bis ans Ende meiner Tage verfolgen wird? Das ist der Schrei, der meine Lippen verlässt …

Als er *fällt*.

16. KAPITEL

DIAMOND

Ich könnte nicht sagen, wie oft ich Finn Richards umbringen wollte … Wie oft ich mir vorgestellt habe, wie ich ihn für seine grausamen Streiche von einer Brücke stoße. Aber jetzt, wo er sich tatsächlich an die Kante einer Brücke klammert, während sein Körper über der großen Leere schwebt?

Meine Eltern hatten recht.

Sei vorsichtig, was du dir wünschst.

Meine Schreie hören sich wie ferner Widerhall an, als ich mich auf dem verbleibenden Teil der Brücke auf die Knie fallen lasse. Das Knacken um mich herum lässt keinen Zweifel daran, dass ich auf einer tickenden Zeitbombe stehe, aber ich kann nur an den unverschämten Kerl denken, der sich an ein Leben klammert, das er vor zwei Minuten gar nicht mehr unbedingt haben wollte …

Seine Augen sind voller Angst.

Panik.

Reue.

Ich frage mich, ob das jetzt seine Strafe ist. Ein Blick ins Gesicht des Todes, nachdem er jahrelang mit ihm geflirtet hat und jetzt erfahren muss, dass es die schlimmste Vorschau seines Lebens ist.

Mir wird ganz übel, wenn ich die gähnende Leere unter ihm sehe, die scharfen Felsen, die nur darauf warten, jeden einzelnen Knochen seines Körpers zu zermalmen.

Wenn er sich nicht abgefangen hätte, wäre er jetzt schon tot.

Mit beiden Händen klammert er sich an die rutschigen Balken. Wenn er mit einer Hand loslässt, bleibt mir nur sehr wenig Zeit, in heraufzuziehen.

»Gib mir deine Hand«, rufe ich und strecke den Arm aus, so

weit ich kann. Ich muss mich flach auf den Bauch legen, um ihn zu erreichen. Finn ist wie versteinert. Er blinzelt nicht einmal.

»Finn!«, kreische ich und verschlucke mich fast dabei. »Finn! Gib mir deine Hand. *Bitte.*«

Seine Arme fangen unter seinem Gewicht an zu zittern, und das bisschen Selbstkontrolle, das mir geblieben ist, vergieße ich nun in Form von Tränen. Er muss endlich zu sich kommen.

»Vertraue mir. Bitte. Du musst mir vertrauen.« Noch nie im Leben habe ich so eindringlich gefleht.

Bei meinem Schreien reißt er die Augen auf. Er hat noch nie irgendwem vertraut, und dem Leben schon gar nicht, seit es ihm seine Mutter genommen hat, aber er muss daran glauben, dass ihn nicht alle im Stich lassen. Er muss an mich glauben.

»Finn!« Ein Schluchzen entweicht meiner Kehle und er presst für einen Moment die Augen zu. Ich schöpfe wieder Hoffnung, als er den Arm in meine Richtung reckt und nach meiner Hand greifen will.

Mein Schrei hallt durch die Nacht.

Er hat mich verfehlt.

Er hält sich nur mit einer Hand, sein anderer Arm hängt herunter.

»Noch mal!« Ich strecke meinen Arm bis in die Fingerspitzen aus. Finn nickt und reißt den freien Arm mit aller Gewalt nach oben und stößt dabei einen tiefen Klagelaut voller Angst und Schmerz aus, der mir bis ins Mark fährt.

In diesem Augenblick verhaken sich unsere Hände.

Und ich weiß, dass alles auf diesen Moment hinausläuft.

Befeuert vom Adrenalin gebe ich alles, was ich habe, um ihn heraufzuziehen, und schreie auf vor Schmerz, als mir scharfe Splitter in den Arm dringen. Trotzdem lasse ich nicht los und achte nicht auf das Blut, das mir über die Haut läuft. Ich unterdrücke ein Schluchzen, als wir rückwärts auf die Brücke fallen und er über mir zusammenbricht.

Wir haben es geschafft.

Die Brücke erzittert unter unserem Aufprall und um uns herum knackt es beängstigend.

Wir müssen verdammt noch mal runter von dieser Brücke.

Ohne eine Sekunde zu vergeuden, springe ich auf, packe Finns Hand und zerre ihn auf festen Boden. Kaum sind wir von der Brücke heruntergespurtet, als hinter uns die Hälfte des Bauwerks einstürzt. Alles sackt in sich zusammen und stürzt krachend auf die rasiermesserscharfen Felszacken in die Tiefe. Ich spüre, wie Finn meine Hand fast zerquetscht, während wir zusehen, wie eine der gefährlichsten Brücken von North Carolina zusammenfällt.

Und dann wird es uns allmählich bewusst.

Das ist wirklich passiert.

Meine Knie werden bei diesem Gedanken ganz weich und ich fange an, am ganzen Körper zu zittern. Ich drehe mich zu Finn und sehe sein Gesicht … Mir reißt es das Herz in eine Million Stücke.

Er ist ganz blass, seine Hand liegt jetzt schlaff in meiner und er starrt mit offenem Mund auf die riesige Lücke, wo eben noch die Brücke stand.

Nun schlägt es auch bei ihm ein.

Er ist beinahe gestorben.

Diesmal in Wirklichkeit.

Nachdem er zehn Jahre lang mit dem Tod gespielt hat, ist sein Wunsch erfüllt worden.

Ich bin wütend, weil er sich überhaupt in diese Lage gebracht hat, aber das ist nichts verglichen mit meiner Sorge um ihn.

»Bist du okay?« Ich schluchze immer noch, als ich sein Gesicht in die Hände nehme und ihn nach Verletzungen absuche. Die Wunde an meinem Arm blutet, und sie brennt wie Sau, aber ich kann mich einfach nicht darum kümmern.

Finn sieht aus, als wäre er in einer Art Trance – er redet nicht, nimmt mich nicht wahr, sondern starrt ausdruckslos vor sich hin.

Und dann fällt er auf die Knie in den Dreck.

Für einen Moment frage ich mich, was ich tun soll, gehe aber dann ebenfalls direkt vor ihm in die Hocke, sodass er mich deutlich sehen kann und nicht das, was von der Brücke noch übrig ist.

Im Schein des Mondes und der fernen Lichter der Stadt könnte ich schwören, dass ich sehen kann, wie ein Teil seiner Dämonen in Flammen aufgeht. Meine Tränen fließen wieder stärker, eine Entscheidung meines Körpers, bei der mein Gehirn kein Veto einlegen konnte. Ohne Vorwarnung schlinge ich die Arme um seinen Hals, drücke mich an seinen Körper und umarme ihn, so fest ich kann.

Ich presse ihn so eng an mich, dass ich mich wundere, wie er überhaupt atmen kann, aber er hält still und schiebt mich nicht weg.

Dass er die Umarmung nicht erwidert, kränkt mich kein bisschen. Stattdessen drücke ich ihn noch fester an mich und lasse allen Stolz fahren, nur damit er weiß, dass er nicht alleine ist.

Meine Berührung heißt er nicht willkommen, und irgendwann verstehe ich die Andeutung, aber als ich mich von ihm lösen will, schließt er mich in die Arme und zieht mich an sich.

Er hält mich fest, als hänge sein Leben davon ab. Eine Hand schiebt er an meinen Hinterkopf, vergräbt seine Nase in meiner Halsbeuge und atmet tief ein.

So verharren wir viele Sekunden lang regungslos – zwei Teenager, die mitten in der Nacht neben einer eingestürzten Brücke auf dem Boden knien und sich umarmen.

Ja, ich weiß, es braucht sehr viel mehr als eine Nahtoderfahrung, um diesen Typen vollständig zu heilen. Seinem selbstzerstörerischen Verhalten ein Ende zu machen. Aber in dieser Nacht hat er sich entschieden, festzuhalten, anstatt loszulassen. Heute Nacht hat er entschieden, in einer Welt zu leben, in der seine Mutter es nicht mehr tut.

Und es ist nicht perfekt …

Aber es ist ein Anfang.

* * *

FINN

Das Gras ist nass, als ich zu Hause im Garten auf den Boden sinke. Normalerweise wäre ich nicht scharf darauf, mir die Eier abzufrieren, aber meine Klamotten sind eh schon klatschnass, weil mich der Regen erwischt hat. Im schlimmsten Fall haut mich die Grippe ein paar Tage lang um und ich kann mich von dem Wrack, das mein Kopf ist, erholen.

Hört sich nach einem Hauptgewinn an.

Keine zwei Minuten, nachdem wir aufgestanden sind und uns auf den Rückweg zu Lacey gemacht haben, hat es zu hageln angefangen. Im Wald war es eiskalt und düster, aber die Dunkelheit war mir lieber, als Dia in die Augen zu sehen.

Sie hat mich gerettet.

Sie hat mir mein verficktes Leben gerettet.

Seither habe ich nichts anderes getan, als ihr das Leben zur Hölle zu machen. Gleich als wir ins Haus kamen, verschwand sie zum Duschen nach oben. Ihr war so kalt, dass ihre Zähne klapperten und ihr zarter Körper zitterte wie ein Blatt im Wind.

Und ich? Ich war völlig taub.

Auf tragische und wundersame Weise *taub*.

Wahrscheinlich ist sie inzwischen im Bett. Ich sollte dasselbe tun, aber ich glaube nicht, dass ich schlafen kann. Und selbst wenn, dann hätte ich wahrscheinlich nur Albträume von ihrem Gesichtsausdruck, als die Brücke einstürzte.

Es war schon fünf Uhr morgens, als wir endlich Theo fanden, im Tiefschlaf mit Lacey in ihrem Schlafzimmer. Es stellt sich heraus, dass ich beim Kampf um mein Leben mein Handy verloren hatte, und bei Juwel war der Akku leer. Lacey sagte, Theo sei besoffen, wir sollten seinen Wagen nehmen und sie würde ihn morgen vorbeibringen.

Zu wissen, dass dieser Tag in ein paar Minuten vorbei ist, bringt eine seltsame Erleichterung mit sich. Ich ziehe ein Bein bis an die Brust an, lasse das andere flach im Gras liegen und starre mindestens zehn Minuten lang zum Horizont, bis sich die Terrassentür mit leisem Quietschen öffnet.

Schätze, sie ist doch noch nicht im Bett.

Ich konzentriere mich weiter auf den Himmel und beschwöre die Sonne, ihren Scheißjob zu machen und die Ankunft eines neuen Tags zu verkünden. Zaghafte Schritte nähern sich; Juwel stockt kurz der Atem, als sie sich neben mir ins nasse Gras setzt. Ihre Schultern hat sie in eine dicke Decke gehüllt und ihre Locken sind vom Duschen immer noch feucht.

»Ich bringe Lexie morgen zum Hundefriseur«, versucht sie eine Unterhaltung zu starten. Ich nicke.

Ich weiß verdammt noch mal nicht mehr, wie ich mit ihr reden soll. Ein normaler Mensch würde sich für »Danke, dass du mir das Leben gerettet hast« entscheiden, aber das fühlt sich nicht richtig an. Es fühlt sich nicht nach *genug* an.

Ich sollte dieses verdammte Mädchen doch hassen.

Ich sollte sie aus dem Haus vertreiben, und jetzt?

Jetzt bin ich heilfroh, dass mein mittelmäßiger Vater sie für diesen Sommer eingestellt hat.

Das stimmt, ich bin *froh*.

Was zum Teufel ist bloß mit mir passiert?

Als ich nicht antworte, greift sie sich eine Löwenzahnblüte, die aus dem frisch gemähten Gras ragt, und streckt sie mir hin.

»Ein Löwenzahn für deine Gedanken«, sagt sie leise.

Ich muss lächeln und drehe mich zu ihr um. Ihre großen braunen Augen sind immer noch ein bisschen gerötet und aufgedunsen vom Weinen. Ihr Mund ist rosa und geschwollen vom vielen Auf-die-Lippe-Beißen während der Heimfahrt. Sie blickt mich durch einen Vorhang dichter Wimpern an und ich balle die Fäuste, um meine Impulse unter Kontrolle zu behalten.

Fuck, was ich mit diesem Mädchen alles anstellen will …

Echt Scheiße, dass ich sie nie wieder anrühren kann.

Das verstehe ich jetzt.

Sie ist zu rein.

Zu gut.

Zu unschuldig.

Scheiße noch mal, sie hat für mich ihr *Leben* aufs Spiel gesetzt. Als die Brücke das erste Mal nachgab, hätte sie mich dort zurücklassen können. Mich, den Sohn ihres Chefs und das Arschloch, das ihr mit dem größten Vergnügen das Leben zur Hölle macht. Sie hätte weglaufen können. Niemand hätte es jemals erfahren. Ich wäre nichts als eine weitere traurige Geschichte in einer Kleinstadt-Zeitung.

Aber das hat sie nicht getan.

Sie ist geblieben, obwohl sie verdammt gut wusste, dass die Brücke nicht mehr lange halten würde. Sie mag taff wirken, aber im Herzen von Diamond Mitchell ist nichts als Licht. Ich würde sie in einer Sekunde vernichten, wenn ich noch einmal die Hand an sie legen würde.

Und sie verdient es nicht, vernichtet zu werden.

Nicht sie.

»Entschuldige. Ich überlasse es dir«, murmelt sie, nachdem ich nicht geantwortet habe.

Sie ist schon wieder auf den Beinen und will zurück zum Haus, als ich die Hand ausstrecke und ihr Handgelenk erwische. Obwohl ich das gar nicht wollte. Genauso wenig will ich wie ein Weltklasse-Weichei klingen, als ich »Danke« nuschle.

Sie ist verblüfft, fängt sich aber sofort wieder. »Wofür?«, will sie wissen, als hätte sie wirklich keine Ahnung.

»Mir das Leben zu retten«, erkläre ich.

Ich spüre, wie meine Finger an ihrem Handgelenk ziehen, damit sie sich wieder hinsetzt, und ich frage mich, warum mein Körper so ein trotziges Arschloch ist, dass er nicht auf mein Gehirn hört. Erstaunt über meine stille Aufforderung lässt sie sich wieder neben mir nieder.

Als sie wieder im nassen Gras sitzt, muss ich lächeln.

»Was hätte ich denn sonst tun sollen? *Dich abstürzen lassen?*«

»Hättest du tun können«, bemerke ich. »Nach allem, was ich dir angetan habe, könnte ich es dir nicht einmal übel nehmen.«

Ich erwarte schon eine weitere widerlich nett klingende Antwort, aber stattdessen zieht sie mir mit der flachen Hand eins über den Hinterkopf.

Geschockt blinzele ich sie an.

Hat sie mich eben tatsächlich *geschlagen*?

»Das verdienst du für alles, was du mir getan hast.« Sie zuckt mit den Schultern. »Nicht den Tod.«

Als das gesagt ist, richtet sie ihre Aufmerksamkeit auf den fernen rosafarbenen Lichtschein, der sich nun über dem Hügel abzeichnet. Die Sonne muss jeden Moment aufgehen.

Sie hat mich geschlagen.

Sie hat mich auf den verdammten Hinterkopf geschlagen, und ich lächle.

Dieses Mädchen ist für mich ein gottverdammtes Rätsel.

Belustigt sage ich: »Du bist mir schon so eine, Mitchell.«

Sie wirft den Kopf herum. »Eine Gute oder eine Schlechte?«

Eine, die ich vernichten und gleichzeitig beschützen möchte.

»Die Geschworenen haben noch nicht entschieden.« Ich stupse sie sanft mit der Schulter an.

»Pass auf, sonst bereue ich noch, deinen Arsch von dieser Brücke gezerrt zu haben, Richards«, antwortet sie und schmunzelt.

Für eine Weile schweigen wir und schauen in die Ferne.

Dann unterbricht sie die Stille. »Ich habe eine Frage.«

»Schieß los.«

»Worum gings bei diesem dubiosen Treffen im Wald?«

»Ich schuldete dem Drecksack Geld«, antworte ich.

»Sag bloß«, schnaubt sie. »Ich meinte, *warum*? Bist du nicht reich?«

Mir zieht sich bei ihrer Frage der ganze Körper zusammen.

Ich kann ihr keine ehrliche Antwort geben.

Ich möchte, aber ich kann nicht.

Wahrscheinlich glaubt sie, das Schlimmste von mir hat sie bereits bei der Sache mit dem Thermostat und ihren Klamotten im Springbrunnen gesehen, aber sie hat keine Ahnung. Gott, sie macht sich keine *beschissene* Vorstellung, wie weit ich zu gehen bereit war, um sie loszuwerden.

Alles, was ich tat, diente dazu, sie zu verletzen.

Aber das war, bevor sie mir das Leben gerettet hat.

Sie darf nie erfahren, was ich mit dem Geld angestellt habe.

»Ich bin nicht reich. Nur mein Vater.«

Sie nickt. »Trotzdem, wofür war das Geld?«

»Für Gras vielleicht? Ehrlich, ich kann mich nicht erinnern«, lüge ich.

»Und warum warst du dann auf der Brücke?«

Ich muss lachen über ihre Direktheit. »Du sagtest *eine* Frage.«

»Menschen lügen. Gewöhn dich daran.« Sie grinst und ist sich der Ironie der Situation zum Glück nicht bewusst.

»Was soll ich sagen?« Ich zucke mit den Achseln und lasse mich rücklings ins Gras sinken. »Scheiße zu bauen, macht nur Spaß, wenn es einen fast umbringt.«

Sie folgt meinem Beispiel, legt sich neben mich und sieht mich an. »Ja, schon, aber warum ausgerechnet die Silver Bridge? Es war, als wüsstest du genau, wo du hin willst. Du bist losgegangen in den Wald und dann direkt dorthin.«

»Dort haben sich meine Eltern kennengelernt«, verrate ich und lege den Arm unter meinen Kopf.

Stille.

Sie weiß nicht, was sie sagen soll, als erspare ich ihr, sich eine verkackte Version von »Tut mir leid, dass dein Leben so beschissen ist« ausdenken zu müssen.

»Dieser Wald, die Brücke – dort hat alles angefangen.« Ich lache trocken. »Lustig, findest du nicht? Alle reden nur über die Leute, die auf dieser Brücke gestorben sind. Dabei ist sie der einzige Grund, weshalb es mich gibt.«

Jede andere würde mich nun bemitleiden, aber wir reden hier über das Mädchen, das mich wegen meiner ganzen Scheiße zur Rede stellte, als ich am Rand einer verfickten Brücke stand, und deshalb bin ich nicht überrascht, dass sie die Mitleidsparty auslässt.

»Wie ist es gewesen? Ihr erstes Treffen?«

Ich grinse. »Es war am vierten Juli. Da haben sich die Teenager immer auf der Silver Bridge getroffen, um das Feuerwerk anzusehen. Die allerbeste Aussicht der ganzen Stadt.«

Aufmerksam hört sie zu.

»Sie war gerade erst hergezogen. Mein Dad hat sich den ganzen Abend zugeballert, um den Mut zusammenzubringen, sie um eine Verabredung zu bitten. Und als er es dann endlich fertigbrachte, hat er ihr volle Kanne auf die Bluse gekotzt.«

Ein kleines Lächeln kann sie sich nicht verkneifen. »So hinterlässt man einen guten Eindruck.«

»Hey, *irgendetwas* muss er richtig gemacht haben, sonst wäre ich nicht hier.« Ich fummele an der Silberkette um meinen Hals herum. Sie ist verdreht und scheißunbequem.

Juwel sieht mich in meiner Not und greift ein.

»Lass mich mal machen.«

Sie rückt ein bisschen näher, drückt ihre Brüste gegen meinen Arm und fängt an, die Kette zu entwirren, die ich nie ablege. Mein Blick sucht sofort ihren Mund. Sie gräbt ihre Zähne in ihre pralle Unterlippe, während sie sich auf ihre Aufgabe konzentriert.

Ungelogen, sie ist verdammt süß, wenn sie ernst ist.

Was zum Teufel denke ich da?

»Hat die deine Mom gemacht?« Sie lehnt sich wieder zurück und bricht den Bann.

Ich bin mir nicht sicher, ob ich mit ihr dort hingehen will.

Oder mit irgendwem sonst.

Ich antworte nicht gleich und überlege, ob ich sie überhaupt noch mehr von meiner Dunkelheit sehen lassen möchte. Fairerweise muss man sagen, dass sie in einer einzigen Nacht schon mehr davon gesehen hat, als die meisten meiner Freunde im ganzen Leben.

»Xavier hat auch eine, habe ich gesehen«, bemerkt sie.

»Ja. Sie hat uns beiden zu meinem achten Geburtstag identische Ketten geschenkt.« Ich halte inne und merke, wie die Bitterkeit in mir aufsteigt. »Kurz bevor sie ein Boot in den Tod bestiegen hat.«

Mein schwarzer Humor bestürzt sie offenbar, denn sie lacht nicht. Stattdessen starrt sie mich mit einem mitleidsvollen Blick an, der Seelen verwelken lassen würde, sodass ich es am liebsten meinem Vater gleichtun würde und überall hinkotzen.

»An deinem Geburtstag«, krächzt sie.

Ich krümme mich zusammen.

Es überrascht mich nicht. Das ist die übliche Reaktion, wenn ich erzähle, dass es ein Geburtstagsgeschenk war, dass meine Mutter mit mir aufs Boot gestiegen ist. Ich kann das den Leuten nicht mal übel nehmen. Stell dir vor, deine Mutter stirbt an deinem Geburtstag, weil sie deinetwegen Boot gefahren ist.

Verdammte Scheiße, ich hätte auch Mitleid mit mir.

»Hat sie dir Lexie auch an diesem Tag geschenkt?«, fragt Dia.

Ich ziehe eine Augenbraue hoch.

»Theo hat mir erzählt, sie sei ein Geschenk von deiner Mutter gewesen«, erklärt sie.

Diese Labertasche.

»Am Tag davor, genau genommen.«

Sie lächelt. »Du musst wirklich glücklich gewesen sein.«

Ich nicke. »Im siebten Himmel. Ich hatte meine Eltern schon ewig um einen Hund angebettelt – schon seit ich wusste, was ein Hund ist.«

»Wie war das, als sie es dir erzählt haben?«

Jetzt bin ich es, der lächelt. »Meine Mom sagte, hinten im Garten würde eine Überraschung auf mich warten. Ich war so scheiße aufgeregt. Sie hatten Lexie auf der Terrasse zurückgelassen, aber sie war in der Zwischenzeit einem Eichhörnchen nachgejagt und erst einmal verschwunden. Ich kam aus dem Haus gelaufen, und da lag ein totes Eichhörnchen. *Alles Gute zum Geburtstag.*«

Sie kichert. »Und wie hast du reagiert?«

Ich lache. »Für eine Sekunde habe ich mich wirklich gefragt, ob mir meine Mom ein totes Eichhörnchen schenkt.«

Ich bin ganz erfüllt von Erinnerungen.

»Aber dann habe ich sie gesehen.«

Nie werde ich vergessen, wie Lexie damals auf mich zugelaufen kam. Ich wusste sofort, dass dieser putzige Welpe Schrägstrich Eichhörnchentöter mein bester Freund werden würde.

»Und deshalb passt du so gut auf sie auf. Weil deine Mom sie dir geschenkt hat«, folgert sie.

»Ist ja kein Wunder. Ich habe meiner Mom versprochen, mich um sie zu kümmern, komme, was wolle. Ich habe geschworen, sie zu beschützen. Immer und ewig.«

Wir schweigen eine Weile.

»Dein Dad heißt mit Vornamen Hank.« Es klingt nicht wie eine Frage, sondern wie eine Feststellung.

»Ja?«

»Und deine Mutter hieß Nora, richtig?«

Ich nicke.

Sofort fangen ihre Augen an zu leuchten.

Sie hat den Baum der beiden gesehen, oder?

Den mit ihren eingeritzten Initialen.

Das ist die einzig sinnvolle Erklärung.

»Du weißt, die Leute meinen, die Brücke sei verflucht.« Ich wechsle das Thema, bevor sie das Verhör wieder aufnehmen kann. »Der Legende nach soll jede verlorene Seele, die über die Brücke geht, ein tragisches Ende nehmen.«

»Und was glaubst *du*?«, fragt sie.

Ich zucke mit den Schultern. »Normalerweise würde ich sagen, das ist ein Haufen Scheiße, aber … nach allem, was letzte Nacht passiert ist, finde ich einen Fluch gar nicht so abwegig.«

»Mit Flüchen ist das so eine Sache …« Sie rollt sich auf die Seite und schenkt mir ihre uneingeschränkte Aufmerksamkeit. »Sie können gebrochen werden.«

Auch ich drehe mich ihr zu. »Nur Helden brechen Flüche, Juwel. Und ich bin kein Held.«

Unsere Blicke treffen sich und ich suche in ihrer Mimik nach einem Fünkchen Zweifel.

Aber da ist nichts zu sehen.

Alle in dieser gottverlassenen Stadt sehen mich an, als wäre ich beschädigt. Rettungslos.

Alle außer *ihr*.

»Hast du denn aus den Märchen nichts gelernt, Richards? Wir werden selten vor dem Ende der Geschichte zu Helden.«

Mir klappt der Mund auf.

Sie musste mir den Arsch retten, weil ich freiwillig auf die Brücke gegangen bin, und sie glaubt immer noch an mich. Sie sieht etwas, das einfach nicht da ist. Mann, wird das wehtun, wenn sie von ihrer Wolke herunterfällt.

»Jetzt bin ich an der Reihe«, sage ich. »Warum bist du mir gefolgt?«

Kurz überlegt sie, und in ihren braunen Augen flackert etwas wie Angst auf. »Ich war einfach nur neugierig.«

Ich schnaube: »Bullshit.«

»Das ist nicht gelogen.« Sie dreht sich wieder auf den Rücken.

»Falsche Antwort. Versuchs noch mal«, lasse ich nicht locker, bis ich die Wahrheit aus ihr herausbekommen habe.

»Herrgott, also schön. Ich hatte Angst um dich. Ich mache mir Sorgen über deinen leichtsinnigen Arsch – große Sache.«

Ich wusste das schon, aber es fühlt sich einfach schön an, wenn sie das sagt.

»Schau mal, Juwel … Wenn du von mir besessen bist, dann sag das doch einfach.«

Sie lacht bitter auf. »Oh, das ist wirklich groß, wenn das ein Typ sagt, der einen anderen beinah erwürgt hätte, weil der über mich geredet hat.«

Scheiße. Erwischt.

Finn: 0. Juwel: 1.

»Ich hätte ihn nicht umgebracht.«

Das ist eine Lüge.

Ich hätte ihn nicht *absichtlich* umgebracht, aber mir ist eine Sicherung durchgebrannt, als er davon sprach, was er mit ihr machen wollte. Wer weiß, was passiert wäre, wenn sie nicht aufgetaucht wäre.

»Wenn du von mir besessen bist, dann sag das doch einfach.« Sie lässt mich von meiner eigenen Medizin probieren.

Ich will schon etwas erwidern, als sie eine Haarsträhne hinters Ohr streicht.

Sofort ballen sich meine Fäuste.

Was zum Teufel?

Was ist denn *das*?

Sie hat eine Wunde am Arm. Eine große, tiefe, rote Abschürfung, vom Handgelenk bis hinauf zum Ellenbogen.

»Wer hat dir das angetan?« Der Satz ist raus, bevor ich auch nur blinzeln kann.

Sie wirft einen kurzen Blick auf ihren Arm, setzt sich auf und bedeckt die Verletzung mit ihrer Hand. »Ach, das? Das ist nichts. Das habe ich schon lange.«

Sie labert nur Scheiße.

Das sieht ganz frisch aus.

Gott, das hat sie meinetwegen, nicht wahr?

Sie muss sich verletzt haben, als sie mich heraufzog. Ich setze mich sofort auf, ziehe ihren Arm zu mir herüber und sehe mir das genau an.

»Lüg mich verdammt noch mal nicht an«, knurre ich.

Sofort weiß sie, dass ich sie durchschaue. »Es tut nicht einmal weh.«

Ich drücke zur Probe neben der Wunde auf ihren Arm und sie zuckt zusammen.

Lügnerin.

»Ich hätte nie auf diese Scheißbrücke gehen dürfen.« Mit einem Seufzer lasse ich mich wieder ins Gras sinken.

Warum zum Teufel bin ich nur so wütend?

Warum zum Teufel kümmert es mich überhaupt?

»Tu das nicht.« Auch sie legt sich wieder hin und dreht mein Gesicht herum. Wir blicken uns an, aber meine Augen brennen vor Wut.

»Sei nicht so streng mit dir. Wenn ich wüsste, wo sich meine leiblichen Eltern kennengelernt haben, dann wäre ich noch im selben Moment dort«, gesteht sie.

Ich ergreife die Gelegenheit, das Thema zu wechseln, damit ich nicht mehr an ihren verletzten Arm denken muss, bevor ich losziehe und irgendwen dafür erwürge.

»Weißt wohl nicht viel über sie, was?«, frage ich.

»Versuchs mal mit *nichts*«, korrigiert sie mich. »Versteh mich nicht falsch, ich habe meine Eltern wahnsinnig lieb, aber ich frage mich trotzdem … weißt du?«

»Warum fragst du sie nicht einfach?«

»Vielleicht, weil ich ihnen nicht wie ein Arschloch vorkommen will? Sie haben alles Erdenkliche für mich getan, und dann will ich plötzlich mehr über die Drecksäcke erfahren, die mich weggegeben haben?« Sie schweigt kurz. »Also, genau genommen ist meine Mutter gestorben, also konnte sie nicht für mich sorgen, aber mein Dad hat nicht gerade Himmel und Hölle in Bewegung gesetzt, mich zu finden.«

»Vielleicht weiß er ja gar nichts von dir.«

»Ist das schlimm, wenn ich hoffe, dass du recht hast?« Sie kaut auf ihrer Unterlippe, und mein Schwanz zuckt in der Hose.

Verfickte Scheiße, ich dachte, ich hätte dieses ganze »Hör auf, dir vorzustellen, wie ihre Titten vor deinem Gesicht wippen« komplett im Griff.

Offensichtlich habe ich mich geirrt.

»Ne. Wenn er Bescheid wusste, dann ist er ein Drecksack, der seine Tochter sitzen gelassen hat. Wenn nicht, besteht Hoffnung«, bestärke ich sie.

Dankbar lächelt sie mich an, als brauche sie die Bestätigung, dass sie kein schlechter Mensch ist. Das Komische ist nur, sie ist der am allerwenigsten schlechte Mensch, der mir je begegnet ist.

Die Sonne geht bald auf, der Himmel ist bereits eine Mischung aus Rosa, Orange und Rot. Während der nächsten Minuten sehen wir einfach Mutter Natur dabei zu, wie sie ihr Ding macht.

»Du hast da vorher etwas gesagt …« Ihre Stimme bebt, als würde sie das, was sie gleich sagen will, zu Tode ängstigen. »Dass Scheiße bauen nur Spaß macht, wenn es einen fast umbringt …«

Ich nicke.

Sie zieht scharf die Luft ein, um ihre Angst unter Kontrolle zu bekommen. »Hast du mich deshalb geküsst? Damals im Weinkeller? Weil ich wie *Gift* schmecke?«

Die Frage ist gerechtfertigt, aber ich bin schon ein bisschen schockiert, dass sie den Mut hatte, sie zu stellen.

»Ich habe dich geküsst, weil du verdammt noch mal das Einzige bist, das nicht …«

Bei meinem Eingeständnis klappt ihr der Mund auf.

»Warte mal, willst du behaupten, dass dir überhaupt nichts Freude macht?«

»Ich sage damit, dass alles, was mir Freude macht, Schuldgefühle nach sich zieht.«

Ihr neugewonnener Mut scheint verflogen, aber da legt sie ihre zitternde Hand auf meinen Bauch und holt bebend Luft.

»Selbst *das*?«

Ich bin mir sicher, dass ich träume, als ihre Finger in Richtung meines Schritts hinunterwandern. Mein Blick trifft ihren und meine Gelübde, sie niemals wieder anzurühren, gehen in Flammen auf.

Außerdem ist genau genommen sie es, die mich berührt.

Und das zählt nicht, oder?

Ihre Wangen sind knallrot, ihre Pupillen geweitet und ihre Brust hebt und senkt sich mit beängstigender Geschwindigkeit.

Sie will das.

Mein Schwanz schwillt an, als sie mit meinem Hosenbund zu spielen beginnt.

Fucking. Unmöglich.

Ich sagte, für mich war's das.

Dass sie zu gut für mich war, zu rein.

Dass sie es nicht verdiente, vernichtet zu werden.

»Dia«, warne ich, um sie abzuschrecken, aber sie klimpert stattdessen mit den Wimpern, ist so schmerzhaft ahnungslos, welchen gefährlichen Weg sie da einschlägt.

»W-was ist *damit*?«, stammelt sie, schiebt die Hand in meine Hose und lockt mir ein Stöhnen ganz tief aus der Kehle. »Macht dir das auch Schuldgefühle?«

Baby, du machst dir keine Vorstellung …

Mir ist alles egal, als ihre Hand meinen Schwanz über den Boxershorts umfasst und ihn drückt. Ihre Berührung ist dabei schüchtern und vorsichtig. Sie streichelt mich so sanft, dass es mir den Verstand raubt.

Tu ihr das nicht an, schreit mein Gewissen, aber mein Körper weigert sich, die Notbremse zu ziehen.

Und mein Mund?

Mein Mund ist ein hinterhältiger Verräter.

»Fuck, du bringst mich um.« Ich werfe den Kopf nach hinten und hasse mich, weil ich weiß, wie diese Geschichte endet. Ich werde alles nehmen, was dieses Mädchen zu geben hat.

Bis nichts mehr übrig bleibt.

Bis sie genauso leer ist wie ich.

Sie zieht die Hand aus meiner Hose und lässt die Finger flach auf meinem Bauch liegen. »Ist es so okay? Ich kann aufhören, ich –«

Ohne zu überlegen, packe ich ihre Faust und schiebe sie in meine Unterhose. Sofort schließt sich ihre ungeschickte kleine Hand um meinen Schaft und meine Hüften zucken nach oben. Sie fängt an, auf und ab zu reiben, greift immer fester zu, während sie ihre geschlossene Hand zur Spitze führt, dann wieder hinunter zum Ansatz.

»Oh, fuck«, stöhne ich durch die zusammengebissenen Zähne. Sie scheint nicht zu wissen, was sie da tut – es muss schon eine Weile her sein, seit sie mit einem Typen zusammen war –, und das törnt mich nur noch mehr an. Ich zucke zusammen, als sie mich ein bisschen zu fest drückt.

»Habe ich dir wehgetan?«, fragt sie panisch – dieses starke, freche Mädchen, dessen unter einem Berg von Unsicherheit begrabenes lautes Mundwerk mir immer mehr ans Herz gewachsen ist.

Sie beginnt, ihre Hand aus meiner Hose zu ziehen, aber wahrscheinlich könnte ich an einem extraschweren Fall von dicken Eiern sterben, wenn sie jetzt aufhört.

»Verdammt, hör bloß nicht auf«, flehe ich sie förmlich an, und vielleicht wäre es mir völlig egal, wenn sich ihre Hand nicht so gut anfühlen würde.

Das Schlimmste ist, es fühlt sich gut an, weil *sie* es ist.

Sie macht ein paar Minuten lang weiter, mir etwas ungeschickt einen runterzuholen, und wenn sie irgendein anderes Mädchen wäre, fände ich das, was sie tut, wohl eher mittelmäßig.

Sie hält sich zurück, ist eine Gefangene ihrer eigenen Gedanken.

Sie muss aufhören, zu viel hineinzuinterpretieren.

Ihr stockt der Atem, als ich in ihr Haar fasse und meinen Mund auf ihre Lippen presse. Die Art, wie ich sie küsse, hat etwas Verzweifeltes, und es fühlt sich wie eine Sünde an. Als würde ich einen Engel verderben und ihr einen Platz in der Höhle reservieren. *Ich ziehe sie mit mir in die Tiefe ...*

Ich knabbere ein bisschen an ihrer Unterlippe und massiere ihren Schädel, damit sie sich etwas entspannt. Endlich wird der Griff um meinen Schwanz etwas entspannter.. Meine Zunge schnellt heraus und ich lecke den Spalt zwischen ihren Lippen, während sie stöhnt und ich sie am Handgelenk dichter an mich ziehe.

Einen Moment später presse ich sie fest an mich; ihr rechtes Bein liegt über meinen Oberschenkeln, während sie weiter *versucht*, mir in meinen Boxershorts einen herunterzuholen.

»Sag mir, was ich tun soll«, krächzt sie in meinem Mund.

Schon allein davon könnte ich abspritzen.

Fuck, natürlich zeige ich dir, was du tun sollst.

Ich küsse sie immer noch wie der Teufel, schiebe aber währenddessen mit einer Hand meine Hose herunter, die andere immer noch in ihren Locken. Mein Schwanz wippt gegen meinen Bauch, die Spitze klatscht auf meine Bauchmuskeln, während die Unterwäsche heruntergleitet.

Ich bin so hart, dass es schmerzt.

Dann unterbricht sie den Kuss für eine Sekunde und beäugt mich halb entsetzt, halb erstaunt. Ich weiß ziemlich genau, dass das nicht wegen meiner Größe ist – sagen wir einfach, auf dem

Gebiet hatte ich nie ein Problem –, und deshalb komme ich zu dem Schluss, dass meiner der erste ist, den sie überhaupt zu sehen bekommt.

Scheiße, ist sie etwa noch Jungfrau?

Ne.

Unmöglich.

Ich hatte immer angenommen, dass sie schon mindestens mit einem Typen zusammen war. Ich meine, verdammt, man muss sie doch nur ansehen, aber wie ungeschickt sie mir einen runterholt und wie sie meine Latte mit den Augen verschlingt?

Allmählich glaube ich, sie ist nicht nur ein bisschen eingerostet.

Warte … Wenn das im Weinkeller nun …

Nein, das kann unmöglich ihr erster Kuss gewesen sein.

Doch all die Fragen entfallen mir, als sie schwer schluckt und meinen Schaft mit der Hand umgreift.

»Und jetzt?«, fragt sie.

»In die Hand spucken«, weise ich sie an und ihr schießt die Röte in die Wangen, aber sie gehorcht, spuckt in die Handfläche und fasst dann wieder zu. Ich muss sofort stöhnen, als sie die Hand nun schnell auf und ab bewegt und es sich hundertmal besser anfühlt als zuvor.

Ich stelle mir vor, wie ich jedes einzelne ihrer Löcher ficke, in ihre möglicherweise noch jungfräuliche Pussy eindringe und scheiße …

Ich fange an zu zittern.

Unter ihren Fingern zu pulsieren.

»Fuck, Dia. Ich brauche deinen Mund. Gib mir deinen Mund, Baby.« Ich finde selbst, dass ich mich wie ein wehleidiges Miststück anhöre, aber für sie muss es noch viel schlimmer klingen. Ich erwarte nicht, dass sie es tut. Wenn ich recht habe und sie tatsächlich noch Jungfrau ist, ist sie wahrscheinlich nicht zu einem Blowjob bereit.

Als sie sich dann neben mich kniet und den Kopf meiner harten Länge in den Mund nimmt, verliere ich fast den Verstand.

Jep, ich bin erledigt.

Ruht in Frieden, meine Eier.

Sie ist schüchtern in der Art, wie sie mir einen bläst, nimmt mich aber Stück für Stück tiefer in den Mund, bis sie versehentlich würgen muss.

»So ist es gut, Baby«, ächze ich und wickle ihr feuchtes Haar um meine Hand.

Sie stöhnt über meine Bemerkung und ich muss alles an Selbstbeherrschung in meinem Körper aufwenden, um nicht tiefer zu stoßen. In Gedanken nehme ich alle meine Vermutungen, sie könnte noch Jungfrau sein, zurück, als sie mit der Zunge um mich kreist.

Sonst könnte sie meinen Schwanz unmöglich so verwöhnen.

Das kann nicht ihr erstes Mal sein.

Im Hintergrund sehe ich die Sonne aufgehen, während ihr Kopf bei jeder Zungenbewegung auf und ab wippt. Ich möchte mir eine runterhauen, als ich ihren Kopf kräftig herunterdrücke und sie würgen muss.

Was zum Teufel tue ich da?

Sofort hört sie auf, sieht mich wütend an, weil ich offensichtlich zu weit gegangen bin. »Wenn du das noch mal machst, beiße ich ihn dir ab.«

Sofort lasse ich ihr Haar los. »Scheiße, tut mir leid. Willst du aufhören?«

Ich erwarte, dass sie mich so hängen lässt oder ihr Versprechen einlöst und mir den Schwanz abbeißt, aber sie tut es nicht, zögert aber, meine Entschuldigung anzunehmen. Doch mein Ständer verliert bereits seine Härte. Ich weiß, dass ich sie zu etwas gezwungen habe, das sie nicht wollte. Das reicht aus, um die Stimmung zu verderben, und auch ihr fällt auf, dass meine Erektion nachlässt.

»Ich sagte nicht, dass ich aufhören will. Aber drück mir nicht noch einmal auf den Kopf«, zeigt sie ihre Grenze auf, führt ihre Zunge dann aber wieder an meine Schwanzspitze.

Eine Mikrosekunde später versteift sich mein Penis wieder, und *fuck*, ich hätte nicht gedacht, dass es mich so antörnt, von einem Mädchen zurechtgewiesen zu werden. Die meisten, mit denen ich zusammen war, hatten keine Grenzen gesetzt. Sie blickten zu mir auf, meine Eier im Mund, erstickten fast an allen möglichen Daddy-Issues und flehten mich förmlich um ein bisschen Zuneigung an.

Aber Dia dagegen verbiegt ihre Moral mir zuliebe nicht, und das ist verdammt noch mal das Heißeste, was ich im Leben gesehen habe. Ich lege den Kopf in den Nacken, als sie etwas tut, mit dem ich überhaupt nicht gerechnet habe.

Sie gibt mir freiwillig einen Deepthroat.

Da begreife ich es. Es ist nicht so, dass sie es *nicht* tun wollte; sie wollte nur nicht das Gefühl haben, dass ihr etwas genommen wurde. Ich erschauere, als sie zu mir aufblickt, das pure Feuer und eine unverhohlene Befriedigung in ihrem Blick.

Sie genießt das förmlich.

Sie *liebt* es, mich in ihrer Hand zu haben.

Ich bin nur noch Sekunden vom Abspritzen entfernt, als sie ihrer Zunge mit der Hand nachhilft.

»Fuck, Dia, gleich komme ich in deinen verdammten Hals.« Ich beiße die Kiefer aufeinander und gebe ihr Gelegenheit, sich zurückzuziehen, bevor es zu spät ist, aber sie rührt sich nicht vom Fleck.

Stattdessen saugt sie wieder an meinem Schwanz.

»Dann los.«

Heilige. Verfickte. Scheiße.

Und dann spritze ich in ihren Mund, pumpe mit gierigen Stößen aus den Hüften heraus und beschmutze die Unschuld, die ich vor nicht einmal einer Stunde noch zu beschützen geschworen hatte. Ich glaube nicht, dass ich im ganzen Leben schon einmal so heftig gekommen bin. Ernsthaft. Gut möglich, dass der Colonel danach erst einmal in Streik tritt.

Ich zucke immer noch, als sie den Mund mit einem Ploppen von meiner Schwanzspitze löst. Ich beobachte, wie sie mein Sperma hinunterschluckt und sich dann mit dem Zeigefinger einen Tropfen vom Mund wischt.

Großer Gott, wo hattest du dieses Mädchen versteckt?

Immer noch auf Knien, setzt sie sich zurück auf die Fersen. Ihre schwarzen Locken sind in einem großartigen Durcheinander und ihre vollen Lippen glänzen vor Verlangen. Wir wechseln Blicke, und die Angst in ihren Augen sagt mir alles, was ich wissen muss.

Sie ist nicht die Einzige, die sich für einen Moment von der Realität abgeschottet hat. Eine ganze Weile lang sagt keiner von uns etwas, und dieses Schweigen fühlt sich bestimmend an. Kaum habe ich meinen halbharten Schwanz zurück in die Hose geschoben, platzt aus ihr heraus: »Und jetzt kommt die Stelle, wo du wegläufst.«

Und damit hat sie recht.

Ich laufe *immer* weg.

Am Abend im Weinkeller lief ich weg.

Als ich sie an ihrer Zimmertür gefingert hatte, lief ich weg.

Wenn ich in den vergangenen zehn Jahren etwas gelernt habe, dann, dass ich es verdammt gut hinkriege, abzuhauen, wenn es ernst wird. Aber in diesem Augenblick gibt es nicht eine einzige Faser in meinem ganzen Körper, die sich aus dem Staub machen möchte.

Ohne Vorwarnung fasse ich sie am Handgelenk und ziehe sie zu mir herunter ins Gras. Sie fällt auf meine Brust, den Kopf gegen meine Muskeln gepresst, als ich meinen Arm um ihre Taille schlinge. Die nächsten dreißig Minuten sprechen wir kein einziges Wort.

Schließlich fällt mir auf, dass ihre Atmung ganz gleichmäßig geworden ist.

Sie hat die Nase dicht an meinen Hals geschmiegt und schläft friedlich wie ein Lamm in meinen Armen. Sie sagt, *ich* sollte weglaufen. In dieser Nacht habe ich bewiesen, dass ich für meinen Kick sogar bereit bin, selbst die liebsten und tugendhaftesten Seelen zu beflecken …

Wenn also jemand weglaufen sollte …

Dann ist das sie.

17. KAPITEL

DIAMOND

Irgendwas auf meiner Wange ist nass.

Ich will die Augen öffnen, aber das Licht ist zu grell. Wie konnte ich überhaupt einschlafen?

Scheiße, mein Rücken tut weh.

Ich schlage die Augen auf, setze mich gerade, und langsam verbinden sich meine Sinne wieder mit meinem Körper. Als Erstes sehe ich, wie Lexie mir den Kopf zuwendet und mir dann mit der Zunge über die Wange fährt.

Zu meiner Verwunderung sitze ich hinter dem Haus auf dem Rasen, noch größer ist allerdings die Überraschung, als ich nach unten blicke und Finn entdecke, der neben mir schläft.

Und dann ist plötzlich alles wieder da.

Die Brücke.

Finn, wie er abstürzt.

Und … das andere.

Heilige Scheiße.

Unter der Hälfte der Decke, die ich mir letzte Nacht um die Schultern geschlungen hatte, liegt jetzt Finn, die andere Hälfte ist über meinen Schoß gebreitet.

Wir sind eingeschlafen.

Aber warum ist Lexie hinten im Garten?

Jemand muss sie herausgelassen haben –

»Was zum Teufel?« Die Männerstimme lässt mir fast das Herz stehen bleiben. Ich wende den Kopf und entdecke einen verkaterten Theo. Er kommt auf uns zu und sieht aus, als wäre er eben aus den Feuerschlünden der Hölle gekrochen.

Er muss eben erst nach Hause gekommen sein. Lacey sagte, sie würde ihn am Morgen vorbeibringen. Ich stoße Finn in die

Rippen, als hätte man uns in flagranti erwischt, obwohl wir beide vollständig bekleidet sind.

Er stöhnt, rührt sich ein wenig, ist aber immer noch im Halbschlaf.

»Finn!« Ich schüttle ihn kräftig an der Schulter. Mühsam öffnet er, geblendet von der Sonne, die Augen und hält sich die Hand vors Gesicht.

Einen Augenblick später bemerkt er Theo, zeigt aber keine Reaktion. Sein Gesichtsausdruck ist mir ein Rätsel. Er schiebt die Decke beiseite, gähnt und streckt sich in aller Ruhe, als würde ihn nichts etwas angehen.

Man hat uns eben kuschelnd im Garten erwischt, was an sich keine große Sache ist, aber warum habe ich das Gefühl, Theo würde alles wissen?

Erstaunlicherweise scheint Theo völlig *ahnungslos*.

Vielleicht hat Finn ihm erzählt, dass wir vorher schon rumgemacht haben – ist ja kein Geheimnis, dass sich Kerle gerne das Maul zerreißen –, aber Theo weiß offenbar nicht Bescheid.

Wenn überhaupt, dann sieht er so aus, als könnte er sich nicht vorstellen, dass Finn und ich die Gegenwart des jeweils anderen überhaupt länger als ein paar Minuten ertragen könnten, geschweige denn eine ganze Nacht. Meine Wangen leuchten in dem Moment rot auf, in dem Theos Erstaunen einem verdächtigen Grinsen weicht.

»Na, na, was habt ihr beiden denn gemacht?«, stellt er die brennende Frage. Ich werfe Finn einen Blick zu und fürchte mich vor seiner Antwort.

Zu gerne würde ich behaupten, dass ich nicht erwarte, die vergangene Nacht hätte irgendetwas zu bedeuten. Aber von der Rettung von Finns Leben über den Austausch von Geheimnissen im Dunkeln bis hin zu dem besonders schmutzigen Blowjob war es verdammt intensiv. Finn nimmt meinen Blick wahr, reagiert aber nicht und steht auf.

Dann schmunzelt er Theo frech an und sagt: »Dreimal darfst du raten.«

Theo antwortet mit einem vielsagenden Blick.

Und mein Hals schmerzt wie die Hölle.

Natürlich.

Mehr war es nicht für ihn.

»Ich gehe ins Gym. Kommst du mit?« Finn schlendert zum Haus, ohne mich eines Blickes zu würdigen, gefolgt von Theo.

»Es ist fucking acht Uhr morgens nach einer Party, und du willst trainieren? Kumpel, du brauchst echt Hilfe«, schimpft Theo.

Ich sitze immer noch im Gras und sehe ihnen nach, als Finn vor der Schiebetür stehen bleibt und mir einen Blick über die Schulter zuwirft. Ich bin fast so dumm, darauf zu hoffen, dass er es irgendwie wiedergutmachen wird.

Vielleicht ein Lächeln.

Irgendwas, um das Gefühl loszuwerden, dass er mich benutzt und dann weggeworfen hat. Aber sein Ausdruck könnte nicht kälter sein.

»Vergiss nicht, Lexie zum Hundefriseur zu bringen«, erinnert er mich.

Nachdem er klargemacht hat, dass ich nie mehr für ihn war als sein Botenmädchen, verschwindet er im Haus.

Ich bin sprachlos, beschämt, aber vor allem …

Fuchsteufelswild.

Ich fasse es nicht, dass ich diesem Arschloch so viele meiner ersten Male überlassen habe, und wofür? Ich bedeute ihm nicht die Bohne. Die traurige Wahrheit wird mir klar, als ich aufstehe und die Decke zusammenlege.

Ich muss weg von hier.

Wegen Lexie bin ich geblieben, weil ich dachte, Finn wäre ein entsetzlicher Hundehalter, aber Theo hat recht – das Einzige, was der beschissene Finn Richards auf dieser Welt wirklich liebt, ist sein Hund.

Lexie ist bei ihm sicher.
Mein Herz dagegen?
Eher nicht.

* * *

EINE WOCHE SPÄTER

Ich habe das Richtige getan.

Die Worte trichtere ich mir zwangsweise seit dem Tag ein, als ich in aller Eile meine Sachen zusammengepackt und das Haus der Richards verlassen habe. Noch auf dem Heimweg rief ich Finns Dad an, um zu kündigen. Nur dass mir der Mut fehlte, wirklich zu kündigen, und ich stattdessen eine schlimme Erkältung vorschob.

Die Vorstellung brachte mir immerhin sieben volle Tage ein, die ich im Bett liegen und nichts tun konnte. Meinen Eltern sagte ich ebenfalls, ich sei krank. Ich wusste, meine Dads würden misstrauisch werden, wenn ich jetzt, wo nur noch zwei Wochen Arbeit vor mir lagen, kündigen würde. Die Fragen könnte ich nicht ertragen.

Als Gefangene in meinem eigenen Schlafzimmer hatte ich viel Zeit zum Nachdenken, und ich kam zu dem Schluss, dass ich es nicht aushalten würde, Lexie niemals wieder zu sehen.

Sie fehlt mir.

Sie fehlt mir so sehr, dass es schmerzt.

Ich werde Mr Richards anbieten, umsonst auf sie aufzupassen, sobald er wieder zurück ist. Finn wird dann wahrscheinlich sowieso wahnsinnig mit Basketball beschäftigt sein, wenn die Schule wieder losgeht. Bestimmt kann ich es so einrichten, dass ich sie sehe, ohne ihm zu begegnen.

Allerdings glaube ich nicht, dass ich ihm *jetzt* aus dem Weg gehen kann.

Mr Richards rief heute Morgen an und sagte, ein Freund von ihm sei in der Stadt und ich könne früher gehen, wenn ich wolle. Zuerst fürchtete ich, er wolle mich loswerden und sei mit mir als Housesitterin nicht zufrieden. Aber dann gab er mir einen großen Bonus für die gute Arbeit.

Ich habe also beschlossen, zum Haus zurückzugehen, den Rest von meinen Sachen zu holen und Lexie noch einmal zu sehen, bevor ich das Buch zu diesem Sommer endgültig zuklappe.

Hey, Finn ist wahrscheinlich nicht der Richtige, aber immerhin hat er mir geholfen, ein bisschen Erfahrung zu sammeln. Er hat sich zwar die meisten meiner ersten Male genommen, aber das wichtigste erste Mal wird er niemals kriegen.

Mein neues Auto brummt ziemlich laut, während ich zum letzten Mal zur Villa hinauffahre. Vor ein paar Tagen hatte ich endlich das Geld zusammen, um Brenda den Käfer abzukaufen. Meine Dads haben es bei ihr abgeholt und nach Hause gebracht und mich damit überrascht. Es macht zwar ziemlich viel Lärm, aber es muss nur für das Abschlussjahr halten – der Plan ist, die Ausgaben fürs Auto dann wieder zu sparen, wenn ich aufs College gehe.

Die Duke wird auch so schon teuer genug werden.

Im Haus ist es still, als ich eintrete. Nichts von Finn oder Theo zu hören. Die Vorfreude auf Lexies Begrüßung ist riesengroß, aber sie kommt nicht an die Tür gelaufen wie sonst. Schwerfällig erhebt sie sich von ihrem Hundebett und schleppt sich langsam über den Flur.

Sie sieht erschöpft aus.

In letzter Zeit war sie ständig müde.

»Komm her.« Ich treffe sie auf halbem Weg und gehe in die Knie. Mit ihrem vollen Gewicht lehnt sie sich gegen mich. Als ich die Arme um sie schließe, legt sie mir den Kopf auf die Schulter.

Da stimmt etwas nicht.

»Lex, alles okay?«, frage ich, als würde ich eine Antwort erwarten.

Um ihre Augen ist eine Art von Ausfluss zu sehen, und ich muss mich wirklich beherrschen, nicht gleich im Internet nach Ursachen zu suchen und mich zu Tode zu ängstigen. Vom Tierarzt haben wir nach den jährlichen Tests immer noch nichts gehört, aber ich war davon ausgegangen, dass alles okay ist. Doch jetzt mache ich mir Sorgen, dass die Ergebnisse immer noch nicht da sind.

Die meiste Zeit des Tages liege ich mit Lexie auf dem Sofa, versuche ihren aberwitzig teuren Tierarzt anzurufen – wobei *versuchen* hier das Schlüsselwort ist. Der Anschluss ist immer belegt und ich habe bestimmt sieben Nachrichten auf dem Anrufbeantworter hinterlassen mit der Bitte um Rückruf.

Lexie geht ein- oder zweimal nach draußen, um ihr Geschäft zu machen, und kommt pünktlich wie ein Uhrwerk wieder zurück aufs Sofa. Außerdem frisst sie den ganzen Tag überhaupt nichts. Gegen Abend frage ich mich, ob ich nicht einfach ins Auto steigen und alle Tierärzte im Umkreis von zweihundert Meilen anfahren soll, bis jemand bereit ist, sie zu untersuchen.

Ich stemme mich vom Sofa hoch und will Lexie gerade hochheben und zu meinem Auto tragen, da höre ich, wie die Eingangstür zufällt. Aus der Diele ist eine männliche Stimme zu hören, und ich bete voller Anspannung, dass der Neuankömmling Theo ist und nicht Finn.

Lexie bekommt kaum die Augen auf; sie ist zu müde, um die Gesellschaft zu bemerken.

»Auf jeden Fall, wir werden da sein. Danke.« Ich sehe ihn noch auflegen, bevor er geradewegs in die Küche geht. Er ist zu sehr in seine eigenen Gedanken versunken, um mich im Wohnzimmer zu bemerken, und stützt beide Hände auf die Kücheninsel.

Er lässt den Kopf hängen, stößt einen tiefen, schweren Seufzer aus, als wäre er dabei, die Beherrschung zu verlieren, und presst die Augen zu, wie um die Kontrolle zu behalten.

Nur … er *scheitert*.

Mir stehen alle Haare zu Berge, als er ein lautes, ärgerliches Knurren ausstößt und sein Handy mit aller Gewalt gegen die Küchenwand schleudert. Der Bildschirm zerspringt sofort und überall fliegen Glasscherben herum. Er hat dieses Handy erst vor ein paar Tagen bekommen, weil er das alte auf der Brücke verloren hatte.

Sein Ausbruch birgt Wut, Verzweiflung und Angst, und ich brauche nur einen einzigen Blick auf Lexie zu werfen, um den Grund für seinen Zusammenbruch zu verstehen.

Sie ist der Grund.

Das muss es sein.

Ich sollte etwas sagen, aber irgendwie habe ich Angst davor, mit ihm zu sprechen, solange er in diesem Zustand ist. Die ganze vergangene Woche habe ich mir eingeredet, dass Finn Richards ein herzloser Drecksack ist, der sich nur um sich selbst kümmert, und ich weiß nicht, ob ich damit umgehen kann, wenn er mich vom Gegenteil überzeugt.

Die Entscheidung wird mir abgenommen, als er den Kopf zum Wohnzimmer wendet und mich bemerkt.

Aus seiner Haut weicht alle Farbe.

»Du bist zurück«, sagt er mit rauer Stimme, aber ich habe das Gefühl, er wusste das bereits. Wahrscheinlich hat er mein Auto draußen stehen sehen, aber er hat nicht damit gerechnet, dass ich seinen Zusammenbruch vom Wohnzimmer aus verfolgen würde.

»Das bin ich.«

»Warum?«, fragt er sofort, als könne er meine Rückkehr nicht begreifen. Vielleicht weiß er ja tief in seinem Inneren, dass er mich vor einer Woche unmöglich behandelt hat.

»Um meine Sachen zu holen«, erkläre ich.

Er nickt, antwortet aber nicht, sondern öffnet einen Küchenschrank und schnappt sich einen Besen, um die Sauerei in Ordnung zu bringen. Ich koche vor Wut und verachte mein törichtes

Herz für den Wunsch, er würde mich bitten zu bleiben oder sich entschuldigen, während er die Scherben zusammenkehrt.

»Irgendwas stimmt nicht mit Lexie«, informiere ich ihn. Vielleicht kann ich ja mit einem Themenwechsel verhindern, dass ich die Nerven verliere.

»Ich weiß.« Er seufzt. »Seit zwei Tagen schon versuche ich, einen Termin bei ihrem Tierarzt zu bekommen. Jetzt habe ich einen anderen gefunden, der sie sich morgen Nachmittag ansehen will.«

Mit dem hat er also beim Hereinkommen telefoniert.

»Gott sei Dank«, antworte ich erleichtert.

Finn kommt herüber zum Sofa und streichelt Lexie. »Hat sie den ganzen Tag geschlafen?«

»Jep. Ich war die ganze Zeit bei ihr.«

»Geh nur. Ich bin jetzt über Nacht hier.« Er deutet zur Treppe.

Ich will sie nicht zurücklassen, aber ich sehne mich auch nach einer Dusche. »Bist du dir sicher?«

»Ich schlafe schon die ganze Woche bei ihr auf dem Sofa. Ja, ich bin mir sicher.«

Widerstrebend gehe ich im Schneckentempo zur Treppe. Sein Schweigen, als ich sagte, ich wollte nur meine Sachen holen, lässt mir keine Ruhe.

Ihm ist das wirklich egal, oder?

»Ich bin übrigens morgen Abend weg«, erkläre ich und hoffe auf wenigstens den Anflug einer Reaktion. »Dein Dad hat gesagt, ein Freund von ihm sei in der Stadt und ich könne früher gehen, wenn ich will.«

Ich glaube, dass ich ganz kurz etwas Schmerzliches in seinen Haselnussaugen aufblitzen sehe.

»Okay.« Er zuckt mit den Achseln.

Okay.

So endet also die Geschichte?

Mit einem verfickten Okay?

Sekunden bevor mein Zeh die erste Stufe berührt, platzen die Worte aus mir heraus. »Okay? Mehr hast du mir nicht zu sagen?«

Ich drehe mich herum und sehe, wie er mich anstarrt, ein Hauch von Überraschung in seinem Blick. Ich klinge erbärmlich, vielleicht sogar bedürftig, kann das aber nicht ändern …

Es war real.

Die Nacht in der Bibliothek.

Im Weinkeller.

Draußen im Garten.

Das war alles real.

Da gab es eine Verbindung. Und nein, Liebe war es nicht. Auch kein Märchen, aber es war *etwas*. Mein Puls pocht wie wild am Hals, während ich ihm diese letzte Chance gebe, dies in Ordnung zu bringen.

Er fährt sich mit der Hand durchs Haar, blickt auf seine Füße und stößt die Luft aus. »Was soll ich dir jetzt sagen, Dia? Man nennt das aus gutem Grund einen Ferienjob.«

Und dann versetzt er mir den letzten Stoß.

»Nach den Ferien … ist es *vorbei.*«

* * *

Vieles an der Arbeit für Mr Richards werde ich nicht vermissen. Zunächst einmal *hasste* ich es, zu Fuß zum nahen Supermarkt zu gehen, weil ich kein Auto hatte.

Klar, es sind nur zehn Minuten, aber mit den schweren Taschen fühlte es sich immer wie ein ganzes Work-out an. Ich weiß noch, wie ich nach dem Kauf des Autos dachte, ich würde dort nie wieder zu Fuß hingehen, und doch bin ich jetzt hier und trotze der sengenden Hitze, um ein letztes Mal einkaufen zu gehen.

Ich musste einfach aus dem Haus.

Etwas Nützliches tun und mich bewegen, anstatt auf dem Sofa

zu sitzen und mir Sorgen über Lexies Termin am Nachmittag zu machen.

Ganz abgesehen davon, dass ich allein war und mich zu Tode gelangweilt habe. Bevor ich aufwachte, schrieb Finn mir noch, er drehe mit Lexie eine Runde, und Theo ist schon seit gestern verschollen – wahrscheinlich arbeitet er mit Lacey am nächsten Schwangerschafts-Schreck.

Mit einem Blick auf die Einkaufstüten in meinen Händen versuche ich mir eine Ausrede für meine gute Tat auszudenken. Lange werde ich nicht mehr mit Finn zusammenleben. Realistischerweise werde ich nicht mal mehr dabei sein, wenn das, was ich da eingekauft habe, auf den Tisch kommt. Aber ich kann mich auch nicht einfach so aus dem Staub machen, wenn ich weiß, dass den Jungs zwei Wochen Ramen-Nudeln bevorstehen, wenn sie nicht verhungern wollen. Heute früh habe ich sogar mehrere Aufläufe gemacht und im Kühlschrank bereitgestellt.

Ich bin noch eine Minute vom Haus entfernt, als ich auf meinem Handy eine neue Mailbox-Nachricht entdecke.

Von Lexies Tierarzt.

Scheiße, wie konnte ich das verpassen?

Ich entsperre das Telefon sofort und presse mir das Gerät ans Ohr.

Knacken.

Es piept.

Dann eine Frauenstimme.

»Hi, das ist eine Nachricht für Diamond Mitchell. Hier ist das Charlotte-Tierarztzentrum. Sie sind bei uns als Notfallkontakt von Finn Richards gelistet.«

Warte … was?

Finn hat mich als Notfallkontakt angegeben?

»Wir konnten ihn nicht erreichen. Wir rufen wegen Lexies Blutuntersuchung an und wollten Bescheid sagen, dass wir eine etwas …«, sie hält kurz inne, »ungewöhnliche Menge weißer

Blutkörperchen festgestellt haben, die auf ein Problem hinweisen könnten. Um Genaueres zu sagen, wären weitere Untersuchungen nötig. Bitte nehmen Sie so bald wie möglich Verbindung zu uns auf unter –«

Ich verstehe kein einziges Wort von dem, was sie sagt, weil ich zur Villa der Richards' auf der anderen Straßenseite hinüberstarre.

Das Tor steht weit offen. Und die Straße und der Gehweg sind mit irgendetwas verschmiert, das sich als Spur die ganze asphaltierte Auffahrt bis zum Haus hinaufzieht.

Mir rutscht eine Einkaufstasche aus der Hand und sie kracht mit lautem Scheppern auf den Beton.

Denn die Pfützen dort … das ist kein Wasser.

Auch kein Schlamm …

Es ist Blut.

18. KAPITEL

DIAMOND

Mir drängen sich eine Million möglicher Szenarien auf, während ich der Spur zum Haus folge. Dort steht nur ein einziger Wagen. Finns Wagen. Das schwarze Auto steht noch am selben Fleck wie zuvor, als ich zum Supermarkt losgezogen bin.

Er ist zu Hause.

Er war die ganze Zeit zu Hause.

Gott, wenn das nun sein Blut ist?

Panik schießt mir wie heiße Lava durch den Körper, als ich oben ankomme und mir der grauenvolle Anblick jeglichen Sauerstoff aus den Lungen saugt.

Es ist überall.

Auf den Eingangsstufen.

Auf der Veranda.

Auf der Fußmatte.

Das Blut markiert einen Weg zur Haustür, und mitten auf der Scheibe ist dort ein großer blutiger Handabdruck.

Soll ich hineingehen?

Oder die Polizei rufen?

Aber wenn jemand verletzt ist?

O Gott … Lexie.

Sie war schon zuvor so schwach und gebrechlich.

Mit jedem Schritt steigt mein Puls; vorsichtig, um die Blutflecke an der Tür nicht zu berühren, greife ich nach dem Türknauf und schiebe die Tür auf. Im Haus ist es totenstill, als ich die Diele betrete und der Blutspur in den Wohnbereich folge.

Ich möchte Finn rufen, oder Lexie, aber ich habe Zweifel, ob es schlau ist, einen möglichen Serienmörder auf mich aufmerksam zu machen. Gerade erreiche ich die Küche, wo ich mir ein Messer schnappen möchte, als ich die beiden durchs Fenster draußen hinter dem Haus sehe.

Bei dem Anblick verlässt meine Seele den Körper.

Finn kniet auf der Terrasse, Shirt, Hände und Unterarme voller Blut, aber das Schlimmste ist …

Lexie liegt in seinen Armen.

Sie rührt sich nicht und aus ihrem Bauch läuft Blut.

Nein.

O Gott, nein.

»Lexie!« In einer Sekunde bin ich bei Finn, stürze auf den Boden und schürfe mir dabei auf dem Beton die Knie auf. Mein weißes Kleid saugt sich mit Blut voll.

»Wo sind deine Schlüssel?«, ist das Erste, was Finn zu mir sagt.

Er ist ganz blass und seine Augen blutunterlaufen.

Er steht unter Schock.

Mein Schweigen macht ihn rasend. »Ich sagte, wo sind deine verdammten Schlüssel? Ich kann meine nicht finden. Ich kann meine Schlüssel nicht finden. Gib mir deine Schlüssel«, wiederholte er noch einmal wie ein Verrückter.

Lexie atmet noch, aber kaum merklich.

»Was ist passiert?«, schluchze ich, schmecke dabei meine Tränen im Hals und ziehe die Jacke aus, die ich vorher über das Kleid angezogen habe.

Ich knülle sie zusammen und presse damit auf Lexies Wunde. Vor lauter Weinen kann ich kaum atmen. Sie winselt auf vor Schmerz, und jedes Ausatmen macht ihr Mühe.

Finn ist inzwischen völlig außer sich. »Gib mir deine Schlüssel. Wir müssen sie zu einem Notfall-Tierarzt bringen. Wir müssen –«

»Finn! Was zum Teufel ist passiert?« Ich hole ihn in die Realität zurück.

»Ich … ich weiß nicht. Wir waren gerade von unserem Spaziergang zurück, und irgendein Arschloch hat sie angefahren«, sagt Finn fassungslos.

»Sie ist vom Auto angefahren worden?«, kreische ich aus voller Kehle.

Finn nickt nur, und der Schmerz in seinem Blick macht deutlich, dass dies die absolut größte Menge an Schmerz ist, die ein Mensch ertragen kann.

»Und dann ist er einfach abgehauen«, bemerkt er noch.

Ich schlage entsetzt die Hand vor den Mund …

Das war Fahrerflucht!

Finn musste sie den ganzen Weg bis zum Haus schleppen, nachdem sie vor seinen Augen angefahren wurde. Wahrscheinlich ist er ins Haus gerannt, um Hilfe zu holen, als er seine Schlüssel nicht finden konnte.

»Hast du die Polizei gerufen?«

»Sie sind schon unterwegs«, bestätigt er. »Jetzt gib mir deine verfickten Schlüssel, Dia!«

Mein Schluchzen wird vollends hysterisch, als Lexie kalt wird und sich ihre braunen Augen mit Tränen füllen. Ihr Winseln wird leiser und ich nehme ihr Gesicht für einen Augenblick in die Hände. Sie hat Angst und sieht mich an, als hoffe sie, ich würde sie retten. Ihre Schmerzen lindern.

Sie wird es nicht schaffen.

Und wir haben definitiv keine dreißig Minuten Zeit, zum Tierarzt zu fahren.

Finn ist jetzt komplett in Panik. »Dia, verdammte Scheiße, wir dürfen keine Zeit verlieren.«

»Finn.« Ich nehme sein Gesicht in die Hände. »Schau mich an. Sie wird tot sein, bevor wir dort ankommen.«

Davon will er nichts wissen.

»Nein. Nein. Du lügst.« Er schüttelt den Kopf. »Alles wird wieder gut. Das bekommen wir wieder hin, Baby. Sie wird wieder gesund, okay?« Er fleht mich an, ihn anzulügen.

Ich weiß, dass uns die Zeit davonläuft, als sie immer flacher, verzweifelter atmet und am ganzen Körper zittert. Ihr läuft eine Träne aus dem Auge und ich streichle sie, um ihr wenigstens ein kleines bisschen Trost zu spenden. Dann leckt sie mir eine Träne von der Wange, um *mich* zu trösten, und ich muss nur noch heftiger weinen.

Ich muss daran denken, wie sie sich manchmal an mich geschmiegt hat, wenn ich traurig war. All die Male, wenn sie schlafend neben mir lag. Unser Lachen, die Spaziergänge, die glücklichen Stunden.

Dieser Hund ist der Grund, weshalb ich diesen Sommer überstanden habe.

Ich heule laut auf, küsse den Golden Retriever auf den Kopf und flüstere: »Lebe wohl, gutes Mädchen.«

»Nein, sie wird verdammt noch mal nicht sterben«, faucht Finn.

Ich will nichts anderes, als Lexie in ihren letzten Augenblicken festzuhalten, aber dann blicke ich zu Finn auf. Sehe den Schmerz in seinen Augen. Ich weiß, dass er viel dringender von Lexie Abschied nehmen muss als ich. Er muss bei ihr sein, solange er das noch kann.

»Du musst ihr Lebewohl sagen! Jetzt!«, schreie ich. Finn blinzelt mich an und kämpft mit aller Macht gegen die Tränen an.

»Hör auf! Hör auf das zu sagen, verdammt. Sie wird wieder gesund. Sie … *Sie darf nicht sterben.*«

Ich habe diesen Jungen noch nie weinen sehen – Scheiße, ich habe ihn praktisch noch nie etwas fühlen gesehen –, aber sein Stolz spielt jetzt keine Rolle mehr.

»Finn, du darfst sie nicht so gehen lassen«, flehe ich ihn an, denn ich weiß, dass die Zeit läuft. »Sie *braucht* dich.«

So funktioniert es.

Innerhalb von Sekunden kommt wieder Gefühl in seinen Blick, und die Mauern, die er um sich aufgeschichtet hat, lösen sich Stein für Stein wieder auf. Es ist, als würden jetzt in diesem Augenblick zehn Jahre unterdrückter Gefühle ihr Ende finden. Er sieht zu mir auf und die Gewissheit bricht über ihn herein.

Sein kleines Mädchen wird sterben.

Der Hund, den ihm seine Mutter geschenkt hat, als er acht Jahre alt war.

Sie wird sterben.

Die Angst schlägt ihre Klauen in ihn, kaum dass er in die Wirklichkeit zurückgestoßen wurde.

Und dann bricht er zusammen.

Er stößt einen herzzerreißenden Schmerzensschrei aus, ihm laufen Tränen über die Wangen und er vergräbt sein Gesicht an Lexies Hals.

»Bitte … bitte nimm sie mir nicht weg. Bitte …« Er schluchzt in ihr Fell und drückt sie an sich mit allem, was er hat. »Es tut mir so leid, Lex. Gott, vergib mir.«

Er sagt das, als wäre alles seine Schuld.

Als hätte er sie irgendwie im Stich gelassen.

Dann wird er von Panik überwältigt, als sich ihre Augen langsam schließen, ihr Atem langsamer wird und sie ein letztes Mal winselt.

»Nein!« Finn birgt ihren Kopf an seiner Brust. »Nein, nein, nein. Verlass mich nicht, Lex. Bitte!«

Dann ist sie erlöst.

Sie ist … in seinen Armen gestorben.

Von fern ist eine Polizeisirene zu hören, die langsam lauter wird, und ich weiß eines gewiss …

Mit ihr ist ein Teil von Finn gestorben.

* * *

»Sie sind fertig.« Meine Stimme ist ein bloßes Flüstern, als ich nach dem Gespräch mit den von Mr Richards bestellten Tatortreinigern wieder auflege – tragischerweise war so viel Blut vorhanden, um ihren Einsatz zu rechtfertigen.

Finn rührt sich keinen Zentimeter, die Augen fest auf die Uhr in seinem Armaturenbrett gerichtet, während er etwas Unverständliches murmelt.

Ist er am Rechnen?

Verfolgt er nach, wie viele Stunden vergangen sind, seit sie von uns gegangen ist?

Die Antwort ist *fünfzehn.*

Fünfzehn Stunden, seit ein Tierkörperbeseitigungsdienst Lexies Leichnam hinten im Transporter eingeladen und damit davongefahren ist. Gleich morgen früh wird sie eingeäschert werden.

Finn hat keine einzige Träne vergossen, seit die Polizei ihn von ihrem Leichnam weggerissen hat. Es ist, als wäre er auf Autopilot und hielte das Ventil permanent geschlossen, das aufging, als er draußen im Garten zusammenbrach.

Bis Mittag wusste schon die ganze Stadt von dem Vorfall. Mit ein paar neugierigen Nachbarn fing es an, wurde zu einem heiß gehandelten Gerücht, das Witwen und Großmütter beim Tee erörterten.

Meine Dads haben mein Handy fast zum Explodieren gebracht mit ihren Fragen, warum Finn die Untat dem Vernehmen nach selbst mitansehen musste, wo er doch den ganzen Sommer fort sein sollte.

Ich erzählte ihnen, er sei am Tag zuvor zurückgekommen, was sie annehmbar fanden angesichts der Tatsache, dass morgen ohnehin mein letzter Tag ist. Irgendwann muss ich reinen Tisch machen, aber ich kann mich jetzt nicht auch noch um sie kümmern.

Die Villa der Richards war kaum eine Minute nach Lexies letztem Atemzug praktisch von der Polizei eingekesselt. Es sah aus, als hätte das Police Department von Silver Springs alle verfügbaren Fahrzeuge gleichzeitig eingesetzt. Und das Allerschlimmste?

Es ging dabei gar nicht um Lexie.

Dass der Hund der Familie vor unseren Augen verblutete, war ihnen scheißegal. Sie rückten aber in Mannschaftsstärke an, weil der *Unfall* offenbar einen persönlichen Aspekt hatte.

Gezielt.

Finn sagte, ihm sei ein grauer Wagen mit dunklen Scheiben aufgefallen, der ihnen während eines großen Teils ihres Spaziergangs gefolgt sei. Tragischerweise war es wegen Lexies schlechtem Zustand nicht möglich, einfach wegzurennen und ihn abzuschütteln.

Er hat sich eingeredet, er sei paranoid, bis er mit Lexie auf dem Weg zum Haus die Straße überquerte. In dem Moment drückte der Fahrer aufs Gas und hielt mit voller Geschwindigkeit auf die beiden zu.

Finn schaffte es gerade noch, zur Seite zu springen.

Sheriff Daniels hat durchblicken lassen, dass Finns Familie nicht zum ersten Mal ins Visier genommen wurde. Offenbar gab es nach Nora Richards' Verschwinden eine ganze Reihe von Vorfällen – Vandalismus gegen das Eigentum der Familie, versuchte Einbrüche und sogar Androhung von Kindesentführung.

Es hatte irgendetwas damit zu tun, dass Mr Richards, als noch Hoffnung bestand, seine Frau lebend zu finden, eine Belohnung in Höhe von einer Million Dollar für ihr Auffinden ausgesetzt hatte. Ihr Leichnam war ja nirgends aufgetaucht, und man glaubte, sie könne durch irgendein Wunder irgendwo ans Ufer geschwommen oder von einer Strömung an Land getrieben worden sein.

Durch den massiven Medienrummel und die gewaltigen Geldsummen, die bei weniger begüterten Menschen Begehrlichkeiten weckten, erhielt die Familie zu viel Aufmerksamkeit.

Manche glaubten, die Familie würde die Belohnung irgendwo auf ihrem Anwesen bereithalten. Andere dachten, sie könnten Kasse machen, indem sie einbrechen und alles teure Mistzeug mitnehmen – umso besser, wenn sich dieses »teure Mistzeug« als eines der Kinder entpuppte … Kein Wunder also, dass die Polizei diesem Fall *besondere* Aufmerksamkeit widmete.

Als Mr Richards von der Polizei davon erfuhr, war er so wütend, dass er sofort einen Heimflug buchte. Soweit ich das beurteilen kann, war er bereit, Himmel und Hölle in Bewegung zu setzen, um den Scheißkerl ausfindig zu machen, der Lexie das angetan hatte.

»Finn? Hörst du mich? Wir können nach Hause gehen.« Die Lüge schafft es kaum lebend über meine Lippen.

Nach Hause.

Ich frage mich, ob sich die Villa für ihn jemals wieder wie sein Zuhause anfühlen wird.

»Es ist fast Mitternacht. Du musst dich endlich mal ausruhen.« Ich lege ihm die Hand auf die Schulter. Er zuckt zusammen und starrt mich vorwurfsvoll an, weil ich ihn aus der Geborgenheit seiner Isolation herauszerre.

Der Ort in seinem Kopf, an dem er sich gerne versteckt.

Die dunkle Ecke, wo nichts schmerzt, nichts blutet und nichts stirbt.

Er will von dort nicht zurückkommen, aber versteckt sich schon seit dem Unfall seiner Mutter genau an diesem Ort. In der Nacht auf der Brücke konnte ich ihn vorübergehend herausbekommen. Und dann noch einmal heute Morgen, als er Lexie Lebewohl sagte.

Ich werde ihn nicht wieder dorthin zurückgehen lassen.

»Finn?«, flüstere ich, fasse mir ein Herz und greife nach seiner Hand, die nervös auf seinem Schoß herumnestelt. »Kannst du mich heimfahren? Bitte?«

Ich hatte ihn dazu überredet, wegzufahren während das Reinigungsteam seine Arbeit machte, und jetzt stehen wir schon seit Stunden auf dem Parkplatz bei den Quellen. Ich glaube, die Stadt verdankt diesen Quellen ihren Namen. Verdammt, sie sind in ganz North Carolina bekannt, aber in den zwei Stunden hier habe ich von ihnen genug gesehen für ein ganzes Leben.

Finns Hand ist eiskalt, und ich reibe seine Knöchel mit den Fingern, um sie etwas zu wärmen. Aber er zeigt keine Reaktion und erwidert die Geste nicht. Immerhin sieht er wieder lebendig aus, als wäre er eben wieder zur Erde hinuntergetaucht, und das ist mehr, als ich noch vor einer Minute hätte sagen können.

Wenigstens nickt er kurz, betritt wieder die Welt, der er am liebsten entkommen würde, und startet den Motor.

Die Heimfahrt ist ebenso aufreibend wie ruhig.

Keiner von uns sagt etwas, aber unser beider Angst ist mit Händen zu greifen. Wir haben beide eine Höllenangst, das Haus zu betreten und zu begreifen, dass dieser Tag wirklich geschehen ist. Dass Lexie nicht angelaufen kommen wird, wenn wir zur Tür hereinkommen.

Denn sie ist fort.

Sie ist *tot*.

In der Auffahrt bleiben wir fünf Minuten lang sitzen, uns beiden fehlt die Kraft, den ersten Schritt zu machen. Bis ich so dringend auf Toilette muss und die Autotür aufstoße. Finn bleibt sitzen, aber ich dränge ihn nicht.

Er wird hereinkommen, wenn er so weit ist.

Das Blut am Türknauf ist weg.

Ebenso der blutige Handabdruck.

Aber die Bilder in meinem Kopf sind noch zu frisch, um zu verblassen.

Mir stockt der Atem, als ich das stockfinstere Haus betrete. Der Gestank von Chlorbleiche sticht mir in die Nase, während ich die Diele betrete und das Licht anknipse. Ich blicke geradewegs nach vorn und gehe auf direktem Weg in die Küche.

Zu groß ist die Angst, etwas von Lexies Sachen zu sehen.

Angst, unter meiner Trauer zusammenzubrechen.

Ihr Hundebett voll von ihren Lieblingsspielzeugen fällt mir ins Blickfeld, als ich um die Ecke biege.

Ich sehe sie immer noch, wie sie mich mit ihren großen braunen Augen und heraushängender Zunge anschaut. Wie sie schwanzwedelnd angelaufen kommt und mir voller Freude das Gesicht ableckt. Sofort verschleiern Tränen meine Sicht und ich stürme ins Badezimmer, damit mich Finn in diesem Zustand nicht entdeckt.

Ich weine bestimmt schon fünf Minuten lang in meine Hände, bis ich höre, wie die Haustür zugeht.

Finn hat den Mut gefunden, aus dem Auto auszusteigen. Das ist ein Anfang. Aber jetzt kommt der schwierige Teil – ihre Sachen zu sehen, ihre Abwesenheit zu spüren und mit ihrem Geist zusammenzuleben.

Ich wische mir gerade zerlaufene Wimperntusche von den Wangen, als ich unten rasche Schritte höre. Warum ist er so in Eile?

Dann scheppert etwas.

Möbel, die verschoben werden.

Sosehr ich hinausgehen möchte, ziehe ich es doch vor, ihm nicht noch einmal als Rotz und Wasser heulende Katastrophe gegenüberzustehen.

Ich muss stark sein.

Wenigstens einer von uns.

Ein paar Minuten später bekomme ich meine Gefühle so weit in den Griff, dass ich mich aus dem Bad getraue und ins Wohnzimmer hinuntergehe. Er ist nicht da. Ich sehe mich um und gehe weiter in die Küche.

»Finn?«

Keine Antwort.

Meine Kinnlade schlägt fast am Boden auf, als ich zum Fenster hinaussehe. Dort steht er regungslos vor einem Haufen irgendwelcher Dinge. Er hält etwas in der Hand.

Einen roten Kanister.

Mir bleibt das Herz fast stehen.

Ist das … *Benzin?*

In höchster Alarmbereitschaft schiebe ich die Terrassentür auf und sprinte zu ihm. Sein ausdrucksloses Gesicht erstaunt mich kein bisschen. Seine Haselnussaugen blicken völlig leer, kalt und gequält.

»Finn, was machst du da?« In meine Stimme mischen sich Panik und Entsetzen. Er nimmt mich überhaupt nicht wahr, ist wie in Trance und fängt an, die Sachen am Boden mit Benzin zu übergießen.

Da wird mir klar …

Das sind Lexies Sachen.

Ihr Hundebett, ihre Lieblingsspielzeuge, ihre Decken.

Alles, was die Familie jemals für sie gekauft hat.

»Finn.« Ich zerre an seinem Shirt. »Finn, tu das nicht.«

Durch nichts kann ich seine Aufmerksamkeit gewinnen.

»Finn, *gottverdammt noch mal.*«

Erst jetzt blickt er mich an, aber der herzzerreißende Schmerz, den ich während Lexies letzten Atemzügen in seinen Augen sah, ist nur noch eine vage, ferne Erinnerung.

»Sie braucht das alles nicht mehr«, sagt er tonlos.

Dann dreht er sich um und stürmt zurück ins Haus. Ich bleibe ihm auf den Fersen und flehe ihn an, zu sich zu kommen, während er hektisch in der Küche zu suchen beginnt.

»Wonach suchst du?« Ich schreie sogar, obwohl ich die Antwort eigentlich schon kenne. Sekunden später findet er es. Als er mit einer Streichholzschachtel in der Hand zur Terrassentür läuft, springe ich ihm in den Weg.

Er ist so außer sich, es würde mich nicht wundern, wenn er aus Versehen das ganze Haus in Brand stecken würde.

»Sieh mich an.« Ich packe ihn am Kragen und stolpere rückwärts, als er versucht, trotzdem weiterzulaufen. Seine Hand hießt an mein Kreuz, damit ich nicht hinfalle, und ich schöpfe ein Funken Hoffnung. Etwas Menschlichkeit ist offenbar noch in ihm.

Wenn auch nur ein Tröpfchen.

Seine Augen bleiben starr auf den Haufen auf der Terrasse gerichtet, und er meidet meinen Blick wie der Teufel das Weihwasser.

»Sieh mich an!«, schreie ich, nehme sein Gesicht in beide Hände, sodass sich unsere Augen treffen. »Das bringt sie auch nicht zurück.«

Er schluckt schwer.

Ich sehe dich.

Du bist immer noch dort.

Komm zurück.

»Ihr Scheißzeug im Haus zu behalten aber auch nicht«, sagt er ausdruckslos und drückt meine Hände von seinem Kinn weg.

Ich hindere ihn daran, die Terrassentür zu öffnen.

»Finn, bitte. Das ist doch Wahnsinn.«

»Geh mir aus dem Weg«, warnt er mich und beißt die Zähne aufeinander.

»Nein!« Mein Schrei ist fast ohrenbetäubend schrill. »Das ist nicht der richtige Weg, damit fertig zu werden, das weißt du selbst.«

»Aber wie dann?«, schnauzt er, seine Verzweiflung und sein Leid bohren sich in mein Herz. »Wie soll ich weitermachen? Scheiße, wie? Sie ist *tot*, Dia. Und ich sollte sie beschützen. Ich … ich habe das meiner Mom versprochen …«

Mit diesen Worten hebt er mich an der Taille an und stellt mich zur Seite, als würde ich überhaupt nichts wiegen.

Und schon ist er zur Tür hinaus.

Ich renne hinter ihm her, bis zu dem Haufen Erinnerungen am Boden. Vor lauter Tränen verschwimmt alles vor meinen Augen, während er die Schachtel aufschiebt und ein Streichholz anreißt. Ab diesem Moment warte ich. Ich kann nichts anderes tun. Ich halte den Atem an, presse die Augen zu und warte darauf, dass er einen riesigen Teil seines Lebens zerstört, um sich nicht damit auseinandersetzen zu müssen.

Was er ohnehin niemals tut.

Vorsichtig mache ich die Augen auf und sehe Finn mit hängenden Armen dastehen, das brennende Streichholz immer noch in der zitternden Hand.

Er bringt es nicht fertig.

»Fuuuuck!«

Er ist sauer auf sich.

Als würde seine Unfähigkeit, alles von ihr auszulöschen, ihn schwach machen.

Dann löscht er in blinder Wut das Streichholz und schleudert es ins Gras. Mir bleibt kaum Zeit, Luft zu holen, da ist er schon wieder in Richtung Haus davongestürmt.

Ich verliere keine Sekunde und folge ihm zur Treppe – ich schwöre, meine Stellenbeschreibung hätte lauten müssen »Finn Richards hinterherjagen«. Ich folge ihm bis zu seinem Zimmer, wo er den Schrank aufreißt und einen Baseballschläger hervorholt.

Wir sehen uns in die Augen, aber er ist zu weit weg, um mein Flehen wahrzunehmen.

Ich schreie auf, als er auf das gerahmte Bild von ihm mit seiner Basketballmannschaft an der Wand eindrischt. Es zerspringt in tausend Stücke, überall fliegen Glasscherben herum und ich bin geistesgegenwärtig genug, zurückzuweichen, um nicht zum Kollateralschaden zu werden.

Er ist völlig in Rage und zerschlägt alles, was ihm in den Blick fällt – Möbel, Lampen, einfach alles. Schneller als ich blinzeln kann, jagt er von seinem Zimmer auf die Doppeltür im Flur zu. Die Bibliothek.

Seine eigenen Sachen zu demolieren war noch nicht genug.

Jetzt sind die von seinem Dad dran.

Ich habe zugesehen, wie er sein Zimmer zu Kleinholz zerschlagen hat, weil ich wusste, wenn er es jetzt nicht rauslässt, dann wird er in Trauer ertrinken. Aber ich kann nicht zulassen, dass er bei seinem Vater auch noch den letzten Rest seines Vertrauens verspielt.

Dort drin stehen Erstausgaben. Unschätzbare Kunstwerke und Sammlerstücke, die Mr Richards ein Vermögen und viele Lebensjahre gekostet haben. Jetzt kann Finn vor lauter Wut nicht klar denken, aber er hat mir einmal erzählt, dass alles, was er jemals wollte, der Respekt seines Vaters war …

Ich darf ihn das nicht tun lassen.

Ich beschleunige hinter ihm das Tempo und stolpere fast über meine eigenen Füße, um zur Bibliothek zu kommen, bevor er dort irreversiblen Schaden anrichtet. Eine Sekunde später bricht er durch die Türen und fängt an, seine Wut an den Besitztümern seines Vaters auszulassen, bevor ich da bin.

Ich habe schon versucht, ihn anzuflehen, seinen Namen zu schreien und ihm in den Weg zu treten. *Nichts hat funktioniert.* Nein, wenn ich wirklich verhindern will, dass er jedes einzelne Buch hier in Fetzen reißt, muss ich etwas wirklich Drastisches tun.

Ich spanne mich innerlich an, als er den Schläger auf eine Cognacflasche aus Bleikristall auf einem goldenen Servierwagen niederkrachen lässt und sich Alkoholgeruch im Raum verbreitet. Sein nächstes Opfer ist eine Porzellanvase, die neben dem offenen Kamin auf einem Sockel steht.

Gerade holt er aus, als ich aus voller Kehle so schrill »Stopp!« rufe, dass es Glas zum Splittern bringen könnte, und treffe eine Entscheidung, die ganz bestimmt nicht als meine Sternstunde in die Geschichte eingehen wird.

Es geschieht innerhalb von Sekunden.

Aus einem verzweifelten Impuls heraus springe ich vor die Vase, um ihn wieder zu sich zu bringen. In seinen Augen ist Angst zu sehen, als er begreift, dass sein Ziel keine Vase mehr ist.

Ich bin es.

Ich verfluche meine Fehleinschätzung sofort, als ich begreife, dass er sich vielleicht gar nicht mehr in der Gewalt hat, und kneife die Augen zu, warte auf den Aufprall. Ich warte und warte, aber es passiert nichts.

Mein ganzer Körper bebt vor Angst. Zögernd mache ich die Augen wieder auf. Finn hält den Schläger in der Luft, *wenige Zentimeter* von meinem Kopf entfernt. Sein Mund ist offen, sein Gesicht eine Maske des Schreckens.

Er hat mich beinahe getroffen.

Der Gedanke muss unerträglich sein, denn er stolpert zurück, eine Million Entschuldigungen in seinem Blick. Es wird für ihn immer schwieriger, sich in sein Schneckenhaus zurückzuziehen. Bald wird er seine Gefühle gar nicht mehr verbergen können.

»Es tut mir so leid«, schluchzt er und lässt den Baseballschläger sinken.

Nur mühsam komme ich zu Atem und hebe die Hand an die Brust, um mein Herz zu beruhigen.

»Ist schon okay«, antworte ich und gehe langsam zu ihm hin, ohne den Blickkontakt zu unterbrechen. Dann greife ich nach dem Schläger in seiner Hand.

Er lässt ihn ohne Gegenwehr los und ich werfe ihn zur Seite.

»Nein, *nein*, nichts ist verdammt noch mal okay. Ich hätte beinahe …« Wieder wankt er nach hinten. Seine Augen brennen vor Schmerz und er blickt sich ungläubig in der Bibliothek um, als könne er nicht glauben, dass er das alles angerichtet hat.

Er greift sich in die Haare, zieht Strähnen davon mit den Fingern lang und fällt dann auf dem Teppich auf die Knie. Seit ich ihn kenne, ist es das dritte Mal, dass ich diesen Kerl auf Knien sehe.

Das erste Mal war auf der Brücke, nachdem er beinahe umgekommen wäre.

Das zweite Mal war heute Morgen, als Lexie in seinen Armen verschied.

Aber irgendwie fühlt es sich diesmal anders an.

Diesmal fühlt es sich an, als würde er kapitulieren.

Vor seinem Schmerz, vor seiner Trauer, vor *mir.*

Dann fängt er an zu hyperventilieren; die Trauer steht ihm ins schöne Gesicht geschrieben. Sie nässt seine Wangen, seinen Kiefer, seinen Mund. In Sekunden bin ich neben ihm, führe seine Stirn an meine Brust und halte ihn so fest wie noch nie zuvor.

In meinen Armen beginnt er zu zittern, sein ganzer Körper heult auf nach Jahren nicht beachteter Schmerzen. Es ist, als käme alles nun auf einmal zurück, und zum ersten Mal seit dem Unfall holt ihn die Wahrheit ein.

Er hat seine Mom verloren.

Und Lexie.

Und ich glaube nicht, dass er jemals wirklich zugelassen hat, diesen Verlust wirklich zu fühlen, bis jetzt.

Seine Verzweiflung durchnässt mir das T-Shirt, aber ich rühre mich nicht. Nicht, dass ich gehen könnte, selbst wenn ich wollte. Er hält mich fest, als würde sein Leben davon abhängen. Sein Gesicht ist fest an meinen Hals gepresst und seine tätowierten Arme drücken mir die Taille zusammen. Allmählich legt sich der Sturm und seine Atmung stabilisiert sich.

»Ich bin hier«, flüstere ich, selbst unter Tränen.

»Das solltest du nicht«, sagt er nur.

Entsetzt weiche ich ein paar Zentimeter zurück und er blickt mich aus blutunterlaufenen Augen an. Ich bringe es nicht fertig, zu antworten, aber er sieht meine Verwirrung deutlich und macht sich aus meinen Armen los.

»Du hättest nicht zurückkommen sollen.«

Seine Worte fühlen sich wie Messerstiche an.

Selbst nach alldem schiebt er mich immer noch weg?

»Warum?« Meine Stimme trieft vor Schmerz.

Statt einer Antwort fasst er mein Gesicht mit beiden Händen

und starrt mich direkt an. Irgendwo hinten in der Iris seiner Augen flackert etwas Dunkles, Besitzergreifendes auf. »Weil ich dich jetzt nicht mehr gehen lassen werde.«

Sein Mund prallt so schnell und heftig auf meinen, dass mir alle Gedanken abhandenkommen. Finn lässt mir keine Chance, auf der gepunkteten Linie zu unterschreiben, und schließt unsere Transaktion mit einem Kuss ab. Die Art, wie er meinen Mund heimsucht, ist endgültig.

Bindend.

Wie seine Lippen über meine gleiten, fühlt sich tödlich an, wie der erste Drink eines Alkoholikers nach jahrelanger Abstinenz, aber ich will – *brauche* – mehr und gebe ihm das mit einem unbeabsichtigten Stöhnen zu verstehen. Schon erflehe ich seine Berührung, während er an meiner Unterlippe knabbert und seine Zunge zwischen meine Zähne schiebt.

Ich hatte mir geschworen, diesen Kerl aufzugeben.

Aber sein Kuss ist wie Balsam auf einer entzündeten Wunde – eine Ablenkung, die wir beide nach der Hölle dieses Tages dringend brauchen. Das hier ist harmlos. Wir machen nur ein bisschen rum. Solange ich ihm nicht mein richtiges erstes Mal gebe, hat das nichts zu bedeuten …

Oder?

Meine Geduld ist am Ende, als er mit der Zunge am Rand meiner Lippe entlangfährt und dabei meine Zunge mit seiner streift. Ich packe ihn am Hinterkopf, um unsere Verbindung zu vertiefen. Finn stöhnt in meinen Mund und überlässt mir die Führung.

Seine Worte laufen in meinem Kopf ab wie eine kaputte Schallplatte.

Weil ich dich jetzt nicht mehr gehen lassen werde.

Meint er das wirklich?

Oder benutzt er mich nur, um seinen Schmerz zu überwinden?

Es tröstet mich zu wissen, dass ich morgen fort sein werde, ganz egal was hier heute Abend geschieht.

Mir stockt der Atem, als Finn mich mit einem Ruck an sich zieht und seine harte Brust mich wie ein Käfig unter ihm festnagelt. An jenem Abend in der Bibliothek erzählte er mir all die unanständigen Dinge, die er mit mir auf diesem Teppich machen wollte. Genau hier sind wir jetzt und fallen übereinander her wie die Tiere.

»Hast du auch nur die geringste Scheißvorstellung, wie entsetzlich die ganze letzte Woche für mich gewesen ist?« Er klingt gereizt. »Wie oft ich fast ins Auto gestiegen wäre, um deinen störrischen Arsch hierher zurückzuholen?«

Meine Gedanken beginnen zu rasen.

Er hat mich vermisst.

Er hat mich *vermisst*.

Aber er war *selber* ein viel zu störrischer Arsch, um das zuzugeben. Er rückt näher, will den nächsten Kuss, aber ich strecke den Arm aus und schiebe ihn weg.

»Aber warum bist du dann so ein Arschloch?«, werfe ich ihm sein Verhalten vor. »Du hast doch alles getan, mich davon zu überzeugen, dass ich dir nichts bedeute. Warum?«

»Weil ich nicht wollte, dass du mir etwas bedeutest«, schnauzt er zurück, jedes Wort von Bedauern gesäumt. Seine Argumentation verblüfft mich. Hat er mich deshalb bei jeder Gelegenheit von sich gestoßen?

Um sich selbst davon zu überzeugen, dass ich ihm nichts bedeute?

»Großer Gott, Dia, du raubst mir verdammt noch mal den Verstand.« Er beugt sich vor, bringt seinen Mund an meinen Hals und saugt an der empfindsamen Stelle unter meinem Schlüsselbein. »Ich kann nicht schlafen. Ich kann nicht essen. Ich kann nur an dich denken, sonst nichts. Und Scheiße, ich habe es satt. Ich habe es satt, mich zu verstecken.« Mein Kopf fällt mir unter seiner Liebkosung in den Nacken und ich muss alles aufbieten, mich ihm nicht wieder zu ergeben.

Mir kommen die bösen Dinge in den Sinn, die er zu mir gesagt hat, all die kaum zu ignorierenden Dolche, die er mir ins Herz gestoßen hat.

»Das reicht nicht.« Ich versuche, unter ihm herauszukommen, aber er lässt es nicht zu, hält meine beiden Arme neben dem Kopf fest und presst mich auf den Teppich.

»Was willst du von mir hören?« Die Verzweiflung in seiner Stimme macht mich so glücklich, es sollte verboten sein. »Dass ich ein Arschloch bin? Dass ich dich nicht verdiene? Schön, ich verdiene dich nicht.« Er legt seine Stirn an meine und atmet schwer. »Ich verdiene dich nicht, Diamond Mitchell. Ich verdiene nicht dein Mitgefühl. Ich verdiene nicht diese großen braunen Augen. Oder diesen verdammt schlauen Mund. Ich verdiene nichts von dir.«

»Du hast recht«, stoße ich aus, winde mich erneut, aber er packt mich nur noch fester.

»Aber ich will es versuchen!«, platzt aus ihm heraus.

Erschrocken sehe ich zu ihm auf.

»Ich will versuchen, deiner würdig zu sein. Ich … Fuck, lass es mich doch *versuchen.*«

Sein Mund ist auf meinem, bevor ich widersprechen kann, und seine Zunge zwischen meinen Zähnen fegt all meine Verteidigungslinien beiseite. Er küsst mich, als würde er einen Eid schwören, mir mit seinem Mund ein Versprechen geben.

Ich mache mich los. »Das sind doch nur leere Worte, Finn.«

»Dann lass es mich dir zeigen.« Da ist etwas in der Art, wie er es sagt. Ein Hauch von Gefahr. Ich erstarre, als er mit der Hand über meinen Bauch fährt, eine Spur von Gänsehaut hinterlässt und beim Knopf meiner Jeans anhält.

Er öffnet meinen Reißverschluss im Handumdrehen und presst mir langsame Küsse auf den Bauch und die Hüftknochen. Mir stockt der Atem, als er mir die Jeans mit einer einzigen raschen Bewegung herunterzieht.

»Es tut mir leid, so verdammt leid«, raunt er und wiederholt es immer wieder, während sich seine Finger über meinen Schenkel bis zu meinem roten String hinaufarbeiten. Mir laufen Schauer den Rücken hinunter, als er mir die Beine spreizt und seine Lippen auf meine Mitte presst.

Sein Mund ist heiß, *himmlisch,* als er mich durch den Stoff auf- und wieder abwärts leckt, mehr und mehr Druck auf mein Zentrum bringt und meine Unterwäsche durchnässt.

Ab da bin ich verloren.

»Du willst meine Vergebung?« Ich unterdrücke ein Stöhnen.

Er reißt die Augen auf.

»Dann verdien sie dir«, hauche ich.

Für einen Augenblick ist er schockiert, aber die Überraschung weicht schnell einem verstohlenen Grinsen. Dass er mich sehr gut verstanden hat, ist mir klar, als ich nach unten blicke und sehe, wie er mich voller Begierde und Entschlossenheit ansieht.

»Ja, Ma'am.«

Was habe ich mir da nur eingebrockt?

Ich habe keine Zweifel, dass mich die Nachbarn stöhnen hören, als er mir den String in einem Rutsch die Beine herunterschiebt und mich auf- und abwärts leckt, minus die Stoffbarriere. Er fängt langsam an, streicht mit der Zunge nur zart über meinen empfindlichen Punkt, während ich stöhne und mich vor Verlangen immer wieder zusammenziehe.

Er lacht.

»Willst du mehr, Baby?«, flüstert er. Sein Atem durchströmt meine Mitte und ich drehe und winde mich.

»Fick dich«, zische ich.

»Du zuerst«, gibt er zurück.

Wichser.

»Wenn du mehr willst, nimm es dir.« Wieder streift seine Zunge meine pochende Mitte.

Also tue ich genau das.

Unter einem Fluch fasse ich seinen Kopf und vergrabe sein Gesicht tief zwischen meinen Beinen. Er antwortet mit einem lustvollen Stöhnen, der mir bis tief in die Knochen fährt. Er meint es ernst damit, sich meine Vergebung zu verdienen. Denn er schiebt mir die Hände unter den Arsch, krallt sich mit seinen Fingern in mein Fleisch und saugt so fest an meinem empfindlichen Punkt, dass meine Hüfte nach vorn schnellt.

Großer Gott.

Es ist roh, dreckig und schmutzig, aber ich kann nicht genug davon bekommen. Ich greife in sein Haar, bevor ich es verhindern kann, und recke die Hüfte so nach vorn, dass er besseren Zugang hat.

»Genau so, Baby. Fick mein Gesicht«, knurrt er und leckt mich so schnell und erbarmungslos, dass ich die Augen verdrehe. Wenige Sekunden später meldet sich mein Stolz zu Wort, und ich beiße mir auf die Lippen, um mein Stöhnen zu dämpfen.

Er bemerkt es sofort.

»Denk nicht mal dran. Ich will dich hören.« Finns Stimme ist tief und rau, als er mir die Entscheidung abnimmt, zwei Finger in mich hineinschiebt und mich zur Strafe dehnt.

Je mehr ich mich zu wehren versuche, desto heftiger stößt er seine Finger in mich, während er mit den Zähnen an meiner Klitoris zieht. Ich spüre, wie sich seine Finger in meine Taille bohren und dort Besitzmarken hinterlassen, während er mich ohne jede Zurückhaltung verschlingt.

»Vergib mir. Bitte vergib mir.« Immer wieder fährt er mit der Zunge im Kreis, aber ich bringe keine Antwort zustande.

Mein Stöhnen entwickelt sich zu einer Klage, als er seinen Griff an meiner Taille nutzt, um mich herumzudrehen und mit dem Gesicht nach unten auf den Teppich zu drücken. Der Teppich kratzt auf der nackten Haut, aber meine Aufmerksamkeit wandert sofort zu Finns Händen, die sich zwischen den Teppich und meinen Körper schieben, um meinen Arsch anzuheben. Ich werde panisch, als ich höre, wie er seinen Reißverschluss herunterzieht.

»Finn«, warne ich ihn.

»Vertrau mir.«

Im gleichen Atemzug klatscht er mir auf den Hintern, entlockt mir ein Stöhnen, und führt dann die Spitze seines Schwanzes an meine pochende Mitte. Er ist heiß und pulsiert und *Scheiße*, fast wünsche ich mir, er würde in mich eindringen.

Aber er tut es nicht.

Er benutzt seinen harten Penis nur, um mich in schnellen, rauen Kreisen zu reiben. Ein Blick über meine Schulter bestätigt, dass er die Jeans bis zu den Knien heruntergeschoben hat, während er sich intensiv und mit schnellen Handbewegungen einen herunterholt, seine lüsternen Augen fest auf das Schauspiel zwischen meinen Beinen gerichtet. Sein lustvolles Seufzen ist dabei das Allerbeste. In meinem Bauch macht sich ein unbeschreibliches Gefühl breit, während ich weiter beobachte, wie er es uns beiden macht.

Scheiße, ich komme gleich.

Begierig wiege ich die Hüften, will mehr Reibung. Bei jeder Bewegung kommt seine Schwanzspitze gefährlich nah an meine Öffnung.

Knurrend wirft er den Kopf in den Nacken.

»Verdammte Scheiße, Dia, was glaubst du denn, wie viel Selbstkontrolle ich habe?«

Aber ich kann nicht anders.

»O Gott, ja!«, schreie ich, als die Lust ihren Höhepunkt erreicht. Eine Sekunde später beugt er sich über mich, und seine Brust legt sich auf meinen Rücken, während er mir mit rauer Stimme in die Ohren murmelt: »Sag, dass du mir vergibst.«

Doch ich sage kein Wort.

Ich kann ihm erst vergeben, wenn ich weiß, wer er ist, wenn morgen früh die Sonne aufgeht. Wird er dann wieder der grausame Finn sein?

Mich von sich stoßen, als hätte ich die Pest?

»Sag es«, fleht er mich an.

Ich lasse den Mund zu.

Und seine Reaktion?

Er stoppt.

Er löst sich von mir, lässt mich mit einem unfertigen Orgasmus hängen und richtet in meinem Verstand verheerenden Schaden an. Mein ganzer Körper bebt vor Erwartung, ich gebe seiner Forderung nach und muss die Bitterkeit der Niederlage schmecken.

»Ich vergebe dir«, wimmere ich mehr, als ich spreche.

Mein Herz brennt vor Scham, von dem Moment an, seit ich ihn von der Leine gelassen hab. Finn stöhnt vor Befriedigung, verliert keine Sekunde, dreht mich erneut auf den Rücken und schiebt sich wieder zwischen meine Beine.

Ich fürchte, der Druck wird mich zerreißen, als er seinen Mund wieder auf meine gereizte Klitoris presst, knabbert, leckt und neckt, bis ich wieder dort bin, wo wir aufgehört haben. Ich bin völlig in der Gewalt seiner Zunge und tätowierten Arme; bis ich schließlich komme.

Zuckungen lassen mich so heftig erbeben, dass ich mich beinahe von meinem Körper trenne, als mein Orgasmus mit voller Wucht zuschlägt. Finn lässt sich von meinem Gezappel nicht bremsen; mit Mund und Fingern kitzelt er das Allerletzte aus mir heraus, bis ich keuchend auf dem Bibliotheksteppich liege. Ich brauche mindestens fünf Sekunden, bis ich zu zittern aufhöre.

Als ich wieder atmen kann, schiebt sich Finn über mich, biegt mein Kinn nach vorn und presst seinen Mund auf meinen Lippen. Ich ziehe ihm in aller Eile sein Shirt über den Kopf und erforsche seine Brust- und Bauchmuskulatur mit den Fingern. Sein nackter Schwanz ist direkt zwischen meinen Schenkeln und wir heben und senken beide im Einklang die Brust. Er könnte jetzt so leicht in mich eindringen, und ich habe fürchterliche Angst …

Weil ich mir das wünsche.

Wahrscheinlich ist das ein riesengroßer Fehler. Ich werde es bereuen, ausgerechnet ihm mein erstes Mal zu geben, aber ich möchte ihn in mir spüren. Ich will *alles* von ihm fühlen, bevor ich dieses Haus verlasse.

Gut möglich, dass wir hinterher Fremde füreinander sein werden. Nur zwei Gesichter in einer vollbesetzten Arena – ich, das unsichtbare Mädchen, das vom Rand aus zusieht, und er, der Basketball-Star oben auf seinem Thron. Vielleicht wird es kein Morgen für uns geben.

Aber das ist für mich in Ordnung.

Solange ich ihn *jetzt* habe.

»Fick mich«, krächze ich in seinen Mund.

Sofort unterbricht Finn seinen Kuss.

Er nimmt den Kopf zurück, starrt mich an und versucht, mich zu verstehen.

»Heilige Scheiße, Dia, spiel nicht mit mir.«

»Das ist kein Spiel.«

»Was?« Er glaubt es immer noch nicht.

»Du hast mich schon verstanden.« Ich packe sein Gesicht und küsse ihn erneut. »Ich will, dass du mich fickst. Hier und jetzt. Dann können wir von mir aus unserer Wege gehen.«

Die Lust in seinem Blick verwandelt sich augenblicklich in eine Mischung aus Schock und Verärgerung.

»Glaubst du, das ist, was ich will?«, fragt er leise.

Mein Mund öffnet sich.

»Mit dir schlafen und dann abhauen?«

Ich kann nichts antworten, aber er erwartet das auch gar nicht, sondern presst wieder seinen Mund auf meinen. Ich merke erst, was los ist, als er sich von mir löst und nach seiner Jeans am Boden greift. Er angelt ein Kondom aus der Tasche. Mich ärgert, dass er der Typ Mann ist, der so was immer dabeihat, aber diese Pille muss ich wohl schlucken.

Kaum hat er das Latex auf seinem Schaft heruntergerollt, da positioniert er seinen harten, adrigen Schwanz zwischen meinen Beinen.

»Ich meinte das ernst«, raunt er dicht vor meinem Mund. »Du hast dein Schicksal in dem Augenblick besiegelt, als du deinen kleinen Arsch wieder in dieses Haus bewegt hast.«

Dann stößt er in mich hinein.

Mir läuft eine Träne übers Gesicht.

Nicht weil es schmerzt.

Oder weil ich traurig bin.

Sondern weil dies … *wir* … für mein Herz einfach zu viel ist.

»Oh, fuck.« Finn hält still, die Augen voller Schmerz, und seine Kiefermuskulatur zuckt. »Fuck, Dia ich kann nicht …«

Die Dehnung schmerzt, als er sich bis zum Anschlag in mich drückt, während ich mich unter ihm zurechtrücke, um mit seiner Größe irgendwie fertigzuwerden.

Scheiße, ist er groß.

»Beweg dich nicht«, befiehlt er.

Wir bleiben eine Weile in dieser Position; er ist so unerträglich steif in mir, dass ich es nicht mehr ertrage.

»Finn, bitte«, ächze ich.

Sein Mund senkt sich auf meinen, wohl um den Schmerz vergessen zu machen, und zum Glück hilft das. Ich verliere mich in seinem Kuss und knabbere an seiner Unterlippe. Er atmet tief und unregelmäßig, als würde er sich vollkommen aufs Innehalten konzentrieren. Dann schließlich, nach ein paar Sekunden von intensiven Küssen, löst er sich von mir.

»Alles gut«, sagt er.

Er zieht ganz zurück, stößt aber ohne Warnung sofort wieder hinein. Sein Schwanz fährt in mich wie ein Messer, sodass ich zusammenzucke und mich anspanne.

Das tut weh.

Ich will nicht, dass es schmerzt, aber es ist so.

Immerhin ist es mein erstes Mal, und Finn hat nicht gerade Durchschnittsgröße.

Man könnte glauben, meine Gedanken stehen mir auf die Stirn geschrieben – so schnell hält er wieder still.

»Ich tu dir weh, nicht wahr?« Er weiß es sofort.

Ich würde ja gerne lügen, entscheide mich aber dagegen. Ich will nicht, dass ich bei meinem ersten Mal alles daransetzen muss, meine Schmerzen zu verbergen, und bitte ihn in Gedanken, langsamer zu machen. Seine Augen leuchten voller Verständnis auf, bevor ich überhaupt dazu komme, es ihm zu sagen.

»Sag nicht, dass du …«

Noch Jungfrau warst, will er sagen, aber ich kann zwischen den Zeilen lesen.

»Doch«, keuche ich.

Für einen Moment schweigt er.

»Verdammt, Dia, das hättest du mir sagen müssen.« Er presst seine Stimme gegen meine.

»So wie ich es dir gesagt habe, als du mich als Erster geküsst hast?«

Ich kann nicht glauben, dass ich das gesagt habe.

Bei meinem Geständnis macht er große Augen.

Wieder sagt er für eine Weile nichts; hinter seinen Augen laufen offensichtlich Erinnerungen ab, und dann flüstert er: »Alle ersten Male?«

»Alle«, gebe ich zu.

Mein erster Kuss.

Mein erster Blowjob.

Ich habe ihm alle ersten Male gegeben und er wusste es nicht einmal.

Mir graut vor seiner Reaktion. Ich erwarte, dass er mich für den Mangel an Kommunikation schimpft, aber stattdessen geht er sofort auf meine Lippen los und küsst mich bis zur Besinnungslosigkeit.

»Ich bin der Erste, der in dir drin ist?«, fragt er, obwohl er die Antwort weiß. Er will nur hören, dass ich es sage.

»Ja.«

Er sieht mir so tief in die Augen, dass ich fürchte, er könnte meine Lügen durchschauen. In Wirklichkeit wünsche ich mir nicht, dass es morgen endet. Ich habe Gefühle für ihn.

Und das bringt mich um.

Er holt mich wieder zurück, indem er die Hand um meinen Hals schiebt, sich vorbeugt und mir ins Ohr flüstert: »Merk dir verdammt noch mal, was ich sage – ich werde auch der *Letzte* sein.«

Er schiebt die Finger unter den Saum meines Radiohead-T-Shirts und zieht es mir über den Kopf – ich hatte vorhin das Erstbeste übergeworfen, das mir in die Finger kam. Einen Moment später öffnet er den Magnetverschluss meines BHs, der praktischerweise vorne platziert ist.

Meine Brüste sieht er nicht zum ersten Mal, wenn man einberechnet, dass er mich wie ein Spanner beobachtete, als ich seinen Vibrator ausprobierte, aber ich kämpfe trotzdem gegen den Drang an, sie zu verbergen.

Über der rechten Brust habe ich einen großen Leberfleck, der mir immer peinlich war. Augenblicke bevor ich ihn bedecke, zerstreut Finn meine Sorgen mit einer einzigen Bewegung seiner Zunge. Sein Mund heftet sich an meinen Nippel, er saugt, zieht und knabbert zärtlich, bis ich mich schließlich entspanne.

»Dein Leberfleck ist echt sexy.« Er streicht mit den Fingern über die Stelle, die ich praktisch mein ganzes Leben lang verabscheut habe.

Und er fängt wieder an, in mich zu stoßen.

Härter.

Schneller.

Die Empfindung von seinem Mund an meinen Nippeln überstrahlt das Unbehagen, welches ich eben noch verspürt habe.

Okay, allmählich fühlt sich das gut an.

Wirklich gut.

Und nach seinem Gesichtsausdruck zu urteilen, wie er beim Hinein- und wieder Herausbewegen die Kiefer zusammenbeißt, geht es nicht nur mir so. Nur am Rande bekomme ich mit, dass ich die Beine um seine Taille schlinge, um ihn so nah wie möglich zu spüren.

»Wie fühlt es sich an, zu wissen, dass dich außer mir kein anderer jemals mehr ficken wird?«, ächzt er, während er seine Hüften immer schneller bewegt. »Ich werde bei allem dein Erster sein, hörst du? Bei allem.«

Ich möchte widersprechen und sagen, das sei er ja schon längst, aber dann legt er seine Hand auf meinen Po und sein Zeigefinger wandert tiefer und zieht kleine Kreise um eine brisante Stelle. Das Gefühl, das es auslöst, lässt meinen Magen zusammenziehen, obwohl mich eine Stimme im Kopf vor dem warnt, was er vorhat.

»Dazu wird es niemals kommen, Richards.«

Er grinst. »Wir werden sehen.«

Meine Brüste wippen im Takt mit seinen Stößen und ich bohre die Fersen in seinen Rücken. Er erfüllt meinen wortlosen Wunsch und nimmt mich noch härter.

»Verdammt, das fühlt sich so gut an«, stöhne ich.

Finn ächzt, während er mehrere Minuten lang in mich stößt, als wolle er alle Kerle, die ich jemals angesehen habe, aus meinem Kopf ficken. Er hebt mein Bein bis auf seine Schulter, um noch tiefer in mich eindringen zu können, und löst dabei sein eigenes Verderben aus.

»Oh, fuck.« Sein Kiefer zuckt und seine Bewegungen werden abgehackter und unregelmäßiger. »Fuck, Dia.«

Der Anblick von reiner Ekstase in seinem Gesicht trägt mich höher als je zuvor. Es ist berauschend, ihn so zu sehen, ist zehnmal besser, als es selbst zu spüren, und ich klammere mich an ihn und stoße ihn über die Rand.

Sein Mund trifft auf meinen, als er zum Höhepunkt kommt

und ein letztes Mal mit den Hüften in mich hineinstößt – dann spritzt er unter rauem Stöhnen ins Kondom. Wenige Sekunden später bricht er über mir zusammen, und mit einem Mal sind mir seine Worte wieder ganz gegenwärtig und finden den Weg in mein Herz.

Er sagt, kein anderer wird mich jemals berühren.

Dass ich die Seine bin.

Und in diesem Augenblick verteilt der Kerl, den ich zu lieben fürchte, zahllose köstliche Küsse über meinem ganzen Hals und markiert mich so mit Versprechungen für ein Morgen …

Beinahe glaube ich ihm.

19. KAPITEL

DIAMOND

Der folgende Tag kommt schneller, als mir lieb ist.

Im Zimmer ist es still, morgendliche Sonnenstrahlen verwöhnen mein Gesicht und holen mich aus dem Schlummer, aber irgendetwas liegt in der Luft.

Irgendetwas … *Falsches.*

Es fühlt sich an, als hätte ich einen Stapel Ziegelsteine auf der Brust, als ich die Augen aufreiße, mich im Bett aufsetze und im Zimmer umherblicke.

Finns Zimmer.

Mir kommt es vor, als wäre es kaum zwei Stunden her, als Finn und ich nackt auf dem Teppich in der Bibliothek lagen, seine Länge immer noch tief in mir. Ich erinnere mich an meine aufkommende Angst, während er sich in das Kondom ergoss und zurückzog.

Ich musste all meinen Mut zusammennehmen, ihm danach in die Augen zu sehen. Ich dachte, jetzt kommt der Teil, wo er nach seinem Baseballschläger greift und mein Herz in tausend Stücke schlägt.

Stattdessen fasste er meine Hand, zog mich hoch und warf mich über seine Schulter, um mich in sein Bett zu tragen.

Dort lagen wir für den Rest der Nacht zusammen und kuschelten.

Genauso war es, als wir draußen im Garten einschliefen. Drei Stunden lang müssen wir uns geküsst und gezankt haben – er wollte absolut nichts davon wissen, dass ich das Bett verlasse, um mich anzuziehen –, bevor wir gegen sieben doch noch wegdämmerten. Es war toll, aber … mich dann in seinem Bett allein aufwachen zu lassen, nachdem er mich entjungfert hat?

Weniger toll.

Er ist getürmt.

Wir hatten Sex und er ist abgehauen.

Als wäre das nicht schon schlimm genug: Auf seiner Seite ist das Bett gemacht. Als wäre er aufgewacht, hätte mich schlafend gesehen und dann gedacht: *Ups. Ich tue mal einfach so, als wäre sie nicht hier.*

Ich weiß nicht, wie es jetzt weitergehen soll. Einfach abhauen? Immerhin habe ich angekündigt, ich würde auf alle Fälle gehen. Ich bin so blöd, zwischen den Laken und auf dem Nachttisch nach einer Nachricht zu suchen. Sogar mein Handy check ich für eine entschuldigende Textnachricht.

Nada.

Gerade will ich die Bibliothek nach meinen Klamotten durchkämmen, als ich schwere, eilige Schritte auf der Treppe höre.

Ist er zurück?

Ich rede mir ein, dass er nicht davongelaufen ist. Vielleicht gab es ja einen Notfall, oder er hat sich tatsächlich verdrückt und ist jetzt wieder zur Vernunft gekommen. All das verfliegt, als ich eine tiefe, krächzende Stimme höre.

»Hör auf mit deinen verfickten Spielchen, Richards. Ich weiß, dass du hier bist«, ruft jemand unten in der Diele.

Ich halte den Atem an und mein Puls geht rasend schnell.

Das ist nicht Finn.

War es nie.

Er kommt nicht zu dir zurück, Dia.

Mein Überlebensinstinkt schreit: *Versteck dich, zieh dir irgendwas über und klettere zum Fenster hinaus.* Wen kümmert es, wenn ich mir das Bein breche? Das kann kaum schlimmer sein, als von einem Wildfremden überrascht zu werden, während ich splitternackt im Bett eines Kerls liege.

»Hey, Wichser, ich rede mit dir.« Der Mann klingt wütend. Wer immer das ist, er ist kein Freund von Finn, und er ist bestimmt nicht zum Tee vorbeigekommen.

Mein Blick fällt auf die geschlossene Zimmertür und das Adrenalin rauscht durch meine Adern. Wenn ich schnell bin, kann ich sie vielleicht abschließen. Dann habe ich Zeit, mir etwas zu überlegen.

Mein Handy.

Ich brauche mein Handy.

Zuletzt war es in meiner Hosentasche.

Allerdings … ist meine Jeans in der Bibliothek.

Genau wie mein BH, meine Unterwäsche und was von meiner Würde sonst noch übrig ist.

Ich versuche, den dichten Nebel in meinen Gedanken zu durchblicken, als am Ende des Flurs die Dielen knarren.

Er ist fast hier.

Dia, tu etwas!

Ich kann mich nicht bewegen, die Angst lähmt mich von Kopf bis Fuß. Als ich mich endlich fange und den Kampfmodus einlege, ist meine Chance schon vertan. Aller Sauerstoff verlässt meinen Körper, als sich Finns Zimmertür knarrend aufschiebt …

Und ein merkwürdig vertrauter Typ in der Tür auftaucht.

Ich bin starr vor Angst, kann mich wieder rühren noch sprechen, denn meine Erinnerung ordnet diesen Kerl sofort ein. Es ist der zwielichtige Typ, mit dem Finn nachts bei Laceys Party aneinandergeraten ist.

Der Typ, der angekündigt hatte, er wolle mich im Wald vergewaltigen, worauf Finn ihn fast erdrosselt hätte.

Es ist nicht sein Gesicht, das ihn verrät – damals war es dunkel und ich bekam nicht viel von ihm zu sehen –, sondern seine schäbige abgetragene schwarze Jacke. Diesmal trägt er keine Stalker-Baseballcap, aber um ihn weht derselbe brechreizerregende Geruch. Obwohl er in der Tür steht, kann ich ihn schon riechen.

Ich presse die Decke so fest an meine Brust, dass ich meine Knöchel fast nicht mehr spüre. Und er? Das Einzige, das er in diesem Augenblick zu fühlen scheint, ist Befriedigung.

Er verzieht den Mund zu einem schiefen Lächeln, blickt mich von oben bis unten an und freut sich offenbar über seine Entdeckung. Dass er leicht zittert und dunkle Ringe unter den Augen hat, trägt nicht gerade dazu bei, seine Dämonen zu verbergen. Meine Einschätzung? Er ist ein Drogendealer Schrägstrich Drogensüchtiger, der dringend seinen nächsten Schuss braucht. Das könnte erklären, weshalb er unbedingt sein Geld von Finn zurückhaben will.

»Soso. Was haben wir denn hier?« Der Widerling, der kaum älter als neunundzwanzig sein kann, aber durch den Drogenkonsum wie vierzig aussieht, stößt ein keuchendes Lachen aus und tritt näher.

Ein Gefühl der Hilflosigkeit scheint alle Knochen in meinem Körper zu zerbrechen, als er die Tür schließt und absperrt. Und wie er mich ansieht. Als wäre ich irgendein armes, wehrloses Tier, das in seine Falle geraten ist.

»Erst Housesitterin und nun Schwanzlutscherin.« Er gackert. »Schönen Lebenslauf hast du da, Süße.«

Seine Bemerkung verursacht mir eine Gänsehaut, und ich konzentriere mich darauf, meine Angst vor ihm zu verbergen.

»Wo ist denn dein Freund?« Er wirft einen Blick nach links durchs unverhangene Fenster, um sicherzugehen, dass Finn nicht gerade mit seinem Wagen vorfährt. Würde er Finn wirklich kennen, dann wüsste er, dass Finn nicht der Typ für Dates ist, aber ich habe vor, sein Nichtwissen zu meinem Vorteil zu verwenden.

»Er ist unterwegs und wollte uns Frühstück holen. Muss jeden Augenblick zurück sein«, lüge ich.

»Ist das so?«, murmelt er, und sein teuflisches Grinsen wird breiter.

Er glaubt mir kein Wort.

Hat er mich nur auf die Probe gestellt?

Nein, er wusste bestimmt nicht, dass Finn weg ist – sonst hätte er vorher nicht nach ihm gerufen. Ich habe mir das selbst zuzuschreiben. Seine Skepsis ist allein meine Schuld.

Warum?

Weil ich weine.

Ohne dass ich etwas dagegen tun kann, laufen mir Tränen übers Gesicht, aber ich bin so gelähmt vor Panik, dass ich es nicht einmal bemerke. Kein Wunder, dass er mir nicht glaubt. Wenn Finn wirklich auf dem Nachhauseweg wäre und jeden Moment zur Tür hereinkommen könnte, dann würde ich nicht so verängstigt aussehen.

»Habe gehört, für dein Junge war gestern ein großer Tag.« Er fängt an, im Zimmer herumzugehen, mustert die Sachen auf Finns Schreibtisch und hebt dann das gerahmte Bild von Finns Mutter hoch, um es näher in Augenschein zu nehmen. »Wirklich traurig mit dem Hund – Lexie, nicht wahr?«

Das Wort ist kaum aus seinem Mund heraus, da lässt er das Foto absichtlich fallen und zuckt nicht einmal zusammen, als das Glas in tausend Stücke zerspringt.

Das Bild muss das Einzige gewesen sein, was Finn bei seinem Wutausbruch gestern nicht zerschlagen hat. Der Rest des Zimmers sieht aus, als wäre ein Wirbelsturm der Kategorie vier durchgezogen.

»Viel Zeit hätte sie aber ohnehin nicht mehr gehabt. Sie sah echt beschissen aus«, bemerkt der Typ, und meine Stimmung wechselt von ängstlich zu schäumend vor Wut.

Zunächst einmal verdient dieser Typ nicht, ihren Namen auch nur auszusprechen. Und zweitens dürfte er das gar nicht wissen. Er dürfte überhaupt nichts über sie wissen. Es ist ja nicht so, dass Lexies Gesundheitsprobleme in den Nachrichten besprochen wurden.

»Muss wirklich ätzend gewesen sein, das ganze Blut wegzuputzen.« Er kichert und dreht damit das Messer in meiner Wunde herum. Meine Emotionen stehen mir offensichtlich ins Gesicht geschrieben, denn er fährt höhnisch fort.

»Ach, Kopf hoch, Baby. Da wäre eine ganze Menge mehr gewesen, wenn ich *ihn* nicht verfehlt hätte.«

Mir schnürt es die Kehle zu.

Wenn ich ihn nicht verfehlt hätte …

Damit meint er Finn, nicht wahr?

Finn hatte der Polizei gesagt, er hätte gerade noch wegspringen können, bevor der Wagen Lexie anfuhr. Der Typ hatte es gar nicht auf sie abgesehen, sondern auf *Finn*. Lexie war nur Kollateralschaden.

Augenblicklich bin ich in Gedanken woanders und durchlebe noch einmal Lexies letzte Augenblicke. Er entschuldigte sich bei ihr. Als sie starb … Finn *flehte* sie an, ihm zu vergeben.

Wusste er Bescheid?

Deshalb gab er sich die Schuld, nicht wahr?

Er wusste, dass er eine Rolle dabei spielte.

»Genug geplaudert.« Der Typ kommt auf mich zu und schneidet mir damit die Luftzufuhr ab. »Jetzt sei ein gutes Mädchen und verabreiche mir eine Massage, okay?«

Ich blicke mich nach irgendeiner Waffe um, als er aufs Bett zukommt. Wie auf Autopilot packe ich das leere Wasserglas, dass Finn mir vergangene Nacht holte, als ich Durst hatte. Ich will es am Nachttisch aufschlagen, aber seine Hand schießt vor und hält mich davon ab. Er ist stärker als ich, reißt mir das Glas aus der Hand und wirft es weg. Bevor ich reagieren kann, ist seine Hand an meiner Kehle und drückt mich auf die Matratze.

»Du verdammtes Miststück«, knurrt er und spuckt mir ins Gesicht.

Mir laufen Tränen in den Mund, während sein Speichel über meine Wange läuft und seinen fauligen Atem verströmt.

»Du wirst deinem Jungen sagen, wenn er mir mein Geld nicht bis morgen Abend zurückgibt, lasse ich jemand anderen die Schuld begleichen.« Er schiebt sich näher heran und presst meine Kehle zu, bis ich um Atem ringe. »Vielleicht dich.«

Er hält inne und genießt, wie ich vergeblich versuche, ihm Gesicht und Arme zu zerkratzen. Dann löst er für ein paar Sekunden den Griff an meinem Hals – gerade lange genug, dass ich kurz einatmen kann –, und dann drückt er wieder zu.

»Obwohl ich mir, wenn ich ehrlich sein soll, nicht sicher bin, ob ihn das kümmern würde. Für mich sieht es aus, als hätte er bekommen, was er wollte, und hat dich dann wie Müll weggeworfen.«

Ich gebe nicht nach und kämpfe wie eine Löwin, aber ich schaffe es einfach nicht, seine dreckigen Pfoten von meinem Hals wegzukriegen. Durch Tränenschleier sehe ich, wie seine Hand auf eine meiner bedeckten Brüste fällt. Nun ist fast nichts zwischen ihm und meinem nackten Körper.

Ich wünsche mir fast, dass er erstickt, als er stöhnt: »Lass mal deine Titten sehen.«

Einfach die Augen schließen.

Schließ die Augen und verlasse diesen Ort, Dia.

Seine Finger krümmen sich unter der Decke, aber gerade als er dabei ist, sie wegzuziehen, klingelt sein Telefon.

Ich habe noch nie an Wunder geglaubt.

Bis jetzt.

Er flucht vor sich hin, angelt mit der freien Hand das Handy aus der Tasche und drückt es ans Ohr.

»Was?«, bellt er ins Gerät.

Ich verstehe nicht, was die Person am anderen Ende sagt.

»*Jetzt?*«, blafft der Kerl. »Ich bin gerade ziemlich beschäftigt.«

Dem andern scheint die Antwort nicht zu gefallen, denn jetzt höre ich ihn brüllen.

»Nein, ruf ihn nicht an, verdammt noch mal. Der Shit gehört mir.«

Drogen wahrscheinlich.

Sie streiten noch ein paar Minuten, bis der Kerl einen großen Seufzer ausstößt.

»Verfickte Scheiße, also schön. Ich bin unterwegs«, beendet er das Gespräch.

Das Monster sieht mit zusammengebissenen Zähnen auf mich herab und zischt: »Wir sehen uns wieder.«

Er lässt meinen Hals los und geht.

Vor lauter Husten kann ich mein Schluchzen fast nicht hören, aber was ich höre, ist seinen Wagen draußen. Das Aufheulen des Motors wird schnell leiser.

Die nächsten Minuten sind ganz verschwommen, ich fühle mich wie ein Geist, der mich von außen beobachtet, während ich zur Bibliothek laufe und meine Kleidung vom Boden aufhebe. Ich schluchze die ganze Zeit, während ich meine Sachen packe.

Beim Einsteigen in mein Auto sehe ich, dass Lexies Sachen am Ende der Straße neben den Mülltonnen liegen. Finn hatte also keine Zeit, mir eine Nachricht zu hinterlassen, aber er konnte noch vor Sonnenaufgang das ganze Haus nach Lexies Sachen absuchen?

Bevor ich den Gang einlege, blockiere ich noch seine Nummer auf meinem Handy, während in meinem Kopf die zahllosen Warnungen vor Finn in Endlosschleife laufen.

Und ich habe vorher nicht zugehört …

Aber *jetzt* höre ich zu.

* * *

FINN

Ruf sie nicht an, ruf sie nicht an, ruf sie nicht an.

Ruf sie *verdammt noch mal* nicht an.

Ich fummele mehrere Sekunden lang an meinem Handy herum, während der Drang, ihren Kontakt aufzurufen, an den Nähten meines Egos zerrt. Ich war nie bekannt dafür, das Handy eines Mädchens zu belagern, um eine Minute ihrer Zeit zu flehen, und todsicher werde ich auch jetzt nicht damit anfangen.

Wer soll denn das glauben?

Seit zwei Tagen starre ich jetzt wie ein von Wahnvorstellungen geplagtes kleines Miststück auf ihre Telefonnummer. Ich warte auf ein Lebenszeichen von ihr, aber bei ihr herrscht Funkstille seit dem Tag, als ich sie sitzen gelassen habe, während sie schlief.

Sie muss denken, dass ich ein Arschloch bin.

Dass ich gehen *wollte*.

Sie lag noch immer nackt in meinen Armen, als der Anruf kam. Sheriff Daniels war am anderen Ende und bestand darauf, dass ich sofort auf der Polizeistation vorbeikomme, um über eine vielversprechende Spur zu dem Scheißkerl zu reden, der Lexie auf dem Gewissen hat.

Ich war so dumm zu glauben, ich wäre zurück, bevor Dia aufwacht. Im schlimmsten Fall wollte ich ihr eine Nachricht schicken und alles erklären, aber ich hatte mein Telefon nicht aufgeladen, und das Scheißding machte schlapp, als ich gerade bei der Station ankam. Die Befragung dauerte eine Ewigkeit, und als ich endlich wieder nach Hause kam, war sie bereits weg.

Sie hatte ihre Sachen zusammengepackt und war gegangen.

Gerechterweise muss ich sagen, dass ich zuerst gegangen bin. Warum kann ich ihr nicht einfach eine Nachricht schicken? Mich überwinden und bei ihr entschuldigen?

Kurze Antwort?

Mein Stolz ist eine echte Katastrophe.

Ständig nennt er mich schwach, wenn ich etwas will, das mich vielleicht nicht ebenfalls will. Immerhin sagte sie ja, wir würden unserer Wege gehen, nachdem wir miteinander geschlafen haben, aber glaubt sie ernsthaft, sie könnte einfach so aus meinem Leben verschwinden?

Nachdem ich mich auf dem Boden der Bibliothek in ihr vergraben habe?

Dieses Mädchen …

Dieses verdammte Mädchen …

Sie verfolgt mich.

Ich sehe sie immer noch, die Beine weit gespreizt, ihre Mitte glänzend nass, während ich sie mit meinem Schwanz bearbeite. Ihre scheuen kleinen Seufzer, als ich ihr die Jungfräulichkeit nahm und ihr versprach, niemals einen anderen an sie heranzulassen.

Und das habe ich auch so gemeint.

Sie muss wahnsinnig sein, wenn sie glaubt, ich würde so tun, als hätte ich ihre Titten nie in meinem Mund gehabt, wenn ich sie in ein paar Tagen wieder in der Schule sehen werde. Was hat sie vor? Mich hinter sich lassen? Einen netten Typen kennenlernen?

Ihm den Rest ihrer ersten Male überlassen?

Träum verdammt noch mal weiter, Baby.

Dass sich mein bester Freund meinem Auto nähert, holt mich aus der Spirale heraus.

Xavier ist noch keine vierundzwanzig Stunden vom Basketball-Camp zurück, und schon bringt er meinen Saustall in Ordnung. Er kam sofort bei mir vorbei, als er von Lexie hörte, und irgendwie hat er sich dazu breitschlagen lassen, mir den Arsch zu retten – so wie er das immer tut.

Fairerweise muss man sagen, dass mein bester Freund glaubt, er sei Dr. Phil oder so etwas. Schon als er hereinkam, wusste er, dass irgendetwas nicht in Ordnung ist. Irgendwann bin ich eingeknickt und habe ihm erzählt, was die Polizei herausgefunden hat.

Wie sich herausstellt, war der Wagen gestohlen, der Lexie und mich verfolgte. Man fand ihn verlassen auf irgendeinem Feldweg, mit nur einem einzigen Gegenstand darin …

Einer Baseballmütze.

Und was noch schlimmer ist: Ich habe diese Mütze schon einmal gesehen.

Auf dem Kopf des Dealer-Drecksacks, den ich über meinen Bruder Anfang des Sommers kennengelernt habe. Hätte ich gewusst, dass Brodys Typ so ein Irrer ist, hätte ich mir nie Geld von ihm geliehen.

Seither frage ich mich, ob dieser Abschaum etwas damit zu tun hat, was Lexie geschehen ist. Ich habe sogar ein Treffen vereinbart, um ihn »auszuzahlen«, aber das ist eigentlich nur ein Codewort für »die Wahrheit herausfinden«.

Xavier und ich werden ihn in zehn Minuten hinter dem verlassenen Autokino am anderen Ende der Stadt treffen. Der Platz ist jetzt die reinste Müllhalde. Keiner wird uns dort sehen. Aber was am wichtigsten ist …

Keiner wird ihn schreien hören.

Mit einem zwiespältigen Gesichtsausdruck öffnet Xavier die Tür und nimmt auf dem Beifahrersitz Platz. Mir bleibt die Spucke weg, als ich das Geldbündel in seiner Hand sehen. Eben hat er für mich eines seiner signierten Basketballtrikots verkauft – das Teil war ganz schön was wert.

Und das nur, damit ich irgendeinem beschissenen Niemand sein Geld zurückzahlen kann.

Mir ist schon klar, dass er das Geld wahrscheinlich nie bekommen wird, aber wir wollen vorbereitet sein. Nur für den Fall, dass der Mistkerl tatsächlich keine Ahnung von allem hat und derjenige, der für Lexies Tod verantwortlich ist, immer noch irgendwo herumläuft.

»Das ist alles.« Xavier reicht mir das Bündel.

»Danke, Mann.« Man kann mir anhören, dass ich mich dafür schäme.

Er macht es sich auf dem Sitz bequem. »Reden wir nicht mehr darüber.«

Das kann ich gut.

Nicht über Dinge reden.

Wie zum Beispiel die Tatsache, dass ich mit seiner Freundin geschlafen habe.

Zweimal.

Wenn ich daran denke, dass ich kurz davor war, es wieder zu tun, als Dia in mein Leben platzte. Ich muss schmunzeln bei der Erinnerung, wie sie mir, ohne mit der Wimper zu zucken, in die Eier getreten und mir dabei versprochen hat, das Einzige, was ihr Mund jemals für mich tun würde, wäre mir zu sagen: *Fick dich*. Dafür habe ich sie damals gehasst, aber jetzt?

Mir wird klar, dass ich glimpflich davongekommen bin.

Wenn es so etwas wie Karma gibt, dann hätte sie mir gleich da die Eier ausgerissen und Pingpong damit gespielt.

Ich bin ein fürchterlicher Freund.

Seit unserer Kindheit hat Xavier Emery nichts anderes getan, als in meinem Leben Brände zu löschen, und zum Dank habe ich sein Vertrauen auf die schlimmstmögliche Weise gebrochen. Irgendwann muss ich reinen Tisch machen. Ihm die Wahrheit erzählen und dann sehen, was übrig bleibt.

Aber im Augenblick brauche ich ihn.

Ich brauche ihn als mein Gewissen – weil der einzige Mensch, der mich jemals wirklich beruhigen konnte, mich im Augenblick ghostet –, damit er mich aufhält, falls ich zu weit gehe. Sollte ich tatsächlich herausfinden, dass dieser Wichser für Lexies Tod verantwortlich ist, dann wird mich wenig davon abhalten können, ihn zu töten.

Und da kommt Xavier ins Spiel.

Schweigend fahren wir zum verlassenen Autokino. Wir wechseln kaum Blicke, und mir drängen sich lauter Worst-Case-Szenarien auf. Wir parken in der Gasse hinter dem baufälligen Bühnenbau und warten darauf, dass der Drecksack auftaucht.

Ich wippe abwechselnd nervös mit dem Bein und schaue alle fünf Minuten auf mein Handy, in der Hoffnung, dass Dia endlich ein bisschen Mitleid zeigt und mir eine Nachricht schickt.

Es muss ja nicht gleich ein Roman sein. Ich wäre mit allem zufrieden. Von mir aus kann sie mir sagen, ich soll mich verpissen, das wäre mir egal.

Wenn sie sich nur melden würde.

Gott, ich bin ja so eine Pussy.

Xav lacht höhnisch auf. »Fuck … Theo hatte recht.«

Ich sehe von meinem Handy auf.

Ich komme noch nicht einmal dazu, ihn zu fragen, was er geraucht hat, da fügt er schon an: »Alter, jetzt ruf sie schon an.«

Warte, hat Theo ihm etwa von Dia und mir erzählt?

Himmel, bin ich der Einzige auf diesem verdammten Planeten, der nicht wusste, dass ich total in Diamond Mitchell verschossen bin?

»Wen soll ich anrufen?«, spiele ich den Ahnungslosen.

Von Lexies Tod an wusste ich, dass ich nicht in der Lage bin, Dia weiterhin wegzuschieben, aber mir das selbst einzugestehen und es meinen Freunden gegenüber zuzugeben, sind zwei völlig verschiedene Dinge.

»Ach, Scheiße ey. Jetzt gib schon her!«, schnaubt Xavier und lehnt sich zu mir herüber. Er hat sich mein Handy schon geschnappt, bevor ich es überhaupt mitbekomme.

Zuerst denke ich, er macht nur Spaß.

Bis er das Telefon hochhält und auf Anrufen drückt.

Scheiße.

»Du Blödmann.« Ich steige über die Mittelkonsole, um mir mein Handy zurückzuholen. Xavier weicht meinem Arm aus, rangelt ein bisschen mit mir herum und schaltet dann den Lautsprecher an, wobei er ein Lachen nur teilweise unterdrücken kann.

»Es klingelt.« Er dreht die Lautstärke hoch.

Er hat recht.

Es klingelt.

Aber nur einmal.

Dann springt sofort die Mailbox an. Der automatische Anrufbeantworter informiert uns, dass Dia noch keine ausgehende Nachricht aufgenommen hat. Dann piepst es laut, und ich habe in meinem Leben genügend Mädchen angepisst, um zu wissen, was dieser Einmal-klingeln-Bullshit bedeutet.

Sie hat mich blockiert.

Und nach dem abscheulich mitleidigen Blick meines besten Freundes zu urteilen, weiß er es auch. Ich reiße ihm mein Handy aus der Hand und lege auf.

Fast bin ich froh, dass in diesem Moment zwei zwielichtige Typen um die Ecke biegen – genau, lieber unterhalte ich mich jetzt mit einem möglichen Mörder, als zuzugeben, dass das einzige Mädchen, das mir jemals etwas bedeutet hat, mir ein One-Way-Ticket aus ihrem Leben angeboten hat.

Ich habe extra gesagt, dass der Baseballcap-Typ allein kommen soll, aber der Scheißkerl ist nicht gerade die hellste Leuchte.

»Du weißt, was wir besprochen haben?« Ich deute mit dem Kinn auf Xaviers Handy in seiner Hosentasche.

Xavier nickt und entsperrt sein Telefon, während ich mir die Typen draußen ansehe. Der Unbekannte ist eher muskulös und auf jeden Fall eindrucksvoller als sein Kumpel, aber ich bin mir sicher, Xavier und ich könnten es mit ihnen aufnehmen. Beide haben die Hände in den Taschen vergraben – vermutlich, damit sie schnell an etwas Bestimmtes herankommen.

Ich kann aber nicht sagen, was sie dabei haben.

Messer?

Knarren?

Was auch immer, sie sind nicht zum Spaß hier, und wir sind auf jeden Fall in der Defensive. Aber egal. Ich bin hier, um ein Geständnis zu bekommen, und ohne das werde ich nicht wieder gehen.

Sie bleiben ein paar Schritte vor meinem Auto stehen und mustern uns eindringlich, als befürchteten sie, ich könnte das Gaspedal durchtreten und ihre leeren verfickten Schädel niederwalzen.

Mir ballen sich die Fäuste, als ich mich auf den Typen konzentriere, den ich neulich bei Laceys Party beinahe erwürgt hätte. Die wenigen Zweifel, die ich noch hatte, lösen sich in Luft auf.

Er hat seine Baseballcap nicht auf.

Ich eröffne den Tanz, indem ich die Wagentür aufstoße und aussteige. Xavier ebenfalls. Ich laufe ums Auto herum und gehe direkt auf sie zu.

»Wie ich sehe, hast du einen Freund mitgebracht«, leiere ich.

Der Baseballcap-Typ zeigt ein fieses Lächeln. »Betrachte ihn als eine Versicherungspolice.«

Fast muss ich lachen.

Der Typ ist völlig verrückt, wenn er glaubt, dass dieser Typ, oder hundert Typen, ihn jemals vor mir beschützen könnten.

»Wo ist mein verdammtes Geld?« Er kommt sofort auf den Punkt.

»Zuerst gibst du's zu.«

Meine Antwort bringt ihn aus dem Takt. Er wirft seinem Freund einen Blick zu, aber der ist genauso hirnlos wie er selbst und hebt nur die Augenbraue.

»Was zugeben?«, fragt er.

»Lass den Scheiß«, schnauze ich. »Ich weiß, dass du meinen Hund überfahren hast. Glaubst du, ich würde nicht dahinterkommen?«

Ich habe viele, wirklich viele Reaktionen von ihm erwartet, aber ganz bestimmt nicht, dass er mir direkt ins Gesicht lacht.

Sein Gackern macht mich rasend.

»Soll das irgendwie eine Fangfrage sein?«

Sein Kumpel lacht jetzt mit.

»Warum hätte ich es wohl deiner Hure gegenüber zugegeben? Ich wollte doch, dass sie dir erzählt, dass ich die Töle überfahren habe. Bist wohl nicht gerade der grellste Marker im Set, was?«

Meine Hure?

Zum Teufel, über wen spricht er da?

Die Verwirrung muss mir anzusehen sein, denn er grinst breit. »Hat dir dein Püppchen etwa nichts erzählt?«

Mein Püppchen?

Warte mal …

Meint er damit etwa Dia?

»Sieht so aus, als hätte sie dir nichts über unser kleines Aufeinandertreffen erzählt, was?« Er schmunzelt.

Nein.

Fuck.

Sie hatten ein »Aufeinandertreffen«?

Wann?

»Du hättest sie sehen sollen.« Er prustet pfeifend los angesichts einer Erinnerung, die ich ihm am liebsten in den Arsch schieben würde. »Nackt in deinem Bett, hilflos, verletzlich. Das arme Ding war untröstlich und dachte, du hättest es verlassen.«

Ich bekomme keine Luft und das Blut kocht mir in den Adern.

»Mir schon klar, was du an ihr magst. Sie ist echt ein heißes Miststück. Und fuck, diese Titten! Vielleicht statte ich ihr doch noch mal einen Besuch ab und bringe zu Ende, was ich angefangen habe, wenn wir hier fertig sind.« Er wendet den Kopf und fragt seinen Kumpel: »Lust auf einen Dreier? Gibt schließlich einen Grund, warum die Mädels zwei Löcher haben.«

In diesem Moment drehe ich durch.

Schlicht und einfach.

Er hat sie angefasst.

Er. Hat. Sie. Angefasst.

Ich bekomme gar nicht mit, wie schnell ich ihn zu Boden stoße. Nichts nehme ich um mich herum wahr, keine Stimme in meinem Kopf bringt mich zur Vernunft, kein Überlebensinstinkt warnt mich vor der Waffe in seiner Tasche. Ich sehe nur Rot. Und Blut.

Sein Blut.

»Du Wichser denkst, du kannst sie anzufassen? Du glaubst, du kannst ihr *wehtun*? Du bist tot. So verdammt tot«, brülle ich mir die Wut aus dem Leib, während meine Faust gegen seinen Kiefer kracht.

Noch einmal.

Und noch einmal.

Und noch einmal.

Bis er unter mir nur noch eine blutige, panische Sauerei ist. Ich packe ihn fest am Kragen und presse die Luft aus ihm heraus, während ich ihn weiter mit Schlägen bearbeite. Sein schmerzliches Grunzen verstärkt eher noch meine Wut.

Er hat sich ihr aufgedrängt.

Weil ich nicht da war.

Weil ich sie im Stich gelassen habe.

Bilder davon, wie sie aufwacht, als er sich mit seinem widerwärtigen, stinkenden Körper auf sie legt, verschwimmen vor meinen Augen, aber das ist nichts im Vergleich zu dem sengenden Schmerz, als mir etwas Scharfes durch den Unterarm schneidet.

Jetzt ist es nicht mehr nur sein Blut.

Sondern auch meines.

Und eine ganze Menge.

Er hat mich in den Unterarm gestochen.

Der Schmerz ist so stark, dass er mich aus der Trance zurückholt. Reflexartig ziehe ich das Messer heraus, was zugegebenermaßen ziemlich dumm ist, weil das die Blutung sofort verstärkt.

Als ich mich umschaue, sehe ich, wie Xavier gerade vom Boden aufsteht, wo der Typ bewusstlos liegt, der den anderen beschützen sollte. Xavier hält seine Knarre in der Hand. Ich hatte die beiden nicht einmal kämpfen gehört. Mein Arm schmerzt wie sonst was, aber ich versuche, nicht darauf zu achten, und blicke auf das lächerliche Stück Scheiße, das unter mir an seinem eigenen Blut würgt, das seine gelben Zähne rot färbt.

In seinen Augen sehe ich alles, was ich verloren habe.

Lexie.

Vielleicht auch Dia.

»Finn.« Mein bester Freund klingt besorgt.

»Welche war es, hä? Welche deiner widerwärtigen beschissenen Hände hat sie angefasst?« Ich werfe das Messer fort, drehe den Dreckskerl herum, während mir Blut aufs Handgelenk läuft. Ich setze mich auf seinen Rücken und halte ihm beide Arme fest.

Er fängt an zu betteln, stammelt halb verschluckte Entschuldigungen, aber das Blut dämpft seine Worte.

»Entschuldige, wie war das noch?« Ich genieße sein Elend.

»Alter, der hat genug«, geht Xavier dazwischen.

Ich beachte ihn nicht.

»Ach so. Dann müssen wohl beide dran glauben.«

Er windet sich unter mir und versucht, seinem Schicksal zu entkommen, aber jetzt ist er genauso hilflos und verletzlich, wie sie es war. Ich blicke mich um und sehe gleich links von mir einen sauschweren Backstein vom verfallenen Bühnenbau.

Volltreffer.

»Das ist für Lexie.«

Der ausgewachsene Mann kreischt wie ein kleines Mädchen, als ich ihm die Knöchel mit dem Backstein zerschlage. Ich kann nicht aufhören und weide mich an seinen Schmerzen, seinem Wimmern und dem Geräusch, als seine Knochen brechen.

»Und das ist dafür, dass du sie angefasst hast«, füge ich hinzu und mache weiter, bis alle seine Finger hin sind. Dabei werde ich von Sekunde zu Sekunde schwächer.

Es ist das Blut.

Ich habe zu viel verloren.

Trotzdem mache ich weiter. Ich will gerade zu seiner anderen Hand wechseln, als ich spüre, wie Xavier mich von dem Typen herunterzieht.

Ich bin zu schwach, um mich zu wehren. So wie ich zu schwach war, um *für* sie zu kämpfen.

»Wenn du sie noch mal anrührst, schneide ich sie dir ab. Hast du mich verfickt noch mal verstanden?« Ich schreie noch, als mich Xavier schon gegen meinen Willen zum Auto schleppt.

Er wirft mich auf die Rückbank meines Autos, lässt sich auf den Fahrersitz fallen und braust mit Vollgas davon. Meine Lederpolster sind sofort voller Blut, und ich lasse mich auf den Rücken fallen, um die Wunde nicht sehen zu müssen.

»Hast du es?«, frage ich.

»Ja, ich habe es, du verdammter Psycho.« Xavier seufzt und zieht, eine Hand am Lenkrad, sein Handy aus der Tasche.

Dann stoppt er die Aufnahme. Ich muss lachen, weil ihm meine Methode nicht behagt, aber das mindert meine Erleichterung nicht im Geringsten.

Weil ich gewonnen habe.

Ich habe meine Rache bekommen.

Und sein Geständnis.

Und jetzt?

Jetzt hole ich mir mein Mädchen zurück.

20. KAPITEL

DIAMOND

Ich dachte, ich wäre aufs neue Schuljahr vorbereitet.

Schließlich bin ich schon so oft durch diese Räume gegangen – warum fühlt es sich jetzt bloß wie ein erstes Mal an? Warum fühlt sich alles so anders an? Meine Lunge presst die Luft aus meinem Körper, während ich mich mit Aveena durch die Menge schiebe. Gott sei Dank gibt es die Pausen. Ich muss mich erst einmal von der ersten Stunde erholen.

Als ich heute früh in die Klasse für Englische Literatur kam, hätte ich am liebsten kehrt gemacht und wäre nach Hause gefahren.

Da saß er.

Ganz hinten im Raum mit Theo, Axel und noch ein paar Basketballkumpels, die sich wie Groupies um seinen Tisch drängten. Ich war nicht in der Lage dazu, auf seine Reaktion zu achten, als ich hereinkam, und das hauptsächlich, weil mein Herz keine Reaktion seinerseits nicht verkraftet hätte. Fast alle Plätze waren schon besetzt – die beiden ganz hinten neben den Jungs ausgenommen.

Manche mögen es Schicksal nennen. Ich nenne es einen kranken Streich des Universums.

Aveena, die leider nicht die geringste Ahnung davon hat, was diesen Sommer vorgefallen ist, steuerte, ohne nachzudenken, auf Finn und seinen Fanclub zu. Ich weiß, ich hätte ihr alles erzählen sollen, aber ich fürchte mich ein bisschen vor ihrem Urteil. Nicht weil ich Angst habe, ich könnte deshalb in ihrer Achtung sinken, sondern in meiner.

Ich habe weniger Achtung vor mir.

Ich kann mir beim besten Willen nicht vorstellen, wie diese

Unterhaltung ablaufen sollte. *Hey, Vee, weißt du noch – dieser Basketballer, den ich nicht mal mit einer Zweimeterstange anrühren wollte? Nun ja, ich habe mich von ihm auf dem Teppich der Bibliothek bumsen lassen. Ach ja, ich gab ihm alle meine ersten Male.*

Nicht gerade schmeichelnd.

Während der ganzen Stunde lastete das auf meinen Schultern. Als würde mich jemand anstarren. Ich wünschte, das wäre Finn. Aber schließlich kam ich doch zu dem Schluss, dass sich das alles nur in meinem Kopf abspielte.

Warum sollte er mich denn jetzt ansehen? Er hat entschieden, mich gehen zu lassen. Hat fünf Tage lang nicht versucht, mich zu erreichen, nachdem ich nackt in seinem Bett aufgewacht bin – zugegeben, ich habe seine Nummer blockiert, aber wenn er wirklich gewollt hätte, dann hätte er eine Möglichkeit gefunden.

Er müsste schon mit einer wirklich wasserdichten Ausrede daherkommen, damit ich überhaupt in Betracht ziehe, ihm zu vergeben. Was mich betrifft, müsste dieser Typ dazu mindestens im Krankenhaus fast verblutet sein.

»Erzählst du mir jetzt endlich, worum es geht?« Aveena holt mich zurück in die Realität.

»Was meinst du?« Ich ziehe die Augenbrauen hoch und nähere mich unserem gemeinsamen Schließfach. Seit dem Freshman-Jahr teilen wir uns eines.

»Ich finde ja auch, dass Mrs Callahan das Böse in Person ist, aber du bist ja förmlich von dort geflüchtet.« Sie kichert nervös, um ihre Sorge zu überspielen. »Und dann diese Notiz …«

Falls sie sich vorher nicht sicher war, was abläuft, dann ist sie das jetzt ganz bestimmt.

Sie muss mitbekommen haben, wie Theo, der hinter mir saß, mir während der Ankündigung der Hausaufgaben auf die Schulter tippte. Ich drehte mich nicht mal herum, hörte ihn aber flüstern: »Von Finn.« Ihr könnt mir glauben, so habe ich mich im Leben noch nicht vor einem Stück Papier gefürchtet.

Ich streckte die Hand nach hinten und schnappte mir den zerknüllten Zettel.

Finns vertraute Handschrift fühlte sich an wie ein Schlag in die Magengrube.

Reden wir in der Pause?

Ich weiß nicht, was er mir sagen will.

Vielleicht so was wie »Danke für den Sex, aber lass uns so tun, als wäre es nie passiert«, aber ich bin einfach nicht bereit, ihm gegenüberzutreten. Deshalb bin ich nach dem Ende der Stunde sofort aufgesprungen und praktisch zur Tür gerannt.

Ich hatte Gefühle. Egal, wie sehr ich mir wünsche, es wäre nicht so. Lieber würde ich nie wieder mit ihm sprechen, als dass er mir in die Augen sieht und sagt, die vergangenen beiden Monate hätten nichts bedeutet.

Ich sehe Aveena an. »Nur ein dummer Spruch. Hatte nichts zu bedeuten.«

Ich weiß, dass ich ihr eine Erklärung schuldig bin, aber der proppenvolle Flur der Easton High ist nicht der richtige Ort, um ihr meinen Sommerflirt mit dem Schulkriminellen zu beichten.

»Wirklich?« Aveena wird langsamer und richtet den Blick auf etwas in der Ferne. »Und warum steht da vorn Finn Richards und lehnt sich an unser Schließfach?«

Ich drehe den Kopf und sehe Finn, die Schulter ans Metall gelehnt, das zerzauste Haar durcheinander und seine Haselnussaugen fest auf mich gerichtet. Seine Schultern verraten, dass er angespannt ist.

Dass mir der Mund offen steht, bemerke ich erst, als ihn Aveena zuschiebt. »Heute Abend bei mir zu Hause. Ich will alles wissen.«

Ich nicke, atme tief durch und gehe ihm entgegen.

Jetzt ist es so weit.

Zeit, mir das Herz brechen zu lassen.

Köpfe werden schon herumgedreht, bevor ich bei Finn angekommen bin. Ich bleibe vor ihm stehen und ringsum erhebt sich Geflüster, als er meinen Arm nimmt und mich durch die Menge zieht. Wahrscheinlich will er nicht, dass alle zusehen, wenn er auf meinem Herzen herumtrampelt, und führt mich deshalb in eine stille Ecke neben der Cafeteria.

Dort stehen wir, starren einander ein paar Sekunden in die Augen und warten darauf, wer als Erster den Mut aufbringt, etwas zu sagen.

»Bringen wir's hinter uns.« Ich stoße die Luft aus.

Er verzieht den Mund zu einem Schmunzeln. »Liebend gern.«

Ich lasse fast das Handy fallen, als sein Mund auf meinem landet.

Meine Rücken knallt gegen die Wand, aber eigentlich höre ich nur Engel singen, während er eine seiner Hände an mein Gesicht legt und mit der anderen in mein Haar greift, um den Kuss zu vertiefen.

Mir stockt der Atem, als sich seine Lippen mit meinen bewegen und er meinen Schock ausnutzt, um mir die Zunge zwischen die Zähne zu schieben. Ich bin stinksauer auf ihn. Ich bin wütend, dass er mich alleine gelassen hat, aber ich bin gleichzeitig überglücklich, dass er mich küsst.

Wirklich *lächerlich*, oder?

Meine Hände sind an seinen Schultern, bevor er es sich anders überlegen kann, und ich spüre, wie sich sein Körper unter meiner Berührung vollkommen entspannt. War er deswegen vorher so angespannt? Es ist, als hätten wir beide seit unserem letzten Kuss den Atem angehalten, und während heiße Erinnerungen an seine Bewegungen in mir mein Gehirn abtauchen lassen …

Ebenso wie der Schmerz, allein aufzuwachen.

Nein, nein, Dia, komm wieder zu dir!

Ich klatsche meine Hände auf seine Brust und schiebe ihn weg, bevor er mir den Verstand vollends raubt. Er wankt kaum einen Schritt nach hinten, ist vielleicht ein bisschen verblüfft, aber ich habe noch nicht mal angefangen.

Ohne nachzudenken, hole ich aus und verpasse ihm eine Ohrfeige.

Eine heftige Ohrfeige.

»Du hast mich verlassen!« Meine Stimme überschlägt sich.

Er ist kurz perplex, fängt sich aber schnell, und seine Hände fliegen wieder an mein Gesicht. »Nein, nein, das habe ich nicht. Schau mich an.« Er nagelt mich an der Wand fest und lässt mir keine andere Wahl, als ihm in die Augen zu sehen. »Verdammt noch mal, ich habe dich nicht verlassen. Ich bin zur Polizeistation gegangen. Du hattest noch geschlafen, als sie anriefen. Ich *musste*, Dia. Ich hatte keine Wahl.«

Mir läuft eine Träne über die Wange.

Stimmt das wirklich?

Musste er los, weil die Polizei ihn anrief?

»Ich kann es dir beweisen. Soll ich den Sheriff anrufen? Das werde ich.« Er zieht hastig sein Handy aus der Tasche. »Er wird dir sagen, dass ich dort war. Er wird –«

Meine Hand legt sich auf seine, damit er die Polizei nicht behelligt. Ich weiß nicht, warum, aber ich glaube ihm.

Ich glaube ihm, dass er nicht freiwillig gegangen ist.

»Aber warum hast du mir nichts gesagt? Du hättest mir eine Nachricht schicken oder einen Zettel dalassen können oder –«

»Weil ich ein beschissener Idiot bin«, fällt er mir ins Wort. »Ich dachte, ich wäre zurück, bevor du aufwachst. Und dann war mein Akku leer und ich konnte dich nicht erreichen. Es tut mir so leid.« Er atmet aus, presst seine Lippen auf meine Stirn und küsst dann jeden Zentimeter meines Gesichts auf so zärtliche Weise, dass es mich aus der Bahn wirft. »Es tut mir leid.«

Wenn ich es nicht besser wüsste, würde ich sagen, die Tage der Trennung haben ihm endlich klargemacht, was er will.

»Und die fünf Tage danach? Was ist deine Entschuldigung dafür?«

»Nun erstens hast du meine Nummer blockiert. Und zweitens …« Er scheint zu überlegen, ob er mir die Wahrheit sagen soll.

»Was denn?«

Er antwortet nicht gleich.

Dann lässt er die Bombe platzen.

»Da war so eine blöde Geschichte mit einem Messer …«

Ich weiß, ich habe gesagt, er müsste eine verdammt gute Ausrede haben, wie beinahe im Krankenhaus verblutet zu sein, aber es wäre mir niemals in den Sinn gekommen, dass ich damit *recht* haben könnte.

»Was?« Ich gerate in Panik. »Wo? Wie? Warum hast du mir nichts gesagt? Warum hast du –«

»Hey, alles in Ordnung«, holt er mich aus der Gedankenspirale heraus. »Er hat mich am Arm erwischt. Aber nicht lebensbedrohlich. Sie haben mich ein paar Tage im Krankenhaus behalten, ein bisschen genäht, ein paar Schmerzmittel, und mich dann wieder nach Hause geschickt.«

»Jemand ist mit dem Messer auf dich losgegangen? Warum?« Unwillkürlich schiebe ich die Ärmel seiner Schulteam-Jacke hoch und suche seine Arme ab.

Meine Kehle ist wie ausgedörrt, als ich auf seinem Unterarm eine frisch genähte Wunde mit scharfen Rändern entdecke.

Es stimmt.

Jemand hat auf ihn eingestochen.

Was. Zur. Hölle.

Er atmet noch einmal tief aus. Warum habe ich bloß das Gefühl, dass die Nachrichten noch schlimmer werden?

»Ich habe Lexies Mörder gefunden.«

Sofort fällt mir ein, was mir der Widerling neulich in Finns Zimmer gesagt hat. Ich habe Finn noch nicht erzählt, dass er mit der Tat geprahlt hatte. Ich dachte, er wüsste das bereits.

Ich dachte, Finn hätte sich bei Lexie nur deshalb entschuldigt, weil er wusste, dass das geliehene Geld bei ihrem Tod eine Rolle gespielt hatte, aber offenbar war er genauso ahnungslos wie ich.

»Finn, ich muss etwas erzä-«

»Ich weiß, es war der Drecksack von Laceys Party«, fällt er mir ins Wort.

Er weiß das?

»Er ist es auch, der mich mit dem Messer verletzt hat. Aber davor hat er gesagt, was er Lexie angetan hat und …« Er kaut auf seiner Unterlippe. »… was er mit dir gemacht hat.«

Mir schießt die Röte in die Wangen.

»Was hat er dir erzählt?«

»Er sagte, er könne es kaum erwarten, das zu Ende zu bringen, was er angefangen hat, also bin ich davon ausgegangen, dass er nicht …«

Ich schlage die Augen nieder, fühle mich beschmutzt, beschämt. Ich weiß, dass es nicht meine Schuld ist, und es hätte wirklich schlimmer kommen können, aber trotzdem ist es mir wahnsinnig peinlich.

»Nichts hat er.« Ich schlucke schwer. »Er wollte, wurde aber angerufen und musste weg. Er sagte allerdings, wir würden uns wiedersehen. Hoffen wir, dass er nicht zur zweiten Runde zurückkommt.«

Finns Augen blitzen wütend auf, aber er hat sich gleich wieder im Griff. »Hör mir ganz genau zu: Er wird dich *nie wieder* anrühren.«

»Woher willst du das wissen?« Ich schiebe die Unterlippe vor.

Er lacht. »Ist nicht so einfach mit lauter gebrochenen Fingern.«

Ich reiße den Kopf hoch. *Was hat er gerade gesagt?*

Himmel, das hat geklungen, als würde er übers Wetter reden.

»Du hast ihm die Finger gebrochen?«, platzt es aus mir heraus.

»Verdammt richtig. Und dann habe ich der Polizei die Aufnahme mit seinem Geständnis auf dem Silbertablett serviert. Das

Auto, mit dem Lexie überfahren wurde, ist voll mit seinen Fingerabdrücken. Wie sich herausstellte, wurde schon mit mehreren Haftbefehlen nach ihm gesucht.«

»Aber … wird er nicht ausplaudern, was du mit ihm gemacht hast?«

»Das hat der Bastard versucht.« Finn zuckt mit den Schultern. »Wir haben es wie Notwehr aussehen lassen. Er sei auf mich losgegangen, um mir den Rest zu geben. Sein Wort gegen meines. Ich bin ja nicht gerade ein verdammter Heiliger, aber versuchten Mord hat man mir jedenfalls noch nicht vorgeworfen.«

Ich hätte nie gedacht, ich könnte irgendwann einmal glücklich darüber sein, dass jemand versucht hat, Finn mit dem Auto zu überfahren – okay, Anfang des Sommers vielleicht schon. Es ist eine Sache, einen Hund zu töten, aber eine andere, einen Hund zu töten, weil man eigentlich versucht hat, sein Herrchen umzubringen. Ich bin mir sicher, Mr Richards' teure Anwälte werden nichts unversucht lassen, dieses Monster ins Gefängnis zu bringen.

»Du meinst, er geht in den Knast?« Mir kommen Tränen bei dem Gedanken, dass Lexies Möder in einer Gefängniszelle verrotten wird.

»Wir haben ihn am Wickel, Dia. Wir haben ihn, verdammt noch mal.« Finn fängt eine Träne, die mir über die Wange läuft, mit dem Daumen ab.

Für einen Moment vergesse ich die fünf qualvollen Tage, die ich in dem Glauben verbracht habe, ich würde ihm nichts bedeuten, und ich werfe mich in seine Arme. Ich gehe ganz auf die Zehenspitzen, presse mich ganz fest an seine Brust und genieße den Duft seines Aftershave.

Lexie wird Gerechtigkeit widerfahren. Etwas Besseres konnten wir in dieser Situation nicht erhoffen.

Finn vergeudet keine Sekunde, schlingt die Arme um mich und hält mich so fest, dass ich kaum atmen kann. Er streicht mit den Fingern das Haar von meinem Hals und drückt eine ganze Anzahl verzweifelter Küsse über und unter mein Schlüsselbein und saugt meinen Duft ein, als würde er versuchen, ihn sich einzuprägen.

Alles ist perfekt.

Und dann nicht mehr.

»Finn?«

Er macht sich von mir los, als wäre er gerade bei einer schweren Straftat erwischt worden. Ich reiße den Kopf herum und sehe Xavier, Theo und Axel, die uns hinter einer Ecke beobachten.

»Alter, echt jetzt – doch nicht auf dem Schulgelände! Nimm das Mädchen wenigstens mit nach Hause.« Axel lacht in seine Faust.

Ich warte darauf, dass Finn ihnen sagt, sie sollen sich verpissen, aber er tut nichts.

Er will, dass die anderen genau das denken, nicht wahr?

Dass ich nur ein Zeitvertreib bin?

Denn ganz gleich, wie oft er verspricht, mich nie wieder gehen zu lassen, hat Finn Richards immer noch einen Ruf zu verlieren. Er versteckt sich noch immer hinter seinem herzlosen Image, einer Fassade, die ich glaubte schon eingerissen zu haben.

»Gehen wir«, sagt Xavier, bevor es noch peinlicher wird. »Fletcher, verdammt noch mal, *wir gehen*«, wiederholt er und muss Axel am Ende wegziehen. Finns Blick findet meinen, sobald wir wieder alleine sind.

Ich sehe es in seinen Augen.

Er weiß, dass er es verkackt hat.

Unter außergewöhnlichen Umständen kann ich ihm schon vergeben – wenn er mit dem Messer verletzt wird beispielsweise –, aber ich glaube nicht, dass ich es ertrage, wenn sich ein Typ meinetwegen schämt.

»Dia …« Er will näher kommen, aber ich weiche zurück.

»Du schaffst es nicht mal, mich vor anderen zu umarmen«,

flüstere ich, mehr an mich als an ihn gerichtet, und wende mich zum Gehen. »Ich … ich muss los.«

Seine Hand schießt sofort an mein Handgelenk, er dreht mich herum und reißt mich an seine Brust.

»Fuck, warte eine Sekunde. Was soll das heißen?«, fleht er und blickt mich forschend an.

»Das heißt, dass du recht hattest.« Ich brauche meine gesamte Entschlossenheit, um mich von ihm frei zu machen. »Es gibt einen Grund, weshalb man *Ferienjob* dazu sagt. Nach den Ferien ist es vorbei.«

Dann lasse ich ihn stehen.

Während ich mit Gewissensbissen zu meinem Schließfach zurückgehe, wird mir klar, warum es sich hier so anders anfühlt.

Es fühlt sich anders an, weil *ich* eine andere bin.

Dieser Sommer hat mich verändert.

Finn hat mich verändert.

Aber am Ende …

Konnte ich *ihn* nicht verändern.

* * *

FINN

In der Cafeteria ist es so laut, dass ich kaum denken kann, während Xavier und ich uns durch die Menge quetschen. Theo, Axel und noch ein paar Basketballer haben sich schon an unserem üblichen Tisch niedergelassen und reißen Witze über Leute, von denen ich eigentlich weiß, dass sie mir nicht das Wasser reichen können.

Aber in Wahrheit bin *ich* im Augenblick die größte Lachnummer. Nein, ich bin eine Scheiß-Comedyshow, so wie ich mich heute Morgen aus ihrer Umarmung losgemacht habe. Warum zum Teufel habe ich das getan?

Es war so leicht, solange wir alleine waren. Wenn ich sie in die Ecke dränge und sie mit ihren großen braunen Augen zu mir aufblickt – aber vor meinen Kumpels? Vor der ganzen Welt? Dieser Scheiß fühlt sich an, als würde ich nackt über ein Schlachtfeld rennen.

Es ist, als wollte ich niemanden merken lassen, wenn mir jemand etwas bedeutet. Und es ist bestimmt nicht so, dass ich mich ihretwegen schäme. Wenn ich ehrlich bin, geht es dabei überhaupt nicht um Dia. *Es geht um mich.*

Die nächsten fünf Minuten spiele ich mit meiner Gabel und starre auf das wenig verlockende Essen auf meinem Teller. Theo holt mich kurz in die Realität zurück, als er sich dafür entschuldigt, am Tag von Lexies Tod nicht da gewesen zu sein.

Irgendwas mit seinen Psycho-Eltern, die ihm das Handy weggenommen und ihn für vierundzwanzig Stunden in seinem Zimmer eingesperrt hatten, nachdem er vorbeikam, um seine Sachen zu holen.

Ich nicke, nehme seine Entschuldigung an, obwohl ich sie gar nicht brauche. Dann verschwinde ich wieder in meine Gedanken. Selbst Axels sexistische Witze blende ich fast vollständig aus, bis er etwas sagt, das mich aufmerken lässt.

Ihren Namen.

»Fuck, sie ist echt heiß. Dia, nicht wahr?«

Ich hebe den Blick vom Tablett zu Axel, der sich auf seinem Stuhl zurücklehnt und zum Eingang der Cafeteria hinüberspäht. Als ich seinem Blick zur großen hölzernen Doppeltür folge, sehe ich sie sofort.

Sie kommt zusammen mit Aveena Harper herein und stellt mit ihren vollen Lippen und den glänzenden Locken jedes verdammte Mädchen im Raum in den Schatten. Ich wusste gar nicht, dass Dia mit Aveena befreundet ist.

Aveenas Mom und meine waren in meiner Kindheit beste Freundinnen. Xavier und ich waren jedes Wochenende mit ihr zusammen und machten ihr mit miesen Streichen das Leben zur Hölle. Xavier hätte das nie zugegeben, aber er war damals volle Kanne in sie verknallt. Ich weiß noch gut, wie ich ihn deswegen ständig aufgezogen habe.

Ich kann den Blick nicht von ihr wenden, während sie weiter in die Cafeteria hereinschlendert und nach einem freien Platz sucht. Und ich bin beileibe nicht der Einzige, der sie anstarrt. Das tut unser ganzer Tisch.

Verdammt, jeder Kerl mit Augen im Kopf starrt sie an.

Offenbar fallen wir damit ziemlich auf, denn Aveena stößt sie mit dem Ellenbogen an und deutet mit einer Kinnbewegung auf uns.

Dia reißt den Kopf hoch.

Und unsere Blicke treffen sich, quer durch den Saal.

Für einen kurzen Moment huscht ein schmerzlicher Schatten über ihre dunklen Augen, aber sie verbirgt es schnell und blickt weg. Kurz darauf findet sie zwei freie Plätze.

»Schau, Richards, da ist deine Freundin«, neckt mich Axel.

Ich balle die Fäuste. Genau davor habe ich mich gefürchtet. Dass die Jungs denken, dass ich unter dem Pantoffel stehe.

Und ehrlich?

Vielleicht haben sie recht.

»Sie ist nicht meine Freundin«, knurre ich.

Axel prustet los. »Nimmst du denn all deine Sexspielzeuge in den Arm?«

Mein Sexspielzeug?

Er glaubt, sie sei mein Sexspielzeug?

Wenn hier jemand das Spielzeug ist, dann ich.

Dieses Mädchen hat mich inzwischen praktisch um den Finger gewickelt. Ich bin vielleicht noch nicht so weit, dass ich mit ihr vor meinen Freunden angebe, aber sie begreift einfach nicht, dass ich noch nie *irgendwen* getroffen habe, den ich ihnen vorstellen wollte. Sie hat vielleicht mir ihre ersten Male gegeben, aber für mich ist sie auch ein erstes Mal.

»Sie war da, als sein Hund starb. Man hat den Typ geschnappt und sie war happy. Ende der Geschichte.« Xavier strickt eine Geschichte, die mir Axel erst einmal vom Hals schaffen sollte. Eigentlich möchte ich mich bei ihm dafür bedanken, aber andererseits würde ich ihm am liebsten die Nase brechen dafür, dass er wieder meine Schlachten schlägt.

»Ach ja … dein Hund«, sagt Axel kleinlaut. »Sorry, Mann.«

Ich antworte nicht. Axel steht eine Sekunde später auf, und in meinem Kopf gehen sofort eine Billion Sirenen los.

»Wo willst du hin?«, schreie ich fast.

Er sieht mich über die Schulter an. »Mit ihr reden.«

»Warum?«, frage ich wie aus der Pistole geschossen. Alle starren mich an, aber das ist mir jetzt egal.

Er grinst. »Lass deine Fantasie spielen«, sagt er und wendet sich zum Gehen.

»Setz dich verdammt noch mal hin, Fletcher.« Wieder bleibt er stehen.

»Alter, entweder ist sie dein Mädchen – oder nicht. Du musst dich schon entscheiden.«

Und er hat recht.

Ich kann andere nicht daran hindern, mit ihr zu reden. Ich kann nicht mein Revier markieren, wenn ich nicht vorhabe, sie am Ende des Tages mit nach Hause zu nehmen.

»Also, was denn nun?« Axel zieht eine Augenbraue hoch, und ich habe das Gefühl, dass er mich irgendwie herausfordern will.

Aber ich antworte nicht.

Er grinst zufrieden. »Dachte ich mir.«

Und dann geht er zu ihrem Tisch hinüber.

Ich wünschte, die Jungs würden über etwas reden. Irgendwas, solange es mich ablenkt, aber alle halten den Mund und beobachten, wie Axel den Schuss abfeuert, zu dem ich nicht imstande war.

Ich packe mit der Rechten das Plastikmesser, um so zu tun, als wolle ich mein Essen zerteilen, aber es hat keinen Sinn. Sofort fliegen meine Augen wieder zurück zu ihr.

Axel bleibt vor ihrem Platz stehen, stützt die Hände auf die Tischkante und sagt etwas zu Dia, das ich nicht verstehen kann. Nach ihrem angewiderten Gesichtsausdruck zu urteilen, verfehlt es seine Wirkung.

Genau wie er.

Dann leuchten ihre Augen auf, als hätte sie etwas erkannt, und sie findet mich in der Menge. Sie erwischt mich dabei, wie ich sie anstarre, und im Handumdrehen lernt sie die Regeln zu einem Spiel, von dem ich nicht einmal weiß, dass wir es spielen.

Von einem Moment zum anderen lässt sie sich auf Axels Flirten ein und klimpert mit den Wimpern, während er wahrscheinlich einen Haufen Mist in ihre Richtung kotzt.

In diesem Augenblick würde ich am liebsten aufstehen, hinübermarschieren und sie in eine Toilettenkabine zerren, um sie daran zu erinnern, wem sie gehört.

Als sie sich Axels Handy schnappt und ihre Nummer zu seinen Kontakten hinzufügt, werde ich fast blind vor Wut. In Gedanken stelle ich mir schon vor, wie sie ausgestreckt auf seinem Bett liegt, seinen Namen stöhnt und ihre Brüste wippen, während er sich den Rest ihrer ersten Male nimmt.

»Finn, was zum Teufel?« Ich erkenne Xaviers Stimme.

Wird sie sich überhaupt an mich erinnern, wenn er in ihr drin ist? Wird sie –

»Scheiße, Kumpel, du blutest.«

Jemand schüttelt mich heftig an der Schulter und holt mich von einem sehr dunklen Ort zurück. Im Handumdrehen bin ich wieder zurück im Gedränge der Cafeteria. Mir stock der Atem, als ich nach unten schaue, wo sich das Plastikmesser tief in meine Hand bohrt. Ich habe die Fäuste so fest geballt, dass ich es nicht einmal bemerkt habe …

Da ist Blut auf meiner Serviette, in meinem Essen und auch auf meinem Tablett.

Ich bin so scheiße eifersüchtig, dass ich mich verletzt habe.

Es ist fast so, als versuche mein Körper, mein Gehirn für die Feigheit zu bestrafen, das hier geschehen zu lassen. Als ich mich am Tisch umschaue, sehen mich alle anderen an wie einen Außerirdischen.

Alle außer Xavier.

In seinem Blick sehe ich einen Funken von Verständnis.

Dann nickt er.

Und ich weiß, was er mir mit diesem Nicken sagen will: *Glaubst du, du kannst uns etwas vormachen?*

Er meint, ich solle es endlich tun, und während ich beobachte, wie Dia gekünstelt über einen von Axels Witzen lacht, laufen in meinem Kopf die Worte des Deppens in Endlosschleife. »Alter, entweder ist sie dein Mädchen – oder nicht. Du musst dich schon entscheiden.«

Nun, das habe ich eben getan.

Ich habe mich entschieden.

Und bevor dieser Tag vorbei ist …

Wird jeder an dieser verdammten Schule wissen, dass Diamond Mitchell mein ist.

* * *

DIAMOND

Ein Tag hat nur vierundzwanzig Stunden.

Sechs davon verbringt ein Schüler durchschnittlich in der Schule.

Aber als Aveena und ich nach dem längsten Tag meines Lebens aus der Easton High schlendern, frage ich mich, ob ich nicht doch versehentlich in einer Zeitschleife gelandet bin. Ich könnte schwören, dass ich eine Ewigkeit in diesem Gebäude festsaß. Vor jeder Pause fürchtete ich mich und brachte mich fast um dabei, Finn auf den Gängen aus dem Weg zu gehen.

Am Nachmittag war das nicht allzu schwer – wir hatten keine gemeinsamen Kurse und unsere Schließfächer liegen in verschiedenen Gebäudeteilen. Meinem schlechten Gewissen dabei aus dem Weg zu gehen, ist allerdings eine andere Geschichte.

Mit anderer Leute Gefühlen zu spielen war nie mein Ding. Bis Axel Fletcher beim Mittagessen zu unserem Tisch herüberkam und mir die lächerlichsten Sprüche über meine Augen erzählen wollte. Ich war nahe daran, ihn zum Schweigen zu bringen, als ich zu Finn hinübersah und die Wut in seinen Augen bemerkte.

Er war total angepisst.

Er war eifersüchtig.

Und das gefiel mir.

Also ließ ich mich auf das Spiel ein. Täuschte ein Lächeln vor und lauschte Axels Anmachsprüchen. Ich gab sogar eine falsche Telefonnummer in Axels Kontakte ein, um den Anschein zu erwecken, dass er eine Chance hätte.

Alles, damit Finn endlich aufwacht.

Ich bin nicht sicher, ob mir diese Version von mir gefällt.

»Meine Mom und meine Schwester sind heute Abend unterwegs. Du kommst zu mir«, erklärt Aveena, während wir zusammen über den Parkplatz laufen.

»Bleibt mir eine Wahl?« Ich muss lächeln.

»Nein. Mädels, die nicht einmal ihrer besten Freundin etwas über ihren skandalösen Sommerflirt erzählen, haben keine Wahl«, sagt sie im Spaß.

Im Gehen checke ich mein Handy und hoffe, mir wird die Gnade einer Textnachricht von Finn zuteil.

Keine neuen Nachrichten.

Die Enttäuschung liegt mir wie ein Stein im Magen, aber ich lasse mich nicht beirren und checke immer wieder wie besessen meine Eingänge. Vielleicht weiß er ja gar nicht, dass ich ihn nicht mehr blockiere? Ich bin schon auf halbem Weg zu meinem Auto, als mich Aveena an den Arm fasst, abrupt stehen bleibt und etwas in der Ferne anstarrt.

Ich blicke auf.

Und dann wird mir klar, warum er mir keine Nachricht geschickt hat.

Ich habe keine erhalten, weil ich ihn in echt bekomme.

Finn steht mit hängendem Kopf an mein Auto gelehnt, die tätowierten Arme über der Brust verschränkt, das braune Haar wie ein Schleier vor den Augen. Über der Schulter hängt ihm seine Sporttasche und ich vermute, dass heute Abend das Basketballtraining wieder losgeht.

»Um sieben bei mir.« Aveena wirft mir noch ein vielsagendes Lächeln zu und geht dann zu ihrem Wagen davon.

Man könnte meinen, Finn hat irgendeinen besonderen Dia-Radar, denn er sieht auf, kaum dass sie weg ist, und blickt mich mit seinen Haselnussaugen über den Parkplatz an.

»Richards! Setz deinen Arsch in Bewegung. Der Trainer will uns, bevor wir anfangen, noch etwas sagen«, ruft jemand, der sich wie Axel anhört, hinter uns.

Als ich mich umschaue, sehe ich Theo, Xavier und Axel, die uns zusammen mit anderen von der Schultreppe aus beobachten, alle mit Sporttaschen, alle mit dem Rücken ans Geländer gelehnt.

Ich erwarte schon fast, dass Finn mir wieder von der Leine geht – auf dem Gebiet hat er sich als äußerst geschickt erwiesen –, aber er hält eisern den Blickkontakt.

»Ich werde nicht beißen, Juwel.« Er verzieht den Mund zu einem kleinen Lächeln.

Aber er lügt. Beißen wird er vielleicht nicht, aber ich fürchte, wenn ich näher herangehe, wird er seine Klauen in mich schlagen und sein Versprechen erfüllen, mich niemals mehr gehen zu lassen.

Ich kann tausend Augen auf mir spüren, und die unerwünschte Aufmerksamkeit lastet doch so stark auf mir, dass ich etwas langsamer gehe. Ich bin vorsichtig und fühle mich etwas beklommen, als ich vor ihm stehen bleibe.

»Was willst du?« Die Blicke der halben Schule lasten schwer auf meinen Schultern.

Als Antwort schnaubt er nur verächtlich.

Tief, fesselnd, hinreißend.

Aber auch höhnisch.

Als wäre er überrascht, dass ich das überhaupt *frage*.

»Ich glaube, du weißt genau, was ich will.«

Mir pocht das Herz in der Brust. »Aber nur, solange du es verstecken kannst, stimmts?« Ich will entschlossen klingen, bringe aber nur ein Flüstern heraus.

Finn drückt sich von meinem Auto ab und kommt mir langsam entgegen. Für den Geschmack meines Herzens bleibt er zu dicht vor mir stehen, aber mein Stolz verbietet mir, zurückzuweichen. Mir läuft ein Schauer über den Rücken, als er mir eine Locke hinters Ohr streicht.

»Sehe ich aus, als würde ich mich verstecken?« Er zieht eine Augenbraue hoch.

Wo er recht hat …

Der Parkplatz vor der Schule ist nicht gerade ein heimlicher Treffpunkt.

»Aber bisher war das so«, rufe ich ihm in Erinnerung.

Ich weiß, dass ich recht habe, als er leise seufzt.

»Das stimmt, das war echt mies von mir.«

Mies?

Alter, du hast mir das Herz in Stücke gerissen.

»Es tut mir leid.« Er hält meinem Blick stand. »Nicht nur wegen heute. Ich habe mich versteckt, seit du mir in die Eier getreten hast.«

Ich schweige, damit er fortfährt.

»Ich bin ein Feigling, Dia.« Er stößt die Luft aus. »Zehn Jahre lang habe ich so getan, als würde mein Herz zusammen mit meiner Mom am Grund von Lake Belmont verrotten.«

Jetzt ziehe ich scharf die Luft ein, als er das zugibt.

Es ist überhaupt das erste Mal, dass er in nüchternem Zustand über sie spricht.

»Ich habe getan, was ich konnte, um die Leute davon zu überzeugen, dass es an diesem Tag zusammen mit ihr ertrunken ist. Und das hat auch gut funktioniert. Viel zu gut. Weil ich es allmählich sogar selbst geglaubt habe.«

Auf dem Parkplatz könnte man eine Stecknadel fallen hören.

Die meisten Schüler haben sich zerstreut, aber die Cheerleader und die Basketballer sind am Geländer wie festgeklebt und genießen die Vorstellung. Finn spricht nicht laut genug, um dort verstanden zu werden, aber die neugierigen Mistkerle versuchen natürlich trotzdem zu lauschen.

»Und dann bist eines Tages du aufgetaucht, hast mir die Faust in die Brust gebohrt und diesen ganzen Mist rausgerissen. Du hast mich daran erinnert, dass ich ein Herz besitze, Dia, aber mir war nicht klar, wie ramponiert und kaputt es war, bis du mich heute Morgen stehen gelassen hast.«

Meine Kehle fühlt sich an, als würde sie jemand zudrücken.

»Ich schätze, was ich damit sagen will, ist, dass … dass es nicht leicht werden wird. Ich werde dir wahrscheinlich wieder wehtun, und manchmal wirst du mich ein Arschloch nennen und wir werden uns streiten, aber Scheiße, ich will im Leben jetzt endlich einmal für etwas kämpfen. Und ich will kämpfen, bis wir alles in Ordnung gebracht haben.«

Ich kann nicht sprechen.

»Kämpfe um mich, Juwel. Ich jedenfalls verspreche, dass ich wie wild für *dich* kämpfen werde.«

Dass ich weine, bemerke ich erst, als mir salzige Tränen über die Lippen laufen.

»Was … was bedeutet das? Ich … Willst du, dass wir uns daten?«

Er fasst mein Gesicht mit beiden Händen und sieht mich eindringlich an. »Ich weiß nicht, wie ich es nennen soll. Ich meine, vor nicht einmal zwei Monaten konnte ich mir nicht im Entferntesten vorstellen, mir überhaupt zu wünschen, mit jemandem zusammen zu sein. Das ist alles so verfickt neu für mich, aber ich glaube … ich glaube, wenn du mir ein bisschen Zeit gibst, bekommen wir das hin.«

In meinem Kopf drehen sich so viele Gedanken, aber der eine sticht heraus – dass ich eigentlich keine Wahl habe.

Ich kann jetzt nicht gehen.

Nicht weg von ihm.

Ich … kann es einfach nicht.

Nichts an alldem ist perfekt, aber er gibt sich Mühe, und das ist mehr, als er jemals für irgendwen getan hat.

»Warte mal, also sollen wir uns *nicht* daten?«, frage ich.

»Technisch gesehen nicht, aber wenn du mich fragst, brauchen wir dieses beschissene Etikett auch gar nicht.«

»Soll das bedeuten, wir können auch mit anderen zusammen sein?«

Darüber muss er lachen.

»Sind diese Worte tatsächlich gerade aus deinem Mund gekommen? Scheiße, Dia, ich habe einen Typen fast umgebracht, weil er dich angefasst hat.«

»Dann heißt das also nein?«, necke ich ihn.

Er schnaubt. Dann sind seine Lippen auf meinem Mund, sie suchen, schmecken, verschlingen. Er küsst mich mitten auf dem Schulparkplatz und kümmert sich einen Dreck um unser Publikum.

Und es fühlt sich nach mehr als einem Kuss an. Es fühlt sich an, als würde er die ganze Welt wissen lassen, was wir schon die ganze Zeit wussten. Ich stelle mich auf die Zehenspitzen, schlinge die Arme um seinen Hals und Finn legt seine Hände an meine Taille und lehnt sich an mein Auto. Dabei zieht er mich mit, und seine Finger wandern besitzergreifend weiter in die Gesäßtaschen meiner Jeans.

Wir machen volle fünf Minuten miteinander herum, bis wir voneinander lassen. Wir sind beide gleichermaßen außer Atem und verblüfft, was eben geschehen ist.

Wir haben das wirklich getan.

Jetzt wissen es alle.

Unser Sommerflirt war eben doch mehr als das.

Ich bekomme mein blödes Grinsen gar nicht aus dem Gesicht, als er mir einen letzten Kuss auf den Mund drückt.

»Ich habe deine Frage gar nicht beantwortet«, haucht er mit rauer Stimme auf meine Lippen.

Etwas benommen versuche ich, seinen Worten einen Sinn zu entnehmen.

»Welche Frage?«

»Du hast mich nach etwas gefragt, das ich nicht hasse.«

Sofort kommt mir der Augenblick in den Sinn, als ich ihn das fragte. Als ich ihn nachts im Fenster der Bibliothek stehen sah und ihm vorwarf, er hasse alles.

»Ja?« Ich weiß, in welche Richtung das führt, aber ich müsste wahnsinnig sein, wenn ich ihn jetzt aufhielte.

»Du hattest recht. Ich hasse tatsächlich alles.«

Er küsst mich noch einmal.

Und dann sagt er etwas, das ich auch noch lange in mir tragen werde, wenn dieser Augenblick vergangen ist.

»Alles außer dir.«

SECHS MONATE SPÄTER

»Ich bin einen Pakt mit dem Teufel eingegangen, ohne ihn vorher zu lesen. Von all seinen charmanten Lügen war ›Ich liebe dich‹ die schlimmste.«

21. KAPITEL

DIAMOND

»Dafür wirst du zur Hölle fahren.« Ich schiebe die Hand zwischen meine Beine und packe Finns Haar.

»Gut, dass ich dir dort auch ein Plätzchen reserviert habe.« Er lacht dicht über mir, fährt mit der Zunge über meinen Kitzler und schiebt meine Beine weiter auseinander, während er mich erbarmungslos leckt.

Ich bin mir nicht ganz sicher, wie ich hierher gekommen bin. Mit nichts als einem BH an, die Beine weit gespreizt, auf der Motorhaube eines Basketballers.

Genau genommen ist das gelogen.

Ich weiß genau, was mich hierher gelockt hat.

Eine Textnachricht.

Finn: Triff mich an unserer Stelle vor Theos Party.
Ich bin verdammt noch mal am Verhungern.

Ich konnte mir schon vorstellen, dass es ihm nicht um Essen ging. Immerhin kommen wir jetzt seit sechs Monaten praktisch wöchentlich hierher, und gegessen haben wir noch nie etwas.

Nun ja, uns gegenseitig verschlungen haben wir schon.

»O verdammt, ja. Ja!« Mir zieht sich der Bauch zusammen, als die Lust unerträgliche Höhen erreicht. Finn stöhnt und seine Zunge tritt in meiner Öffnung an die Stelle seiner Finger und schiebt sich hinein.

In einer perfekten Welt müssten wir uns nicht so verstecken. Ich könnte meinen Eltern erzählen, dass ich vergangenen Sommer *viel mehr* getan habe, als auf einen Hund aufzupassen, und Finns Villa wäre nicht so eine verfickte bewachte Festung.

Dabei kann ich Mr Richards nicht mal vorwerfen, dass er so vorsichtig ist. Der Anschlag auf Lexie hat bei ihm wirklich etwas ausgelöst. Ich würde wahrscheinlich ebenfalls eine halbe Armee von Wachleuten aufbieten, wenn mein Hund während meiner Abwesenheit in den Armen meines Sohnes verblutet wäre.

Manche würden vielleicht sagen, dass er es übertreibt.

Auch angesichts der Tatsache, dass der Drecksack, der Lexie auf dem Gewissen hat, vor einem Monat wegen versuchten Mordes und Drogenbesitz zu drei Jahren Haft verurteilt wurde. Aber Finns Dads hat deutlich gemacht, dass er nicht zulassen wird, dass sich die Geschichte wiederholt.

Obwohl ironischerweise genau das geschieht.

Früher hat sich Finn immer gewünscht, sein Dad wäre öfter zu Hause – jetzt kann er es kaum erwarten, bis er weg ist.

Dass Lexie in Finns Armen starb und Finn nicht einmal daran *dachte*, ihn anzurufen – das musste die Polizei tun –, scheint Mr Richards verdeutlicht zu haben, wie kaputt ihre Beziehung in Wirklichkeit ist.

Seither ist er immer in der Stadt gewesen und versucht, wieder Kontakt mit seinem Sohn aufzunehmen. Sagen wir, Finn ist nicht gerade von der Idee begeistert, Frieden zu schließen. Ich glaube, er wirft seinem Dad immer noch die Unmenge an Geschäftsreisen vor und dass er jeden Sommer nicht da gewesen war.

Finn schlägt die Hände auf sein Auto, während er mich aufwärts und abwärts leckt. Meine Fingernägel zerkratzen den Lack, denn die Magie seiner Zunge reißt mich in Stücke.

»Vorsicht, du willst doch nicht, dass ich Remy versaue.« Ich verschlucke mich an einem Stöhnen und Finn muss lachen.

»Du kannst versauen, was du willst, Baby.« Sein Mund presst sich auf meine Klit und mein Rücken biegt sich auf dem Wagen.

»Du hast noch nicht erzählt, warum du dein Auto Remy nennst. Ist es nach jemandem benannt?«, frage ich.

»Nein.« Finn zuckt mit den Achseln. »Ich kenne niemanden, der Remy heißt. Der Name hat mir einfach gefallen.«

Er lässt zwei Finger in mich gleiten und beginnt mich wie wild zu fingern. Ich hoffe, beim nächsten Mal tun wir das in einem richtigen Bett, aber da Finn fast jeden Tag Basketballtraining hat und meine Eltern nichts von uns beiden wissen, bleiben solche heimlichen Momente das Einzige, was wir haben.

Sie wissen nicht einmal, dass ich einen Freund habe – nun ja, offiziell tragen Finn und ich nicht diesen Titel, aber alle an der Schule wissen, dass wir zusammen sind.

Wenn meine Eltern dahinterkommen, werden sie mich wahrscheinlich enterben, weil ich sie angelogen habe, und ich weiß, dass es falsch ist. Aber wann immer Finn und ich uns in den Wald verdrücken, sage ich, ich würde mit Aveena abhängen.

»Scheiße, ich bin gleich –«

»Fuck, ja, Baby. Gib es mir.«

Und das tue ich.

Ich komme über sein ganzes Gesicht und falle dann auf die Motorhaube zurück, während mein Orgasmus allmählich ausklingt. Ich habe kaum Gelegenheit, zu Atem zu kommen, als Finn seine Jeans herunterschiebt, meine Schenkel packt und mich näher an sich zieht.

Mein Hintern hängt jetzt in der Luft und Finn befreit seinen Schwanz aus der Boxershorts. Ich beäuge seinen Schaft und die Adern, die sich darum winden. Wir haben uns wegen Finns verrücktem Stundenplan die ganze Woche nicht gesehen, und ich muss zugeben, dass ich mir das hier mehrfach ausgemalt habe.

»Sie warten schon auf uns.« Ich kaue auf meiner Unterlippe. Wir sollten schon seit Stunden bei Theos Pool-Party sein.

Grinsend führt Finn seine Hand an den Schwanz und bewegt sie schnell auf und ab, um seine Spitze dann auf mein Zentrum auszurichten. »Und ich habe die ganze verfickte Woche auf diesen Augenblick gewartet. Das Leben ist ungerecht.«

Der erste Stoß raubt mir den Atem.

Finn wirft den Kopf mit lustvollem Stöhnen in den Nacken und füllt mich komplett aus.

»Das hat mir so verdammt gefehlt.« Er hält inne, fasst mich hinten am Hals und biegt meinen Kopf nach vorn, damit ich sehe, wie er sich ganz zurückzieht und dann wieder in mich stößt.

Ich stöhne, aber dann reiße ich die Augen auf, als mir klar wird …

Er hat kein Kondom übergezogen.

Wir wissen seit Monaten, dass wir beide sauber sind. Ich nehme zwar die Pille, aber es war mir wichtig, dass wir trotzdem vorsichtig sind.

»Finn«, ächze ich, während er Fahrt aufnimmt und immer heftiger zustößt. »Kondom.«

Er bricht sofort ab und zieht ihn heraus. Seine Augen weiten sich, als er begreift. Sofort fehlt er mir.

»Es tut mir leid, ich –«

Ich bin nicht stolz darauf, dass ich die Beine um seine Hüften lege und ihn an mich ziehe. Uns stockt beiden der Atem, als er sich wieder in voller Länge in mich schiebt.

»Fuck, Dia, ich kann nicht …« *Stoß.* »Ich kann verdammt noch mal nicht aufhören.« *Stoß.* »Mach, dass ich aufhöre.«

Aber mein Körper hört nicht, stattdessen bewege ich meine Hüften, um die Reibung noch zu verstärken und ihn dazu zu bringen, noch schneller zu werden. Es fühlt sich so viel intensiver, echter, persönlicher an. Ich verliere mich so sehr in diesem Moment, dass ich die Leute, die bei Theo auf uns warten, fast vergesse.

Bis mir einfällt, dass ich jemanden eingeladen habe, den ich nicht enttäuschen darf.

Aveena.

Als sie heute bei mir zu Hause vorbeikam, habe ich sie angebettelt, zu Theos Party mitzukommen. Das Letzte, was ich will, ist, dass sie mit Finns Freunden alleine ist, während ich Sex im Wald habe.

Wir sehen uns nicht mehr so oft wie früher, und sie fehlt mir. Ich wünschte nur, dass ich mich nicht immer so schämen müsste, wenn ich über Sex, über Finn oder über Partys reden möchte – ganz normales Teenagerzeug eben. Sie fragt mich auch immer, wie es läuft, aber wenn ich irgendetwas erzähle, scheint es ihr unangenehm zu sein. Vielleicht fühlt sie sich fehl am Platz, weil sie diese Erfahrungen noch nicht gemacht hat? Was auch immer der Grund ist, ich erzähle ihr nicht mehr so viel. Wir leben uns auseinander, und das macht mir Angst.

»Scheiße, wir müssen los. Ich habe Vee eingeladen.«

Finn presst den Mund auf meine Lippen.

»Mm.« Er küsst mich, um mich zum Schweigen zu bringen.

»Finn, wirklich. Wir müssen uns beeilen. Ich will nicht, dass sie allein ist.« Ich verkneife mir ein Lächeln, während sein heißer Köper immer wieder gegen meinen prallt.

»Sag einfach, du hättest schmutzigen Sex im Wald. Sie wird das verstehen.« Er beugt sich vor und beißt mich ins Ohrläppchen. Schlaue Sprüche helfen jetzt nicht – also ziehe ich die Beckenmuskeln zusammen und klemme seinen Schwanz fest.

»Oh, fuck.« Finn presst die Augen zu, packt meine Taille und rammt noch schneller in mich hinein. Normalerweise ist er keiner von der schnellen Sorte. Ich muss die Sache etwas beschleunigen.

»Wenn du jetzt kommst, dann darfst du es machen.«

Er reißt die Augen auf.

Er weiß genau, was ich meine.

Er will es schon eine ganze Weile mal anal versuchen, aber ich habe Hemmungen.

»Erst mit den Fingern. Und dann sehen wir weiter. Abgemacht?« Ich verkneife mir ein Stöhnen.

Ich sehe seine wildesten Fantasien förmlich in seinen Augen aufleuchten. *Jep, so wird das klappen.* Sein Mund klappt auf, während ihn die Vorstellung, was er mit mir tun will, näher an die Kante bringt.

»Abgemacht.« Er packt mich am Hals, küsst mich, lässt mich dann los und sieht mir weiter in die Augen, während er mir alles gibt, was er zu geben hat. Mit einem hat er recht: Unser Sex ist schmutzig, aber eben auch zärtlich und echt.

Als wären wir die letzten Menschen auf der Welt.

»Fuuuck!«, stöhnt Finn und drückt mir die Kehle weiter zu. Er stößt noch dreimal, dann spritzt er in mich.

Ich werde eine Scheißdusche nach dieser Sache brauchen.

Wir sind beide außer Atem, als Finn mich so fest umarmt, dass ich mich nie wieder von ihm lösen möchte. Er ist immer noch in mir, küsst meinen Kiefer und reckt den Kopf vor, um mir etwas ins Ohr zu flüstern.

»Alles außer dir.«

Mir wird so warm ums Herz, dass es schmerzt.

Er macht mich so glücklich.

Wir hatten die beste Zeit die letzten sechs Monate, trotz alter Heimlichkeiten. Wir unterhalten uns jeden Tag, verbringen die Wochenenden zusammen, wir feiern, wir lachen. Wir schweben auf einer Wolke, und während ich mich schon davor fürchte, herabzustürzen, bin ich mir fast sicher, dass das nie passieren wird, wenn er solche Dinge sagt.

Alles außer dir ist zu unserem Motto geworden; Finn sagt auf diese Weise *ich liebe dich*, ohne es direkt auszusprechen.

»Alles außer dir«, krächze ich, und Finn drückt mir einen Kuss auf die Nasenspitze. Meine Beine sind ganz wackelig, als er mir von der Haube herunterhilft. Zum Glück fängt er mich auf, bevor meine Knie nachgeben, und nutzt gleich die Gelegenheit, mich noch einmal zu küssen.

»Okay, jetzt müssen wir aber wirklich los«, flüstere ich und er lächelt.

Widerstrebend lässt er mich los. Dann wirft er mir mein Shirt und meine Hose zu, die auf dem Boden im Staub liegen. Er reicht mir alles – außer meiner Unterhose.

»Kann ich die bitte auch haben?« Ich strecke den Arm aus.

»Ich glaube, die behalte ich erst mal, bis du deinen Teil der Abmachung erfüllst.« Er schmunzelt und schiebt sein Druckmittel in die Tasche.

Arschloch.

Ich diskutiere nicht lange, ziehe mich an und bin froh über die Abgeschiedenheit des Waldes. Unsere Stelle ist wirklich am Arsch der Welt, nicht weit von dem Baum entfernt, in den Finns Eltern vor vielen Jahren ihren Namen geritzt haben.

»Ich gehe direkt zu Theo. Bis dann?« Finn drückt mir einen Kuss auf den Mund. Ich nicke und gehe dann zu meinem Auto – meinen Eltern würde es sofort auffallen, wenn Finn mich herumkutschiert.

Finns Wagen verschwindet einen Augenblick später am Ende des Waldwegs. Als ich mich angeschnallt habe, checke ich mein Handy. Das sind zwei Nachrichten von Lacey.

Und eine von meinem Dad.

Lacey: WO BIST DU?

Lacey: Theo ist weg, um mehr Alk zu holen, und ich hänge hier mit Axel fest. Wenn du mich mit dem Schwein Fletcher allein lässt, werde ich nie wieder ein Wort mit dir reden!

Ich muss kichern.

Ist es schlimm, dass ich seit Anfang unseres letzten Schuljahres öfter mit Lacey als mit Aveena texte? Ist es schlimm, dass ich jetzt enger mit Lacey bin als mit meiner besten Freundin? Inzwischen mache ich alles gemeinsam mit Lacey. Wir gehen zusammen auf Partys, gehen shoppen und an Wochenenden sogar auf Konzerte.

Vee ist wirklich wichtig für mich, aber sie hat echt viele Trigger – ihren Hass auf Alkohol zum Beispiel wegen ihres Vaters, der Alkoholiker ist – und ich weiß nicht immer, wie ich damit umgehen soll. Ich wische Laceys Nachricht weg und checke den Text von meinem Dad.

Gaten: Morgen kommt dein Bruder nach Hause. Wir essen abends zusammen im Restaurant. Komm bitte um fünf.

Eigentlich sollte ich glücklich sein, dass mein Bruder da ist, aber dass er zurückkommt, nachdem er ein halbes Jahr lang verschwunden war, wirft eine Menge Fragen auf, die meine Freude überschatten.

Vor sechs Monaten ist er aus heiterem Himmel gegangen, kurz nach Schulbeginn. Kein Anruf, keine Nachricht, nicht einmal ein Lebewohl. Meine Eltern sagten, er bräuchte etwas Zeit für sich, um zu sich zu finden und in seiner Vergangenheit zu graben – was immer das bedeuten soll.

Unwillkürlich frage ich mich, ob sein Verschwinden etwas mit dem mysteriösen Geheimnis zu tun hat, das Brody Richards letzten Sommer erwähnte?

Ich müsste lügen, wenn ich sagte, dass ich nicht froh über Jesses Verschwinden war, als es zwischen Finn und mir *ernst* wurde. Ich habe keine Zweifel, dass Jesse uns verraten hätte, schon um Finn eins auszuwischen. Vielleicht kommt er jetzt ja wieder zurück, aber ich werde nicht zulassen, dass er das Beste in meinem Leben verdirbt …

Selbst wenn das bedeutet, dass ich selbst etwas graben muss.

* * *

Eine Stunde später fahre ich bei Theo die Auffahrt hinauf.

Meine Dads hatten mir aufgelauert, als ich zum Duschen nach Hause kam, um mir Finns Sperma abzuwaschen – wirklich stilvoll lässt sich das nicht sagen. Fünfzehn Minuten lang stellten sie mich zur Rede, wo ich gewesen sei und wo ich hinwollte. Ich schwindelte ihnen vor, ich hätte den Tag mit Aveena verbracht.

Und dann sagte ich, ich würde mich am Abend mit ein paar Freunden zum Lernen treffen.

Das kauften sie mir ab.

Weil sie mich lieben.

Dabei habe ich sie permanent angelogen.

Ich dachte, ich müsste gleich kotzen, als mich Gaten umarmte und flüsterte, er sei stolz auf mich. In seinen Augen bin ich ihr braves Kind – im Gegensatz zu meinem Bruder und meiner Schwester, die in meinem Alter eine besondere Gabe dafür hatten, sich so richtig in die Scheiße zu reiten.

Ich weiß nicht, wie lange ich das noch durchhalte. Je tiefer ich die Wahrheit begrabe, desto größer wird ihre Enttäuschung sein, wenn sie erfahren, dass ihr teures kleines Mädchen keine Angst mehr vor dem Monster unter seinem Bett hat. Weil das Monster, vor dem sie Angst hat … das Monster *im* Bett ist.

Als ich bei Theo um das Haus herum zum Garten gehe, sehe ich zu meiner Überraschung Brielle Randall auf einer Liege am Pool liegen. Was hat sie hier verloren? Ich dachte, Xavier hätte sie abserviert?

Darüber haben alle geredet.

Wie Brie ihren eigenen Freund vor ein paar Tagen versehentlich auf Snapchat verpfiffen hat. Finn und Xavier hielten es letzte Woche für eine tolle Idee, in der Schule eine Stinkbombe zu zünden. Wegen ihres dämlichen Streichs musste die ganze Schule im strömenden Regen geräumt werden.

Zuerst dachte man an ein Gasleck. Es war so schlimm, dass die

Polizei und die Feuerwehr gerufen wurden. Das Stinkbombenfiasko endete damit, dass Finn und Xavier auf dem Rücksitz eines Polizeiautos weggebracht wurden.

Und all das dank Brie.

Sie hatte sich nämlich selbst gefilmt, während der Lehrer kurz nicht im Klassenzimmer war, mit eingeschaltetem Filter und Schmollmund, völlig ahnungslos. Dass im Hintergrund zu sehen war, wie Xavier Finn die Stinkbombe in seinem Rucksack zeigte, wusste sie nicht.

Finn hätte beinahe allergrößte Schwierigkeiten bekommen – man wollte ihn aus dem Basketballteam rauswerfen –, aber Xavier hielt den Kopf für ihn hin und behauptete, alles sei seine Idee gewesen. Überraschenderweise stimmte das auch. Xavier Emery, praktisch ein verdammter Heiliger, plante den Streich ganz alleine – völlig untypisch für ihn, um es milde auszudrücken.

Ich nahm es hin, dass Brie das ganze Jahr mit unserer Gruppe abhing, weil sie Xaviers Freundin war. War es dumm von mir zu glauben, wir wären das Miststück nach der Trennung der beiden los? Man kann mich besitzergreifend nennen, aber es passte mir überhaupt nicht, dass sie mit Finn geschlafen hat.

Kaum bin ich um die Ecke gebogen, da sehe ich schon Theo, Lacey und Axel im Pool. Keine Spur von Aveena oder Finn.

»Dia!«, kreischt Lacey, als sie mich sieht. Sie kommt eilig aus dem Pool, bevor ich sie begrüßen kann, und stolpert auf dem Weg zu mir fast. Ihr Gekicher verrät, dass sie ein bisschen angetrunken ist, aber ich behalte das für mich. »Wo zum Teufel bist du gewesen?«

Ich habe im Wald Sex gehabt.

Und ich habe meine Eltern angelogen.

Und ich verpfusche mein Leben.

Lacey wartet meine Antwort nicht ab, sondern drückt mich an sich. Ich quietsche, als ihr klatschnasser Bikini meine Klamotten durchweicht. Sie drückt mich absichtlich lange gegen sich.

»Das ist dafür, dass du mich mit Axel alleine gelassen hast«, flüstert sie mit einer Andeutung von Humor in der Stimme.

»Na schön.« Ich kichere.

»Geh und zieh dir deinen Badeanzug an. Das Wasser ist herrlich.«

Lacey lässt mich los und mustert mich. Sie blickt auf mein nasses Zeug und unterdrückt ein Lächeln. »Oder bleib, wie du bist. Ist jetzt es auch egal.«

Gerade will ich nach Finn fragen, als sich von hinten starke Arme um meine Taille schlingen und mich hochheben, als wäre ich eine Feder. Dann landen heiße Küsse auf meiner Wange und ich lache und drehe mich zu Finn um. Er muss im Haus gewesen sein.

»Hey, Arschloch, wo warst du so lange?«, fragt Theo Finn und schwimmt näher an den Beckenrand.

Warte, Finn ist *gerade erst* gekommen?

»Ich habe mich verirrt.« Finn hält den Blick fest auf mich gerichtet und drückt mir einen langen Kuss auf die Lippen.

»Wo? In Dias Mund?«, prustet Axel und alle lachen.

Was hat er während der letzten Stunde getan?

Ich bin zum Duschen nach Hause gefahren, das erklärt, warum ich spät dran bin, aber er sagte doch, er würde direkt zu Theo fahren?

»Hübscher Lippenstift, Richards. Was für ein Farbton ist das?« Theo kann vor Lachen nicht mehr an sich halten. Meine Augen fliegen sofort zu dem Lippenstiftfleck auf Finns Kragen.

Das wäre dann wohl meine Schuld.

Finn trägt immer noch dasselbe wie vorhin im Wald, er ist also nicht zum Duschen und Umziehen heimgefahren.

»An deinem Kragen«, stimme ich in den Spott ein, aber Finn scheint das überhaupt nichts auszumachen.

»Bin gleich zurück.« Er kneift mich in den Po und verschwindet im Haus, damit er sich um sein Hemd kümmern kann.

Er ist noch keine zwei Sekunden weg, als Lacey mir zuruft: »Du kommst doch morgen zum Mädels-Abend, oder?«

Mist, das hatte ich ganz vergessen.

Lacey liegt mir deswegen schon seit Monaten in den Ohren. Bald ist ihr Geburtstag, und sie hat für morgen Abend ein paar Freundinnen zu sich nach Hause eingeladen. Es ist ein Wochentag mit Schule am nächsten Morgen, also keine Übernachtungsparty, aber sie redet dauernd davon, wie aufgeregt sie ist, mich endlich ihren auswärtigen Freundinnen vorzustellen.

»Aber sicher.« Ich nicke.

Dann muss ich mich eben nach dem Abendessen aus der Hölle zu Lacey wegschleichen.

Allein der Gedanke, morgen um diese Zeit meinem unehrlichen Bruder zum ersten Mal seit einem halben Jahr gegenüberzusitzen! In den meisten Familien geht man ja gemeinsam essen, weil man mit seinen Lieben eine schöne Zeit verbringen möchte.

Ich nicht.

Was ich will … ist ein *Geständnis.*

22. KAPITEL

DIAMOND

Das Abendessen ist eine peinliche Angelegenheit.

Meine Dads und ich sitzen in einer Nische mit Lederpolster und lassen unsere schauspielerischen Fähigkeiten glänzen, indem wir so tun, wir würden nicht mit einem Fremden zusammen essen. Das Schlimmste ist, Jesse fühlt sich nicht nur wie ein Fremder an.

Er sieht auch wie einer aus.

Er hat sich sehr verändert, seit ich ihn das letzte Mal gesehen habe.

Die Haare sind raspelkurz, neue Tattoos, neue Geheimnisse. Außerdem ist er blass, die Erschöpfung saugt ihm das Leben aus den Augen. Ich weiß nicht, wo er sich das letzte halbe Jahr herumgetrieben hat, aber ein Fünf-Sterne-Resort kann es nicht gewesen sein.

»Ich bin gleich mit der Dessertkarte zurück«, sagt unser Kellner und geht.

Das Essen brachten wir mit bedeutungslosem Smalltalk und verzweifelten Versuchen hinter uns, den auf den Nägeln brennenden Themen aus dem Weg zu gehen. Ich fürchte, nicht bis zum Nachtisch durchzuhalten, ohne etwas zu sagen.

»Wollen wir ihn ernsthaft nicht danach fragen, warum er für sechs Monate verschwunden ist?«, spreche ich also das Offensichtliche aus.

Und ich dachte, vorher sei es peinlich gewesen.

Ich habe mich geirrt.

So fühlt sich Peinlichkeit an.

Gaten räuspert sich, setzt sich auf der Bank zurecht, stützt die Unterarme auf den Tisch und legt die Hände ineinander.

»Dein Bruder brauchte etwas Zeit für sich.«

Geht das wieder los.

»Was soll das überhaupt heißen?«, frage ich Jesse direkt.

Dave schaltet sich ein. »Es ist kompliziert.«

Es wäre schön, wenn sie ihn mal was sagen ließen.

»Wo bist du gewesen?« Ein bisschen Pokern kann nicht schaden.

Gaten macht den Mund auf, als hätte er vorbereitete Antworten bereitliegen, aber Jesse gibt ihm Zeichen, ihn was sagen zu lassen.

»Redwater. Ich habe da ein paar Freunde«, antwortet Jesse.

Seine Antwort löst etwas in meinem Gedächtnis aus, eine ferne, dunkle Geschichte, weit hinten in meinem Bewusstsein verborgen. Meine Dads haben mir einmal erzählt, unsere Pflegefamilie hätte in Redwater gewohnt. Dort fanden sie Jesse und mich, als wir noch Kinder waren.

Warum sollte Jesse dorthin zurück wollen? In dieser Stadt gab es für ihn nichts als Qualen. Seine ganze Kindheit über wechselte er von einer Pflegefamilie zur nächsten.

Ich will gerade etwas sagen, aber Jesse kommt mir zuvor.

»Was ist mit dir, Schwesterherz? Wie war dein Ferienjob? Irgendwas, das wir wissen sollten?« Er lächelt bedeutungsvoll.

»Kinder, können wir einfach schön zusammen Abend essen?«, geht Dave dazwischen.

Sie lügen mich an.

Sie zuckten nicht mal mit der Wimper, als Jesse den vergangenen Sommer erwähnte, was die Frage aufwirft: Warum finden sie seine Bemerkung nicht verdächtig? So etwas wäre ihnen unmöglich entgangen, wenn sie nicht zu sehr damit beschäftigt wären, ihre eigenen Sünden zu verbergen.

»Ich muss mal aufs Klo.« Ich gebrauche die Ausrede, um mal zu verschwinden, bevor es zu hässlich wird.

Ich verstecke mich fünf Minuten lang in der Kabine und überlege, was für ein Haufen Scheiße aus meinem Leben wird, wenn

Jesse mich verpfeift. Fast wünsche ich mir, er wäre nicht gekommen. Finn und ich sind glücklich.

Wir sind ja nicht zusammen durch die Hölle gegangen, bloß damit Jesse auftaucht und alles kaputt macht.

Gerade verlasse ich die Damentoilette, als mein Telefon klingelt. Ich muss idiotisch grinsen, als ich sehe, wer anruft.

Finn.

Ich drücke das Handy ans Ohr. »Bitte sag mir, dass dein Abend schöner ist als meiner.«

Ich verstecke mich in dem verlassenen Gang bei den Toiletten, damit niemand mithört.

Finn lacht mit tiefer, rauer Stimme ins Telefon. »Weiß nicht, ganz okay. Du liegst halt nicht nackt auf meiner Motorhaube.« Ich kann sein Schmunzeln förmlich hören.

»Vertrau mir, ich wünschte, ich wäre das.« Ich muss kichern. »Was tust du gerade?«

»Ich denke an unsere Abmachung«, neckt er mich und klingt dabei ziemlich angetörnt. Sofort werde ich rot. Ich hatte keine Ahnung, auf was ich mich da einlasse, als ich einwilligte, es einmal anal zu probieren. Ich will jetzt nicht behaupten, dass wir das auf jeden Fall durchziehen – es wird wahrscheinlich noch schmerzhafter als dieses Abendessen, und das will schon etwas heißen. Aber ich hatte zugesagt, das Terrain zu erforschen.

»Du lässt aber auch wirklich nicht locker, was?« Ich lehne mich an die Wand.

»Auf keinen Fall.« Er schnaubt. »Großer Gott, ich kann es kaum erwarten, dich am Freitag zu sehen.«

Ich will gar nicht daran erinnert werden. Wir werden uns erst Ende der Woche wieder sehen – nur für uns jedenfalls. Freitag ist ein Basketballspiel, und das bedeutet, dass Finn jeden Abend Training hat. Er wird am großen Tag ziemlich erschöpft sein.

»Das wird die längste Woche meines Lebens werden«, beklage ich mich.

»Das kannst du laut sagen. Vergiss nicht, nach dem Spiel treffen wir uns alle bei mir. Mein Dad gibt seinen Clowns an dem Abend frei.«

Ich kichere leise. Wird aber auch Zeit, dass Mr Richards begreift, dass er es mit der Rund-um-die-Uhr-Bewachung ein bisschen übertreibt.

»Ich werde da sein«, versichere ich ihm.

»Wehe, wenn nicht.« Ich weiß, dass er Spaß macht, aber er würde mich ohnehin überall ausfindig machen und zu sich nach Hause schleppen, wenn ich nicht erscheinen sollte.

Das Knarren der Dielen erschreckt mich.

Ich erstarre.

Das Geräusch war hinter der Ecke.

Ich bin wohl nicht allein, oder?

»Ich muss auflegen. Wir hören bald voneinander.«

»Nicht bald genug.«

Die Worte kommen mir, kurz bevor er auflegt, über die Lippen. »Finn?«

»Ja, Baby?«

Mein Magen macht einen Satz. Du weißt, dass es dich voll erwischt hat, wenn du schon bei einem blöden Kosenamen rot wirst.

»Alles außer dir«, beichte ich.

»Alles außer dir«, antwortet er sofort.

Dann lege ich auf, komme aus meinem Versteck hervor und schaue nach, wer mitgehört haben könnte.

Niemand.

Das hier ist ein altes Gebäude. Es könnte einfach so geknarrt haben. Ich spüre, wie mein Lächeln zerfällt, während ich wieder zurück zur Sitznische meiner Familie gehe. Beide meine Dads sind fort, und sie lassen mich allein mit dem einen Menschen, mit dem ich nicht reden will.

Jesse.

Ich überlege, ob ich durch die Hintertür verschwinden soll – ich habe meinen Dads bereits gesagt, dass ich nach dem Abendessen zu Lacey gehe –, aber es ist schon zu spät. Jesse hat mich gesehen, und er ist jetzt zwar nicht gerade mein Lieblingsmensch, aber ich kann mir nicht vorstellen, bei seinem Anblick einfach kehrt zu machen und davonzulaufen.

»Wo sind sie denn hin?«, frage ich, als ich wieder Platz nehme.

»Gaten wurde in der Küche gebraucht. Der Sous-Chef hat ihn wohl in letzter Sekunde sitzen gelassen. Und Dave ist draußen, weil er mit Charlies Babysitter telefonieren muss.«

Ich nicke und nestle unter dem Tisch an meinen Fingern herum. Ich sage kein Wort, ziehe mein Handy aus der Tasche und habe vor, das Gespräch sterben zu lassen.

Dumm nur, dass Jesse andere Pläne hat.

»Gehst du mit ihm?« Er schockiert mich mit der Frage.

Ich blicke von meinem Handy auf.

»Mit wem?« Mir bleibt nur die allerletzte Verteidigungslinie. Ahnungslosigkeit.

»Ach, lass den Unsinn, Dia. Ich habe dein Telefongespräch gehört.«

Er war das?

»Ich frage noch mal, gehst du mit ihm?«, setzt Jesse nach.

Ich habe zwei Möglichkeiten.

Mich dumm stellen und ihn damit noch mehr anpissen.

Oder reinen Tisch machen.

Scheiße, zur Hölle damit.

»Und wenn?«, lüge ich. Finn und ich sind ja nicht offiziell zusammen, sosehr ich mir das wünsche, aber deswegen braucht das Jesse noch lange nicht zu wissen.

Jesse sinkt auf seinem Platz zusammen und reibt sich das Gesicht.

»Finn Richards? Im Ernst? Du kannst doch nicht so dumm sein, Dia.«

Mir ist schon klar, dass er mir ein schlechtes Gewissen einreden will, damit ich an dem zweifle, was Finn und ich haben, aber er erreicht damit nur, dass ich ihn hasse.

»Hast du vergessen, was er dir alles angetan hat? Scheiße, wach endlich auf. Er kümmert sich einen Dreck um dich.«

In diesem Moment habe ich genug.

»Er kümmert sich einen Dreck?«, schnauze ich einen Tick zu laut, sodass sich die Leute am Nachbartisch zu uns umdrehen. »Und was ist mit dir? Du bist mitten in der Nacht aus der Stadt abgehauen und konntest nicht mal Auf Wiedersehen sagen. Du bist verschwunden, Jess. Bist abgehauen. Und jetzt tauchst du plötzlich wieder auf und spielst den besorgten Bruder.«

Ihm bleibt der Mund offen stehen.

Meine Reaktion verblüfft ihn, und ich nutze das, um aufzuspringen, bevor er sich wieder fängt und vielleicht anfängt, mir zu drohen.

»Sag ihnen Danke fürs Abendessen.« Ich wende mich zum Gehen.

Aber ich bin nicht schnell genug.

»Dia?«, ruft Jesse mir nach.

Ich sehe über die Schulter, obwohl mir jede Nervenfaser in meinen Körper zuruft, ich soll zu meinem Auto gehen.

»Ich schaffe es vielleicht nicht, mein eigenes Leben in Ordnung zu bringen, aber ich werde nicht zulassen, dass du deines vermasselst.«

Ich löse meinen Blick von ihm und starre geradeaus, während ich nach meinem Autoschlüssel suche. Die wachsende Kluft zwischen uns füttere ich um hundert Meilen. »Ziemlich schwierig für dich, mein Leben in Ordnung zu bringen, wenn du nicht einmal ein Teil davon bist.«

* * *

»Ich habe noch nie in der Öffentlichkeit Sex gehabt«, gluckst Lacey, schnappt sich ein Glitzerkissen von der Couch und presst es an ihre Brust.

Ist das ein schwachsinniges Spiel? Ja.

Schert sich Lacey einen Scheißdreck darum? Ja.

Als ich bei Lacey zu Hause ankam, während sie gerade ins Waschbecken kotzte – Hadley Queen hielt ihr dabei die Haare aus dem Gesicht –, da wusste ich, dass dieser *Mädels-Abend,* nun ja … denkwürdig werden musste.

Eines muss man Lacey lassen. Es braucht schon ziemlich Mumm, sich mitten in der Woche so volllaufen zu lassen. Meine Eltern würden eher sterben, als zuzulassen, dass ich mich unter ihrem Dach betrinke.

Zugegeben, ihre Eltern scheinen oft weg zu sein. Sie redet nicht viel über sie, aber nach den ganzen Partys zu urteilen, die sie schmeißt, ist ihrer Familie entweder egal, was sie tut, oder sie sind nicht oft genug da, um es zu bemerken.

Vor einer Stunde haben wir ihr den Hahn zugedreht, und seither spielen wir dieses dumme Spiel.

Bis jetzt sind nur Hadley, ein Mädchen namens Astrid, Lacey und ich da, obwohl wir eigentlich zu fünft sein sollten. Lacey redet die ganze Zeit davon, wie toll ihre Freundin aus der Kindheit ist, und wie sehr wir sie mögen werden, wenn sie kommt.

Offenbar hat sie früher in Silver Springs gewohnt, ist aber vor einer Weile weggezogen. Inzwischen ist es schon spät und ich frage mich, ob wir sie überhaupt noch kennenlernen werden. Ich habe vergangenen Sommer zwar praktisch alle Regeln meiner Eltern gebrochen, will mir aber nicht ihren Zorn zuziehen, indem ich länger als erlaubt wegbleibe.

»Ich habe noch einen«, sagt Lacey zu Hadley und lässt sich quiekend auf die kuschelige Decke nach hinten fallen, die wir auf dem Wohnzimmerboden ausgebreitet haben. Hadley ringt sich ein Lächeln ab, aber offensichtlich fürchtet sie Laceys großartige Idee.

»Ich habe noch nie«, erklärt sie Hadley mit einem Kichern, »mit einem Prominenten rumgemacht.«

Hadley wird sofort rot.

Offenbar ist das ein peinliches Thema für sie, aber Lacey ist zu blau, um sich darum zu kümmern. Mit betretener Miene führt Hadley ihr Wasserglas an den Mund und trinkt einen Schluck.

»Warte, was?«, ruft Astrid dazwischen. »O mein Gott, wer?«

»Kane Wilder höchstpersönlich, Bitch. Die beiden waren beste Freunde«, plärrt Lacey. Sofort kommen mir ein paar Songtexte in den Kopf, als Kane Wilders Name fällt.

Meine Schwester Catalina und ich sind früher voll auf diesen Typen abgefahren. Dazu muss gesagt werden, das ich noch kein Mädchen getroffen habe, dass keine Kane-Wilder-Phase durchgemacht hat. Der Typ hat einfach eine Engelsstimme und sieht dazu noch überirdisch gut aus.

Eigentlich macht er hauptsächlich akustische Popmusik, schreibt aber auch eigene Lieder und ist mit seiner Karriere im vergangenen Jahr so richtig durchgestartet. Es gibt Gerüchte, er habe einen Teil seiner Jugend in Silver Springs verbracht. Das könnte erklären, warum er und Hadley sich kennen.

»Wer ist dran?«, kürzt Hadley Astrids und Laceys Fangirl-Moment ab. Ich kenne ihre Geschichte nicht, habe aber das Gefühl, dass es kein Happy End gegeben hat.

»Ich weiß einen.« Astrid wirft einen Blick auf Lacey. »Ich war noch nie das ganze Leben in denselben Typen verliebt.«

»Tiefschlag«, schnaubt Lacey und nimmt einen Schluck von ihrem Eistee.

Es wundert mich nicht, dass das hier zum Thema wird. Lacey redet nur über Theo, und das war schon immer so. Er ist ihr Traummann, sie kritzelt seinen Namen in alle Schulhefte, war schon als Kind in ihn verknallt und wird ihn heiraten – das behauptet sie jedenfalls. Aber er ist nicht an ihr interessiert.

Jedenfalls nicht so, wie sie sich das wünscht.

Sie möchte zusammen frühstücken und epische Romantik.

Er möchte Sex um Mitternacht ohne weitere Verpflichtungen.

»Süße, du musst ihn echt endlich mal hinter dir lassen.« Hadley spricht meinen Gedanken aus.

Lacey schlägt die Hände vors Gesicht. »Keine Chance. Ich rede heute Abend nicht über ihn. Ich bin viel zu betrunken. Sonst fange ich noch zu weinen an.«

Aber sie wird bereits emotional.

Ich will gerade den Arm um sie liegen, als es laut an der Haustür klopft. Lacey tupft sich sofort die Augen mit dem Handrücken trocken und steht auf. Ich wundere mich, dass sie das überhaupt kann, wenn man bedenkt, dass ihr Blut zu achtundneunzig Prozent aus Wodka besteht.

»Da ist sie.« Sie verdrückt ein halb trauriges, halb fröhliches Schluchzen und wankt zur Tür. Offenbar lerne ich ihre älteste Freundin doch noch kennen. Lacey schwingt die Tür auf und herein kommt eines der schönsten Mädchen, die ich je gesehen habe.

Ohne Übertreibung.

Laceys Freundin hat langes, glattes, schwarzes Haar, porzellanweiße Haut und Augen, die so blau sind, dass ich es von hier aus erkennen kann. Sie trägt ein schwarzes Ledertop und über ihren rechten Arm ziehen sich Rosen-Tattoos. Ein hübsches Piercing betont ihre kirschroten Lippen und sie strahlt ein gleichermaßen einschüchterndes wie atemberaubendes Selbstvertrauen aus.

»Ich kann nicht fassen, dass du es geschafft hast!« Lacey drückt sie so fest an sich, dass ihre Freundin ihr auf die Schulter tippt zum Zeichen, dass sie gleich erstickt.

»Deinen Geburtstag hätte ich um nichts in der Welt verpassen wollen, Lace.« Lachend greift sie Laceys Begeisterung auf.

Nach ein paar Sekunden trennen sie sich.

»Alles Gute zum Geburtstag, reiches Mädchen«, neckt Laceys Freundin, wahrscheinlich irgendein Insiderwitz.

Lacey kichert und fasst sie am Handgelenk. »Komm, ich stelle dich den anderen vor.«

Wenige Sekunden später stehen Lacey und ihre Freundin vor uns.

»Das da sind Astrid, Hadley und Dia.« Lacey macht mit unseren Namen kurzen Prozess. Ihre Freundin blickt jeder von uns in die Augen und lächelt höflich …

Bis ihr Blick an mir hängen bleibt.

Und ihr Lächeln erstirbt.

Ein paar Sekunden lang sagt sie gar nichts.

»Jetzt musst du ihnen deinen Namen sagen, Dummchen«, kichert Lacey und stößt sie mit dem Ellenbogen an.

Dann sagt sie, ohne mich aus den Augen zu lassen: »Hi, ich bin Remy.«

23. KAPITEL

DIAMOND

Finn: Wo bist du?

Finn: Hör auf mich zu foltern und krieg deinen Arsch rüber zu meinem Haus.

Finn: Tu bitte so, als hätte ich etwas weniger Verzweifeltes gesagt.

Finn: Und tu bitte auch so, als hätte ich dir nicht vier Textnachrichten hintereinander geschickt.

Ich war noch nie eine, die wegen der Nachrichten eines Typen in Ohnmacht fällt – okay, ich hatte noch nie einen, der mir das Handy so hat überlaufen lassen –, aber ich kann mir ein Quietschen nicht verkneifen, als ich Finns Nachricht lese und zusammen mit Aveena die Treppe hinunterlaufe.

Das Basketballspiel ist schon seit Stunden zu Ende. Vee und ich hatten beschlossen, zu mir nach Hause zurückzugehen, kurz nachdem Xavier den entscheidenden Korb warf. Ich dachte, sie könnte sich nicht so leicht aus dem Staub machen, wenn wir zwei zusammenbleiben, bis wir zu Finn fahren.

Wir machen heute Abend Pyjamaparty, was ein Grund dafür sein mag, dass sie eingewilligt hat, zum Spiel und danach zur Party bei Finn mitzukommen.

Ich bin ihr dankbar, dass sie mir da ein Stück entgegenkommt. Vermutlich hat sie einfach kapiert, dass wir nur dann mehr Zeit miteinander verbringen können, wenn sie sich darauf einlässt, wenigstens ein bisschen dieser Zeit auch mit der Sportlerclique zu verbringen.

Seit sechs Monaten essen wir jeden Mittag zusammen mit

Finn und seinen Freunden, und doch hat sie diese immer noch nicht wirklich kennengelernt. Es würde auch nicht schaden, wenn sie sich mit Lacey anfreundet. Wie soll ich ihr von dieser ganzen Remy-Geschichte von vor ein paar Tagen erzählen, wo sie doch gar nicht zum Mädels-Abend eingeladen gewesen war?

Die ganze Woche schon muss ich mir förmlich auf die Zunge beißen, denn die blauäugige, blasse Schönheit, die zufällig genauso heißt wie Finns Auto, lässt mir keine Ruhe.

Kann das ein Zufall sein?

Zuerst dachte ich das.

Aber ich müsste blind sein, um nicht zu bemerken, wie sich Remy mühsam ein Lächeln abrang, wann immer sie mit mir sprach. Es war offensichtlich, dass sie mich nicht ausstehen konnte. Ich versuchte, mir einzureden, dass ich verrückt sei, bis Lacey mich später am Abend verschmitzt angrinste und lallte: »Ich habe noch nie mit dem Sohn meines Chefs geschlafen.«

Irgendwie kam dann auch noch Finns Name auf, und ich *schwöre*, dass sich Remys Gesichtsausdruck in diesem Moment veränderte.

Als würde sie mich in Gedanken in Stücke reißen.

Das Ganze machte mir klar, wie wenig ich über Finns Vergangenheit weiß. Der tragische Unfall seiner Mutter ist im Grunde der einzige Einblick, den ich in sein Leben vor mir erhalten habe. Wie war seine Beziehung zu seiner Mutter? Ist Finns Eifersucht gegenüber Xavier der einzige Grund, warum er und sein Vater sich auseinandergelebt haben?

Mit wie vielen Mädchen ist er schon zusammen gewesen?

Hat er irgendeines von ihnen *geliebt*?

Eigentlich wollte ich Finn längst nach Remy fragen, aber nicht vor allen anderen beim Mittagessen, und deshalb wollte ich damit lieber warten, bis wir alleine sind.

Eigentlich sollte das gestern Abend passieren; Lacey hat erzählt, das Training sei früher aus – die Cheerleader und die Basketballer teilen sich die Halle –, aber als ich Finn eine Nachricht schickte, antwortete er, er habe noch etwas vor. Er blieb da wirklich sehr vage.

Aber ich habe auch nicht nachgehakt.

Ich vertraue ihm.

Ich bedeute ihm etwas. Er würde mich nicht verarschen. Ich antworte ihm noch kurz, bevor Aveena und ich unten im Erdgeschoss ankommen.

Dia: Gehen gerade los.

Meine Vertrauensprobleme entwickeln sich zu eiskaltem Verrat, als wir in die Küche kommen, wo meine Dads und Jesse am Tisch sitzen. Es ist kein Ton zu hören, und was hier läuft, wird mir klar, als sie mich alle anstarren.

Daves Augen sind blutunterlaufen vor Wut, und Gaten ist seine tiefe Enttäuschung anzusehen.

Ich fasse Jesse ins Visier.

Seine Augen sind voller Schuldgefühle.

Er hat mich verraten, nicht wahr?

»Aveena, Liebes, lässt du uns mal für einen Moment allein?«, bittet Gaten sanft meine beste Freundin.

»Oh, natürlich.« Vee kapiert sofort.

Über die Schulter blicke ich ihr nach, und sie schenkt mir noch ein kleines Viel-Glück-Lächeln.

»Ich warte dann im Auto«, sagt sie und holt die Schlüssel aus ihrer Tasche. Heute Abend fährt sie. Und ab dem Augenblick, wo sie draußen ist, weiß ich, dass ich bis zum Hals in der Scheiße stecke.

»Was zum Teufel soll das? Wird das so was wie ein Verhör?«

Gaten stößt einen tiefen Seufzer aus. »Ich werde dir diese Frage nur ein einziges Mal stellen, Diamond. Warst du vergangenen Sommer alleine oder warst du das nicht?«

Wenn Blicke töten könnten, dann hätte Jesse jetzt ein rauchendes Loch in der Stirn.

Meine Kehle ist wie ausgedörrt. »Ich …«

Zu lügen hat jetzt einfach keinen Sinn mehr.

»Nein«, mache ich reinen Tisch.

Gaten lässt erleichtert die Schultern sinken, als wisse er es zu schätzen, dass ich nicht auf Nachfrage gelogen habe, aber aus Daves Augen ist etwas ganz anderes abzulesen.

Ich habe sein Vertrauen verloren.

Schlimmer noch – seine *Achtung*.

»Hier hast du gesessen.« Dave springt von seinem Stuhl auf und stürzt auf mich los. Zentimeter von meinem Gesicht entfernt bleibt er stehen. »An diesem Tisch! Zwei Monate lang hast du jeden Sonntag hier gesessen und hast uns in die Augen gesehen, obwohl du wusstest, dass du unser Vertrauen missbrauchst.«

Seine Wut lähmt mich für einen Augenblick.

»Ich … ich wusste, ihr würdet mir sagen, dass ich kündigen muss. Ich brauchte den Job und –«

»Du hattest doch einen Job«, blafft Dave. »Sogar mehrere Jobs, Dia. Du hast doch überall auf die Hunde aufgepasst, aber das hast du alles aufgegeben für den Housesitter-Job. Du hättest noch im selben Moment kündigen können, als klar wurde, dass du dort mit einem Jungen zusammen lebst, aber das hast du nicht getan. Warum?«

Er hat recht.

Ich habe sie belogen, aber am meisten habe ich mich selbst belogen. Der warnenden Stimme in meinem Kopf habe ich gesagt, sie soll das Maul halten. Ich wollte den Job nur behalten, weil ich dort mehr verdiente, und das stimmte auch. Zu Anfang.

Ich wollte Geld verdienen und Finn auf den Sack gehen.

Ihm zeigen, dass ich durchhalten würde.

Aber dann wurde mehr daraus.

Es ging darum, ihn zu verstehen. Seine Schale aufzubrechen

und herauszubekommen, ob er ein Herz besitzt. Ich blieb, weil ich in seine Seele blicken wollte. Ich blieb, bis ich nicht mehr gehen wollte.

»Warum?«, fragt Dave ein paar Sekunden später noch einmal.

Mir läuft eine Träne über die Wange. Sie bleibt an meinem Mund hängen, als ich flüstere: »Weil ich ihn liebe.«

Gaten bringt kein Wort heraus, aber Dave? Mein Geständnis scheint ihn überhaupt nicht zu kümmern. Wenn überhaupt, dann findet er es wohl lächerlich, denn er lacht höhnisch auf.

»Gib mir dein Handy.« Er streckt mir die Hand entgegen.

»W-was?«, stottere ich.

»Du hast mich verstanden. Gib. Mir. Dein. Handy«, sagt er noch einmal.

Das kann er nicht ernst meinen.

»Warum?« Ich weiche einen Schritt zurück.

»Weil man dir so etwas nicht anvertrauen kann. Genauso wie man dir nicht vertrauen kann, den Kontakt zu diesen Jungen abzubrechen. Du lässt mir keine Wahl«, beharrt er und reckt die Hand noch näher.

»Was soll das denn bedeuten?«, fauche ich und stecke die Hand in meine Tasche, als wollte ich mein Handy und meine Freiheit beschützen.

»Es bedeutet, dass wir uns geirrt haben«, tobt Dave. »Wir haben dich wie eine Erwachsene behandelt. Wir haben dir wie einer Erwachsenen vertraut, aber du bist ein Kind, das noch nicht weiß, was gut für es ist.«

»Du meinst ihn, nicht wahr? *Er* ist nicht gut für mich?«

Sie wissen überhaupt nichts über ihn.

Sie wissen nicht, dass er ein Mensch ist, der die Welt in Brand stecken würde für die Menschen, die er liebt. Sie wissen nicht, dass er sofort sein Leben gegeben hätte für Lexie oder für seine Mom. Oder dass hinter seiner abstoßenden Art und seinem jahrelangen Trauma ein riesengroßes Herz verborgen ist.

»Dia, gib ihm sofort das beschissene Telefon«, schnauzt Jesse, aber als er auch noch anfängt, drehe ich durch.

»Du!« Ich zeige mit dem Finger auf ihn. »Du hast Nerven, mich wegen meiner Lüge bei ihnen anzuschwärzen, während du *nichts* anderes machst, als Geheimnisse zu haben. Wo warst du denn die letzten sechs Monate, hä? Und warum bist du nun nicht mehr mit Brody Richards befreundet? Du laberst doch selbst nur Scheiße, Jesse.« Ich wende mich wieder meinen Dads zu, die offenbar nicht die geringste Ahnung haben, wie sie mit dieser Situation umgehen sollen.

»Mit euch beiden will ich gar nicht erst anfangen. Nie sprecht ihr mit mir über meine leiblichen Eltern. Was ist denn nun mit meiner Mom passiert? Wie sie gestorben ist, habt ihr mir nie erzählt. Überhaupt nichts habt ihr mir erzählt.«

Meine Dads sind beide sprachlos, aber Gaten ist sein schlechtes Gewissen anzusehen, was meine schlimmsten Befürchtungen bestätigt.

Ich schlage die Hand vor den Mund. »O mein Gott, ist sie überhaupt tot?«

Gaten bekommt feuchte Augen und er tritt näher an mich heran. »Dia, bitte –«

»Bitte was? Soll ich keine Szene machen? Vielleicht nicht nach meiner Mom fragen? Und was ist mit meinem Dad? Kann ich wenigstens über den reden oder ist der auch tabu?«

Lange Zeit sagt niemand etwas.

Bis mein Bruder murmelt: »Leute … es wird Zeit.«

»Zeit wofür?« Ich forsche in den Gesichtern meiner Eltern nach einem Hinweis.

Gaten und Dave wechseln mehrmals Blicke und dann schüttelt Dave ablehnend den Blick.

Was ist da gerade passiert?

»Ihr wollt es mir nicht erzählen? Schön. Dann finde ich es eben selbst heraus.«

Ich habe kaum mehr die Kontrolle über meine Gliedmaßen, als ich wütend aus der Küche hinausstürme. Meine Hand liegt schon auf dem Türknauf, als Daves Stimme durch die Küche zu hören ist.

»Dia, wage es nicht, durch diese Tür –«

Aber da bin ich schon fort.

* * *

Zwanzig Minuten später fahren Aveena und ich bei Finn die Auffahrt hinauf. Seit ich bei ihr eingestiegen bin, habe ich keine einzige Träne vergossen und über den Streit mit meinen Dads nicht ein Wort verloren. Sie hat nicht den geringsten Verdacht. Nicht weil ich eine schlechte Freundin bin, sondern weil es mir verblüffend gut gelingt, so zu tun, als würde meine Welt nicht gerade in Stücke brechen.

Als würde das für einen Tag noch nicht reichen, sah ich gerade in Laceys Instagram-Story, wie Brie und Xavier miteinander herummachen. Ich fasse es nicht, dass er Cruella heute eingeladen hat, wo er ihr doch erst vor ein paar Tagen bei Theos Pool-Party so ziemlich in aller Öffentlichkeit den Laufpass gegeben hat.

»Im Ernst jetzt?« Ich stoße heftig die Luft aus, während ich das Video von den beiden auf meinem Handy ansehe.

»Was denn?«, fragt Aveena.

»Na, lange hat das ja nicht gedauert.« Mein erster Gedanke ist, die Hand in meine Handtasche zu stecken und den Flachmann in Form einer Haarbürste herauszuholen, den ich auf Laceys Anraten gekauft habe. Damit haben wir vor ein paar Monaten bei einem Konzert unseren Alk hineingeschmuggelt.

Ich hatte ihn mit Tequila gefüllt, aus dem Schnapsschrank meiner Eltern, als sie nicht da waren. Schon beim Aufschrauben des Fläschchens schäme ich mich dafür, dass ich versuche, mein Leid mit Alkohol zu betäuben.

Und wenn ich mir Aveenas Gesichtsausdruck so ansehe …

Sie verurteilt mich auch.

Ich schiebe irgendetwas vor von wegen, ich bräuchte das, weil wir den ganzen Abend mit Brie verbringen müssen, und sie sagt nichts dazu.

Innerlich sterbe ich währenddessen.

Vee stellt ihren Wagen in Finns kreisrunder Einfahrt ab; dass ihr mein Umgang mit Alkohol überhaupt nicht gefällt, steht ihr ins Gesicht geschrieben. Ich zeige ihr den Weg zum Garten hinterm Haus. Er hat mir geschrieben, sie seien draußen auf dem Trampolin.

Aveena folgt mir, aber nur zögerlich, während ich an nichts anderes denken kann, als mich in Finns Armen zu verlieren. Ich möchte, dass er mich mit in sein Zimmer nimmt, mich nackt auszieht und das schlechte Gewissen aus mir herausfickt. Ich will, dass er mich rettet, so wie ich ihn damals auf der Brücke gerettet habe. Finn Richards ist der Berg, auf dem ich sterben will; die Konsequenzen sind mir scheißegal. Wir biegen um die Ecke und sehen Finn, Brie, Lacey, Xavier, Axel und Theo, die sich auf dem Trampolin fläzen. Die Jungs kippen Bier hinunter, Lacey und Brie dagegen kichern wie Fünfjährige. Alles nicht weiter überraschend – das Gras konnte man schon vor dem Haus riechen.

Finn reißt die Augen auf, als er mich sieht.

»Ladys, ihr kommt genau zur rechten Zeit«, bemerkt Axel, als wir näher kommen.

Finn gibt mir gar keine Gelegenheit, zu ihm zu gehen, denn er stemmt sich sofort hoch und trifft uns beim Pool. Meine Lunge schrumpft, als er nur Zentimeter vor mir stehen bleibt, sich vorbeugt und mir ins Ohr flüstert: »Ich glaube, wir haben da noch eine *Abmachung*, um die wir uns kümmern müssen.«

Ich weiß nicht, was zum Teufel es mit seiner Stimme auf sich hat, aber mir laufen überall Schauer über den Körper und mein

Puls vervierfacht sich, als sein Atem auf mein Ohrläppchen trifft.

Scheiße, ich kann Vee nicht alleine lassen.

Ich werfe Aveena einen Blick zu, kaum dass er sich von mir losmacht. Ich erwarte, dass mich meine beste Freundin panisch ansieht nach dem Motto »Wage bloß nicht, mich alleine zu lassen«, sehe sie aber stattdessen eher einwilligend grinsen.

»Geh schon«, sagt sie.

Ich blicke sie noch kurz an, lächle sie dankbar an und überlege. Aber Finn ist mit seiner Geduld am Ende, fasst mich an der Hand und zieht mich in Richtung Haus.

Ich weiß nicht recht, wie wir in sein Zimmer gelangen, aber ich umarme meine zurückgehaltenen Gedanken und meine Hände fliegen in sein Haar, während er seinen Mund auf meinen presst.

Zur. Hölle. Ja.

Ich quieke auf, als ich mit dem Rücken auf die Matratze plumpse. Finn lacht, legt sich auf mich und dämpft meinen Schock mit einem heißen Kuss. Wir sprechen kein Wort über das, was jetzt geschehen wird, sondern reißen nur verzweifelt an der Kleidung des anderen. Es ist eine volle Woche her, dass wir miteinander alleine waren, und das merkt man.

Zuerst müssen unsere T-Shirts dran glauben, aber sein Schwanz will ebenfalls in die Freiheit und ragt schon aus der Hose. Ich presse meine Hüften dagegen, weide mich an seinen Seufzern, während er mit dem Daumen über meinem BH meinen Nippel streichelt.

Gerade will er mir den BH über den Kopf ziehen, als sein Handy klingelt. Es ist nicht das erste Mal, dass ihn jemand anruft, während wir gerade dabei sind. Noch nie hat er sich davon abhalten lassen, und deshalb bin ich überrascht, als er ärgerlich aufstöhnt und unseren Kuss unterbricht.

Er hört sich an wie unter Schmerzen, als würde es ihn umbringen, das zu tun, als er seufzt: »Da muss ich rangehen.«

Ich bin entsetzt, um es mal milde auszudrücken, rede mir aber ein, dass der Anruf wirklich wichtig sein muss, wenn er mich dafür in der Luft hängen lässt.

»Bin gleich zurück.« Er drückt mir eine ganze Spur qualvoller Küsse auf den Hals.

Dann schnappt er sich sein Handy vom Nachttisch und verlässt den Raum. Ich höre ihn die Treppe hinuntergehen.

Alarmstufe Rot, meldet mein Gehirn. Warum will er das Gespräch nicht einfach in meiner Gegenwart annehmen? Warum muss er dazu nach unten gehen?

Meine Zweifel ziehen sich in den hintersten Winkel meines Gehirns zurück, als ich auf Finns Schreibtisch eine verstaubte Holzschachtel entdecke. Sie sieht alt aus, der Deckel hat einen Riss. Ich würde wetten, sie ist seit Jahren nicht mehr geöffnet worden.

Die Schachtel ruft förmlich meinen Namen und verlockt mich, einen Blick hinein zu werfen. Man sollte meinen, ich hätte im Sommer meine Lektion gelernt, als ich mich ins Büro von Finns Mutter schlich, aber nein. Ich stehe vom Bett auf und gehe geradewegs auf die rätselhafte Schachtel zu. Ich klappe sie auf und erwarte, nun, alles andere als das.

In der Schachtel sind Briefe.

Hunderte.

Alle etwa drei Jahre alt.

Hat Finn sie geschrieben?

Ich erkenne seine krakelige Handschrift von den vielen Notizen, die er mir über den Sommer hinterlassen hat. Nach dem Datum zu urteilen, muss er sie ungefähr mit fünfzehn geschrieben haben.

Ich sehe immer wieder zur Tür, während ich nach dem ersten der zerknitterten Briefe greife. Ich falte das Papier auseinander, setze mich auf die Bettkante und fange an zu lesen.

Liebes Herz …
Du bist ein Betrüger.

Hast du eine Ahnung, wie viele Vollidioten tatsächlich glauben, dass du etwas fühlen kannst?

Alle finden dich so toll, wie du unsere Gefühle kontrollierst, aber du bist nur ein Hohlraum. Du pumpst Blut durch unseren Körper und heimst die Anerkennung für alle jemals geschriebenen Liebesgeschichten ein.

Eigentlich macht das Gehirn die ganze Arbeit, und was das Schlimmste ist? Auch wenn ich weiß, dass du einen Scheiß fühlen kannst – als meine Mom unter Wasser verschwand, hat es mir in der Brust geschmerzt.

Das stimmt. In der Brust.
Nicht in meinem Gehirn.
Fuck, was soll das?

Ich sollte dir sagen, dass ich diesen Brief gar nicht schreiben wollte. Das Gute ist, dass dies die letzte Therapiestunde ist, zu der mich mein Dad jemals schleppen wird.

Die Lady mit der Brille hat mich offiziell zum »hoffnungslosen Fall« erklärt. Sie hat Dad gesagt, er soll sie anrufen, wenn ich mich entscheiden sollte, mir selbst zu helfen, und dass sie bis dahin nichts mehr für mich tun kann.

Sie hat allerdings darauf bestanden, dass ich für meine letzte Sitzung noch einen Brief schreiben soll. (Ich schwöre, dass es ihr Spaß macht, mich zu quälen.) Zuerst musste ich einen Brief an meine tote Mutter schreiben, und jetzt schreibe ich einen Brief an ein verdammtes Organ.

Ich weiß, was du denkst. Vielleicht ist sie ja diejenige, die Hilfe braucht.

Wie auch immer, ich weiß nicht, was ich sonst noch sagen soll, Herz. Sinn der Übung war, herauszufinden, was ich für dich empfinde, und ich denke, ich habe mich ziemlich klar ausgedrückt. Aber falls nicht, hier noch mal eine Zusammenfassung …

Liebes Herz,
ich hasse dich.

- Finley

Ein Lächeln umspielt meine Lippen, als ich die Worte des fünfzehnjährigen Finn noch einmal lese. Viel weiß ich nicht über seine Kindheit, aber das hier … dieser Brief … gibt mir doch einen gewissen Einblick in die Welt, die er während unserer Beziehung größtenteils verborgen gehalten hat.

So hat sein Leben ausgesehen. Als seine Mutter starb, ließ sie einen zerbrochenen, leichtsinnigen Teenager zurück, dessen Überleben davon abhing, einen Schuldigen zu finden.

Und wenn er das nicht selbst war, dann war es sein *Herz*.

»Störe ich?«

Mein Herz macht einen Sprung, als Finns tiefe Stimme durch den Raum zu hören ist. Gut möglich, dass er meinem Spionieren seit fünf Minuten zusieht, aber ich versuche trotzdem, meine Spuren zu verwischen, und verstecke den Brief unter meinem Schenkel. Er zieht eine Augenbraue hoch und schmunzelt.

Höhnisch meint er: »Sehr subtil.«

Errötend ziehe ich den zerknüllten Brief wieder hervor und lege zähneknirschend meine Sünde offen. »Es war den Versuch wert.«

Finn lacht leise, kommt heran und lässt sich neben mir auf die Bettkante fallen.

»Was hast du denn alles gelesen?«, fragt er, nimmt mir den Brief aus der Hand und hält ihn fest.

»Alles«, gebe ich zu.

Er nickt.

»Ich wusste gar nicht, dass dich dein Dad zu einer Psychotherapeutin geschleppt hat.«

»Jep.« Er stößt den Atem aus. »Jeden Freitag, ungefähr vom fünfzehnten bis zum sechzehnten Geburtstag. Das schlimmste Jahr meines beschissenen Lebens.«

Ich beobachte, wie er zum Papierkorb am Schreibtisch geht, den Brief zerknüllt und hineinwirft.

»Ich habe die Kiste beim Saubermachen unter dem Bett gefunden«, erklärt er.

Ich weiß genau, was er meint.

Es ist noch gar nicht lange her, da hat er genau dieses Zimmer mit seinem Baseballschläger in Kleinholz verwandelt. Wenige Stunden zuvor war Lexie in seinen Armen gestorben. Es hat Monate gedauert, bis er alles wieder sauber bekommen und das Zerbrochene ersetzt hat.

»Ich weiß gar nicht recht, warum ich das aufgehoben habe.« Er zuckt mit den Achseln, nimmt die Schachtel vom Schreibtisch, um sie sich genauer anzusehen. »Eigentlich wollte ich die Briefe schon längst einmal verbrennen, aber irgendwie bin ich nie dazu gekommen.«

Er schaut mich nicht an, während er das sagt.

Er lügt.

Ich möchte wetten, dass diese Briefe für ihn eine Verbindung zu seiner Mutter darstellen. Er würde das bestimmt niemals zugeben, aber er hat sie aufgehoben, weil sie ihm etwas bedeuten. Vieles bedeutete ihm damals zu viel, genau wie heute.

Finn war durch und durch ein Mamakind. Ich dachte früher selbst, meine Eltern wären Übermenschen. Leider werden sie mich nie wieder so ansehen wie früher …

Die Erinnerung an die harten Worte, die ich mit ihnen gewechselt habe, bevor ich hierherkam, nagt an meiner Fassung. Ich hätte nicht zulassen dürfen, dass es mir so nahe geht. Ich sollte mir von Finn das Hirn rausvögeln lassen und darüber die Brücken vergessen, die ich gerade hinter mir eingerissen habe, aber trotz meiner Bemühungen werden meine Augen feucht.

Ich versuche, mein Schluchzen in Grenzen zu halten, stehe vom Bett auf, kehre Finn den Rücken zu und tue so, als würde ich im Zimmer auf und ab gehen. Das Bild der völligen Enttäuschung auf den Gesichtern meiner Eltern treibt mir Tränen in die Augen, und ich fange leise zu weinen an.

Ich bin aber offenbar nicht so leise wie erhofft, weil es Finn sofort bemerkt.

»Dia?«, ruft er.

Hör verdammt noch mal auf zu weinen.

»Dia? Rede mit mir.«

Einen Augenblick später verschlucke ich mich an einem Schluchzer und spüre Finns Gestalt hinter mir aufragen. Er versucht um mich herumzugehen, damit er mir ins Gesicht sehen kann, aber ich drehe es weg und klammere mich an das bisschen Stolz, das mir noch geblieben ist. Finn knurrt ärgerlich, fasst mich an die Wangen und dreht mein Gesicht zu sich herum.

Man könnte meinen, ich hätte ihm ein Schwert in die Brust gerammt, als er die Tränen in meinen Augen sieht. Aus seinem

Blick spricht eine Mischung aus Trauer und Wut, und es dauert nicht lange, bis die Wut die Oberhand gewinnt.

Finn ballt die Fäuste. »Er ist verdammt noch mal tot.«

Ich blinzele ihn verwirrt durch meinen Tränenschleier an. »Wer?«

»Der erbärmliche Wichser, der dir Tränen in die Augen getrieben hat.« Er lässt mein Kinn wieder los. Ich lächle ein bisschen, denn sein Beschützerinstinkt wärmt mir das Herz. Vielleicht würde er einen anderen Ton anstimmen, wenn er wüsste, dass der »erbärmliche Wichser« meine Eltern sind.

»Meine Dads, wenn du es genau wissen willst.« Ich wische mir mit dem Handrücken über die Wange.

Finn ist die Sorge anzusehen, aber er sagt nichts und wartet darauf, dass ich ihm die ganze Geschichte erzähle.

Ich hole tief Luft, bevor ich fortfahre. »Sie wissen Bescheid. Über den Sommer. Sie haben herausgefunden, dass ich sie angelogen habe.«

»Scheiße.« Er seufzt. »Und wie haben sie es aufgenommen?«

Ich schniefe. »Was glaubst du denn? Sie sind ausgeflippt. Sie wollen, dass wir uns nicht mehr sehen.«

Aus seinem Gesicht weicht alle Farbe, seine Kiefermuskeln zucken und er zieht die Schultern zusammen, als sehe er sich einer tödlichen Gefahr ausgesetzt. Die Vorstellung, meine Eltern könnten mich von ihm fernhalten, gefällt ihm überhaupt nicht, keine Frage. Ich erwarte eine unbedachte Reaktion, aber stattdessen atmet er erst einmal ruhig durch.

»Was hast du ihnen erzählt?«, fragt er und ich bin fast erstaunt über seine Selbstbeherrschung. Ich bin froh, dass er das Ganze nicht auf sich bezieht.

In diesem Moment sehe ich in seine wunderschönen Haselnussaugen und will ihm die Wahrheit sagen. Und die Wahrheit ist – dass die vergangenen sechs Monate die glücklichsten meines ganzen Lebens waren.

»Ich habe ihnen gesagt, dass ich dich liebe.«

Finn bleibt der Mund offen stehen.

Ich habe es zu früh gesagt, nicht wahr?

Was, wenn er noch nicht so fühlt?

Scheiße, Scheiße, Scheiße.

»O Gott.« Ich trete einen Schritt zurück. »Ich weiß nicht, warum ich das gesagt habe. Ich wollte nur …«

Mein Herz verflüssigt sich beinahe, als Finn die Finger in die Gürtelschlaufen meiner Jeans hakt und mich an seine Brust reißt. Sein Mund presst sich mit solcher Gewalt auf meine Lippen, dass ich nach seinem Shirt greifen muss, um nicht das Gleichgewicht zu verlieren.

Er antwortet nicht mit einem »Ich liebe dich«. Jedenfalls nicht in Worten. Er sagt das auf die Weise, wie er meine Zunge sucht und den Kuss vertieft, bis wir beide um Atem ringen.

Er sagt es auf die Weise, wie er die Hände um meine Taille legt und mich auf seinen Schoß zieht, während er sich auf der Bettkante niederlässt. Ich sitze rittlings auf ihm, und bevor mir das recht bewusst wird, bohre ich meine Fingernägel in seine Kopfhaut und ziehe ihn am Haar, während ich mich unablässig an ihm reibe. Sein Schwanz ist steinhart, er pulsiert in seiner Hose und beim Betrachten seines Gesichtsausdrucks werde ich ganz high.

Die Lust, das Verlangen, der *Hunger*.

Ich schmecke seine Begierde, als er in meinem Mund stöhnt und mit den Fingern meinen BH öffnet. Eine Sekunde später saugt er sich mit dem Mund an meinen steifen Nippeln fest, seine Hände wandern über meine Rippen hinauf und packen meine Brüste, während er mit der Zunge um ihre Spitzen kreist.

»Du bist das Einzige, das für mich von Bedeutung ist.« Finn löst sich von meinen Brüsten und hinterlässt mehrere violette Male auf meinem Hals. »Ich würde für dich sterben, Dia. Für dich *töten*. Sag mir, dass du das weißt.«

Seine Zähne hinterlassen weitere Spuren auf meiner Haut. Er

küsst meinen Hals, als wären die Knutschflecke seine Versicherungspolice. Seine Art, dafür zu sorgen, dass ich ihn nie verlassen werde.

Dass ich ihn nie *vergessen* werde.

Ich sehe, wie sein Adamsapfel wippt, als ich mich von ihm löse, aus der Jeans schlüpfe und mich im Höschen wieder auf ihm niederlasse. Er macht große Augen, als ich anfange, mit seinem Gürtel zu spielen. Wieder treffen sich unsere Münder für einen heißen, nassen Kuss, während ich seine Latte aus den Boxershorts ziehe.

Ich spucke in die Hand und mache mich schnell und heftig ans Werk, wobei ich ihm direkt in die Augen sehe.

»Dia …« Er schließt die Augen und scheint verwirrt zu sein.

Genieße es. Es könnte das letzte Mal sein.

Meine Lungen stellen den Dienst ein, als er die Augen aufreißt.

Ich begreife, dass ich das laut ausgesprochen habe, als ich seinen wütenden Gesichtsausdruck sehe. Er schiebt meine Hand weg, nimmt sein Schwanz selber in die Hand, zieht meinen grauen Slip mit der anderen Hand beiseite und setzt sich zwischen meinen Beinen zurecht. Mit zwei Fingern sorgt er dafür, dass ich bereit bin, und ächzt zufrieden über das, was er zwischen meinen Beinen vorfindet.

»Du darfst nicht für eine einzige Sekunde glauben, dass ich irgendeinen Scheiß darauf gebe, was deine Eltern sagen. Sie müssen dich schon auf irgendeine beschissene verlassene Insel verfrachten, um mich von dir fernzuhalten, hast du das verstanden?« Er hämmert mir diese Worte ein. »Und selbst dann würde ich dich finden. *Immer.*«

Dann dringt er ohne Kondom in mich ein.

Seine Größe dehnt mich bis an die Grenze, während meine Stirn gegen seine fällt. Es ist schon eine Weile her, seit er in mir war, und ich nehme zwar die Pille, aber so ist es trotzdem nicht sicher. Unwillkürlich bohre ich ihm die Finger in die Schultern, um mich hochzustützen … und sinke dann doch wieder hinunter.

»Fuck … ja.« Finn stößt mit den Hüften in mich hinein, nimmt mein Tempo auf und beobachtet jede meiner Bewegungen, während ich mich an seiner Härte auf und ab gleiten lasse. Mit jedem Stoß spüre ich ihn tiefer, und ich stöhne so laut, dass es sich gar nicht mehr nach mir anhört.

»Mehr«, wimmere ich.

»Nimm es dir, Baby. Ich komme damit klar«, versichert mir Finn, während seine Hände an meine Pobacken fliegen und sie zusammendrücken. Er lässt mich förmlich auf seinem Schwanz springen, und mit unseren gemeinsamen Bemühungen wird es mir schnell zu viel.

»O Gott.« Ich schiebe die Finger zwischen meine Beine und die Lust erreicht ungeahnte Höhen, während ich ohne jede Scham an mir selbst herumspiele. Finn kann den Blick nicht von mir wenden, sein Kiefer verspannt sich, während ich den Finger um meinen Kitzler kreisen lasse.

Dann erschreckt er mich damit, dass er vom Bett aufsteht. Sofort schließen sich meine Beine um seine Taille, und mein Bauch zieht sich zusammen, während er mich im Stehen vögelt, die Hände zur Unterstützung unter meinem Hintern. Mit jedem neuen Stoß nehme ich mehr Geschwindigkeit auf.

»Fuck, Dia, mach langsamer«, fleht er mit kehliger Stimme.

»Du hast doch gesagt, du kommst damit klar«, erwidere ich und wiege die Hüften noch stärker.

Er lächelt verschmitzt und zieht eine Braue hoch. »Ich weiß nicht, ob mir deine Haltung gefällt, Juwel.«

»Ach ja?« Ich beuge mich vor und beiße ihm ins Ohrläppchen. »Was willst du denn dagegen tun?«

Ich kreische, als sich Finn ohne Vorwarnung aus mir zurückzieht, mich zum Bett trägt und mich mit dem Gesicht nach unten auf die Matratze presst. Meine Finger krallen sich ins Laken von dem Augenblick an, als er von hinten in mich hineinfährt.

»Ja!«, schreie ich, presse mich gegen sein Becken und bringe ihn zum Stöhnen. Finn fickt mich weiter in die Matratze, bis ich kaum noch sprechen kann.

»Was denn? Keine bissige Bemerkung?«, keucht er, fasst meine Taille und stößt erneut in mich. »Wo ist dieses lose Mundwerk bloß hin verschwunden?« Er klatscht mir zur Strafe auf den Po, sodass ich zusammenzucke, und dann löse ich mich fast auf, als ich spüre, wie er mit dem Daumen um mein Arschloch kreist.

»Finn?« Ich werde nervös.

»Entspann dich, Baby.«

Dann drückt er den Daumen in mich hinein. Nur ein bisschen. Ich glaube nicht, dass er ganz drin ist, aber es reicht, dass ich komplett den Verstand verliere.

»O Gott!«, wimmere ich ins Bettlaken, während er meinen Arsch intensiver bearbeitet. Es tut ein klein wenig weh, aber dann schiebt er den Arm unter mich, findet meinen geschwollenen Kitzler und sorgt für Abwechslung. Er reibt mich ein paar Minuten lang in kräftigen, raschen Kreisen, während sein Ständer und seine Finger meine beiden Öffnungen immer wieder aufs Neue dehnen.

Innerhalb von Sekunden ergreift mich ein erdbebenähnlicher Orgasmus.

»So ists gut.« Ich kann sein Schmunzeln fast hören, während ich mich unter ihm winde. »Jetzt melk meinen Schwanz. Ja, gutes Mädchen.«

Seine schmutzigen Worte bringen mich über die Kante, ich löse mich auf und ziehe Finn zu seinem eigenen Orgasmus mit. Seine Stöße werden nachlässiger und gleichzeitig fordernder, während er mein Haar um seine Faust wickelt und sich wie wild in mir bewegt.

Einen Sekundenbruchteil später kommt er heftig in mir. Ich bin völlig benommen, in einem weit entfernten Land, unerreichbar, als er sich zurückzieht, sich auf den Rücken legt und mich in seine Arme zieht.

So bleiben wir, die verschwitzten Körper aneinandergepresst, mehr als eine halbe Stunde lang. Wir küssen uns, wir lachen und genießen das Verklingen unserer Höhepunkte. Es ist beinahe perfekt.

Wobei *beinahe* hier das entscheidende Wort ist.

»Ich will den Augenblick nicht verderben, aber ich rieche nach Sperma«, flüstere ich, und Finn muss laut lachen.

»Ich mach dir die Dusche fertig.« Er küsst mich auf die Nase, hält dann aber inne. »Alles außer dir«, sagt er, dann steht er auf und streift sich eine Jogginghose über.

»Alles außer dir«, antworte ich.

Mit einem ziemlich dämlichen Lächeln im Gesicht verfolgt mein Blick ihn bis ins Badezimmer nebenan. Kaum ist er im Bad verschwunden, komme ich auf die Idee, mein Handy zu checken.

Es liegt auf dem Boden neben meinen Klamotten. Ich habe drei Nachrichten von Aveena. Und zwei von einer Nummer, die ich nicht kenne. Neugierig tippe auf die Nachrichten der unbekannten Person und fliege mit den Augen über die entsetzlichsten Worte, die ich im ganzen Leben gelesen habe …

Unbekannte Nummer: Das ist letzte Nacht passiert.

Unbekannte Nummer: Tut mir leid.

Es ist ein Video angehängt.

Und das Vorschaubild?

Das Vorschaubild ist mein schlimmster Albtraum.

24. KAPITEL

DIAMOND

Der Bildschirm ist schwarz und ich höre nichts als das ferne Summen der Stille, als ich auf das Video tippe und darauf warte, dass irgendetwas geschieht.

Aber es geschieht nichts.

Kein Ton.

Kein Bild.

Schocker.

Unbekannte Nummer, zweifelhafte Nachricht? Schon als ich das Handy entsperrte, war mir eigentlich klar, dass es ein Streich sein musste, aber ich hätte schwören können, dass ich in der Vorschau des Videos Finn oben ohne gesehen habe.

Ne.

Aufwachen, Dia. Das kann er nicht sein.

So etwas würde er niemals tun.

Mein Blick wandert vom Bildschirm hinüber zum Badezimmer. Hinter der Tür höre ich, wie die Dusche läuft, und dazu Finns gedämpfte Stimme. Ist er etwa am Telefon? Das ist schon der zweite rätselhafte Telefonanruf, den er heute bekommt. Wer ruft ihn um diese Zeit an?

Meine schweifenden Gedanken enden abrupt, als ich auf dem Video eine Bewegung wahrnehme. Das Handy, das die Aufnahme macht, liegt auf einem Bett und zeigt gegen eine Wand. Ich kneife die Augen zusammen und erkenne … einen Schreibtisch? Und dann höre ich etwas knarren.

Es hört sich an wie …

Eine quietschende Matratze?

Die Kamera fängt an zu wippen, passend zu den Geräuschen. Dann höre ich ein Mädchen stöhnen.

Das ist ein Sextape.

Ich bin nahe daran, das Ganze unter *falsche Nummer* zu verbuchen, als die Wände meiner Ignoranz um mich zusammenstürzen. Meine Hand fliegt an meinen Mund, als ich mich umsehe und mir klar wird …

Ich kenne diesen Schreibtisch.

Ich habe Angst, dass ich mich übergeben muss, aber ich kann die Augen nicht vom Schreibtisch neben Finns Bett reißen.

Das ist hier aufgenommen worden

Das ist Finns Zimmer.

Dann schieben sich Finger mit schwarzem Nagellack ins Bild und greifen ins Laken. Das Stöhnen wird heftiger. Die weibliche Hand packt das Telefon und hebt es hoch, wodurch sich mir eine Szene zeigt, die mir die Brust zuschnürt und gleichzeitig das Herz herausreißt.

Das Video zeigt nicht die Handlung an sich, aber es zeigt ein Mädchen unter einem muskulösen Oberkörper, das Gesicht des Typen an ihrem Hals vergraben, während sie es wie die Tiere treiben.

Und das ist nicht irgendein Typ.

Das ist *mein* Typ.

Mein Finn …

Und das Mädchen?

Das Mädchen ist Laceys Freundin Remy.

Die dunkelblauen Kissen im Hintergrund geben mir den Rest. Ich schaue nach unten, und sofort laufen mir die Tränen übers Gesicht. Ich sitze auf demselben Bett, wo sie es getrieben haben. Das Bett, auf dem Finn mir vor nicht einmal einer halben Stunde geschworen hat, er würde für mich sterben.

O mein Gott.

Schon gestern war Finn so furchtbar verschlossen. Er wollte mir nicht sagen, warum wir uns nicht treffen konnten, als das Basketballtraining früher aus war.

Das …

Das hier ist der Grund …

Er war mit ihr zusammen.

Und wahrscheinlich telefoniert er auch gerade mit ihr.

Ich kenne niemanden, der Remy heißt. Seine Worte im Wald stechen mir wie ein Dolch in die Brust. *Der Name hat mir einfach gefallen.*

»Fuck, Rem, du bist so eng«, stöhnt Finn.

Ich weine so sehr, dass ich kaum atmen kann.

Remys durchdringende blaue Augen öffnen sich in Richtung Kamera; sie starrt mir geradewegs ins Gesicht und verspottet mich. »Versprich mir, dass dir dieses Miststück nichts bedeutet.«

Finn lacht rau auf, löst den Kopf von ihrem Hals und sagt: »Dieses Miststück bedeutet mir nichts. Es ging nur um dich, schon immer, Rem.«

Er hält kurz inne.

»Alles außer dir.«

Das gibt mir den Rest.

Diese drei Worte reichen aus, um einen Teil meiner Seele zu töten. Ich erkenne sein Stöhnen. Gleich wird er kommen. Ich weiß das aus eigener Erfahrung. Ich war das Mädchen im Video. Jetzt bin ich nur noch die Idiotin, die sich in ein Monster verliebt hat.

Finn hält beide Arme neben ihrem Kopf fest, während er zum Schluss kommt, und die schwarzen Steine um sein Handgelenk richten an dem eingeschrumpften, kalten Gefäß in meiner Brust unwiederbringlichen Schaden an.

Er trägt das Armband, das ich für ihn gemacht habe.

* * *

FINN

»Hör auf mich anzurufen, wenn sie, verfickt noch mal, hier ist«, schnauze ich ins Telefon, während das Geprassel der Dusche meine Stimme nur ansatzweise übertönt.

Das Miststück hat absolut kein Gespür fürs Timing, *ganz und gar nicht.*

Genau denselben Scheiß hat sie gestern Abend abgezogen, als ich vom Basketballtraining kam. Ich könnte schwören, dass sie einen sechsten Sinn dafür besitzt, immer im schlimmstmöglichen Augenblick anzurufen.

Ich habe das Handy gerade wieder in meine Tasche gesteckt, als ich eine Frau stöhnen höre. Es ist so leise, dass ich glaube, es mir eingebildet zu haben. Aber dann höre ich es wieder.

Lauter.

Deutlicher.

Ich drehe mich herum und spähe in Richtung Badezimmertür. Sie steht einen Spalt offen; das Geräusch kommt aus meinem Zimmer. Ohne nachzudenken, ziehe ich die Tür auf. Als ich aus dem Bad komme, sitzt Dia vollständig bekleidet und mit dem Rücken zu mir auf der Bettkante.

Höhnisch bemerke ich: »Porno, was? Willst du mir damit sagen, du bist bereit für die zweite Runde?«

Aber Dia lacht nicht.

Sie rührt sich nicht einmal, bleibt auf beunruhigende Weise regungslos sitzen und lässt den Kopf hängen. Ihr Handy liegt flach auf ihrem Schoß, und sie hat die Augen auf den Bildschirm gerichtet.

»Dia?« Ich vermute, dass sie mich nicht gehört hat.

Immer noch nichts.

»Dia?«, frage ich noch einmal.

Okay, das ist seltsam.

»Baby, was ist los?«

Dia nimmt meine Gegenwart nicht zur Kenntnis, und dass sie nicht antwortet, macht mich wahnsinnig. Ich bin mit meiner Geduld am Ende und gehe durchs Zimmer zu ihr hin. Sie blickt nicht einmal auf, als ich vor ihr stehen bleibe.

Sie wirkt, als stünde sie unter Schock, ihre Augen sehen geisterhaft aus, das Make-up ist im ganzen Gesicht verschmiert. Das Stöhnen wird lauter und lauter, je näher ich komme.

Was zum Teufel?

»Was schaust du da?« Ich bekomme es mit der Angst zu tun. Ich warte nicht darauf, bis sie ins Land der Lebenden zurückkehrt, schnappe mir das Handy aus ihrem Schoß und sehe selbst nach.

Ich möchte augenblicklich sterben.

Ich möchte mir den Hals ausreißen, mir die Haut abziehen, und mich ausbluten lassen für das Widerwärtige, das ich auf ihrem Bildschirm sehe.

Das Video zeigt Remy, wie sie sich mit geöffnetem Mund in meinen Rücken krallt, während ich sie nach Strich und Faden durchbumse. Und es hört nicht auf. Es geht weiter und immer weiter und in mir steigen Wut und Panik auf.

»Das hast du also getan.« Dias krächzende Stimme reißt mir die Gedärme aus dem Leib. »Gestern Abend. Deswegen warst du beschäftigt.«

Nein.

Nein.

Fuck.

»Das ist sie, nicht wahr? Die Person, mit der du immer telefonierst.«

Ich kann nicht einmal antworten, da ist sie schon auf den Beinen und reißt mir ihr Handy aus der Hand.

»Dia, warte, bitte«, bricht es aus mir hervor, aber es ist zu spät. Es fühlt sich an, als würde ich keine Luft mehr kriegen, während ich zusehe, wie sie um meine Zimmertür herumgeht.

Dann rennt sie los.

Sie gibt mich auf.

Was sie verdammt noch mal auch tun sollte, aber das hält mich nicht davon ab, das erstbeste T-Shirt überzuwerfen und ihr nachzujagen. Ich sprinte wie ein Weltmeister und folge dem einzigen Guten in meinem Leben über den Flur und breche mir dabei fast das Bein.

»Dia, warte!«

Erbärmlich.

Einfach erbärmlich.

Sie ist vor mir an der Treppe und im Nullkommanichts unten in der Diele. Ich bin so aufgeregt, dass ich sogar überlege, wie im Film übers Geländer hinunterzurutschen – alles nur, um sie aufzuhalten, bevor ich sie für immer verliere.

»Vee. Auto. Jetzt!«, höre ich Dia ihrer besten Freundin zurufen, die zufällig gerade in der Küche ist. Dann schlägt die Haustür zu und ich drehe durch, alles um mich herum verschwimmt. Ich kann nicht denken. Ich kann nicht atmen. Das Einzige, was zählt, ist, sie aufzuhalten. Damit sie mir zuhört. Alles andere verblasst dagegen, die Wahrheit eingeschlossen.

Die Wahrheit ist, dass sie recht hat.

Ich habe sie betrogen.

Auch wenn es nicht so ist, wie sie glaubt.

Ich nehme kaum wahr, dass Xavier auch in der Küche ist, als ich zur Tür eile. Er beobachtet das Ganze mit einer Million Fragezeichen in den Augen, aber das kümmert mich gerade einen Dreck.

»Dia!«, rufe ich ihr flehentlich nach, als ich aus dem Haus bin.

Fick dich, Herz.

Ich wusste, dass es richtig war, dich zu hassen.

Ich sehe Dia auf der Beifahrerseite bei Aveena einsteigen, während ich wie ein professioneller Stalker auf sie zustürme. Aveena steigt in höchster Eile ein, und gerade, als ich vor ihnen anhalte, höre ich das Türschloss klicken. *Das war schlau.* Natürlich hätte ich die Tür aufgerissen und Dia aus dem Auto herausgeholt.

Aveena setzt den Wagen in Bewegung.

Panisch springe ich vors Auto, ohne mir über mein Leben Gedanken zu machen. Zum Glück tritt Aveena in letzter Sekunde auf die Bremse. Dia kann mich entweder anhören oder von ihrer Freundin überfahren lassen. *Sie hat die Wahl.*

Mein Baby sitzt schluchzend auf dem Beifahrersitz und ich spiele mit dem Gedanken, mich von Aveena tatsächlich überfahren zu lassen.

Ich habe es verdient.

Ich habe das alles verdient.

»Dia, bitte.« Ich starre ihr durch die Windschutzscheibe in die Augen. Auf der Fahrerseite ist die Scheibe offen und ich weiß, dass sie mich hören kann. »Tu das nicht, verdammt noch mal. Hör mir einfach nur zu!«

Daraufhin unterbricht Dia den Blickkontakt, wirft Aveena einen Blick zu und sagt: »Fahr los!«

Aveena legt den Rückwärtsgang ein und ich springe zum Beifahrerfenster, bevor sie losfahren können. Im vollen Bewusstsein, wie ein Psycho auszusehen, schlage ich mit den Händen gegen das Glas.

Ich kann nicht anders.

Ich kann sie einfach nicht gehen lassen.

»Dia, schau mich an. Fuck, schau mich an. Bitte.« Ich bin dabei, zusammenzubrechen; ich klinge, als hätte ich eine verdammte Glasscherbe verschluckt. Sie hat keinen Blick mehr für mich übrig, sieht woandershin und bedeckt einen Teil ihres Gesichts, als könnte sie es nicht ertragen, mich anzusehen.

Aveena sieht mich mitleidig an, und ich krümme mich innerlich zusammen.

Das ist also aus mir geworden, was?

Ein liebeskrankes Schoßhündchen, das den Leuten leid tut.

Mein Gehirn klammert sich an das Wort *Liebe.*

Das stimmt.

Scheiße, ich liebe sie.

Ich liebe das Mädchen, das ich zu zerstören geschworen habe.

Und wenn sie jetzt geht, dann sollte sie das wissen.

»Diamond, ich liebe dich«, krächze ich und presse meine Stirn an die Scheibe. Zum ersten Mal, seit sie eingestiegen ist, hört sie mich. Sie hört mich und blickt auf.

»Verdammt, ich liebe dich, Dia. Wirklich. Gib mir einfach eine Chance, alles zu erklären. Einfach … bitte.«

Sie schaut mich entsetzt an. Als könnte sie nicht glauben, was ich gerade gesagt habe. Ich wünschte, ich hätte es schon früher gesagt. Als sie mir sagte, dass sie mich liebt. Ich wünschte, ich müsste meine Liebe nicht wie eine Waffe benutzen, um sie festzuhalten.

Aber ich bin egoistisch.

Sehen wir der Sache ins Gesicht. *Ich bin ein Arschloch.*

Ich bin der Typ, der alles kaputt macht, was sie hat, und lügt.

Ich bin der Typ, den sie mitten in der Nacht von der Brücke zerren muss. Aber vor allem bin ich der Typ, der sich von einem Kriminellen Geld leiht, um einen Privatdetektiv anzuheuern.

Der Typ, der *jede* Linie übertreten hat, um diese Housesitterin loszuwerden …

Was für ein Mensch stellt einen Detektiv ein, der in der Vergangenheit eines anderen herumwühlt, damit man seine Zukunft zerstören kann? Was für ein Mensch erhält zwielichtige Anrufe von der Frau, die er angeheuert hat, und verschweigt das vor seiner Freundin?

Ich war gestern Abend nicht mit Remy zusammen, aber das kann ich ihr nicht erzählen.

Ich kann es ihr nicht erzählen, ohne ihr ebenfalls zu sagen, dass ihr ganzes Leben eine Lüge ist. Dass ihre perfekte kleine Familie sie gar nicht haben wollte. Dass sie nicht einmal den Tod ihrer leiblichen Mutter überprüft haben, oder dass ihr leiblicher Vater die Art von Monster ist, über die man in Geschichtsbüchern liest …

Ich kann ihr die Wahrheit nicht erzählen. Nicht ohne deren Sünden aufzudecken. Und ich kann nicht offen mit ihr sein. Nicht ohne ihr einen Polizeibericht zu zeigen, der sie völlig zerstören wird.

Dia lässt sich lange Zeit mit der Antwort.

Ich weiß, dass ich zu ihr durchdringe, aber reicht das aus?

»Sag das deiner Hure!«, schreit Dia aus vollem Hals.

Aveena drückt das Gaspedal durch, und ich kann gerade noch zur Seite springen. Einen Augenblick später versammeln sich Axel, Theo, Brie und Lacey vor dem Haus und fragen mich, was zum Teufel passiert ist, aber ich bringe keinen einzigen Satz raus. Ich kann nur dastehen und zusehen, wie das Mädchen, das ich liebe, aus meinem Leben verschwindet …

Und ein Stück von meinem schwarzen, egoistischen Herzen mitnimmt.

KRISENTELEFONE & ANLAUFSTELLEN IN NOTLAGEN

Krisentelefone und Anlaufstellen können eine wertvolle Stütze in schwierigen Lebenslagen sein. Wenn euch etwas passiert oder ihr etwas mitbekommt, das nicht in Ordnung ist, zögert bitte nicht, Hilfe zu holen und über eure Probleme zu sprechen.

SUIZIDGEDANKEN:

TELEFON SEELSORGE: 0800 1110 111

SEXUELLE GEWALT:

HILFETELEFON SEXUELLER MISSBRAUCH: 08000 22 55 530

HÄUSLICHE GEWALT:

HILFETELEFON GEWALT GEGEN FRAUEN: 08000 116 016

HILFETELEFON GEWALT AN MÄNNERN: 0800 1 239 900

TRIGGERWARNUNG

Diese Geschichte enthält folgende sensitive Themen:

PHYSISCHE UND PSYCHISCHE GEWALT
SEXUALISIERTE GEWALT
VERSUCHTE VERGEWALTIGUNG
TOD UND TRAUER
DROGENMISSBRAUCH
TIERLEID
BESCHREIBUNG INTIMER SITUATIONEN
SCHIMPFWÖRTER

DANKSAGUNG

Zuallererst danke ich Amanda Anderson (@allaboutthatromance & The Last Chapter Bookstore) dafür, dass sie dafür gesorgt hat, dass ich bei Verstand bleibe. Wie immer warst du die Erste, die sich in die Geschichte von Finn und Dia gestürzt hat, und du bist zweifellos der Grund, weshalb ich durchgehalten und dieses Buch veröffentlicht habe. Ich bin unendlich dankbar für deine Freundschaft und kann es kaum erwarten, bis du die Welt übernimmst.

Rachel Grant ist seit meinem ersten Buch ein eingefleischter Fan; sie schickt mir die besten Sprachnachrichten, genau wenn ich sie brauche. Ich liebe dich.

Michelle Lancaster (@lanefotograf): Danke, dass ich von dir den besten Finn bekommen habe. Du hast unglaubliches Talent.

Meine Herausgeberin Sandra bei One Love Editing schafft es immer irgendwie, mich in der letzten Sekunde doch noch in ihren Terminkalender zu quetschen. Wenn mir das Schreiben auf die Stimmung schlägt, tauchst du in meinen privaten Nachrichten auf und rückst mir den Kopf wieder gerade. Dafür bin ich dir ewig dankbar. Meinen Leser*innen – ob neu oder von der OG Wattpad-Gang – ein riesiges Dankeschön und eine große Umarmung. Ich weiß, dieses Buch wäre nichts, wenn ihr ihm nicht eine Chance gegeben hättet. Ihr seid der Grund dafür, dass ich morgens aufstehe, und eure Unterstützung bedeutet mir die Welt.

Ich danke auch meinem Street Team von »Dear Heart, I Hate You«: Ohne euch würde ich das nicht schaffen. Ich danke meiner Familie und meinen Schriftstellerfreunden; ich glaube nicht, dass euch klar ist, welche Bedeutung ihr für meine Kreativität habt. Unsere Arbeit kann ziemlich einsam sein, aber dank euch bin ich niemals alleine.

Und zuletzt geht mein Dank an die wunderbare Büchercommunity, die mich mit offenen Armen aufgenommen hat. Das werde ich niemals vergessen.

Wir produzieren nachhaltig

- Klimaneutrales Produkt
- Papiere aus nachhaltigen und kontrollierten Quellen
- Hergestellt in Europa

MIX
Papier | Fördert gute Waldnutzung
FSC® C083411
FSC
www.fsc.org

Aus dem Englischen von Friedrich Pflüger
Lektorat: Janina Roesberg, Veronika Herzog
Umschlaggestaltung: Zero Werbeagentur, München
Umschlagabbildung: shutterstock.com / © anna42f, © Vandathai,
© Hazano Sun, © seksan wangkeeree, © Bisams
Satz: Pinkuin Satz und Datentechnik, Berlin
Produktionsmanagement: Gunta Lauck
Litho: Margit Dittes Media
ISBN 978-3-551-58547-9